FANPRO

**Oliver Fröhlich**, Jahrgang 1967, lebt im oberfränkischen Hof. Von klein auf liebte er Geschichten, sei es in Form von Filmen, Serien, Romanheften oder Büchern. Ab 2006 veröffentlichte er in Fanzines Texte und führte Interviews. So bekam er Kontakt zu Autoren und Verlagsmitarbeitern. Zwei Jahre später erhielt er das Angebot, zu PROFESSOR ZAMORRA des Bastei-Verlags einen Roman beizusteuern. Die Leser nahmen seinen Erstling »Der Schattenkelch« Anfang 2009 sehr gut an, sodass er seitdem regelmäßig für die Serie schreibt. Seit 2010 gehört er auch den Autorenteams der Serien MADDRAX (ebenfalls Bastei-Verlag) und DORIAN HUNTER im Zaubermond-Verlag an.

Oliver Fröhlich

# Taucher im Lavastrom

Erster Band der Sternensplitter-Trilogie

Originalausgabe

FanPro
Band 71031

Titelbild: Arndt Drechsler

Redaktion: Sabine Kropp
Lektorat: Michael Thiesen
Satz und Layout: Ralf Berszuck
Umschlaggestaltung: Ralf Berszuck
Druck und Bindung: CPI Moravia Books s. r. o., Tschechien


Besuchen Sie unsere Website *http://www.fanpro.de*


http://www.atlan.de



Printed in Czech Republic 2010

**ISBN 978-389064-077-8**

# Kleines Who is Who

**Andrees Anderberg** – der Deckräumer der KRIEGSZAHN verliert mehr als sein zweites Auge

**Arco Nithis** – der Informationsspezialist weiß mehr, als manche wissen wollen

**Atlan** – der Lordadmiral der USO hat Probleme mit seinen Schuhen

**Ata Mathiesen** – der schöne Ombudsmann der Hitzewelt ist kälter als Eis

**Bacca und Rokar** – die beiden Ertruser räumen auf

**Daniel Strömblad und David Sernsborg** – die beiden Reeder sind vom Pech verfolgt

**Decaree Farou** – Atlans rechte Hand setzt sich selbst unter Druck

**Haknur Hakilaunen** – der Ernte- und Wirtschaftsminister hat eine Leiche im Keller

**Jon Dekkstrom und Lara Verppu** – die Lavataucher haben eine unglaubliche Begegnung

**Jukka Puhakka und Titus Hyvönen**– zwei Männer werden unfreiwillig zu Künstlern auf Zeit

**Matti Holmgren** – ein fleißiger junger Mann trifft eine schreckliche Entscheidung

**Mirok da Zdinth** – der nette Arkonide braucht dringend einen Erfolg

**Mobat** – der Fachmann in Versicherungsfragen gibt Atlan Tipps

**Morten Aruunen** – der Oberste Floßvater geht ein großes Risiko ein

**Nicke Dahlqvist** – der Gründervater ist seit Jahrhunderten tot und trotzdem allgegenwärtig

**Oddo Karismäki** – Skagsrams Hetman spielt ein undurchsichtiges Spiel

**Perry Rhodan** – der Großadministrator des Solaren Imperiums wird an ein peinliches Erlebnis erinnert

**Raj Namesan** – der Ertruser interessiert sich nicht nur für Jöllekappa

**Ranja Wijsstork** – die Künstlerin weiß alles über Baba Yaga

**Ronald Tekener** – der Smiler macht Maske

**Sjonsson** – der alte Positronikspezialist

**Slikker Hovdan** – ein mysteriöser Mann lädt zum T

**Tenko Harradin** – der Mann von der Flugsicherung wäre lieber ganz woanders

# Kapitel 1

## Erntezeit – Die Quote muss stimmen

*»Ernte bei Ebbe, raste bei Flut,*
*schärfe die Sinne, lausche der Glut.«*
*(aus dem Kanon der Lavataucher von Skagsram)*

Das Narbengewebe um Andrees Anderbergs rechte, leere Augenhöhle juckte und pochte. Wie immer, bevor es ernst wurde.

Der Antrieb, der die KRIEGSZAHN durch die Lava schob, zeigte sich von seiner guten Seite. Er tuckerte lediglich leise vor sich hin. Eine lange Erntesaison neigte sich dem Ende zu; Mensch und Material waren müde. Manchmal ächzten und stöhnten die Maschinen so laut, dass sie der Mannschaft den Nachtschlaf raubten und an Deck selbst das Klatschen des flüssigen Gesteins gegen die mannshohe Terkonitwandung übertönten. Nur der schwefelige Geruch und der andauernde leichte Geschmack nach faulen Eiern auf der Zunge erinnerten die Flößer auf Freiebene A dann noch daran, wo sie sich befanden.

Nicke Dahlqvist, der legendäre terranische Gründervater, hatte beim ersten Anflug auf den Planeten angeblich gesagt: »So habe ich mir die Hölle immer vorgestellt. Man wartet förmlich darauf, dass der Teufel herausspringt und einen packt.« Die Ursprünge dieses Vergleichs waren den heutigen Skagsramern nicht mehr allzu vertraut, dennoch verstanden sie, was er ausdrücken sollte.

Andrees Anderberg tastete nach den Graten und Wülsten auf seiner Haut. Dorthin, wo einst ein Auge gewesen war. Vergeblich versuchte er, das lästige Jucken zu vertreiben. Mit der anderen Hand lehnte er sich auf die Lavaschaufel und sah zu den beiden Tauchern, die in voller Montur, seit über neunzig Minuten auf ihren Einsatz warteten. Jede Sekunde konnte der Oberste Floßvater der KRIEGSZAHN das Kommando zum Öffnen des Taucherschotts erteilen. Es hing davon ab, wann der Sucher anschlug. Dann schnellte die Erntebereitschaftsstufe von drei auf vier – genauso wie die Anspannung der Bergematrosen, Tauführer und Deckräumer. Und natürlich die der Thermophilen-Pflücker.

Ein Anflug von Wehmut ließ ihn aufseufzen. Kaum war es aufgekommen, verdrängte er das Gefühl auch schon wieder. Es stand einem Skagsramer nicht zu, die Pläne des Schicksals zu hinterfragen.

*Gehe den dir vorbestimmten Weg. Erfülle die Aufgaben, die das Leben dir stellt. Darin liegt Zufriedenheit.* Erster Hauptsatz der Regeln für ein gesellschaftliches Miteinander auf Skagsram, wie ihn vor tausend Jahren Nicke Dahlqvist formuliert hatte. Ein Meister im Umgang mit Worten, wie man sich erzählte. Wenn auch mit leichten Schwächen, wenn es ums Zählen ging, denn dass sein erster Hauptsatz gleich aus *drei* Sätzen bestand, war ihm offenbar entgangen.

Bis vor vier Jahren war Andrees selbst Lavataucher gewesen, und ein guter noch dazu. Doch dann hatte das Schicksal es für richtig befunden, ihm einen kleinen glühenden Steinklumpen ins Auge zu schleudern.

»Wenn der Sucher nicht bald anschlägt, müssen wir abbrechen«, sagte eine Stimme mit dem für Lavamatrosen typischen schwefelbedingten Kratzen.

Andrees drehte den Kopf zur Seite. Neben ihm stand Esko Simonsen, ein Berg von einem Mann. Auf dem kahlen, wuchtigen Schädel glitzerten Schweißperlen. Die Oberarme besaßen einen Umfang wie anderer Leute Oberschenkel und spannten den Schutzanzug bis an die Belastungsgrenze. Eskos Äußeres passte überhaupt nicht zu seinem sanftmütigen Wesen. Wie Anderberg war er Deckräumer.

Lavaflüsse konnten launische, heimtückische Biester sein. Mancher Flößer sprach ihnen gar ein Bewusstsein zu. *Sie besitzt das Temperament eines Steinstroms,* hieß es bei den Skagsramern deshalb, wenn eine Frau sich besonders eigensinnig zeigte. *Sie existiert nur, um uns brave Männer in Schwierigkeiten zu bringen.*

So weit wäre Andrees nicht gegangen, aber er verstand jeden Glutschiffer, der daran glaubte. Häufig stiegen Gasblasen im flüssigen Gestein hoch und ließen es aufspritzen. *Der Strom rülpst,* sagten die Flößer dann. Meist stank es auch wie aus dem Magen eines Mannes. Was so launig benannt worden war, konnte zu einer ernsten Gefahr für die Matrosen werden, denn gelegentlich schleuderten die Eruptionen Lava selbst über die hohe Reling.

Die Deckräumer mussten dann die Glut schnellstmöglich von den Planken in Terkonitwannen schaufeln. Im Gegensatz zur Hülle bestanden die Teile des Floßes, die nicht ständig mit Lava in Berührung kamen, nämlich aus einem leichten Verbundplast, dessen Schmelzpunkt weit unter dem von Terkonit lag. Sehr weit!

Die Besatzungsmitglieder konnten noch von Glück reden, wenn die Spritzer nur auf das Deck niedergingen und keinen von ihnen trafen. In extremen Fällen vermochte der Strom so heftig zu rülpsen, dass er ein ganzes Floß zum Kentern brachte. Zumindest erzählten das die Legenden. Denn wenn es geschah, blieb niemand am Leben, der davon hätte berichten können.

Andrees fragte sich häufig, warum man nicht von vorneherein geschlossene Systeme baute, die vollständig aus Terkonit bestanden. Mit den Flößen aus den Anfangstagen, wie man sie im

Hulborger Siedlermuseum oder im Flößermuseum von Dachro bestaunen konnte, hatten die heutigen Schiffe außer dem Namen ohnehin nichts mehr gemein. Angeblich gab es dafür konstruktionstechnische Gründe. Von Gewichts- und Schwerpunktsproblemen wurde gesprochen, aber Andrees glaubte eher, dass es einfach billiger kam, vorsichtig zu sein und Deckräumer zu beschäftigen, als ein Lavaschiff sicherer zu bauen.

Er blickte auf den Chronometer unter dem Fenster der Floßvaterkabine. Siebenundneunzig Minuten. So lange galt schon Erntebereitschaftsstufe drei. Noch immer gab der Spürer kein Signal. »Du hast recht«, sagte er zu Esko. »Die Flut setzt bereits ein.«

»Und wir alle wissen, was das bedeutet.«

»Er offenbar nicht.« Andrees Anderberg deutete nach oben zu Morten Aruunen. Der Oberste Floßvater residierte mit grimmigem Blick in seiner Kabine und starrte in die Ferne. Von seiner erhobenen Position aus konnte er über die Reling schauen. Seit vierzig Jahren führte er Flöße durch die Lava. Eine beachtliche Leistung, die einen Schatz an Erfahrungen mit sich brachte. Dennoch hatte er in dieser Saison schon einige umstrittene Entscheidungen getroffen. An Bord munkelte man, dies sei seine letzte Fahrt. Manche meinten, er ginge freiwillig in Ruhestand, andere behaupteten, die Reederei ziehe ihn aus Altersgründen vom Erntedienst ab.

»Ich weiß es auch nicht.« Esko und Andrees wandten sich um. Vor ihnen stand Jesper Göthberg, ein schlaksiger Junge mit ausgeprägten Wangenknochen. Die weißblonden Haare trug er bis zu den Schultern.

*Das wird ihm noch vergehen,* dachte Anderberg. *Wenn sich erst einmal ein paar Funken darin verfangen und ihm alles abgesengt haben.*

Esko Simonsens Gesicht verzog sich zu einem Grinsen. »Sieh an, unser Jungchen. Die Latrinen schon geleert, Japser?«

»Jesper«, korrigierte ihn der Bursche. »Und jawohl, die Latrinen sind geleert.«

Göthberg erlebte seine erste Erntesaison. Er mochte Anfang zwanzig, höchstens fünfundzwanzig sein. Wie man bei einem Baschronbaum das Alter an der Anzahl der Astebenen abzulesen vermochte, konnte man bei einem Flößer seine Erfahrenheit an der Zahl der Brandnarben erkennen. Jespers Haut zeigte noch keinerlei derartige Spuren. Das lag allerdings daran, dass er als Neuling, als Lavirgine, kaum jemals auf Deck kam. Kajüten schrubben, Frasnolien fürs Essen schälen und entkernen, das Feuer unter den Thermophilen-Tanks versorgen. Nichts anderes war die Aufgabe eines Neulings.

Ein Lavirgine galt als Mädchen für alles; für alles, was sonst niemand erledigen wollte. Überstand er seine erste Saison, ohne zu murren oder die Lust zu verlieren, begann im zweiten Sommer die Ausbildung zum Deckräumer. Machte er dabei eine gute Figur, konnte er es ab dem dritten Jahr zum Bergematrosen oder Tauführer bringen. Nur die wenigsten schafften es bis zum Taucher. Doch genau das war Jespers Ziel. Er wollte einer der besten und berühmtesten Thermophilen-Pflücker werden, die Skagsram bisher gesehen hatte. Nachts in den Hängematten erzählte er den Kameraden von seinem Wunsch. Und sie stachelten seine Begeisterung mit den alten Legenden noch an.

Wie der von Snorre Malmqvist, der sich am Grund eines Lavaflusses vom Terkonittau gelöst hatte, um zu einer Thermophilen-Siedlung zu laufen, die er sonst nicht erreicht hätte. Oder die von Ville Varila, der einen so großen Brocken geerntet hatte, dass er damit nicht mehr hatte auftauchen können. Also hatte er gewartet, bis ein Lavede vorbeigezogen war, ihm das Terkonittau um die Rückenkralle geschlungen und sich an die Oberfläche ziehen lassen.

Nichts als Geschichten, die sich ein Matrose ausgedacht haben mochte, um einen neugierigen Lavirginen zu begeistern. Jesper saugte sie in sich auf, als wären sie nahrhaft wie Frasnolienmus. Andrees hatte schon lange keinen so emsigen Lavirginen mehr gesehen. Er murrte nicht einmal dann, wenn er die Latrine ausleeren musste.

Guter Junge! *Ein Skagsramer zaudert nicht, er verrichtet mit Hingabe seine Arbeit.* Zweiter Hauptsatz der Regeln für ein gesellschaftliches Miteinander. Nicke Dahlqvist hatte wirklich gewusst, wovon er sprach. Andrees zweifelte allerdings an, dass der Gründervater jemals eine Latrine hatte reinigen müssen.

Natürlich konnte man die Exkremente der Flößer nicht unmittelbar in den Lavafluss pumpen, denn dazu hätte es einer Öffnung in der Terkonithülle bedurft, von der die Sicherheit an Bord gefährdet worden wäre. Vom explosionsartigen Verdampfen der Flüssigkeit ganz zu schweigen. Immer wieder versuchten sich die Werften an der Lösung dieses Problems. Hochdruckgeschütze, mit Terkonit ausgekleidete Schleusensysteme. Vieles hatten die Konstrukteure schon ausprobiert. Ein Rohrsystem, das den Unrat nach oben über die Reling pumpte, war daran gescheitert, dass es auf dem Testschiff geplatzt war und ein hochrangiges Regierungsmitglied von oben bis unten besudelt hatte. In der Lavaschifffahrt galt: Je einfacher und robuster die Technik war, desto besser funktionierte sie.

Hätte der Gründervater jemals einen Behälter voll Exkrementen auf die zehn Meter hohe Plattform am Heck eines Floßes schleppen und ihn von dort in die Lava entleeren müssen, dann hätte er seinen zweiten Hauptsatz womöglich anders formuliert.

*Ein Skagsramer zaudert nicht, es sei denn, er muss Scheiße in die Glut kippen.*

Esko lachte. »Du weißt nicht, was es bedeutet, wenn die Flut einsetzt? Japser, Japser, wie soll aus dir nur jemals ein Taucher werden?«

»Die Flut«, erklärte Andrees, »ist der natürliche Feind jedes Glutmatrosen. Dann fließt die Lava schneller zu den Ozeanen, ist unberechenbarer. Sie rülpst häufiger und heftiger als bei Ebbe. Es bilden sich tückische Strudel, die Viskosität und damit die Strömung änderten sich von einem Augenblick auf den anderen. Und das Gefährlichste: Die Temperatur des flüssigen Gesteins steigt um gute zweihundert Grad an.«

Jesper bekam große Augen. »Kann das Floß schmelzen?«

»Unsinn. Für die Terkonithülle der KRIEGSZAHN oder die Tauchanzüge der Thermophilen-Pflücker stellt das kein Problem dar, aber für die Laveden.«

»Was haben die denn damit zu tun?«

»Alles!«, warf Esko ein. »Was weißt du von ihnen?«

Der Junge dachte einen Augenblick nach. »Nicht viel. Ville Varila soll auf einem geritten sein. Sie zählen zu den merkwürdigsten Geschöpfen, die es auf dem Planeten gibt.«

»Das kannst du laut sagen«, meinte Andrees. »Seit über fünfzehn Jahren verrichte ich auf den Ernteflößen meinen Dienst. Und noch immer läuft mir ein Schauder über den Rücken, wenn ich einen Laveden sehe. Von allen Lebewesen, die Skagsram zu bieten hat, sind sie mir mit Abstand am liebsten. Je größer der Abstand, desto lieber, wenn du weißt, was ich meine.«

»Das verstehe ich nicht.«

»Das Bemerkenswerteste an ihnen ist, dass sie in der Lava leben. Wie du bestimmt weißt, hat ihnen die Evolution eine raue, zerklüftete Haut geschenkt, die der Gluthitze genügend Widerstand entgegensetzt.«

»Zumindest während der Ebbe«, ergänzte Esko Simonsen.

»Und bei Flut?« Jesper hing an ihren Lippen, lauschte jedem einzelnen Wort. Wissbegierig, emsig.

Guter Junge!

»Bei Flut«, fuhr Andrees fort, »reicht der natürliche Temperaturschutz nicht aus und die Tiere suchen zusätzliche Kühlung. Dazu springen sie gelegentlich aus der Lava in die Luft, lassen sich deren Kälte über die Haut streichen und klatschen zurück ins flüssige Gestein. Da Laveden eine Länge von bis zu fünfzig Metern und eine Masse von hundert Tonnen erreichen, sollte sich möglichst kein Floß in der Nähe aufhalten. Beim Aufprall des Tiers spritzen nämlich Unmengen von Lava durch die Luft, die als feuriger Regen an Deck niedergehen würden. Mit viel Pech landet der Lavede selbst an Bord. Die Folgen kannst du dir sicherlich ausmalen.« Er hob die Schaufel. »Die reicht dafür dann nicht mehr aus.«

»Aber die Legenden von Ville Varila und ...«

Esko winkte ab. »Wie du sagst: Legenden. In Wirklichkeit sind Laveden nicht annähernd so handzahm, wie die Geschichten sie gerne darstellen.«

»Aber sie halten doch sicher Abstand, oder?«

»Dummerweise suchen sie vor allem während der Flut die Nähe der Flöße. Oder besser gesagt: die Nähe der Kühlaggregate.«

Nun sah auch Jesper Göthberg zur Kabine des Obersten Floßvaters. »Warum bricht er die Schicht nicht ab, wenn die Ernte bei Flut so gefährlich ist? Gerade er muss es doch wissen!«

Esko Simonsen folgte Jespers Blick. »Oh, das weiß er auch, mein Junge. Aber es ist ihm egal. Muss ihm egal sein, wenn er die Erntequote einhalten will.«

Die Erntequoten! Anderberg seufzte. Die KRIEGSZAHN stand im Eigentum der Supra-Thermophilen-Händler Daniel Strömblad und David Sernsborg. Auf all ihren Flößen prangte am Bug das verschnörkelte DSDS-Logo. Das Unternehmen zählte zu den bedeutendsten auf Skagsram, wenn es nicht sogar *das* bedeutendste war. Die Lavaschiffer erhielten hervorragende Löhne, allen voran die Taucher. Dafür verlangte DSDS aber auch maximalen Einsatz und gab die Erntequoten vor. Erfüllte man sie nicht, speisten die Herren Strömblad und Sernsborg ihre Matrosen auch mal nur mit einem Bruchteil der vereinbarten Heuer ab. Die empfindlichsten Einbußen hatte dabei der Oberste Floßvater hinzunehmen, schließlich oblag es seiner Verantwortung, wie erfolgreich die Besatzung arbeitete. Kein Wunder also, dass Morten Aruunen Druck machte.

»Die Saison neigt sich dem Ende zu«, sagte Andrees, »und die bisherigen Erträge der KRIEGSZAHN sind jämmerlich. Du weißt es selbst am besten. Wie viele von den Tanks, in denen die Supra-Thermophilen lagern, musst du befeuern?«

»Fünf.«

»Von acht! Wenn wir einigermaßen im Schnitt lägen, müsste der siebte längst voll sein.«

»Oh!«

»Das hätte ich nicht besser ausdrücken können.«

Anderberg sah noch einmal zum Chronometer. Einhundertdrei Minuten waren vergangen, seit Morten Aruunen Erntebereitschaftsstufe drei ausgerufen hatte. Einhundertdrei Minuten, in denen der Einser- und der Zweier-Taucher eingezwängt in ihre Montur in der Nähe der geschlossenen Taucherschleuse auf ihren Einsatz warteten. Einhundertdrei Minuten, in denen die KRIEGSZAHN ergebnislos im Lavastrom kreuzte.

Er wusste, was das bedeutete. »Wenn innerhalb der nächsten sieben Minuten der Sucher nicht anschlägt, muss der Oberste Floßvater die Schicht abbrechen.«

»Warum?« Die Frage eines Lavirginen. Ebenso naiv wie dumm.

»Weil ein Thermophilen-Pflücker nicht länger als hundertfünfzig Minuten im Einsatz sein darf. Die medizinischen und psychologischen Tests, die wir vor jedem Saisonbeginn über uns ergehen lassen müssen, haben gezeigt, dass danach die Aufmerksamkeit drastisch nachlässt. Weil eine Ernte in der Lava etwa vierzig Minuten dauert, muss nach hundertzehn Minuten abgebrochen werden, wenn bis dahin nicht Erntebereitschaftsstufe vier gilt.« Andrees zuckte mit den Schultern. »Vorschriften. Nächstes Jahr wirst du davon mehr lernen, als dir lieb ist.«

»Was gibt's da unten zu palavern?« Morten Aruunen lehnte aus einem Fenster seiner Floßvaterkabine und sah zu ihnen herab. Er trug eine silbern schimmernde Kappe, von deren Saum durchsichtige Frostnesseln hingen. Rhythmisch strichen sie ihm über den Nacken und das Gesicht. Auf Freiebene A, im Schutz der gekühlten Terkonitreling, betrug die Temperatur erträgliche neunzig Grad, also nur zwanzig Grad über der normalen Sommertemperatur auf Jorkull, dem einzig besiedelten Kontinent Skagsrams. Doch höher gelegene Ebenen verfügten nicht über einen derartigen Kühlungswall. Natürlich hatte man auch in die Kabinenwände, die Planken und wo sonst noch möglich Klimazellen integriert. Doch gegen die Ausstrahlung der bis zu tausendvierhundert Grad heißen Lava kamen sie nicht so gut an wie die Reling. Deshalb griffen Besatzungsmitglieder auf den höheren Ebenen gerne auf Hilfsmittel wie die Frostkappe zurück. »Habt ihr nichts zu tun?«

»Um ehrlich zu sein, nein, haben wir nicht«, sagte Esko so leise, dass Aruunen es nicht hören konnte.

Das war auch besser so, denn der Oberste Floßvater machte im Augenblick nicht den Eindruck, als wäre er empfänglich für einen gepflegten Scherz.

»Begebt euch gefälligst auf eure Positionen«, plärrte Aruunen. »Sonst werde ich euch ...«

Was er ihnen androhen wollte, erfuhren sie nicht mehr.

Aus den Lautsprechern, die überall an Bord angebracht waren, drang plötzlich ein Knattern wie von einem Geigerzähler, nur Sekunden später gefolgt von einer Stimme: »Ortung!«

»Stufe vier!«, brüllte Aruunen, diesmal über die Lautsprecher. »Alle auf ihre Posten.«

»Unter Deck mit dir!«, befahl Andrees dem Lavirginen Jesper. Der gehorchte auf der Stelle. Während einer Ernte durfte sich kein Neuling draußen aufhalten. Zu groß war die Gefahr, dass er im Weg stand.

Andrees rannte die dreißig Meter quer über das Deck, die ihn von den Tauchern trennten. Bereits nach wenigen Sekunden brach ihm der Schweiß aus. War es nicht ungewöhnlich heiß heute?

Ach was, sicher nur die Anspannung, weil es endlich losging. Wieder begann das Narbengewebe um die leere Augenhöhle zu jucken. Bei seinem Gespräch mit Esko und Jesper hatte er das Gefühl glatt verdrängt. Doch nun brachte es sich umso eindringlicher in Erinnerung.

Esko Simonsen tauchte neben ihm auf sowie vier weitere Deckräumer. Jeder blieb neben einer der sechs Terkonitwannen stehen, die im Halbkreis um die Schleuse aufgereiht waren. Wenn der Strom jenseits der Reling so heftig rülpste, wie es sich diesseits anhörte, würden sie bald alle Hände voll zu tun haben.

Auf der KRIEGSZAHN griff nun ein Rädchen ins andere. Ein Ablauf, wie sie ihn viele Hunderte Male praktiziert hatten.

»Spürer!«, schepperte Aruunens Stimme aus den Lautsprechern. »Meldung!«

Lauri Parviainen, der in dieser Schicht die Sucherinstrumente bediente, reagierte sofort. Auch wenn seine Meldung nicht ganz den Vorschriften entsprach. Offenbar hatte ihn die Freude übermannt. »Ein großes Feld. Ach was, eine verdammt riesige Siedlung! Wenn wir die abgeerntet haben, sind unsere Tanks rappelvoll.«

Die Kabine des Spürers befand sich in der vordersten Spitze des Bugs. Von hier aus bestrich Parviainen mit einem Gerät, das den klangvollen und außerordentlich originellen Namen *Sucher* trug, den Lavafluss mit radioaktiver Ionenstrahlung. Sobald das Instrument auf Thermophile stieß, schlug es an und knatterte wie eine Fahne im Wind. Zugegeben, eine primitive Methode der Ortung, aber wie bei den Latrinen hatten sich sämtliche technisch ausgefeilteren Ansätze als unpraktikabel erwiesen.

Offenbar glaubte Parviainen, seiner Meldung noch eine weitere persönliche Note verleihen zu müssen. »Leck mich am Arsch, so eine Menge hab ich noch nie gesehen.«

Aus seinen Worten sprach die Erleichterung darüber, dass die Saison doch ein versöhnliches Ende fand. Vermutlich aus diesem Grund erteilte ihm Aruunen auch keine Rüge für sein ungebührliches Verhalten.

Andrees atmete so tief durch, dass er die Hitze in der Lunge fühlte. Er wusste nicht, ob er die Begeisterung des Spürers teilen oder sich bei einem so großen Feld eher sorgen sollte, dass der Oberste Floßvater nach vierzig Minuten nicht die Schicht beenden, sondern nur die Taucher ablösen lassen würde. Und das bei stetig steigender Flut. Niemals würde Aruunen es riskieren, dass die Thermophilen-Siedlung bis zum Einsetzen der Ebbe weiterwanderte und womöglich im Ozean verschwand!

»Die KRIEGSZAHN auf Taulänge ans Feld steuern«, befahl er. »Ankermeister, Abschusswinkel berechnen!«

Der einäugige Deckräumer zog Handschuhe aus der Tasche seines Schutzanzugs und stülpte sie sich über. Sie reichten bis über die Ellenbogen. Mit einer Bewegung, die ihm längst in Fleisch und Glut übergegangen war, prüfte er den Sitz der Thermohaube, die noch in seinem Nacken hing.

Einsatzbereit. Gut so.

Den Männern mit den Schaufeln blieben noch einige Minuten, bis sie gefordert waren. Die Reling gab die Schleusen zur Hölle stets erst im letzten Moment frei. So ließ Andrees seinen Blick noch einmal über Deck gleiten.

In Bugnähe öffnete sich eine Luke und die drei Meter hohe Ankerkanone schob sich empor. Für wenige Sekunden bot ihre eisbedeckte Oberfläche einen bizarren Anblick, dann schmolz das Eis auch schon weg. Obwohl Andrees es nicht sehen konnte, weil ihm die Deckaufbauten die Sicht nahmen, wusste er, dass gute zweihundertfünfzig Meter weiter hinten am Heck des Floßes das Gleiche geschah.

Nun musste es selbst dem letzten Besatzungsmitglied klar werden: Der Oberste Floßvater wollte das Thermophilen-Feld abernten, egal wie lange es dauerte. Für nur eine Tauchschicht hätten die Maschinen die KRIEGSZAHN in Position gehalten. Hatte man aber vor, über Stunden hinweg an einem Fleck zu schwimmen, empfahl sich der Einsatz der Ankertaue. Vor allem bei Flut hätte sonst die Gefahr bestanden leicht abzutreiben.

Ein dumpfes Krachen ertönte auf der anderen Seite der Reling, als hätte jemand von draußen angeklopft.

Andrees stöhnte innerlich auf. Gerade eben war er sich noch nicht sicher gewesen, doch nun hatte er sich festgelegt: Die Fluternte war keine gute Idee. Ein unbehagliches Gefühl überkam ihn, beinahe so etwas wie eine Vorahnung.

Seine Gedanken schweiften in die Vergangenheit, wie so oft in den vier Jahren nach seinem Unfall. Auch damals hatten sie eine Thermophilen-Siedlung bei Einsetzen der Flut abgeerntet. Er hatte als Einser-Taucher fungiert, also als der eigentliche Pflücker. Es war eine großartige Ernte gewesen, und alle Besatzungsmitglieder hatten sich in einer Art Rausch befunden. Auch er – bis zu seinem Aufstieg.

Der Tauführer hatte ihn aus der Lava gezogen und an Deck abgesetzt. Wie es Vorschrift war, hatten sie hinter ihm die Schleuse geschlossen. Sie hatten abgewartet, bis die letzten Reste flüssigen Gesteins vom Schutzanzug aus Lavedenhaut gerutscht und von den Deckräumern in die Terkonitwannen geschaufelt worden waren. Dann erst hatten sie sich daran gemacht, die Thermophilen-Knollen und die mehrschichtige Wickelung der lavaabweisenden Schutzfasern zu entfernen.

Leider war niemandem aufgefallen, dass kurz vorher vom Strom ein fingernagelgroßes Lavaklümpchen über die Reling gerülpst worden war, das sich in der Nähe von Andrees' Schulterblatt festgesetzt hatte. Mit der Euphorie der großen Ernte hatten die Deckräumer und Bergematrosen ihn von der Lavedenhaut befreit. Dabei hatte sich der glühende Stein gelöst, war ihm ins Auge geschossen und hatte seine Laufbahn als Taucher beendet.

Lavaflößer bildeten eine verschworene Gemeinschaft. Und so nahmen die Kollegen ihn bereits in der nächsten Saison mit offenen Armen wieder bei sich auf, obwohl er wegen des fehlenden Auges kein Pflücker mehr sein konnte. Die Ara-Ärzte in der Klinik von Hulborg hatten ihm angeboten, das Narbengewebe zu glätten, fotosensorische Zellen in die leere Augenhöhle zu pflanzen und sie mit dem Sehnerv zu verbinden. Niemand hätte den Unterschied bemerkt. Nicht einmal er selbst. Dennoch hatte er abgelehnt.

*Gehe den dir vorbestimmten Weg. Hinterfrage nicht die Pläne des Schicksals, sondern nimm sie mit Freuden an.* Vierter Hauptsatz der Regeln für ein gesellschaftliches Miteinander.

Jeder Flößer trug seine Narben mit Stolz. Sie zeigten, dass er sich der Lava gestellt hatte, bewiesen seinen Arbeitseifer und Mut. Egal, ob es sich um den Verlust von ein paar Quadratmillimetern Haut oder um den eines Fingers oder eines Fußes handelte. Oder um den eines Auges. Das damalige Floß war die KRIEGSZAHN gewesen. Der Oberste Floßvater Morten Aruunen. So wie heute.

Andrees blickte hinauf zur Kabine. Hinter dem Thermoglas konnte er Aruunens Gesicht deutlich ausmachen. Es leuchtete schier vor Erregung.

»Kanonen ausgerichtet, Abschusswinkel eingestellt«, meldete die Stimme des Ankermeisters.

Kurz darauf erklang der Steuermann. »Floß in Taulänge zur Siedlung positioniert.«

Der Oberste Floßvater war zufrieden. »Ankermeister, feuern Sie die Haken ab.«

Ein lautes Zischen ertönte. Die zwei entgegengesetzten Läufe beider Ankerkanonen schossen je einen Terkonithaken an das Ufer des Lavaflusses, wo sie sich an genau vorausberechneten Punkten an einer Felswand oder an Lavabäumen festkrallten. Vier fingerdicke Nyralonseile verbanden die KRIEGSZAHN mit den Ankerhaken und hielten das Floß auf Position. Bisher war es noch niemandem gelungen, eine Methode zu entwickeln, mit der man einen Anker wirkungsvoll direkt in der Lava ausbringen konnte. Deshalb benutzte man noch immer das VPKS, das Vier-Punkte-Kreuz-System, auch wenn es einen entscheidenden Nachteil besaß.

Manche Lavaflüsse erreichten eine Breite von fünf Kilometern oder mehr. Wenn ein Floß in der Nähe eines Ufers ankern wollte, bedurfte es eines ebenso langen Taus, um es auf die andere Seite zu schießen. Dieses Seil musste ultraleicht sein, um es über die entsprechende Distanz punktgenau in einem Felsen verankern zu können. Zugleich benötigte es eine ungeheure Reißfestigkeit. Nyralon, eine Eigenentwicklung der Skagsramer aus den Fasern des Baschronbaums, vereinte all diese Eigenschaften in sich – allerdings nur, solange man es bei Temperaturen unter dem Gefrierpunkt lagerte. Verließen die Seile erst einmal die vereisten Kanonen, blieben noch etwa fünf Stunden, bis sie spröde wurden und rissen. Selbst direkter Kontakt mit der Lava ließ sie nicht entflammen, verringerte die Haltbarkeit aber drastisch.

»Haken verankert«, kam die Meldung. »Taue gespannt.«

»Also gut, Flößer«, sprach Morten Aruunen die rituellen Worte. »Dann lasst uns die Ernte einbringen!«

Wie die anderen Deckräumer zog Andrees die Schutzhaube über. Sofort drangen die Geräusche nur noch gedämpft an seine Ohren. Wie von Geisterhand gestoßen glitt ein Teil der Reling nach unten. Das Taucherschott.

Es lag knappe zwei Meter oberhalb des Lavaspiegels. Nicht hoch genug! Als habe der Strom nur darauf gewartet, rülpste er einen Schwall flüssiger Glut durch die Öffnung. Eine unbeschreibliche Hitze quoll durch die Lücke im Kühlungswall. Ohne die Schutzanzüge hätte sie ihnen die Haut von den Knochen gebrannt.

Jeder Räumer war für ein Dreißig-Grad-Segment um das Schott verantwortlich. Andrees hatte den Eindruck, der Strom habe ihm das größte Geschenk hingespuckt. Besaß er doch ein Bewusstsein, einen boshaften, hinterhältigen Willen?

*Lass uns den einäugigen Ex-Taucher etwas verspotten. Wollen doch mal sehen, was er so drauf hat.*

*Unsinn!* Andrees verdrängte den Gedanken. *Denk lieber an das, was Nicke Dahlqvist seinem Volk mit auf den Weg gegeben hat.*

Mit zwei Schritten war er bei dem Klumpen.

*Erfülle die Aufgaben, die das Leben dir stellt.*

Er stach das Schaufelblatt in die Masse und brach ein Stück daraus hervor.

*Darin liegt Zufriedenheit.*

Seitlich tropfte Lava von der Schaufel. Darum würde er sich später kümmern. Jetzt musste er erst einmal diese Ladung in die Terkonitwanne schaffen.

*Ein Skagsramer zaudert nicht ...*

Die Glut klatschte in den Behälter. Dann das nächste Schaufelblatt voll. Und das übernächste.

*... er verrichtet mit Hingabe seine Arbeit.*

Endlich hatte er seinen Sektor gesäubert. Unterbewusst wartete er darauf, dass der Strom wieder rülpste, ihn erneut verspottete. Doch das geschah nicht. Die Lava zeigte sich ruhiger, als er befürchtet hatte.

Er wollte zu den beiden Tauchern schauen, doch er wusste, dass es zu spät war. Während er mit seiner Aufgabe beschäftigt gewesen war, hatten sie den Sprung bereits gewagt. Zwei armstarke Terkonitseile verliefen von einer Winde auf Ebene B bis zum Schott und darüber hinaus.

Andrees hatte den Abstieg verpasst. Den Moment, der für ihn als Pflücker immer der erhebendste gewesen war, hatte er doch den Willen und die Fähigkeit der Skagsramer dokumentiert, den unwirtlichsten Umweltbedingungen zu trotzen. Er konnte es sich nicht erklären, aber plötzlich überkam ihn ein Gefühl des Verlustes. Nicht einmal der Gedanke an Nicke Dahlqvists Regeln des gesellschaftlichen Miteinanders verschaffte ihm Erleichterung.

## Kapitel 2

### Nicke Dahlquist, Glutöl, Perry und ich

*Behandle deine Umwelt mit Respekt,*
*dann wird auch sie dich mit Respekt behandeln.*
*(Siebter Nebensatz der Regeln des gesellschaftlichen Miteinanders)*

»Und bei dieser Dame handelt es sich um Ata Mathiesen.«

Nithis betätigte einen Sensor auf dem Schaltfeld vor sich und im Holowürfel erschien der Kopf einer weißblonden Frau. Ihr Gesicht wirkte kühl, beinahe schon überheblich und unnahbar, was ihrer Attraktivität allerdings keinen Abbruch tat. Im Gegenteil. Auch die Narben auf den Wangen und der Stirn unterstrichen ihre faszinierende Ausstrahlung eher, als dass sie ihr schadeten.

Perry Rhodan setzte sich in seinem Sessel auf und betrachtete das Hologramm. Offenbar hatte ihn das Aussehen des Gesichts sofort eingefangen.

Da mochten sie auf ein über tausendjähriges Leben zurückschauen und sich vom Risikopiloten und Major der U.S. Space Force zum Großadministrator des Solaren Imperiums entwickelt haben, wenn sie eine schöne Frau sahen, benahmen sie sich noch immer, als seien sie gerade in Felle gehüllt aus der Höhle getreten. Terraner!

*Als ob das Gesicht einen Arkoniden kalt lassen würde,* spottete mein Extrasinn. *Da mögen sie auf ein über elftausendjähriges Leben zurückblicken und sich vom Kristallprinzen zum Lordadmiral und Chef der USO entwickelt haben, der weiblichen Schönheit erliegen sie doch.*

Ich verzichtete auf Widerspruch. Er hätte nur zu einer Diskussion geführt, in der ich ohnehin den Kürzeren gezogen hätte. Also setzte auch ich mich aufrecht hin und betrachtete das Holo.

Perry saß mir an dem Tisch des kleinen Konferenzraums der NEW HOPE direkt gegenüber. Bei uns hielt sich der Berater für kosmopolitische Fragen und fremde Gebräuche auf, ein Terraner mit schwarzen Augen, ebensolchen Haaren und einer tiefen, brummenden Stimme, die in dem massigen, aber höchstens einen Meter sechzig großen Leib einen geeigneten Resonanzkörper fand. Sein Name lautete Nithis.

Arco Nithis.

Offenbar hatten sich seine Eltern bei der Wahl des Vornamens in einer besonders albernen Stimmung befunden.

»Was sind das für Narben in ihrem Gesicht?«, fragte Rhodan. »Doch nicht etwa die Überbleibsel von Lashat-Pocken?«

»Nein«, entgegnete Nithis. »Ata Mathiesen hat den Planeten Skagsram nie verlassen. Sie war folglich nie dem Seuchenerreger von Lashat ausgesetzt. Vielmehr handelt es sich um Hitzenarben, wie Sie sie auch auf den Gesichtern vieler Landsleute Mathiesens finden werden.«

Ich musterte den Großadministrator mit zusammengekniffenen Augen. Warum stellte er eine so lächerliche Frage? Mit Ronald Tekener, der sich die Krankheit bei einem Einsatz auf dem Planeten Lashat zugezogen hatte, kannte er einen der wenigen Überlebenden der gefürchteten Pocken. Die tiefen Lashatnarben, die Tekeners gesamten Körper entstellten, besaßen keinerlei Ähnlichkeiten mit den Schäden in Ata Mathiesens Gesicht. Erkannte Perry das nicht?

*Natürlich erkennt er es,* belehrte mich mein Logiksektor. *Er spielt mit sinnlosen Fragen auf Zeit. Er will die Erinnerung an Skagsrams Vergangenheit und seine Rolle darin so lange wie möglich hinausschieben. Ein tief in den Genen verwurzeltes Fluchtverhalten.*

Erst als Perry mir einen giftigen Blick zuwarf, bemerkte ich, dass ich grinste.

»Gibt es einen Grund für deine Heiterkeit?«

Ich dachte gar nicht daran, das Grinsen von meinen Lippen zu nehmen. »Ich musste nur gerade an etwas denken.«

»Fein. Können wir dann jetzt bitte weitermachen?«

*Er fühlt sich durchschaut.*

Arco Nithis blickte von mir zu Perry und dann wieder zu mir. »Ata Mathiesen hat die Stellung des Ombudsmanns inne.«

»Sie ist demnach die Regierungschefin von Skagsram«, sagte Rhodan. Er versuchte also, weiter Zeit zu schinden.

»Korrekt.«

Ich beschloss, Perry zu unterstützen, indem ich ebenfalls ein paar Fragen stellte, auf die ich die Antworten längst kannte. »Ombudsmann? Ist das der zutreffende Titel bei einer Frau? Müsste es nicht Ombudsmännin oder Ombudsfrau heißen?«

Der Berater zögerte für einen Augenblick. Vermutlich überlegte er, ob ich ihn auf den Arm nehmen wollte. Er entschied sich dagegen. »Nein. Das Wort stammt aus dem terranischen Sprachgebrauch und bezeichnet eine Art Schiedsrichter, eine unparteiische Vertrauensperson. Seinen Ursprung besitzt der Begriff im Altnordischen.« Er ratterte den Text herunter, wie er ihn aus einer der Datenbanken entnommen haben musste. »Bedenken Sie, dass die Skagsramer ihre Ahnenlinie zum Großteil auf Terra-Siedler zurückführen, die Ende des einundzwanzigsten Jahrhunderts mit den Schiffen SKAGERRAK, FREYA, SKJÖLDUR und TURKKU auf diesen Planeten gelangt sind. Schon die Namen dürften Ihnen klarmachen, dass die Siedler hauptsächlich skandinavischer Herkunft waren.«

Nun war Nithis in seinem Element. Er war ein wirklich netter Kerl, der nur einen Fehler besaß: seine Mitteilsamkeit. Wenn man sein übersprudelndes Wissen anbohrte, brachte man es nur mühsam zum Versiegen.

»Im Gegensatz zu manchen terranischen Regionen der damaligen Zeit legte man keinen Wert darauf, jedem Titel oder jeder Bezeichnung eine weibliche Form aufzuzwängen. Eine weise Entscheidung, wenn Sie mir diese Bemerkung erlauben. Denn auf einem Extrem-Planeten wie Skagsram überlebt man nur, wenn man eine starke Einheit bildet. Wenn man sich in Nebensächlichkeiten aufreibt, hat man keine Chance. Warum zum Beispiel hätte man die Leute *Siedler und Siedlerinnen* nennen sollen? Umständlich, zeitraubend und ohne jeglichen Informationswert.«

Dies war die letzte Besprechung vor unserem Eintreffen auf dem Planeten und Arco Nithis' Aufgabe war es, uns ein Gefühl für ihn zu vermitteln. Der Großteil der Daten war uns natürlich bekannt, aber wir wollten dem Berater nicht das Vergnügen rauben, mit seinem Wissen zu glänzen. Der USO-Kreuzer NEW HOPE, der uns an Bord genommen hatte, befand sich bereits im Anflug auf Skagsram. Während der Reise hatten hauptsächlich politische Themen meine Gespräche mit Perry Rhodan beherrscht.

Wir hatten in unserer Erinnerung den Krieg gegen die Zeitpolizei noch einmal aufleben lassen. Auch wenn seitdem schon beinahe siebenhundert Jahre terranischer Zeitrechnung vergangen waren, bestimmten seine Auswirkungen noch immer das Bild der Milchstraße. Das Solare Imperium war zersplittert, aus den abgespalteten Systemen hatten sich neue, große Sternenreiche der Menschheit gebildet.

Da war zum einen der Carsualsche Bund der Ertruser, der nun unter der Herrschaft des Triumvirats Nos Vigeland, Terser Frascati und Runeme Shilter stand. Alle drei waren Träger von Zellaktivatoren, welche sie auf alles andere als ehrenhafte Art erbeutet hatten. Ebenfalls ins Bild gehörten das Reich des klugen, charmanten und völlig skrupellosen Kolonialterraners Shalmon Kirte Dabrifa, das der Herrscher zur Vermeidung von Missverständnissen schlicht »Imperium Dabrifa« nannte, und die Zentralgalaktische Union, jene durch einundzwanzig Kalfaktoren von Rudyn aus regierte Kollektivdiktatur.

Wir hatten über Artemio Hoffins geplaudert, den Anführer der Schwarzen Garde, wie man Dabrifas Geheimdienst bezeichnete. Er hatte vor siebzehn Jahren seinen großen Herrn und Meister, den durchlauchtigsten Imperator persönlich, betrogen und schmählich im Stich gelassen. Ich hatte ihn schließlich mattsetzen können und über Tipa Riordan an Dabrifa ausgeliefert.

Tipa Riordan! Auch sie hatte Perry und mich in unseren Gesprächen beschäftigt. Die Chefin der Piraten hatte ebenfalls auf zweifelhaftem Weg einen Zellaktivator an sich gebracht. Nun sah sie zwar immer noch so aus, als würde man nicht mehr lange auf ihr Ableben warten müssen, doch dank ihrer relativen Unsterblichkeit würde dies auf absehbare Zeit wohl nicht eintreten. Eine alte Hexe, aber Perry schätzte sie.

Über die Fracowitz-Systemstaaten hatten wir gesprochen, uns über die Milchstraßen-Tefroder die Köpfe heiß geredet, und auch die Ross-Koalition und die Wissenschaftler nicht ausgelassen. In einer Zeit, in der die Geheimdienste Hochkonjunktur hatten, in der jede Gruppe intrigierte und versuchte, sich kleine Vorteile gegenüber den anderen zu ergaunern, gab es wahrlich genügend Gesprächsthemen.

Zumindest hatten sie dafür ausgereicht, dass Perry und ich ein Thema krampfhaft hatten vermeiden können: unsere erste und einzige Begegnung mit Nicke Dahlqvist, dem Gründervater von Skagsram. Wobei es mein terranischer Freund war, dem die Erinnerung daran peinlich war. Ich hatte sie eher als amüsante Anekdote im Gedächtnis.

*Und das trügt dich dank meiner Mithilfe ja nie,* kommentierte mein Extrasinn.

*Richtig*, erwiderte ich in Gedanken.

»Oddo Karismäki«, holte mich Nithis' Stimme in die Gegenwart zurück. Der Holowürfel zeigte inzwischen ein anderes Gesicht, das so gar nichts von der Attraktivität der schönen Ata Mathiesen aufzuweisen hatte. Allein von der Kopfform und der Breite des Nackens erschien mir der dargestellte Mann massiger als die Regierungschefin Skagsrams. Er mochte siebzig Jahre alt sein. Auf der linken Kopfhälfte bildete sein schwarzes Haar ein undurchdringliches Gestrüpp aus Locken, während es auf der rechten glatt bis über das Ohr hing. Eine genetische Besonderheit? Eine Modeerscheinung auf dem Planeten oder lediglich Ausdruck seiner Persönlichkeit? Ich wusste es nicht. Auch wenn es sich nur um ein Hologramm handelte, erweckten die Augen mit ihren goldroten Iriden den Eindruck, als beobachteten sie uns.

»Er ist Skagsrams Hetman«, fuhr Arco Nithis fort. »Also so etwas wie der Verteidigungs- oder Kriegsminister. Das ist umso bemerkenswerter, wenn man bedenkt, dass der Planet noch nie an irgendeinem Kriegsgeschehen beteiligt war. Zugleich ist er Befehlshaber der Ordnungskräfte, der Skuldare, und stellvertretender Ombudsmann. Mit anderen Worten: Er ist die Nummer zwei auf Skagsram.« Nithis wandte sich mir zu. »Und bevor Sie fragen: Auch wenn er eine Frau wäre, würde man nicht von einer Hetmännin sprechen.«

Ich lächelte gequält. »Danke sehr.«

»Die restliche Regierung besteht aus Haknur Hakilaunen, dem Ernte- und Wirtschaftsminister. Für sein Amt gab es offenbar keinen wohlklingenden Begriff. Von Hakilaunen erzählt man sich, er sei ein direkter Nachfahre von Nicke Dahlqvist, dem von allen Skagsramern verehrten ...«

Perry winkte ab. »Das ist nicht nötig. Erzählen Sie uns lieber noch etwas über den Planeten selbst. Immerhin ...« Er räusperte sich. Täuschte ich mich, oder färbten sich seine Wangen ein wenig rot? »Immerhin ist es über tausend Jahre her, dass ich zuletzt hier war.«

»Wie Sie wünschen.« Nithis betätigte zwei Sensoren auf dem Steuerfeld, und Oddo Karismäki, stellvertretender Ombudsmann und unterbeschäftigter Kriegsminister, verabschiedete sich aus dem Holowürfel. Stattdessen erschien die schematische Darstellung eines Sonnensystems mit sechzehn Planeten. »Das Losson-System liegt etwa eintausenddreihundert Lichtjahre von der Erde entfernt ...«

*Eintausendreihundertdreizehn,* präzisierte mein Extrasinn.

*Sei doch nicht so pingelig,* gab ich gedanklich zurück.

»... und sechsundvierzig Lichtjahre unterhalb der Milchstraßen-Hauptebene. Skagsram ist der dem Muttergestirn zweitnächste Planet. Bemerkenswert sind seine mineralische Zusammensetzung und die Temperaturen im Inneren, die erheblich über denen Terras liegen. Dadurch weist die an vielen Stellen an die Oberfläche tretende Lava eine Viskosität auf, die – wenn Sie mir den Vergleich erlauben – an Honig erinnert.« Das Holo zoomte heran und präsentierte den Planeten in Echtfarben. Ich zählte fünf Kontinente. Vier davon schimmerten in einem tiefen Orangeton, der am Nordpol gelegene sechste zeigte ein schmutziges Grünbraun. Von den dazwischen liegenden Ozeanen konnte man kaum etwas erkennen, da sie unter gelblichen Wolken verborgen lagen. »Ein Umlauf um die Sonne dauert vierhundertvierzehn Tage, eine Rotation um sich selbst zweiundzwanzig Stunden. Es umkreisen drei Monde den Planeten: Sigja, Vernedur und Oban. Der größte von ihnen ...«

Wieder unterbrach Perry die Wissensflut. »Überspringen Sie doch die astronomischen Details und erzählen uns etwas über die Bevölkerung.«

»Natürlich. Von den etwa zwanzig Millionen Einwohnern leben fast alle auf Jorkull, dem Kontinent am Nordpol, von diesen wiederum die Hälfte in der Hauptstadt Hulborg. Sie finden nur sehr wenige andere Spezies. Selbst terranische

Zuwanderer sind selten, weil die sich nur mühsam integrieren können. Für die Skagsramer zählen nur die Regeln ihres Gründervaters Nicke Dahlqvist, eines strebsamen, enthaltsamen Siedlers. Er formulierte ...«

Zum dritten Mal fiel Perry dem Berater ins Wort. »Ich denke, das genügt fürs Erste. Danke, Sie können sich zurückziehen.«

Für einen Augenblick wirkte Arco Nithis verblüfft, beinahe schon gekränkt. Sicherlich hatte er noch Unmengen an weiterem Wissen getankt, das er nun nicht mehr an den Mann bringen konnte. Er sagte jedoch nur: »Jawohl, Sir!« und verließ den Konferenzraum.

Als sich die Tür hinter ihm geschlossen hatte, warf ich Perry einen belustigten Blick zu. »Er kann nichts dafür!«

Der Terraner stand aus dem Sessel auf und wandte sich von mir ab. »Wofür?«

»Ach, komm schon. Du weißt genau, wovon ich rede. Von den Erlebnissen, die du zu verdrängen versuchst, seit ich dich zu unserem kleinen Staatsbesuch auf Skagsram überredet habe.«

Für einige Sekunden sagte er nichts, stand nur mit hinter dem Rücken verschränkten Armen da und starrte die Wand an. Dann fuhr er herum.

»Na schön, du Nerventod. Wenn du dich unbedingt in meinem Leid suhlen willst, dann lass uns darüber reden.«

»Meinetwegen ist das nicht nötig«, erwiderte ich.

*Heuchler,* kommentierte mein Logiksektor.

»Heuchler!«, sagte Perry. »Also, lass uns über Nicke Dahlqvist sprechen.«

Meine Gedanken trieben über tausend Jahre in die Vergangenheit. In eine Zeit, in der Perry Rhodan noch auf die jung erhaltende Wirkung der Zelldusche angewiesen war und deshalb auf so manche Segnung des Zellaktivators hatte verzichten müssen.

*Als hätte das einen Unterschied gemacht,* erinnerte mich mein Extrasinn. Wie immer hatte er recht.

Nicke Dahlqvist sah kein bisschen so aus, wie man sich einen Staatsmann vorstellte. Seine weizenblonden Haare standen von seinem Kopf ab, als sei er gerade erst aus dem Bett aufgestanden. Auf seinem Gesicht tummelten sich mehr Sommersprossen als Sterne in der Milchstraße und verliehen ihm trotz seines Alters von vierzig Jahren einen lausbubenhaften Charme. Zwischen den Schneidezähnen prangte ein kleiner Spalt, der diesen Eindruck noch verstärkte, wenn Dahlqvist lächelte. Und er lächelte oft!

»Willkommen auf Skagsram!« Er streckte uns die Hand zum Gruß entgegen und natürlich lächelte er. »Nehmen Sie bitte Platz.« Dahlqvist deutete auf einen reich gedeckten Tisch mit drei Stühlen. »Bitte entschuldigen Sie, dass ich Sie an Bord der SKAGERRAK empfange, aber meine privaten Räume hier haben doch erheblich mehr Komfort zu bieten als die schlichten Häuser in Hulborg. Wir sind zwar schon vor über fünf Jahren gelandet und schuften von früh bis spät, aber Bequemlichkeit zu schaffen steht dabei nicht an oberster Stelle.«

»Natürlich«, sagte Perry. »Danke für die Einladung.« Wir setzten uns.

»Hatten Sie bereits Gelegenheit, sich etwas umzusehen?«

»O ja«, erwiderte ich. »Matti Holmgren hat uns die Stadt gezeigt. Sehr beeindruckend, wie Sie sich in so einer Gegend behaupten.«

»Matti? Ein fleißiger junger Mann. Ich mag ihn, wenn er mir auch eine Spur zu emsig ist. Er könnte sein Leben durchaus etwas mehr genießen. Nun ja, soweit das auf einem Planeten wie Skagsram möglich ist.«

Dahlqvist war der Kommandant der SKAGERRAK. Doch auch die Besatzungen und Siedler auf den anderen Schiffen sahen ihn als ihren Befehlshaber an. Während der Führung durch Hulborg hatten wir erfahren, dass die Menschen an ihm vor allem seine lebensfrohe, unkomplizierte Art schätzten.

»Das Leben auf Skagsram ist hart genug«, sagten sie. »Da können wir keinen Griesgram als Oberhaupt gebrauchen.« Deshalb hatten sie Nicke Dahlqvist kurz nach ihrer Ankunft zum Ombudsmann gewählt, der als Schiedsmann im Sinne des terranischen Rechts die Geschicke der Kolonie lenkte.

Rhodan sah aus dem Fenster der SKAGERRAK auf den Planeten, über dem sie schwebten. Auf die Lavaflüsse, die die Kontinente wie Adern durchzogen, auf die dicken Nebelschwaden über den Meeren. »Ihr Leben hier ist sicher kein Zuckerschlecken.«

»Halb so wild.« Wieder blitzte die Zahnlücke, obwohl sie doch nur ein Spalt war. »Als Skandinavier hat man den Umgang mit einer rauen Natur in den Genen.«

»Wobei Ihre Vorfahren nicht gerade mit der Hitze zu kämpfen hatten«, erwiderte Perry. »Eher im Gegenteil.«

Dahlqvist lachte und hob die Arme. »Das ist wahr. Darf ich Ihnen etwas zu trinken anbieten?« Er nahm eine Karaffe von der Mitte des Tischs und goss eine tiefrote, sämige Flüssigkeit in die Kelche vor uns.

Rhodan hob noch abwehrend die Hände, doch es war zu spät. »Was ist das?«, fragte er.

Die Augen des Ombudsmanns leuchteten. »Wir nennen es Glutöl. Haben Sie im Süden der Stadt das große Feuerblumenfeld gesehen?«

Wir bejahten.

»Leider ist es noch ein wenig zu kühl.«

*Zweiundfünfzig Grad?*, warf mein Logiksektor ein.

»Die Blumen blühen erst ab einer Temperatur von sechzig Grad. Da haben Sie ein einzigartiges Schauspiel verpasst. Auch wenn man Männern wie Ihnen gegenüber mit solchen Äußerungen vorsichtig sein muss, wage ich zu behaupten, dass Sie so etwas Beeindruckendes noch nie gesehen haben. Die Blüten erstrahlen in den unterschiedlichsten Rottönen. Sie flimmern und flackern und verströmen einen betörenden Geruch. Es sieht dann aus, als ob das Feld brennt.« Dahlqvist griff zu seinem Kelch und nahm einen großen Schluck. »Aus den Samen und Wurzeln der Blumen gewinnen wir dieses wunderbare Getränk. So haben wir die Glut und das Feuer für Zeiten eingefangen, in denen unter sechzig Grad herrschen.«

Ich nahm mein Gefäß und schnupperte. Ein herrlich süßes Aroma umschmeichelte meine Nase. »Ist es alkoholhaltig?« Mir konnte es egal sein, da ich dank meines Zellaktivators Unmengen hätte trinken müssen, bevor ich die Wirkung bemerkt hätte. Perry verfügte allerdings nicht über einen derartigen Schutz.

So zwanglos unser bisheriges Gespräch verlaufen war, wussten wir doch, welchen Zweck Dahlqvists Einladung verfolgte. Es ging um Skagsrams Unabhängigkeit von Terra. Ein heikles Thema. Deshalb mied Perry Alkohol.

»Überhaupt nicht!« Mit einem weiteren riesigen Schluck leerte der Ombudsmann seinen Behälter und schenkte sich sofort nach. »Sie werden doch nicht undiplomatisch sein und mich allein trinken lassen? Ich wäre zutiefst gekränkt.« Sein Lächeln zeigte, dass er es nicht ernst meinte. »Na los, kosten Sie mal.«

Ich nippte an meinem Kelch und eine Lawine überrollte meine Geschmacksknospen. Eine angenehm herbe Süße explodierte förmlich in meinem Mund, kroch unter die Zunge und über den Gaumen. »Das ist fantastisch!«, gab ich zu. Wohlige Wärme füllte mich aus, sickerte bis in die letzte Faser meines Körpers. Ich nahm einen weiteren, diesmal deutlich größeren Schluck und genoss das Geschmackserlebnis.

Perry folgte meinem Vorbild.

Der Abend verging wie im Flug. Zu meinem Erstaunen spürte ich einen angenehmen Rausch, obwohl das wegen meines Zellaktivators unmöglich war. Und dabei blieb es nicht. Die Stimmung stieg, und nach weiteren fünf oder sechs Kelchen lachten wir über die geringsten Kleinigkeiten.

»Du hast geschwindelt!« Ich drohte Nicky, wie wir ihn inzwischen nannten, mit dem Zeigefinger und schenkte mir nach. »Da muss Alkohol drin sein! Prost.«

»Es würde mir nie einfallen, euch anzulügen. Das ist ja das Geniale am Glutöl. Es enthält keinerlei Alkohol oder sonstige Stoffe, die dem Körper schaden könnten. Aber durch einen Bestandteil aus den Wurzeln der Feuerblumen gaukelt es den Synapsen des Gehirns vor, betrunken zu machen. Das Hirn reagiert, wie man es von ihm erwartet: mit einem Rausch!« Er lachte schallend. »Ich liebe dieses Zeug.«

*Deshalb also schützt dich der Zellaktivator nicht davor. Er erkennt das Getränk nicht als Gift.*

*Das ist ja auch kein Gift*, belehrte ich meinen Logiksektor. *Sondern sehr lecker!*

*Dennoch solltest du dich etwas zurückhalten.*

*Ach, halt die Klappe du Spielverderber! Lass mir doch den Spaß, auch mal wieder einen draufmachen zu können.*

»Also, Perry«, sagte Nicky. »Wie ist das eigentlich, wenn man unsterblich ist? Wird das nicht irre langweilig?«

Rhodan lachte. »Ach was. Außerdem bin ich ja nicht unsterblich, sondern nur sehr gut geduscht.« Er kicherte. »Das Leben stellt dir so viele Aufgaben, dass es gar nicht langweilig werden kann.« Er fischte eine gelbliche Beere aus einer Schale, doch sie entglitt seinen Fingern, rollte über den Tisch und stürzte über die Kante.

*Der Abend nimmt nicht den beabsichtigten Verlauf!*

Ich ignorierte meinen inneren Besserwisser und genehmigte mir noch einen Schluck.

»Aber ewiges Leben«, fuhr der Ombudsmann fort, »unendlich viel Zeit, die eigenen Wünsche zu erfüllen. Irgendwann sind sie erfüllt, und was dann? Ist das nicht sehr unbefriedigend?«

Perry hob belehrend den Finger. »Gehe deinen Weg und stelle dich den Aufgaben, die das Leben für dich bereithält. Darin liegt Zufriedenheit.«

»Das ist gut. Augenblick, das muss ich mir notieren. Darf ich das verwenden?«

In diesem Stil vergingen die nächsten Stunden. Plötzlich waren alle damit beschäftigt, die Sätze der anderen aufzuschreiben. Und da bald niemand mehr wusste, wer welche Lebensweisheit von sich gegeben hatte, begannen wir, die klügsten Sätze zu unterschreiben.

Das Nächste, an das ich mich erinnern konnte, war, dass ich am folgenden Morgen in meiner Kabine in unserem Schiff aufwachte. Die Borduhr verriet mir, dass mir mehrere Stunden fehlten. Mein Logiksektor war beleidigt und redete nicht mit mir. Mein fotografisches Gedächtnis hatte offenbar für den Rest des Abends keinen Film eingelegt.

Der Summer ertönte.

»Ja«, rief ich.

Perry kam herein und warf mir einen unglücklichen Blick zu. »Was ist gestern passiert?«

»Ich weiß es nicht.«

Wenigstens quälte uns kein Kater. Woher auch? Immerhin hatten wir den ganzen Abend lang nur antialkoholische Getränke zu uns genommen.

»Wir müssen zu Dahlqvist und uns für diesen Absturz entschuldigen«, sagte Perry.

Also meldeten wir uns beim Ombudsmann von Skagsram an und statteten ihm eine Stunde später einen zweiten Besuch ab. Diesmal nahmen wir uns vor, alle angebotenen Getränke abzulehnen. Höflichkeit hin oder her. In Dahlqvists Kabine erwartete uns die nächste Überraschung.

»Schön, dass Sie noch einmal vorbeischauen«, empfing er uns. Offenbar waren wir wieder beim *Sie* angelangt. »Ich dachte, Sie sind bereits auf dem Heimflug.«

Ich wechselte einen alarmierten Blick mit Perry. Mir schwante Übles. »Aber doch nicht, bevor wir die Gespräche geführt haben, derentwegen wir überhaupt gekommen sind.« In Rhodans Stimme schwang ein besorgter Unterton mit.

Dahlqvist lachte. »Unsinn. Was gibt's da noch zu besprechen? Das haben wir doch schon gestern erledigt. Die Verträge haben wir unterzeichnet, dem ist nichts mehr hinzuzufügen.«

»Verträge?«, fragte Perry.

»Verträge?«, wiederholte ich.

*Verträge!*, meldete sich mein Logiksektor mit überheblich klingender Gedankenstimme zurück.

»Natürlich«, sagte Dahlqvist. »Sie werden doch gestern nicht zu tief ins Glas geschaut haben? Die Verträge, die Skagsrams Unabhängigkeit garantieren, bis der letzte Unterzeichner verstorben ist. Was bei einem Unsterblichen wie Ihnen sicherlich etwas länger dauern wird.«

»Der Kerl hat uns abgefüllt und dann über den Tisch gezogen! Er hat sich die Unabhängigkeit für seinen Planeten mit einem billigen Trick erschlichen.«

»Ich weiß, ich war dabei.«

Perry ließ sich in den Formsessel im Konferenzraum der NEW HOPE fallen. »Und wir konnten nicht einmal etwas dagegen unternehmen, ohne zuzugeben, dass wir uns wie Anfänger haben reinlegen lassen. Dieser Mistkerl!«

»Ich mochte ihn.«

»Ich auch«, gab Rhodan zu. »Irgendwie.«

»Dann vergiss es doch einfach. Das ist über tausend Jahre her.«

Der Großadministrator schüttelte den Kopf. »Das ist nicht leicht. Unsere Sympathie für Dahlqvist hat dafür gesorgt, dass Skagsram nun mit allen anderen Machtbündnissen kokettieren kann.«

»Das könnte der Planet inzwischen sowieso. Und warte doch erst mal ab. Vielleicht lässt diese Ata Mathiesen mit sich reden. Als Holo hat sie schon mal ganz nett ausgesehen.«

Nun musste auch Perry grinsen. »Das ist wieder mal typisch für dich. Dich interessiert nur, dass die Dame attraktiv ist. Wen kümmert, was sie sagt?«

Da tat er mir nicht ganz Unrecht. Auch wenn dem Großadministrator die Gespräche mit der Regierung von Skagsram wichtig waren, spielten sie für mich nur eine untergeordnete Rolle. Meine Mission war eine andere.

»Ich hätte mich nicht von dir zu diesem Besuch überreden lassen sollen«, klagte Perry mit gespielter Leidensmiene. »Und zu dem ganzen Zirkus, den wir veranstalten.«

»Jetzt ist es zu spät. Mach das Beste daraus und denk immer daran: Wenn dir jemand etwas zu trinken anbietet, sag nein!«

# Kapitel 3

## Erntezeit – Jon und Lara nehmen ein Bad

*»Skagsram fordert, Skagsram schenkt.*
*Einser erntet, Zweier lenkt.«*
*(aus dem Kanon der Lavataucher von Skagsram)*

Jon Dekkstrom atmete tief durch, als der Oberste Floßvater die Erntebereitschaftsstufe vier ausrief. Soweit es die Wickelungen des Taucheranzugs zuließen, wandte er den Kopf nach rechts zu Lara Verppu. Er war froh, sie in dieser Schicht als seinen Zweier-Taucher an seiner Seite zu wissen.

»Na endlich«, sagte er. »Ich dachte schon, es geht heute gar nicht mehr los und wir mussten das Einpacken umsonst über uns ergehen lassen.«

»Mag dir etwas umsonst erscheinen«, antwortete sie mit ihrer weichen Stimme, der der Schwefel offenbar nichts anhaben konnte, »so danke freudig dem Schicksal für die Erfahrungen, die du machen durftest.«

Er grinste sie an und streckte ihr die Zunge entgegen. Lara wusste genau, dass er die Haupt- und Nebensätze des großen Gründervaters mit all ihren Auslegungen für ausgemachten Unsinn hielt. Umso mehr schien sie es zu genießen, ihn gelegentlich mit all den Regeln aufzuziehen.

Natürlich braucht man Regeln, vor allem als Lavataucher. Hätte es sie nicht gegeben, dann hätte man nicht lange überlebt. Aber Jon ließ sie sich lieber von seinem Verstand diktieren als von einem Mann, der seit beinahe tausend Jahren tot war. Die meisten Skagsramer sahen ihn dafür schief an, hielten ihn für einen Sonderling. Womöglich war er das auch, aber er konnte mit diesem freudlosen Leben nichts anfangen. Er wollte auch außerhalb der großen Feiertage wie Skokko oder Mise in anderen Kategorien denken dürfen als solchen der Pflichterfüllung und Schicksalsergebenheit. Nur der Weigerung, das Schicksal regungslos hinzunehmen, hatte er es zu verdanken, dass er noch nicht der Lava zum Opfer gefallen war.

»Der wievielte Satz war das?«

»Keine Ahnung«, sagte Lara. »Ich bin da auch nicht so firm. Irgendetwas weit hinten, glaube ich.«

Sie trug die Haare so kurz, dass man auf ihrem Kopf eine Frasnolie hätte reiben können. Dennoch war sie die schönste Frau, die Jon in den vierzig Jahren seines Lebens bisher gesehen hatte. Und die netteste. Umso mehr wunderte er sich darüber, dass er sich nicht längst in sie verliebt hatte. Färbte der Lebenswandel des durchschnittlichen Skagsramers doch auf ihn ab?

Während Befehle über Bord hallten, tauchten links und rechts neben ihnen die Wickler und Tauführer auf, die für den Zustand ihrer Taucheranzüge verantwortlich waren. Den Großteil des Ankleidens hatten sie in einer stundenlangen Prozedur bereits unter Deck hinter sich gebracht. Ein ausgeklügeltes System aus terkonitfaserverstärkter Thermokleidung und mehreren straff gewickelten Lagen Lavedenhaut als äußere Schicht.

Obwohl die Haut rau wirkte, sorgte ihre einzigartige Oberflächenbeschaffenheit dafür, dass sich Lava kaum daran halten konnte. Dadurch bewahrte sie die Thermokleidung, welche wiederum den Taucher vor der Hitze schützte, vor dem direkten Kontakt mit dem glühenden Gestein. Zumindest soweit das inmitten über tausend Grad heißer Lava möglich war. Trotz der eingewebten Frostfasern erreichten die Temperaturen Werte, die ein untrainierter menschlicher Körper kaum zu überleben vermocht hätte.

Das Wichtigste war die Flüssigkeit. Die Thermokleidung leitete den Schweiß, der ihnen unvermeidlich ausbrach, sofort nach außen zur Lavedenhaut weiter, die ihn gleichmäßig in sich verteilte und an die Lava abgab. Dort verdampfte er und bildete zusammen mit der Feuchtigkeit aus ihrem Atem einen kaum mehr als moleküldicken Wasserdampffilm, der die Glut an den meisten Stellen auf Abstand hielt. Versagte dieses System, weil zum Beispiel die Wickelung nicht straff genug durchgeführt worden war, verbrühte man in seinem eigenen Schweiß.

Ohne ein Wort mit ihnen zu wechseln, machten sich die Wickler ans Werk. Sie stülpten ihnen die schweren Terkonithelme über, verankerten sie an der Thermokleidung und brachten die letzten Schichten der Lavedenhaut auf. Nur das Sichtfenster sparten sie aus, was in der Lava natürlich absolut sinnlos war, aber die Pflücker wenigstens nicht schon an Bord erblinden ließ. Jon klemmte sich das Mundstück zwischen die Zähne, das seinen Atem während des Tauchgangs aufnahm und in die Lavedenwicklung ableitete.

Der Anzug reduzierte Jons Beweglichkeit auf ein Minimum, aber Sicherheit ging vor. Der Wickler klopfte ihm dreimal gegen den Helm, was so viel hieß wie: *Alles klar?*

Jon hob den rechten Arm ein wenig und ließ den eingebundenen Daumen sehen: *Alles bestens!*

Das war das Zeichen für den Tauführer. Er legte ihnen ein Korsett aus Lavedenhaut an, das lediglich aus einem Brustgurt und zwei Schultergurten bestand, und klickte ein Terkonittau in die Korsettverankerung. An diesem würde man sie in die Lava hinablassen und später wieder herausziehen. Ihre ständige Rettungsleine zum Floß.

Der Einser-Taucher musste bei dieser euphemistischen Formulierung in sich hineingrinsen. Natürlich hätten sie ohne das Tau keine Möglichkeit gehabt, zurück an Bord zu gelangen. Sollte es im Strom aber einmal dazu kommen, dass man der Hilfe vom Floß bedurfte, war es in den meisten Fällen ohnehin zu spät. Dann zogen die Matrosen bestenfalls ein gut gegartes Stück Fleisch aus der Lava. Wenn es überhaupt noch etwas zum Retten gab.

Mit steifen Schritten wankte er zum inzwischen geöffneten Taucherschott. Durch das Sichtfenster seines Helms sah er die Deckräumer emsig Lava schaufeln. Nur zwei Meter hinter ihm stand Lara, genauso eingepackt wie er. Auch wenn er sie weder sehen noch hören konnte, spürte er ihre Anwesenheit.

So wie es sich für ein gutes Team gehörte.

Vor dem Abgrund blieb er stehen. Der Anblick raubte ihm den Atem. Wie jedes Mal. Scheinbar unendliche Lavamassen. An manchen Stellen platzten Blasen auf, entließen nach Schwefel stinkende Dämpfe oder warfen mit glühenden Brocken um sich.

Wie immer, wenn er an der Tauchkante stand, kehrte die Erinnerung an seinen Vater zurück. Paul Dekkstrom. Der beste Einser-Taucher, den er je kennengelernt hatte. Fünf Jahre lang waren sie ein Team gewesen. Paul als Einser und er, Jon, als Zweier. Ein Team, von dem man in Taucherkreisen als die magischen Dekkstroms gesprochen hatte. Niemand hatte es so verstanden wie sein Vater, die Lava zu lesen. Er hatte Supra-Thermophile aufgespürt, wo der Helmsucher schon gar nichts mehr angezeigt hatte. Aus einem Fünfzig-Knollen-Feld hatte er sechzig Knollen herausgeholt.

Wenn Jon ihn gefragt hatte, wie er das macht, hatte er gesagt: »Ich kann sie riechen, mein Sohn!« Dabei hatte er sich mit dem Zeigefinger gegen die Nase getippt. »Und wenn du auch nur ein bisschen von mir geerbt hast, wirst du das eines Tages auch können. Wichtig ist nur, dass du dein Visier geschlossen hältst.« Dann hatte er sein schallendes Paul-Dekkstrom-Lachen gelacht, das ganze Lavaflöße zum Erbeben hatte bringen können.

So war er gewesen, sein Vater. Stets gut gelaunt, mit Freude am Leben. Auch er hatte nicht viel von den Weisheiten eines Nicke Dahlqvist gehalten.

*Lebe dein Leben als Taucher hier und jetzt. Genieße jeden einzelnen Tag, es könnte dein letzter sein.* Erster und einziger Hauptsatz der Lebensmaxime von Paul Dekkstrom. In Klugheit und Formulierungskunst nur noch überboten vom ersten und einzigen Nebensatz: *Scheiß auf Nicke Dahlqvist!*

Wie recht er mit seinem Hauptsatz gehabt hatte, hatte er schneller feststellen müssen, als ihm lieb gewesen war.

Oft hatten sie sich darüber unterhalten, ob sie aus ihrem Talent nicht vielleicht mehr machen sollten, als für einen Reeder wie Hasse Tenkjarson zu arbeiten.

»Ich sehe es nicht ein, dass wir die Gefahr auf uns nehmen, in die Lava zu steigen«, hatte Paul gesagt, »dafür zwar gut bezahlt werden, aber dennoch zusehen müssen, wie den größten Profit die Reederei macht.«

»Genau! Lass uns unser eigenes Unternehmen gründen«, hatte Jon erwidert.

»Genau! Lass uns unser eigenes Unternehmen gründen«, hatte Paul wiederholt.

Danach hatten sie sich sekundenlang schweigend angesehen und waren in schallendes Gelächter ausgebrochen. So hatte ein Wort das andere ergeben, und aus der ursprünglichen Alberei war rasch ein ernsthafter Plan entstanden. Sie hatten beschlossen, noch eine Saison für Tenkjarson auf der FLAMMENHAND mitzufahren, sich dann selbständig zu machen und künftig nur noch für die eigenen Flöße zu pflücken.

Bei ihrem letzten Tauchgang war das Unfassbare geschehen ...

*Die Lava bewegte sich träge durch ihr Bett, ohne überraschende Strömungsänderungen, ohne die Launenhaftigkeit, die man ihr nachsagte. Der Himmel war klar, es herrschte Ebbe, weit und breit war kein Lavede zu sehen. Kurzum: günstigste Bedingungen, reine Routine.*

*Zunächst lief alles glatt. Sie tauchten und ernteten das Supra-Thermophilen-Feld ab, wie man es von ihnen erwartete. Dann passierte etwas Merkwürdiges: Jon überkam das Gefühl, dass nur zwei oder drei Meter neben ihm eine weitere Siedlung darauf wartete, dass sie sie pflückten. Die Messinstrumente im Helm eines Zweier-Tauchers waren nicht darauf ausgelegt, Thermophile zu erspüren, und zeigten folglich auch nichts dergleichen an. Genauso wenig vermochte er inmitten der Lava etwas zu erkennen. Aber er wusste es! Da war noch eine Siedlung. Er konnte sie riechen! Endlich.*

*Und dann brach er die Regeln. Es war die Aufgabe des Einser-Tauchers, die Thermophilen zu ernten. Der Zweier war dafür zuständig, die Umgebung im Auge zu behalten und Gefahren vorauszusehen. Da die Sichtweite in der Lava genau bis zum schmelzsicheren Kunststoffvisier und keinen Millimeter weiter reichte, erledigte er das mit Hilfe der auf das Visier projizierten Displays.*

*Einser erntet, Zweier lenkt. So lautete die Regel. Aber er konnte die Siedlung riechen, und er wollte sie bergen. Eine Kontaktaufnahme mit seinem Vater war nicht möglich. Aber er würde auf seinen Helmanzeigen sehen, was sein Sohn tat. Bestimmt wäre er stolz auf ihn.*

*Jon bewegte sich nach rechts und stieß auf eine Felswand innerhalb der Lava. Er streckte die Hand nach der Knolle aus, tastete ein wenig umher und fand sie. Er glaubte sie durch die Wickelungen aus Lavedenhaut und den Thermoanzug hindurch zu spüren, obwohl das völlig unmöglich war, und löste sie behutsam aus dem Fels.*

*Plötzlich gab die gesamte Wand nach, die wohl doch nicht annähernd so stabil war, wie er geglaubt hatte. Er sah im Display, wie Felsbrocken auf ihn zusanken. Weg hier! Nur weg! Aber seine Bewegungen in der zähflüssigen Lava glichen einer Zeitlupenaufnahme in einem Holovid. Zu seinem Glück bremste die Lava auch den Felsbrocken, sodass der ihn nicht zermalmte. Dennoch begrub er Jons linkes Bein unter sich. Ein scharfer Schmerz fuhr ihm durch den Knöchel, als dieser brach.*

*Er wollte das Bein befreien, zerrte, zog, ignorierte die Qualen in seinem Fuß. Vergeblich. Für Sekunden geriet er in Panik, wollte in der Einsamkeit seines Anzugs um Hilfe schreien, doch mit einem Mal wurde er ganz ruhig. Er wusste, was nun geschah: Er starb.*

*Auch wenn Nicke Dahlqvist viele Jahrhunderte vor ihm gelebt hatte, glaubte Jon plötzlich dessen Stimme zu hören:* Gehe den dir vorbestimmten Weg. *Die vordringlichste Aufgabe, die ein Taucher zu erfüllen hatte, wenn sein Kollege in Schwierigkeiten steckte, lautete: Auftauchen! Wenn das Schicksal es bestimmte, dass der Weg eines Tauchers zu Ende war, hatte der andere das zu akzeptieren und nicht auch sein Leben zu riskieren. Was für eine widersinnige Regel! Es war völlig unmöglich, sein Leben zu riskieren, wenn man doch einem vorbestimmten Weg folgte. Dennoch hielten sich die Pflücker an das Gesetz.*

*Er schloss die Augen. Er wollte das Display nicht mehr sehen, das ihm die in der Lava verbrachte Zeit anzeigte. Oder wie lange sein Sauerstoff noch reichte oder der Thermoanzug die Kühlung aufrechterhielt. Mit anderen Worten: wie lange er noch zu leben hatte.*

*Da spürte er eine Berührung an der Schulter. Etwas packte und schüttelte ihn.*

*Jon riss die Lider auf. Im Helmdisplay erkannte er die Signatur seines Vaters in unmittelbarer Nähe. Die Lava vor seinem Visier verschwand, dafür tauchte Paul Dekkstroms Gesicht auf. Aber das …*

*Das war völlig unmöglich!*

*Jetzt erst begriff Jon. Sein Vater hatte das Sichtfenster seines Helms gegen das seines Sohnes gepresst, als wolle er ihn küssen. So drückte er das flüssige Gestein zwischen den Kunststoffscheiben zur Seite und sie konnten sich ansehen. Ein ermutigendes Lächeln lag auf Pauls Gesicht. Als er etwas sagte, bewegte er den Mund so übertrieben deutlich, dass Jon die Nachricht von seinen Lippen ablesen konnte.*

Keine Angst. Ich hol dich hier raus. Und halte dein Visier geschlossen.

*Das Gesicht verschwand, und die Lava eroberte sich ihren Platz vor seinem Helm zurück. Erneut raste ein mörderischer Schmerz durch seinen Fuß, als Jons Vater sich an dem Felsbrocken zu schaffen machte.*

*Da sah er es! Auf seinem Display tauchte ein Schatten auf. Ein riesiger, schneller und sehr gefährlicher Schatten. Ein Lavede!*

*Und er wusste genau, dass Paul Dekkstrom ihn nicht sehen konnte. Der Helmsucher des Einser-Tauchers mit seiner radioaktiven Ionenstrahlung störte die Reichweite anderer Messgeräte, so dass die ihm gerade mal die nächste Umgebung anzeigten. Deshalb wich der Zweier-Taucher nie so weit von seiner Seite, dass er aus dem Display des Einsers verschwand. Wenn der Zweier aufstieg, hieß das: Gefahr! Sofort auftauchen!*

*Doch der Zweier konnte nicht aufsteigen, wenn sein Bein unter einem Felsen eingeklemmt war.*

*»Nein!«, schrie Jon in seinen Helm hinein. Die Feuchtigkeit aus seinem Atem brannte auf seinen Wangenknochen. Es war ihm egal. Er wusste, dass sein Vater ihn nicht hörte, aber er konnte den Drang nicht unterdrücken. »Verschwinde von hier! Lass mich allein und rette dich!«*

*Endlich ließ der Druck auf seinem Fuß nach. Der Schmerz blieb. Er biss die Zähne zusammen und stieß sich ab. Nach oben, nur raus hier.*

*Es war zu spät.*

*Laveden waren friedliebende Tiere, die keinem Taucher absichtlich schadeten. Genauso wenig wie die Frontscheibe eines Gleiters Insekten schaden wollte.*

*Jon spürte noch, wie der Lavafisch unter ihm entlangglitt. Sein Vater jedoch war nicht schnell genug gewesen. Auf dem Display sah Jon, wie der Lavede Paul Dekkstrom mindestens streifte, wenn nicht gar überrollte.*

An den Rest konnte er sich nicht mehr erinnern. Seine Erinnerung setzte erst an Bord der FLAMMENHAND wieder ein. Die Tauführer hatten ihn hochgezogen. In Wärmeschutzdecken gehüllt hatte er auf den Planken gekauert. Sein Vater hatte ebenfalls an Bord gelegen. Oder besser: das, was einmal sein Vater gewesen war.

Er hatte noch immer seinen Taucheranzug und seinen Helm getragen. Doch das Visier war zerschmettert worden, vermutlich beim Aufprall des Laveden. Lava war eingedrungen und hatte Paul Dekkstroms Kopf eingehüllt.

Jons einziger Trost war, dass zwischen dem Erschrecken und dem Sterben seines Vaters nur wenige Sekunden gelegen haben konnten. Und nun stand er hier an der Taucherkante der KRIEGSZAHN, starrte auf das brodelnde Inferno zu seinen Füßen und fragte sich, warum er wieder in die Lava steigen wollte, die seinem großen Vorbild das Leben gekostet hatte.

Gerne sagte man in solchen Augenblicken: »Er hätte gewollt, dass ich weitermache.« Aber Jon wusste nicht, ob das der Wahrheit entsprach. Er wusste nur, dass *er* weitermachen wollte. Er musste der Lava zeigen, dass sich ein Dekkstrom nicht unterkriegen ließ.

Er atmete noch einmal tief durch und tat einen Schritt nach vorne. Über die Kante hinweg.

Als er durch das Visier nur noch Lava sah, schaltete sich das Display ein. Wie beim Großteil der Technik auf Skagsram stand Robustheit im Vordergrund. Und so handelte es sich bei dem Helmsucher um eine Miniaturausgabe seines großen Bruders in der Bugspitze der KRIEGSZAHN. Eine besondere Abschirmung sorgte dafür, dass die radioaktive Strahlung nicht ins Innere des Helms drang.

Auch der Rest des Displays war schlicht gehalten. Eine Reihe von Zahlen verriet ihm alles, was er wissen musste. Die Entfernung zur Thermophilen-Siedlung nahm er als Pulsieren wahr. Je näher er ihr kam, desto schneller wurde der Takt. Außerdem stellten grüne Schattierungen seine Umgebung im Umkreis von fünf Metern dar. Es bedurfte einiger Erfahrung, die verschiedenen Flecken deuten zu können.

Bei dem etwas dunkleren Grün, das gerade auftauchte, handelte es sich um Lara Verppu. Der Zweier war an seiner Seite, das Team war komplett. Nun konnte der Abstieg beginnen.

Eine ähnlich große Erfahrung wie für die Deutung des Displays benötigte man für die Bewegung im Lavastrom. Die Schwimmstöße, das ruckartige Paddeln mit Armen und Beinen und das wellenförmige Wogen des gesamten Körpers, strengten schon während der Trockenübungen in der Ausbildung sehr an. Und nebenbei sahen sie dämlich aus. Wenn man sie aber bei mörderischer Hitze durchführen wollte, mit nichts als ein paar Lagen Fischhaut zwischen sich und der tödlichen Umgebung, brauchte man eine außerordentliche Konstitution und Kondition, um das durchzustehen.

Jon drehte sich einmal im Kreis und achtete dabei auf die Frequenz des Pulsierens, das ihm die Nähe zu den Supra-Thermophilen anzeigte. Dann vollzog er die gleiche Bewegung in entgegengesetzte Richtung, schließlich wollte er sich nicht in dem Terkonittau verheddern, das ihn mit der KRIEGSZAHN verband. Er wäre zwar nicht der erste Taucher gewesen, den die Tauführer eingeschnürt wie eine Hulborger Tieflandrindsroulade an Bord gezogen hätten, aber diese Blöße wollte er sich keinesfalls geben.

Er kämpfte sich in die Tiefe. Stets achtete er darauf, dass er Laras Grünschatten nicht aus dem Display verlor. Denn sie sah für ihn und war seine Rettungsleine. Nicht das Tau an dem Lavedenhautkorsett. Dieses erfüllte für ihn einen anderen, nicht minder wichtigen Zweck. Wenn ein Tauführer seine Aufgabe beherrschte – und welcher Skagsramer beherrschte seine Aufgabe nicht? –, dann sorgte er dafür, dass die Leine dauernd gespannt war. Wenn der Taucher sich fortbewegte, gab er Seil nach, wenn er sich zurückbewegte, holte er es sofort ein, bis es wieder straff war. Denn nur so konnte der Einser-Taucher »sehen«, wo sich das Lavafloß befand. Andernfalls wäre ihm nicht einmal aufgefallen, wenn er kopfüber im flüssigen Gestein geschwommen und statt aufzutauchen immer tiefer hinabgestoßen wäre.

Es war eine mörderische Welt. Sie hatte seinen Vater getötet und beinahe auch ihn. Dennoch genoss er jeden Augenblick. Für ihn war die Lava ein eigenes Universum, in dem nur er existierte. Wenn er eines Tages starb, wollte er, dass es in der Lava geschah.

Das Pulsieren nahm zu. Er näherte sich der Siedlung.

Eine hellgrün flackernde Schattierung geriet in sein Display: eine Ansammlung fester, etwas kühlerer Gesteinsbrocken, die in der Lava trieben. Jon streckte die Hand aus und tastete danach. Dies war der heikelste Moment. Supra-Thermophile, diese begehrten hitzeresistenten Bakterien, bildeten ihre Kolonien auf porösen Knollen, die sich an den Felsbrocken festklammerten. Eine Ernte vom Floß aus, zum Beispiel indem man das Gestein mit einem Terkonitnetz abfischte, war verlustreich, da die meisten Knollen eingeklemmt zwischen Netz und Stein zerbarsten. Deshalb musste man sie von Hand pflücken.

Die Taucher wiederum konnten durch die Wickelung hindurch nicht ertasten, ob sie gerade einen nackten Gesteinsbrocken oder eine Thermophilen-Knolle berührten. Sobald sie etwas zwischen den Finger hatten, versuchten sie es durch sanftes Drehen und Ruckeln zu lösen. Wenn das nicht gelang, mochte das zwei Gründe haben: Es handelte sich nicht um eine Knolle, sondern um Stein, oder sie wendeten zu wenig Druck an. Also erhöhten sie den Druck und liefen dadurch Gefahr, das poröse Material zu zerbröseln.

Ein Pflücker brauchte mindestens bis zu seiner dritten oder vierten Saison, bis er weniger als die Hälfte der potenziellen Ernte versehentlich zerstörte. Selbst die Ausfallquote eines guten Tauchers lag bei gut zwanzig Prozent. Bei Jon Dekkstrom betrug sie drei. Weil er die Thermophilen *riechen* konnte. In Ermangelung eines besseren Begriffs blieb er bei dem, den sein Vater benutzt hatte.

Er tastete den Stein ab, bis er auf etwas stieß, von dem er wusste, dass es eine Knolle war. Vorsichtig schloss er die Finger darum, was ebenfalls nicht einfach war. Denn immerhin spürte er kaum, wann er damit aufhören musste.

Eine Knolle. Ganz eindeutig.

Sanfter Druck nach links. Ein bisschen drehen. Sanfter Druck nach rechts. Nicht zu viel. Vorsichtig. Diese Knolle war besonders empfindlich. Auch das konnte er *riechen*.

Und dann löste sie sich. Nun blieben ihm etwa zwanzig Sekunden, die Frucht – wie man eine gepflückte Knolle nannte – mit der Stelle auf die Lavedenhaut seines Anzugs zu drücken, die gerade noch auf dem Gesteinsbrocken gesessen hatte. Denn genauso lange würde sie versuchen, den Kontakt wiederherzustellen, sich im Fels zu verankern. Glücklicherweise stellte die Frucht keine allzu großen Ansprüche und so verband sie sich auch mit der Lavedenhaut. Dadurch wurde der Einser-Taucher zum lebenden Transportmittel für die

Thermophilen-Knollen, statt sie einzeln an die Oberfläche bringen zu müssen.

So machte er immer weiter. Die Kolonie war gigantisch groß. Er alleine würde sie gerade einmal zu einem Bruchteil abernten können. Wenn er und Lara wieder oben waren, würde der Oberste Floßvater sicherlich gleich ein Ablöseteam herunterschicken.

Trotz seiner Konzentration aufs Pflücken verlor er nie den Grünschatten seines Zweiers aus den Augen. Er wollte sich zu den nächsten Felsbrocken vorarbeiten, die er einige Meter links von sich wusste. Doch bereits nach wenigen Zentimetern war Schluss. Das Terkonitseil stoppte ihn.

*Na toll. Schläft der Tauführer, oder was ist los?*

Er versuchte noch zweimal, gegen die Tauspannung anzukommen. Vergeblich. Noch bevor er sich weitere Gedanken über den Grund machen konnte, geschah etwas noch Alarmierenderes. Laras Grünschatten verschwand aus dem Display.

Sie stieg auf! Das Zeichen für Gefahr!

Mit kräftigen Schwimmzügen arbeitete er sich durch die Lava. Für einen Augenblick sah er am Rand des Displays das Zweiersignal auftauchen, dann verschwand es wieder. Lara war also nicht allzu weit über ihm.

Der Aufstieg durch die zähflüssige Masse schien Ewigkeiten zu dauern. Gelegentlich spürte er an den Armen Widerstand. Vermutlich das inzwischen erschlaffte Terkonitseil. Das bedeutete, dass der Tauführer nicht mehr auf seinem Posten war oder aus einem anderen Grund seine Pflicht nicht mehr erfüllte.

Endlich durchstieß er die Oberfläche. Die Lavareste glitten von seinem Visier und gaben den Blick auf Lara frei, die eine Armlänge vor ihm im glühenden Gestein schwamm. Sie sah in seine Richtung. Auf ihrem Gesicht lag ein entsetzter Ausdruck. Jon drehte sich um einhundertachtzig Grad – und wünschte sich, er wäre nicht aufgetaucht. Er schwamm in einer über tausend Grad heißen Masse, und dennoch lief es ihm eiskalt den Rücken hinab.

# Kapitel 4

## Erntezeit – Zahnschmerzen

*»Behandle die Lava wie deinen Freund*
*wenn du sie nicht zum Feind haben willst.«*
*(aus Nicke Dahlqvists »Zehn Regeln für den Lavataucher«)*

»Irgendwas stimmt hier nicht«, sagte Esko Simonsen.

Die Kapuzen hingen wieder in den Nacken der Deckräumer. Da das Taucherschott geschlossen war, konnte ihnen der Strom auf diesem Weg keine Lava mehr an Bord rülpsen. Die Terkonitseile zu den Pflückern verliefen inzwischen nicht mehr über die Schottkante, sondern über die Reling. Das nach oben gleitende Tor hatte sie in diese Position gebracht. Da die Winde der Tauführer aber ohnehin erhöht auf Ebene B lag, konnten diese noch immer gut erkennen, ob sie Seil nachgeben oder einholen mussten.

»Wie meinst du das?«, fragte Andrees Anderberg.

»Ich weiß nicht. Kommt es dir nicht auch heißer vor als sonst?«

»Es ist Flut! Wie wir gerade erst unserem Lavirginen erklärt haben, steigt da die Temperatur an.«

»Ja, schon. Aber hinter dem Kältewall der Reling sollten wir davon eigentlich nichts merken.«

Da hatte Esko nicht unrecht. Andrees ging zur Terkonitwandung, zog einen seiner Deckräumerhandschuhe aus und presste die Hand dagegen.

»Körperwarm. Verdammt!« Normalerweise hätte die Reling eine Temperatur von zehn Grad nicht übersteigen dürfen. »Ob mit den Kühlaggregaten etwas nicht in Ordnung ist?«

Sie stiegen die Stufen zu Ebene B hinauf und strebten auf die Kabine des Obersten Floßvaters zu. Kaum hatten sie das Niveau der oberen Relingkante überwunden, schlug die Hitze über ihnen zusammen. Von hier aus besaßen sie einen traumhaften Ausblick auf die albtraumhafte Natur des Kontinents Sjalka, auf die zerklüfteten Berge, viele davon Vulkane, auf den nahegelegenen Ozean und den undurchdringlichen Nebel, der darauf ruhte, und auf den Jaane, in dessen Lavastrom sie kreuzten, jenem gigantischen glühenden Fluss, der sich unter ihnen dahinzog und zum Meer wälzte. An jedem anderen Tag hätten sie innegehalten und die majestätische Wildheit genossen, doch heute hatten sie keinen Blick dafür.

Morten Aruunen riss die Tür auf. »Was wollt ihr hier? Eure Schicht ist noch nicht beendet. Runter auf eure Posten mit euch!«

Andrees ließ sich nicht beirren. »Gibt es Probleme mit der Kühlung? Die Wandung ist zu warm.«

»Was ihr nicht sagt!« Er deutete auf eine Tafel, die einen Querschnitt des Floßes zeigte. An einigen Stellen blinkten gelbe Lichter, die eine Erhöhung der Temperatur anzeigten.

»Was sagt Ole dazu?«, stieß Esko Simonsen hervor.

Ole Backlund war der Kühlmaschinist und somit der wichtigste Mann an Bord der KRIEGSZAHN. Er sorgte dafür, dass die Kühlaggregate und die Redundanzsysteme jederzeit auf Hochtouren liefen. Vermutlich war er das einzige Besatzungsmitglied, das noch nie Lava gesehen hatte, weil er sich stets unter Deck aufhielt.

»Gar nichts«, sagte der Oberste Floßvater. »Er antwortet nicht.«

»Aber ...«

»Ich habe den zweiten Maschinisten geschickt, um nachzusehen. Er muss sich jeden Augenblick melden.«

»Wollen Sie nicht Alarm geben?«

Aruunen kniff die Augen zusammen und beugte sich Andrees entgegen. »Willst du mir meinen Job erklären?« Weniger gereizt fuhr er fort. »Keine Sorge. Es kann nichts geschehen. Für jedes Kühlaggregat an Bord haben wir zweifachen Ersatz. Selbst wenn eines ausfällt, braucht Backlund nur die anderen einzuschalten.«

»Und warum kühlt die Reling dann nicht so, wie sie soll?«

»Vielleicht ist Ole auf der Latrine. Oder eingeschlafen. Ich weiß es nicht. Deshalb habe ich ja den zweiten Maschinisten geschickt. Vertraut mir. Es kann nichts passieren!«

Wie um seinen Worten Hohn zu sprechen, stieg in einiger Entfernung von ihnen ein Lavede aus der Lava. Als er wieder auf die Oberfläche klatschte und eintauchte, spritzte eine meterhohe Glutfontäne auf. Andrees Herz krampfte sich zusammen. Wenn das Lavatier ihre niedrigere Temperatur erspürte und auf sie zuschwamm, wurde es kritisch.

*Was für ein Glück, dass wir gerade kaum Kälte ausstrahlen.*

Der Sarkasmus verging ihm Augenblicke später, als er sich an seine Ausbildung erinnerte. Auf dem Programm hatte ein Besuch im Flößermuseum auf dem Markt von Dachro gestanden, einem kleinen Ort in der Nähe von Hulborg. Dort konnte man ein vierhundert Jahre altes Floß, die FELSWALL, begutachten, dessen Kühlung ausgefallen war. Damals hatte man noch keine zweifachen Redundanzsysteme benutzt, sodass der technische Defekt einem Todesurteil gleichgekommen war. Manche Besatzungsmitglieder hatten sich wohl noch mit Rettungsgleitern in Sicherheit bringen können, aber andere nicht. Sie waren auf der heißen Oberfläche festgebacken wie das Ei eines Golla-Huhnes in der Pfanne. Der Ausstellungsleiter Haag Gunterson hatte die Leichen konserviert, bevor er die FELSWALL trotz öffentlicher Proteste zur Besichtigung freigab. Die Toten sollten jedem Flößer als Warnung dienen.

Andrees musste bei dieser Erinnerung schlucken.

Eines der Lichter auf dem Schemabild der KRIEGSZAHN sprang auf Rot um. Nun wurde auch Morten Aruunen unruhig. »Was ist da los?« Er starrte auf den Chronometer in seinem Instrumentenpult. »Er müsste längst unten sein!«

Sein Blick ruckte zu Esko und Andrees. »Ihr geht runter! Ich kann hier im Augenblick nicht weg.«

Als sie die Floßvaterkabine verließen, fühlte es sich an, als sei die Temperatur noch mehr gestiegen – und zwar erheblich! Sie hasteten die Stufen zu Freiebene A hinunter. Plötzlich hallte eine Durchsage über Bord. Aruunen.

»Achtung! Wir haben technische Probleme in der Kühlung. Ab sofort gilt Erntebereitschaftsstufe eins. Tauführer, holen Sie unsere Leute aus der Lava. Rettungsinseln und Notgleiter vorbereiten. Funker, eine Nachricht an die Reederei absetzen. Notfallplan starten.«

Offenbar hatte er sich nun doch anders entschieden. Vielleicht hatten ihn weitere rote Lichter dazu bewogen. Überall auf dem Floß setzte hektische Betriebsamkeit ein. Die Besatzungsmitglieder strömten an Deck, riefen sich gegenseitig Anweisungen zu, erfüllten ihre Notfallaufgaben. Trotz der Aufregung brach nirgends Panik aus. Dazu waren die Flößer zu gut geschult.

Ein schrilles Kreischen erklang von der Tauwinde. Funken sprühten hervor, trafen den Tauführer und verglühten auf seinem Schutzanzug. Der Mann versuchte mit grimmigem Gesichtsausdruck, das Seil zu den Tauchern einzuholen, doch die Winde bewegte sich nicht mehr. Er hastete zu einer Kommunikationsanlage und sprach hinein. Eigentlich hätte nun seine Stimme aus den Lautsprechern dringen müssen. Das geschah nicht.

Andrees erreichte das untere Deck und verlor den Tauführer aus den Augen, als der gerade anfing, in Richtung Floßvaterkabine zu gestikulieren. Ein schmerzhafter Stich des Bedauerns zog durch Andrees' Herz. Er wusste, was ein Ausfall der Winde für die Taucher bedeutete.

*Gehe den dir vorbestimmten Weg. Erfülle die Aufgaben, die das Leben dir stellt.*

Nicke Dahlqvists Anweisungen peitschen ihn voran. Seite an Seite mit Esko hetzte er über Deck. Der Schweiß lief ihm unter dem Schutzanzug den Rücken hinab. Er keuchte und schnaufte, und der allgegenwärtige Geschmack nach faulen Eiern brannte in seinem Mund, als würde er mit Lava gurgeln.

In gut hundert Metern Entfernung öffnete sich in Heckrichtung eine Luke im Deck. Der Notgleiter stieg daraus hervor. Für eine Sekunde verspürte Andrees so etwas wie Erleichterung, doch die verpuffte nur Augenblicke später. Der gedämpfte Klang einer Explosion erklang. Als hätte ihn eine gigantische unsichtbare Faust getroffen, kippte der Gleiter zur Seite weg und jagte plötzlich unkontrolliert davon. Er raste in eines der Nyralonseile, die die KRIEGSZAHN in Position hielten.

Ein Ruck erschütterte das Floß und einige Matrosen gingen zu Boden. Einer stürzte von Ebene B auf Freiebene A und blieb mit verkrümmten Gliedern liegen. Das Ankerseil riss mit einem singenden Geräusch, peitschte zurück und schnitt einen der Deckräumer in der Mitte auseinander.

Die Reling raubte ihnen die Sicht, aber Andrees hörte, wie der Gleiter in die Lava klatschte. Nur Augenblicke später spritzte flüssiges Gestein über die Wandung und traf einen der Bergematrosen. Der kam nicht einmal mehr dazu, einen Schrei auszustoßen.

Andrees' Magen krampfte sich zusammen. Innerhalb weniger Sekunden war die Situation eskaliert. Und noch immer wusste er nicht, was eigentlich los war.

Sie erreichten den Abstieg zum Maschinenraum und rannten die Stufen hinab. Am Fuß der Treppe lag ein Toter mit dem Gesicht nach unten in einer Blutlache. Esko drehte ihn um. Der zweite Maschinist. Jemand hatte ihm die Kehle durchgeschnitten.

Esko Simonsen gab ein ersticktes Ächzen von sich. Andrees musste sich am Handlauf der Treppe festhalten. Dies war mehr als eine Reihe technischer Probleme. Sie hatten einen Mörder an Bord. Einen Saboteur.

»Das ist unmöglich«, sprach Esko seine Gedanken aus. »Wer tut so etwas?«

Ja, wer? Andrees kannte sämtliche Besatzungsmitglieder seit Jahren. Keiner von ihnen wäre dazu fähig gewesen, einen Kameraden zu töten oder das Floß zu sabotieren.

*Nein,* korrigierte er sich. *Nicht sämtliche Besatzungsmitglieder.* Eines hatte er erst in dieser Saison kennengelernt.

Offenbar waren Esko die gleichen Gedanken durch den Kopf gegangen. Seine Stimme klang ungläubig, als er sagte: »Japser?«

Andrees konnte es nicht glauben. Jesper Göthberg, ihr Lavirgine, der Schlaks, der der beste Taucher aller Zeiten werden wollte? Das war absurd!

Es brachte nichts, sich jetzt darüber den Kopf zu zerbrechen. Sie mussten sehen, was mit der Kühlung los war, auch wenn der Absturz des Notgleiters Andrees schon eine recht genaue Vorstellung davon vermittelt hatte.

»Los, weiter!«

Sie erreichten den Maschinenraum. Ein einziger Blick reichte aus, um das Ausmaß der Katastrophe zu erkennen. Die Kühlaggregate bestanden nur noch aus einem funkensprühenden Haufen Technikschrott. In einem der ebenfalls zerstörten Ersatzgeräte steckte eine blutverschmierte Axt. Kühlflüssigkeit spritzte aus fingerdicken Rissen im Rohrsystem, traf auf den Boden und verdampfte. Ätzende Nebelschwaden hingen in der Luft. Inmitten des Chaos lag Ole Backlund, der Kühlmaschinist, sein Hinterkopf eine einzige offene Wunde.

Andrees brauchte einige Augenblicke, um den Anblick zu verarbeiten. Die Welt drehte sich vor seinen Augen. Er taumelte drei Schritte zur Seite und musste sich an einer Wand abstützen. Ein glühender Schmerz zuckte durch seine Finger. Die Wand war heiß!

Er riss die Hand zurück. »Verdammt!«

Da fiel ihm noch etwas auf. Etwas, das einen an Deck ständig umgab, das hier unten aber nicht hätte existieren dürfen. Schwefelgeruch. Der Duft der Lava.

»Wir müssen hoch«, drängte Esko. »Hier können wir nichts mehr tun.«

»Moment noch.«

»Aber die Rettungsinseln ...«

Andrees hörte nicht. Wie betäubt ging er zu der Tür, hinter der eine Treppe noch tiefer in den Leib der KRIEGSZAHN führte. Dort unten lagerten die Ersatzteile.

Wie konnte es im Maschinenraum nach Lava riechen?

Bevor er die Tür öffnete, zog er die Deckräumerhandschuhe aus seinem Anzug und stülpte sie über. Er wollte sich nicht noch einmal die Finger verbrennen. Obwohl er vermutete, dass das bald sein geringstes Problem sein würde. Er schob das Schott auf, und sofort nahm der Schwefelgestank zu.

Am Fuß der Stufen sah er ein orangefarbenes Glühen. Lava! Sie war in das Floß eingedrungen.

»Nein!«, hauchte er.

Das Terkonit der Floßhülle konnte unmöglich geschmolzen sein. Wie also kam Lava ins Innere der KRIEGSZAHN? Das war schlicht unmöglich. Es sei denn ...

»O nein«, wiederholte er.

»Nun mach schon! Wir müssen zu den Rettungsinseln.«

»Vergiss es.«

»Bist du wahnsinnig?« Eskos Stimme überschlug sich beinahe. »Sie sind unsere einzige Chance!«

Andrees zog das Schott zu und sah seinen Freund an. Plötzlich war er ganz ruhig. »Wer auch immer das war, hat ganze Arbeit geleistet. Lava dringt ein.«

»Aber wie ...?«

»Er muss die Kopplung zwischen den Terkonitmodulen gelöst haben. Das Floß wird sinken.«

Esko riss die Augen auf. »Umso mehr müssen wir zu den Rettungsinseln!«

»Er hat den Notgleiter sabotiert, die Kühlaggregate zerstört und Lava eindringen lassen. Du glaubst doch nicht, dass er die Rettungsinseln vergessen hat?«

»Das ist mir egal«, rief Esko. »Und wenn ich schon sterben muss, dann nicht hier unten.«

Andrees straffte sich. »Du hast recht.«

Sie eilten zurück an Deck, wo inzwischen das reinste Chaos herrschte. Nun war also doch Panik ausgebrochen. Stimmengewirr drang an ihre Ohren.

»... Lavaeinbruch an den Nahtstellen ...«

»... Rettungsinseln zerstört ...«

»... Funkanlage auch ...«

»... unser vorbestimmter Weg endet hier ...«

»Ich will aber nicht sterben!«

Er sah hinauf zur Floßvaterkabine. Sie war leer. Nach einigen weiteren Schritten konnte er die Tauwinde erkennen. Sie glühte. Davor kniete der Tauführer. Er war tot. Zumindest hoffte Andrees das für ihn. Denn seine Hände umklammerten den Windenhebel, nein: waren mit ihm verschmolzen.

Andere Flößer lagen auf dem Deck. Der Geruch von verbranntem Fleisch stieg von ihnen auf.

*Wie auf der FELSWALL. Ohne unseren Schutzanzug lägen Esko und ich vermutlich auch schon dort.*

Die Bergematrosen hatten das Taucherschott herabgelassen. Sie wollten nicht auf einen qualvollen Tod warten und stürzten sich in die Lava. Vielleicht nicht einmal der dümmste Gedanke. Hinter ihnen tauchte Morten Aruunen auf. Das schiefe Grinsen in seinem von Brandwunden übersäten Gesicht hatte etwas Gespenstisches an sich.

»Sieht so aus, als hättet ihr recht gehabt.«

Andrees drehte sich um. Gerade einmal fünfzehn Minuten waren vergangen, seit sie den Temperaturanstieg bemerkt hatten. Fünfzehn Minuten von der Normalität zur Apokalypse.

Esko hatte noch nicht aufgegeben. »Steuern Sie das Floß ans Ufer! Vielleicht überleben dort wenigstens ein paar von uns.«

Der Oberste Floßvater schüttelte traurig den Kopf. »Das schaffen wir nicht. Außerdem hat jemand die Modulkopplung gelöst und dann die Steuerpositronik zerstört. Wir sind manövrierunfähig.«

»Aber wer hat das getan?«

»Spielt das eine Rolle?«

Der einäugige Deckräumer sah sich um. Nirgends konnte er Jesper Göthberg entdecken. War er wirklich verantwortlich für die Katastrophe? War er geflohen? Aber wie?

Aruunen hatte recht. Es spielte keine Rolle mehr.

Ein Beben durchlief die KRIEGSZAHN. Die Todeszuckungen eines Lavafloßes. Sie brach auseinander. Kunststoff platzte, Abdeckplatten barsten, Ebene B sank in sich zusammen. Ein Geräusch wie der Schmerzensschrei der KRIEGSZAHN toste über Deck.

Andrees konnte sich nicht mehr auf den Beinen halten. Das Floß bäumte sich unter ihm auf und ließ ihn aufs Taucherschott zurollen. Er sah noch, wie zwei Gestalten aus der Lava auftauchten. Die Pflücker! Lara Verppu war das Letzte, was er in seinem Leben bewusst sah.

Der Strom rülpste und schleuderte ihm einen kleinen glühenden Stein entgegen. Andrees spürte das mörderische Brennen im Gesicht, dann wurde es dunkel um ihn. Die Lava hatte ihm auch noch das zweite Auge genommen. Er hörte Eskos Schreie, fühlte, wie das Floß unter ihm schlug und ihn in eine andere Richtung warf, roch den Schwefel deutlich wie nie. Ein Schlag gegen den Kopf beendete seine Wahrnehmungen.

# Kapitel 5

## Feuerwerk und Marschmusik

*Begegne Besuchern mit zurückhaltender Höflichkeit und sag ihnen im Zweifel, wann es Zeit wird zu gehen. (aus Matti Holmgrens »Der Umgang mit anderen«)*

»Dieser Rhodan hat sich für seinen Staatsbesuch wirklich den dümmsten Augenblick ausgesucht.«

Oddo Karismäki stand mit verschränkten Armen vor dem Wandmonitor im Regierungsgebäude von Sleipnir, dem größten Raumhafen des Planeten Skagsram. Eine Gesichtsmaske mit eingearbeiteten Frostnesseln verbarg die Zornesröte auf seinen Wangen nur unzureichend.

Haknur Hakilaunen, der den Hetman fast um Haupteslänge überragte, stellte sich neben ihn und sah auf ihn herab. »Da haben Sie recht. Aber da wir weiter Geschäfte mit den Terranern machen wollen, konnte der Ombudsmann ihnen den Wunsch nach einer Unterredung nicht abschlagen.«

»Unterredung!« Karismäki stieß ein wütendes Schnauben aus. »Als ob das alles wäre. Für eine *Unterredung* bedürfte es gewiss nicht dieses Aufwands.« Der Monitor zeigte das Flugfeld, auf dem der Großadministrator und Lordadmiral Atlan in wenigen Augenblicken landen würden. Der Hetman deutete auf die Gleiter, die am Rand entlanghuschten. »Fünfundneunzig Prozent der Hulborger Skuldare patrouillieren um den Raumhafen und halten Neugierige zurück. Meine komplette Flammengarde ist im Einsatz, um die Sicherheit unserer ... Besucher sicherzustellen.«

»Bleiben Sie gelassen. Es hätte schlimmer kommen können. Die Skuldare-Kräfte benötigen Sie frühestens morgen oder übermorgen, wenn die Mise-Feierlichkeiten ihren Höhepunkt erreichen.«

»Ja, aber danach geht die neue Erntesaison los. Bei über dreitausend Kilometern der größten Lavaflüsse auf Ejtlaar stehen die Reinigungsflüge noch aus. Aber statt dieser wichtigen Aufgabe nachzukommen, muss die Flammengarde Aufpasser für unseren hohen Besuch spielen.«

Bei der Erwähnung der Reinigungsflüge riss der Ernteminister erschrocken die Augen auf und sah sich um. Außer ihnen befanden sich zwei Zeremonienmeister im Raum, die darauf achteten, dass der Empfang nach dem von den Terranern übermittelten Zeremoniell ablief. Außerdem der Kapellmeister, der nach der Landung der Staatsgäste mit seinem einhundert Mann starken Orchester das Musikstück vorführen durfte, das der Großadministrator des Solaren Imperiums – des *verbliebenen* Solaren Imperiums, korrigierte er sich – zu hören wünschte. Ein über tausend Jahre altes Werk, das die Musiker zwei Wochen lang hatten einstudieren müssen. Reinigungskräfte huschten hin und her und legten letzte Hand an die Lavabilder an der Wand oder die größtenteils abstrakten Basaltfiguren, die über den Raum verteilt standen. Außerdem kümmerten sich noch einige Bedienstete um die Getränke und das Büfett. »Vielleicht wäre es besser, wenn Sie das Rhodan gegenüber nicht erwähnen würden. Von den Reinigungsflügen braucht er ganz gewiss nichts zu wissen.«

»Natürlich nicht. Für wie dumm halten Sie mich?«

Hakilaunen zuckte unter der Schärfe der Frage zusammen. »Es muss ja nicht gleich jeder hier im Raum hören. Wie zum Beispiel unsere nahende Vorgesetzte.«

Ata Mathiesen erschien neben ihnen und sah ebenfalls auf den Monitor. In schneller Abfolge schaltete sie sich durch dessen einzelne Ansichten und verschaffte sich so einen raschen Überblick über die Lage. »Sie sprachen gerade von mir?«

Oddo Karismäki ignorierte die Frage. Er zog seine Kühlmaske von den Wangen und steckte sie in die Tasche seiner Jacke aus weißem Lavedenleder. Haknur Hakilaunen hingegen nickte. »Wir haben uns darüber unterhalten, wie Sie als Ombudsmann zu dem anstehenden Besuch stehen.«

»Ich halte ihn für sinnlos. Alleine der Name des Schiffes lässt doch ahnen, worauf es dem Großadministrator ankommt.«

Hetman und Ernteminister blickten sie fragend an.

»NEW HOPE. In einer alten terranischen Sprache bedeutet das *neue Hoffnung*. Worauf glauben unsere Gäste, hoffen zu dürfen? Darauf, dass wir unsere Unabhängigkeit aufgeben? Dass wir unsere Handelspartner nicht nach wirtschaftlichen, sondern nach moralischen Gesichtspunkten auswählen? Aber egal, worum es ihnen geht, sie werden sich die Zähne an uns ausbeißen. Also ist der Besuch sinnlos.«

»Warum haben Sie ihm dann zugestimmt?«, fragte Ernteminister Hakilaunen.

Ata Mathiesen blickte ihn an und schenkte ihm ein Lächeln, mit dem man ein Lavafloß für eine Stunde hätte kühlen können. Dennoch wirkte gerade das Abweisende darin außerordentlich anziehend.

»Aus Gründen, über die wir heute nur spekulieren können«, sagte sie, »hat Perry Rhodan Skagsram vor langer Zeit in die Unabhängigkeit entlassen. Trotzdem liegt unsere Heimat gewissermaßen im Hinterhof der Terraner, deren dominante Stellung in der Milchstraße wir gar nicht erst zu diskutieren brauchen. Sein Freund Atlan steht der USO und damit einer der militärisch schlagkräftigsten Institutionen der Galaxis vor. Warum sollte ich sie düpieren, indem ich ihren Besuch von vornherein ablehne? Es erscheint mir vernünftiger, sie, wenn auch zähneknirschend, mit offenen Armen zu empfangen und ihre Anliegen im persönlichen Gespräch lächelnd und mit aller gebotenen Freundlichkeit zurückzuweisen.«

»Aber all die Einzelheiten, auf die sie in ihrem Zeremoniell bestehen. Das Orchester, der Chor mit je fünfzig Männern, Frauen, Jungen und Mädchen, die Kunstflugparade der Gleiter, und was für Merkwürdigkeiten sie noch verlangt haben. Was wollen sie damit erreichen?«, fragte Hakilaunen.

Karismäki beteiligte sich nicht am Gespräch. Er starrte auf den Monitor und vermittelte mit Körperhaltung und Gesichtsausdruck den Wunsch, sich irgendwo anders aufzuhalten, wo man ihn dringender benötigte als bei dieser Scharade.

»Das kann ich Ihnen sagen«, antwortete Ombudsmann Mathiesen. »Sie wollen die Aufmerksamkeit des ganzen Planeten auf sich lenken, wollen sich nicht nur bei uns, sondern bei der ganzen Bevölkerung in Erinnerung bringen. *Tausend Jahre haben wir euch in Ruhe gelassen, aber vergesst nicht, dass wir dem gleichen Volk angehören.*« Sie lachte. »Ich spiele bei ihrer Selbstinszenierung mit, weil ich hoffe, dass sie uns anschließend weitere achthundert Jahre in Ruhe lassen. Danach ist es ohnehin egal.«

Der USO-Kreuzer tauchte auf dem Monitor auf. Zunächst noch als kleiner Fleck, doch er wurde rasch größer.

»Lassen Sie uns nach draußen gehen. Sie kommen.«

Wenn ich zu Perry Rhodan hinübersah, wusste ich nicht, worüber ich mich mehr amüsieren sollte. Über die Fantasieuniform, die eine grellrote Jacke voller gelber Knöpfe, grüner aufgebauschter Schulterklappen und großer orangefarbener Taschen wagemutig mit einer dunkelblauen, eng anliegenden Hose kombinierte? Oder über das unglückliche Gesicht, das mürrisch unter dem breitkrempigen, mit bunten Federn geschmückten Hut hervorblickte? Er sah aus wie ein depressiver Papagei.

Mein Mitleid mit dem Terraner hielt sich jedoch in Grenzen, da ich in einer ähnlich albernen Aufmachung steckte.

»Ist diese Verkleidung denn wirklich nötig?«, fragte er.

*Nein! Ist sie nicht.*

Ich ignorierte meinen Logiksektor. »Natürlich. Wir müssen so viel Aufmerksamkeit wie nur möglich auf uns ziehen. Je mehr Augen sich uns zuwenden, desto weniger blicken in eine andere Richtung.«

Wir befanden uns an Bord der NH-1, einer Space-Jet der NEW HOPE, die uns vom Kreuzer nach Skagsram brachte. Selbstverständlich mit dem nötigen Getöse, wie uns der Monitor zeigte. Aus der Schleuse des Mutterschiffs quoll dichter, weißer Nebel, in dem es funkte, blitzte und zischte. Als die NH-1 aus dem Wabern stieß, flammten im Ringwulst der NEW HOPE drei rote Suchscheinwerfer auf, die uns in den Schnittpunkt ihrer Lichtlanzen nahmen und so bis zum Boden geleiteten. Außerdem ließ der Kreuzer eine Reihe von Böllerschüssen ertönen und brannte ein Feuerwerk zu unseren Ehren ab, das im langsam schwindenden Tageslicht ein beeindruckendes Schauspiel bot.

Das ganz normale Zeremoniell also, wenn der Großadministrator des Solaren Imperiums und der Chef der USO einen gemeinsamen Besuch unternahmen. Zumindest hatten wir das der Regierung Skagsrams gegenüber behauptet. Ob sie uns glaubten, interessierte mich nicht. Für mich zählte nur der Effekt. Zu diesem Zweck hatte ich sogar einen Designer engagiert, der für terranische Rockbands die Show ihrer Live-Auftritte entwarf.

Er hatte gute Arbeit geleistet, auch ohne Musik. Für die hatten ein Hulborger Orchester und ein nach unseren Wünschen zusammengestellter Chor zu sorgen. Als die Space-Jet aufsetzte und sich wenige Augenblicke später die Schleuse öffnete, drangen bereits die ersten schrecklich schrägen Töne an mein Ohr.

»Warum musstest du ihnen in meinem Namen ausgerechnet die Noten für *A hard day's night* schicken?«, wisperte Perry mir zu. Sein Gesicht hatte inzwischen jeglichen unwirschen Eindruck verloren und strahlte selbstsicher aus dem Ausstieg der Jet. Ganz der formvollendete Diplomat.

»Mich hat schon immer interessiert, wie es in einer Marschversion klingt.«

»Und?«

Ich zuckte mit den Schultern. »Genauso schrecklich wie das Original.«

Als wir die Rampe der Space-Jet in Richtung des roten Teppichs hinunterschritten, umschloss uns die trockene Hitze wie ein Mantel. Ich tippte auf knapp über vierzig Grad. Und das waren gerade einmal die Temperaturen des ausklingenden Winters. Im Sommer erreichten sie Werte von bis zu siebzig Grad.

In diesen Sekunden fragte auch ich mich, ob die Verkleidung wirklich nötig war. Auf meinem Heimatplaneten herrschten ähnliche Wärmegrade, sodass ich sie gut wegsteckte. Der Terraner allerdings stieß durch sein zementiertes Strahlen hindurch ein leises Japsen aus. Etwas Luftigeres hätte es sicher auch getan. Doch es gab kein Zurück mehr. Es war mir ein Trost, dass wir in drei oder vier Tagen wieder abreisen konnten. Im Gegensatz zu denen, für die wir dieses Theater überhaupt veranstalteten.

Links des Teppichs hatte sich das Orchester aufgebaut, rechts der Chor.

Am Ende der Rampe warteten die großen Zwei der Skagsramer Regierung auf uns. Ombudsmann Ata Mathiesen und Hetman Oddo Karsimäki. Ihre Gesichter hatten wir bereits im Holowürfel betrachten können, nun sahen wir auch noch den Rest.

Als wir vor ihnen standen, schüttelte Ata Mathiesen uns nach terranischem Vorbild die Hand. »Herzlich willkommen auf Skagsram. Ich freue mich, dass Sie hier sind.« Auch wenn sie es überzeugend vortrug, glaubte ich ihr kein Wort.

Obwohl ich mit meinen 1,87 Meter nicht gerade klein war, überragte sie mich um eine gute Handbreite. Sie trug einen einteiligen hautengen Anzug aus einem weißen Material, das ich nicht kannte. Unzählige Schlitze und Spalten klafften bei jeder Bewegung auf und zu wie die Kiemen eines Fischs und ermöglichten einige appetitliche Blicke auf das, was sie darunter trug. Nämlich nichts! Was für eine entzückende Mode.

*Die allerdings aus Gründen der Luftzufuhr und Kühlung in dieser Form gestaltet ist und nicht, um die voyeuristischen Anwandlungen alter Männer zufriedenzustellen.* Mein Extrasinn gönnte mir keinen Spaß.

»Wir freuen uns, hier sein zu dürfen«, gab Perry zur Antwort.

»Darf ich Ihnen meinen Hetman Oddo Karismäki vorstellen?« Der stämmige Kriegsminister mit den halbseitigen Locken schüttelte uns ebenfalls die Hand. Sein Händedruck war fest. Ein Mann, der anzupacken verstand. Er trug einen Anzug aus dem gleichen Material. Glücklicherweise lag er weder eng an, noch besaß er Schlitze. Stattdessen war er weit und luftig geschnitten. Karismäki nickte nur knapp, sagte aber nichts.

Ata Mathiesen deutete auf einen weiteren Mann, der noch ein paar Zentimeter größer war als sie und somit gewiss an die zwei Meter heranreichte. Ich schätzte ihn auf Anfang vierzig. Seine Frisur bestand aus weißblonden Stoppeln, zwischen denen Schweißtropfen schimmerten. »Und das ist Haknur Hakilaunen, mein Ernteminister. Ein direkter Nachfahre von Nicke Dahlqvist, unserem Gründervater.«

Hakilaunen lief rot an und wand sich, als sei es ihm unangenehm, dass seine Abstammung zur Sprache kam.

»Tatsächlich?«, sagte Perry. »Das ist ja interessant.«

*Alter Heuchler,* dachte ich. *Schließlich ist dieses Wissen hoffentlich die Eintrittskarte für Team B. Sehr ähnlich sieht er ihm allerdings nicht. Vor allem der schelmenhafte Gesichtsausdruck fehlt ihm völlig.*

*Du hast doch nicht ernsthaft damit gerechnet, in Hakilaunen den ersten Regierungschef wiedererkennen zu können,* meinte mein Extrasinn. *Zwischen den beiden liegen tausend Jahre!*

Ombudsmann Mathiesen lächelte. »Oh, ich vergaß! Sie kannten ihn ja.«

»In der Tat. Ein ... beeindruckender Mann. Klug und lebenslustig.« Perry hüstelte und wischte ein fiktives Staubkorn von der Uniform. »Wir haben uns sehr gut verstanden.«

»Lebenslustig, ja?« Ata Mathiesen sah ihn an, als habe er gerade etwas fürchterlich Dummes gesagt.

Das war eines der Dinge, über die auch ich mir den Kopf zerbrach. Vor dem Ausschleusen der NH-1 hatten wir den Berater Arco Nithis noch einmal zu uns gebeten und uns mit weiteren Informationen versorgen lassen. Eine davon lautete: »Die Skagsramer Bevölkerung ist Fremden gegenüber sehr misstrauisch. Die Leute sind arbeitsam, fleißig, strebsam. Die Freuden des Lebens üben auf sie keinen Reiz aus, lediglich während der großen Feiertage gehen sie aus sich heraus. Grundlage dieser Lebensführung bilden die Sätze für ein gesellschaftliches Miteinander von Nicke Dahlqvist und einige Werke seines Nachfolgers Matti Holmgren.«

Matti Holmgren? Diese steife Spaßbremse, die uns vor tausend Jahren in der Siedlung Hulborg herumgeführt hatte? Dass er Dahlqvists Erbe als Ombudsmann angetreten hatte, war mir neu. So gut, wie der Gründervater damals von ihm gesprochen hatte, konnte ich es mir aber vorstellen. Warum dieser lebenslustige Mann allerdings Regeln aufgestellt hatte, die seinem Wesen völlig zu widersprechen schienen, war mir ein Rätsel.

Wenn auch eines, dessen Lösung weder wahrscheinlich noch dringlich war, schließlich lag das lange Zeit zurück.

Mein Blick blieb an der Silhouette der Stadt hängen, die sich hinter dem Raumhafenareal abzeichnete. Hulborg, eine Zehn-Millionen-Einwohner-Metropole auf einem unwirtlichen Planeten. »Beachtlich, was Sie in den letzten tausend Jahren geschaffen haben.«

Ata Mathiesen sah mich an und lächelte. Mir wurde heiß, was ich auf das Klima und meine unpassende Kleidung schob. »Danke sehr. Auch wenn es sich dabei natürlich um das Werk weit entfernter Vorfahren handelt.«

»Ich bin erstaunt, wie wenig sehr hohe Häuser es gibt. Städte in dieser Größenordnung wachsen meiner Erfahrung nach hauptsächlich in die Höhe.«

»Aber vermutlich nur deshalb, weil ihnen in der Breite der Platz ausgeht. Eine Gefahr, die auf unserem dünn besiedelten Planeten nicht besteht.« Sie wandte sich um und betrachtete das Panorama. »Sie sind mit den Besonderheiten Skagsrams vertraut?«, fragte sie schließlich, ohne sich umzudrehen.

»Was meinen Sie?«

Sie deutete zum Himmel. Über der Stadt hing ein bleicher Mond, etwa viermal so groß wie Luna.

*Diese Annahme trifft nicht zu. Er mag zwar viermal so groß erscheinen, dieser Eindruck beruht jedoch auf der Nähe des Satelliten zu seinem Planeten.*

*Natürlich,* gab ich gedanklich zurück. *Danke für den Hinweis.*

Trotz seiner Größe – seiner *scheinbaren* Größe! – wirkte der Trabant wegen des restlichen Sonnenlichts noch wenig beeindruckend. Aber ich war mir sicher, dass er am Nachthimmel sehr imposant aussehen musste.

»Das ist Sigja«, erklärte Ombudsmann Mathiesen. »Einer von drei Monden, die um Skagsram kreisen. Die anderen beiden, Vernedur und Oban, können Sie vernachlässigen. Zwei kleine Steinbrocken, die in weiter Entfernung ihre Bahnen ziehen. Geformt wie ... Wie heißen diese terranischen Früchte, die im Boden wachsen?«

»Kartoffeln?«, schlug Perry vor.

»Richtig, Kartoffeln. Vernedur und Oban können Sie bestenfalls als winzige Kleckse am Sternenhimmel sehen. Sigja aber hat es in sich! Seine Nähe und seine Geschwindigkeit haben außerordentliche Auswirkungen auf Skagsram.«

*Er benötigt für einen Umlauf nur sieben Tage,* ergänzte mein Logiksektor. *Ein Heptimat, wie die Einheimischen es nennen.*

Viele der Dinge, die Ombudsmann Mathiesen vortrug, wussten wir bereits von Arco Nithis. Dennoch unterbrachen wir sie nicht. Aus Gründen der Diplomatie sollte man das nie tun, wenn ein Regierungschef von seiner Heimat berichtete. Außerdem hörte ich ihre Stimme gerne.

»Sigja und Skagsram taumeln um ihren gemeinsamen Mittelpunkt, der natürlich nicht im Zentrum des Planeten liegt. Sie kennen dieses Phänomen von Terra.«

Wir nickten.

»Nur ist es bei uns wesentlich ausgeprägter. Die dabei wirkenden Kräfte zerren an der Stabilität Skagsrams. Der Planet ist tektonisch hochaktiv. Vulkanausbrüche und Erdbeben sind an der Tagesordnung. Nach letzter Zählung existieren über fünfhundert landaktive Vulkane, die ihre Lavaströme vom Festland in die Meere schicken. Die meisten davon befinden sich auf den Kontinenten Karmin, Ejtlaar, Donnime und Sjalka, weshalb wir diese auch nicht besiedelt haben. Aber selbst hier auf Jorkull bleiben wir nicht verschont.«

Nun erst drehte sie sich um und sah uns an. »Um auf Ihre Frage zurückzukommen: In einer Stadt, in der Sie damit rechnen müssen, dass Erdbeben ganze Viertel erschüttern, ist es vernünftiger, in die Breite zu bauen. Was nicht hoch ist, kann nicht tief stürzen.« Sie zuckte mit den Schultern. »Auf anderen Planeten mag die moderne Technik derartigen Umweltbedingungen trotzen können, aber auf Skagsram wollen wir so etwas nicht. Wir sind sehr traditionell eingestellt. Veränderungen lassen wir nur zu, wenn es sich nicht vermeiden lässt.«

Bei ihrem letzten Satz fasste sie Perry eindringlich ins Auge. Und so klang er weniger wie eine Erklärung ihrer Städteplanung, sondern mehr wie ein allgemeines politisches Statement. Genauso gut hätte sie sagen können: *Was auch immer Sie hier wollen, Rhodan, vergessen Sie's!*

Nach einer kurzen Pause legte sich wieder ein Lächeln auf ihre Lippen. »Folgen Sie mir doch nach drinnen. Ich habe einen kleinen Imbiss vorbereiten lassen.«

Im Empfangsraum des Hafengebäudes herrschten angenehme Temperaturen – oder das, was der durchschnittliche Skagsramer dafür halten mochte. Ein Display neben der Tür zeigte siebenundzwanzig Grad.

Durch eines der Fenster entdeckte ich das Orchester und den Chor, die draußen noch immer unverdrossen ihre Interpretation von *A hard day's night* zum Besten gaben. Glücklicherweise übertrugen die Lautsprecher die Darbietung so leise, dass sie im Stimmengewirr des Raums beinahe unterging.

Das Büfett war so reichhaltig, dass ich mich fragte, wer das alles essen sollte. Der Tisch mit all den Köstlichkeiten besaß die Form eines Rings, in dessen Zentrum drei weiß gekleidete Blondinen hin und her huschten und leere Schalen oder Krüge nachfüllten. Verglich man ihn mit dem Zifferblatt einer Uhr, dann stand Hetman Karismäki alleine auf drei Uhr und stopfte gelbliche Fasern in sich hinein, bei denen es sich genauso gut um das Fleisch von Früchten wie um das von Tieren handeln konnte.

Perry Rhodan stand mit Ombudsmann Mathiesen auf elf Uhr vor einer riesigen Schüssel voller grüner Blätter, die mich an Salat erinnert hätten, wenn ihre ständige pulsierende Bewegung und die daraus resultierenden niederfrequenten leisen Brummtöne nicht gewesen wären. Die Regierungschefin zeigte auf einen steinernen Kelch. Von ihren Lippen konnte ich das Wort *Glutöl* ablesen. Perry schüttelte schnell den Kopf.

»Die Fenster sind mir von außen gar nicht aufgefallen«, sagte ich zu Haknur Hakilaunen, mit dem ich mich auf sechs Uhr des Büfett-Ziffernblatts aufhielt.

Er grinste mich breit an. »Das liegt daran, dass Sleipnirs Hauptgebäude wie so viele andere Bauwerke auf Skagsram auch tatsächlich keine Fenster ins Freie besitzt. Das hilft in den Sommermonaten, die Hitze draußen zu halten.«

Etwas genauer blickte ich in Richtung des Orchesters. In der Tat! Ich sah es nicht durch ein Fenster, sondern in einem Monitor.

»Der unbedarfte Besucher, von denen es auf dem Planeten nicht allzu viele gibt, merkt davon kaum etwas«, fuhr der Ernteminister fort. »Bildschirme simulieren diese Funktion täuschend echt. Über geschickt arrangierte Außenkameras bieten sie den Anblick, den man auch aus einem Fenster hätte. Manche Einwohner gehen sogar so weit, dass sie die Monitore nachts nicht ausschalten, sondern Fensterläden davorklappen. Die perfekte Illusion.« Er zeigte auf das Büfett. »Unsere Jöllekappa kann ich ihnen empfehlen. Eine wahre Delikatesse.«

Ich blickte auf eine Platte mit hauchdünnen bräunlichen Streifen, von denen ein würziger Geruch aufstieg. »Jöllekappa?«

»Über Lavagestein gedörrte Fleischstreifen des Tieflandrinds.«

»Klingt interessant.« Mit spitzen Fingern schnappte ich mir eine der Köstlichkeiten, steckte sie mir in den Mund und war begeistert. Ein rauchig nussiger Geschmack entzückte meinen Gaumen. »Hervorragend!«

»Nicht wahr? Das Fleisch der Tieflandrinder ist einer unserer Exportschlager. Faszinierende Tiere, die sich mit einem biologischen Trick der Hitze angepasst haben. Sie umgibt zwar ein dickes Fell, doch das besteht zum Teil aus Frostfasern. Sie müssen wissen, dass die Umgebungshitze in den Fasern Prozesse anregt, die sie nach innen glühen, aber nach außen abkühlen lassen. Das macht die Rinder für uns so wertvoll. Ihr Fleisch exportieren wir. Nun ja, zumindest zum Teil.« Er schob sich ebenfalls ein Jöllekappa in den Mund. »Die Milch nutzen wir für den Eigengebrauch. Und die Frostfasern verwenden wir in der Kleidung der Lavaflößer.«

»Die eierlegende Wollmilchsau.«

Hakilaunen schaute mich verständnislos an.

Ich winkte ab. »Alte terranische Redewendung. Was hat Ihre Wirtschaft noch zu bieten?«

»Oh, eine Menge. Die Produkte unserer Stahlindustrie finden reißenden Absatz. Aber auch im Bereich der Kunst besitzen wir unsere Stärken. Südlich der Stadt liegt beispielsweise eine Künstlerkommune namens Baba Yaga, die regelmäßig erstaunliche Skulpturen oder kleinere Schmuckgegenstände aus Lava und Basaltgestein hervorbringt. Hochradioaktives Xenon exportieren wir genauso wie Feuerblumen.«

Ich musste an unseren folgenschweren Abend mit Nicke Dahlqvist denken. »Von denen habe ich bereits gehört. Aus ihnen wird Glutöl hergestellt, richtig?«

»So ist es. Sie sehen, wir verfügen über eine breite Produktpalette. Aber am begehrtesten sind sicherlich die Supra-Thermophilen.«

Dank Arco Nithis wusste ich darüber bereits alles, doch ich wollte den Ernte- und Wirtschaftsminister am Reden halten. Vielleicht würde ich dadurch etwas über ein Thema, das mich mehr interessierte erfahren: den Untergang von Lavaflößen. »Das sind diese hitzeresistenten Bakterien?«

Hakilaunen gönnte sich ein weiteres Jöllekappa und nickte kauend. »Sie kommen in manchen der Lavaströme vor, aus unerfindlichen Gründen leider nur im Sommer. Mit ihrer Hilfe kann man hitzestabile Proteine gewinnen, nach denen sich die Waschmittel-, Stärke- und Lebensmittelindustrie die Finger lecken. Vor vier oder fünf Jahren hat man durch Zufall sogar herausgefunden, dass die Thermophilen unter bestimmten Bedingungen in der Lage sind, Fremd-DNS aus ihrer Umgebung aufzunehmen. Sie können sich vorstellen, wie sehr das die ohnehin schon große Nachfrage angekurbelt hat. Wir können gar nicht mehr so viel ernten, wie wir verkaufen könnten. Labors, die sich mit Genetik und Lebensforschung beschäftigen, rennen uns die Türen ein. Milchstraßenweit!«

»Beeindruckend! Aber ist es nicht wahnsinnig gefährlich, mit Schiffen auf geschmolzenem Gestein zu fahren?«

»Nicht gefährlicher, als mit Schiffen im luftleeren Raum zu fliegen.« Die Stimme neben mir gehörte Oddo Karismäki! Der Hetman hatte sich von den gelblichen Fasern bis zu den Jöllekappa vorgearbeitet. An seiner Unterlippe klebte ein winziger Fetzen Tieflandrindfleisch. »Und das tun Sie ständig.«

Ich wandte mich ihm zu und lächelte ihn an, doch seine Miene blieb wie versteinert. »Da haben Sie recht. In der Raumfahrt geschehen wenige Unfälle, aber wenn etwas passiert, dann meist mit verheerenden Folgen. Das dürfte bei der Lavaflößerei ähnlich sein.«

Der Kriegsminister sah mich lange an. Mein Lächeln geriet während keines Augenblicks ins Wanken. »Nein«, sagte er schließlich, »eigentlich nicht. Natürlich kommt es immer mal wieder zu kleineren Zwischenfällen. Verbrennungen wegen spritzender Lava, gesundheitliche Probleme bei den Flößern aufgrund der Dämpfe und Ähnliches. Aber ansonsten ist die Glutschifferei eine sehr sichere Angelegenheit.«

*Na, sieh mal einer an,* dachte ich. *Da verfügen wir aber über andere Informationen.*

*Offenbar will er etwas vor uns verbergen,* kommentierte mein Extrasinn. *Oder er möchte nicht, dass etwas an die Öffentlichkeit dringt.*

»Das freut mich zu hören«, erwiderte ich.

Perry Rhodan und Ata Mathiesen stießen zu uns. Auf den ersten Blick sah ich dem Terraner an, dass die Unterhaltung nicht in seinem Sinne verlief. Wenn es sich im Augenblick auch nur um zwanglose Sondierungsplaudereien handelte, gaben diese einen Fingerzeig, wie die morgigen offiziellen Gespräche verlaufen würden. Bestimmt überschüttete Perry mich später mit Vorwürfen würde, ihn mit einem Hut ausgestattet zu haben, der ihm jegliche Würde raubte. Wer konnte ihn da als Gesprächspartner schon ernst nehmen? Als hätte das bei einer Frau wie Ata Mathiesen einen Unterschied gemacht.

»Dennoch wird es endlich Zeit«, sagte Rhodan gerade, »dass Sie im Namen der Skagsramer Farbe bekennen. Ihr Kokettieren mit anderen Machtbündnissen wie den Splitterreichen der Arkoniden, dem Carsualschen Bund, der Zentralgalaktischen Union, den Akonen, den Blues und wie sie sonst noch alle heißen, sorgt für stetige Unruhe auf der Erde. Und bei mir, wie ich ehrlich zugeben muss.«

»Das, was Sie Kokettieren nennen, nenne ich Geschäftsbeziehungen. Ich muss an die Interessen Skagsrams denken. Leider sind wir auf die Erträge aus dem Export angewiesen. Wir bieten an, wer kaufen will, kauft. Dabei darf es für uns keine Rolle spielen, wer unser Geschäftspartner ist, sondern nur, ob er den geforderten Preis bezahlen kann. Davon hängt unsere Existenz ab. Wir können keine Rücksicht darauf nehmen, ob zwischen unseren Kunden Animositäten bestehen.«

Ein Lächeln erhellte Ombudsmann Mathiesens bislang ernstes Gesicht. Inzwischen war ich zur Erkenntnis gelangt, dass sie sich der Wirkung dieser Miene durchaus bewusst war und sie nach Bedarf ein- und ausschalten konnte.

»Doch ich will Ihnen eines sagen, Großadministrator. Ich finde es schade, dass die angespannte politische Situation zu Misstönen zwischen uns führen könnte, und habe beschlossen, etwas dagegen zu unternehmen.«

Nun war ich aber gespannt.

»Ich habe in drei Tagen einen Empfang anberaumt, bei dem Vertreter all dieser – wie nannten Sie es? – Machtbündnisse anwesend sein werden. Da können Sie sich in aller Ruhe austauschen und so zur Entspannung beitragen. Wie finden Sie das?«

»Großartig«, erwiderte Perry.

Ich glaubte, das Knirschen seiner Zähne zu hören.

# Kapitel 6

## Incognito in COGNITO

*Die Kraft der Wurzel*
*bestimmt die Stärke des Asts.*
*(aus Matti Holmgrens »Der Umgang mit anderen«)*

Die Space-Jet mit der Kennung NH-1 brach aus dem Nebel und ein gigantisches Feuerwerk begann. Tenko Harradin rückte den Stuhl näher an den Monitor, damit ihm kein Detail des Spektakels entging. Er ärgerte sich darüber, dass ausgerechnet er heute Dienst in der Flugsicherung des kleinen Raumhafens Fafnir tun musste. Viel lieber hätte er die Ankunft der Terraner und das Schauspiel, das ihr Empfang darstellte, direkt vor Ort mitverfolgt, als es über einen lächerlichen Bildschirm beobachten zu müssen. Aber statt auf Sleipnir am anderen Ende der Stadt, saß er auf einem Raumhafen fest, auf dem ohnehin fast nie etwas los war.

Ein Grinsen huschte über Tenkos Gesicht. Er war ein großer Anhänger der Lebensphilosophie von Nicke Dahlqvist. So wäre ihm an normalen Diensttagen nie in den Sinn gekommen, sich über derlei Dinge zu ärgern. Aber das Misefest stand unmittelbar bevor, und für alle Skagsramer hieß das, dass man es etwas lockerer angehen durfte. Und dann war es durchaus in Ordnung, sich auch einmal zu ärgern.

Das Schauspiel nahm ihn so gefangen, dass er auf seinem gekühlten Stuhl zusammenzuckte, als die Stimme erklang. »COGNITO bittet um Landeerlaubnis.«

Fassungslos starrte er zum Lautsprecher der Kom-Anlage. Ein Raumschiff, das landen wollte? Ausgerechnet während der Ankunft der NH-1? »Fafnir an COGNITO. Landeerlaubnis verweigert.«

Einige Sekunden herrschte Ruhe, und Tenko konnte sich weiter an dem Feuerwerk ergötzen. Die Freude währte nicht lange.

»Bitte wiederholen Sie.« Die Stimme aus dem Lautsprecher klang ungläubig.

Tenko Harradin stöhnte auf und schob sich mit dem Stuhl zur Flugsicherungskonsole. Mit ständigen Seitenblicken verfolgte er weiter die Landung der NH-1.

»Landeerlaubnis verweigert, COGNITO.« Ein zweiter Monitor zeigte den Luft- und Weltraum über Fafnir. Darauf entdeckte er ein kleines Raumschiff, flach, rund, schwarz glänzend. Es sah aus wie ein Stein. Und wenn es wie ein Tieflandrind ausgesehen hätte, er konnte es nicht landen lassen!

»Aber unser Termin ...«

»... interessiert mich nicht.« *Und jetzt lasst mich das Feuerwerk beobachten.* Er wusste, dass sein Verhalten nicht korrekt war. Wenn er jedem Schiff die Landeerlaubnis verweigern würde, weil er der Ankunft des Terraners und des Arkoniden zusehen wollte, hätte er nicht Dienst tun müssen. Dann hätte er Fafnir genauso gut schließen, eine automatisierte Ansage schalten und mit dem Gleiter hinüber zu Sleipnir ...

»Das sollte er aber, wenn Sie Ihre Aufgabe erfüllen möchten, so wie Ihr Gründervater es von Ihnen verlangt!«

Er verdrehte die Augen. Sein Raumhafen war für Handelsschiffe zu klein, sodass nie allzu viel Betrieb herrschte. Warum musste das erste Schiff seit zwei Tagen ausgerechnet jetzt kommen? Gerade setzte die NH-1 auf und die Ausstiegsrampe klappte theatralisch langsam herab. »Was wollen Sie damit sagen?«

»Mein Name ist Czern Hawa. Ich bin Mitglied des Schwarzen Steins. Sagt Ihnen das etwas?«

Natürlich tat es das. Diese Organisation handelte mit Informationen. Sie agierte völlig unpolitisch und verdiente ihr Geld hauptsächlich mit Ahnenforschung. Im Laufe der letzten Jahrtausende hatten unzählige Kriege, Gefechte und Scharmützel in allen Bereichen der Milchstraße stattgefunden. Der Schwarze Stein rühmte sich, die umfangreichste Datensammlung über den Aufenthalt und die Herkunft von mehr als zwei Billiarden Lebewesen zu besitzen und diese noch ständig zu erweitern. Vor zwei Jahren hatte Haknur Hakilaunen ein Zertifikat der Organisation vorgelegt, das ihm bestätigte, der Nachfahre einer gewissen Tarja Begson zu sein, die zu den Siedlern um Nicke Dahlqvist gehört hatte. Sie wiederum war aus einer Verbindung hervorgegangen, die der spätere Gründervater noch auf Terra gepflegt hatte. Das machte Hakilaunen zu einem Nachkommen Dahlqvists, und nur dieser Abstammung wegen hatte die Bevölkerung ihn ins Amt des Ernte- und Wirtschaftsministers gewählt, das zu diesem Zeitpunkt gerade vakant gewesen war.

»Ich deute Ihr Schweigen als Zustimmung«, sagte Hawa. »Sehen Sie, wir haben auf einen lukrativen Auftrag verzichtet, weil Herr Hakilaunen uns zu sich bestellt hat. Sie können ihn gerne fragen.«

Aus den kleinen Lautsprechern neben dem Zweitmonitor erschallte ein Musikstück, das zu Ehren des Großadministrators dargeboten wurde. Vermutlich die terranische Nationalhymne. Die Kamera fing die Dreierdelegation auf dem roten Teppich auf. Einer von ihnen war der Ernte- und Wirtschaftsminister. »Das ist im Augenblick leider nicht möglich.«

»Verstehe. Wissen Sie was? Vielleicht sollten wir doch besser den ursprünglichen Auftrag annehmen. Sie werden Haknur Hakilaunen sicher erklären können, warum Sie ...«

Perry Rhodan und Atlan tauchten in der Ausstiegsluke der NH-1 auf. »Was sind das denn für Hüte? Ist das die terranische

Mode?« Da erst drangen Hawas Worte in Tenkos Bewusstsein vor. Ganz gewiss wollte er sich vom Ernteminister keine Strafpredigt anhören, weil er dessen Besuch weggeschickt hatte. »Na schön«, sagte er. »Wenn Sie einen Termin beim Minister haben. Landeerlaubnis erteilt.«

Dann wandte er sich wieder der Ankunft der NH-1 zu. Hatte man irgendwo im Universum schon einmal derart lächerliche Hüte gesehen?

»Ich dachte fast, er gibt gar nicht mehr nach.« Die Frau mit den flammend roten Stoppelhaaren ließ sich in den Formsessel an Bord der COGNITO sinken. Sie strich sich über die Frisur, an die sie sich wohl erst noch würde gewöhnen müssen. Schon vor ihrer äußerlichen Veränderung hatte sie die Haare kurz getragen. Aber nicht *so* kurz. Sie hatte mit einer kupferroten Langhaarperücke geliebäugelt, aber die hatte Atlan ihr ausgeredet. »Denk an die Temperaturen auf Skagsram«, hatte er gesagt. »Du wirst für jede Kleinigkeit dankbar sein, die du nicht am Leib trägst.«

Die Papiere, die sie mit sich führte, lauteten auf den Namen Leda Nnezmatki, der natürlich genauso falsch war wie ihre Haarfarbe. Weitere Änderungen ihres Äußeren hatte sie nicht vorgenommen. Sie war in Quinto-Center, dem Hauptquartier der USO, zwar Atlans Sekretärin und gelegentlich sogar seine Stellvertreterin, da ihre Aufgabe aber eher in der Koordination von Agententätigkeiten bestand und weniger in der Teilnahme daran, glaubte sie, auf einem Planeten wie Skagsram unerkannt bleiben zu können.

*Warum hast du dich für den Einsatz überhaupt gemeldet?*, fragte eine kleine boshaft klingende Stimme in ihrem Inneren, die sie seit ihrem Start von Quinto-Center häufig belästigte. In Anlehnung an Atlans Extrasinn nannte sie sie Nörgelsektor.

*Weil ich einfach mal etwas Abwechslung bekommen wollte,* antwortete sie in Gedanken.

*Ach? Decaree Farou will Abwechslung erleben. Wie glaubhaft ist das denn? Kann es nicht eher sein, dass du deinen favorisierten Arkoniden beeindrucken möchtest? Willst du ihm vielleicht nur zeigen, was für eine tolle Frau du bist? Glaubst du, so vor ihm verbergen zu können, dass du älter wirst, während er immer der Gleiche bleibt?*

*Unsinn. Ich weiß, dass Atlan mein Alter egal ist.*

*Ihm schon, aber wie sieht es mit dir selbst aus?*

»Träumst du?«, ertönte eine Stimme neben ihr. Eine *echte* Stimme.

Sie zuckte herum. »Was? Nein, ich war nur in Gedanken.«

Neben ihr saß der Mann, den der Skagsramer von der Flugsicherung als Czern Hawa kennengelernt hatte. Er schaute auf das Holo, das die Landung der COGNITO in einer schematischen Darstellung zeigte. Natürlich brauchten sie nicht selbst Hand anzulegen, sondern verließen sich auf die Bordpositronik. »Ich sagte, deine Sorge war unberechtigt. Laut allen Analysen der Verhaltensrechner lag die Wahrscheinlichkeit, dass wir ungehindert landen dürfen, bei über siebenundachtzig Prozent. Das Schauspiel beim Ausschleusen der NH-1, die alberne Verkleidung und unsere wohldosierte Nennung des hochrangigen Namens ...«

»Statistiken!«, erwiderte Decaree. »Komm mir nicht damit, Tek.«

»Wenn du bei einem Spiel Erfolg haben willst, reicht es nicht aus, die Regeln zu beherrschen. Beispielsweise bei Lepso Hold'em, einer anspruchsvollen Variante des Pokerspiels, bist du aufgeschmissen, wenn du die Wahrscheinlichkeiten bestimmter Blätter nicht kennst. Außerdem solltest du dir angewöhnen, mich Czern zu nennen, meine liebe Leda.«

Decaree nickte. In den ersten Jahren hatte Ronald Tekener sichtlich Distanz zu Decaree Farou gewahrt, der rechten Hand und Geliebten des USO-Lordadmirals. Erst in letzter Zeit waren die Umgangsformen etwas vertrauter geworden. Decaree war dankbar dafür, denn es würde den Einsatz um einiges einfacher machen. Dennoch war eine Scheu gegenüber Tekener geblieben. Die spürbare Überlegenheit des USO-Spezialisten, die aus über siebenhundert Jahren Erfahrung resultierte, schüchterte sie ein. In gewisser Weise war es ähnlich wie bei Atlan, aber bei Tekener fehlte die intime Nähe, die sie mit dem Arkoniden verband.

Auch wenn der Mann vor ihr Ronald Tekeners Größe und athletischen Körperbau besaß, gehörten das sonnengegerbte, von Falten übersäte Gesicht, die kurzen grauen Haare und die dunkelgrünen Augen einem Mitarbeiter des Schwarzen Steins namens Czern Hawa. Es war aller Ehren wert, wie die Maskenbildner Tekener verändert hatten. Sie hatten erwogen, die Narben der Lashat-Pocken zu übertünchen, waren letztlich aber auf die Idee gekommen, sie stattdessen in die Maske einzubauen. Am besten versteckte man etwas, indem man es offen zeigte. Einige Spritzen in der Nähe des Jochbeins, der Nasolabialfalten und des Unterkiefers streckten die Gesichtsform und zogen die Narben in die Länge. Ein zusätzliches Medikament ließ seine Haut optisch altern und Falten werfen. Hätte Decaree nicht gewusst, dass der Mann neben ihr Ronald Tekener war, hätte sie ihn niemals erkannt. »Du hast recht, Czern.«

Als sie vor Wochen die Einsatzpläne für ihren Inkognito-Auftritt auf Skagsram entworfen hatten, war die schwierigste Frage gewesen, wie sie möglichst unauffällig auf dem Planeten agieren konnten. Bei ihren Recherchen waren sie auf die Geschichte von Haknur Hakilaunen gestoßen und dem Stammbaum, den er sich von den Informationshändlern hatte erstellen lassen. Auf Terra kannten die Organisation Schwarzer Stein nur wenige, da sie noch im Aufbau begriffen war. Auf

Skagsram hatte sie sich allerdings längst einen guten Namen gemacht.

Die Bewohner des ehemaligen Kolonialplaneten pflegten ein ambivalentes Verhältnis zu Terra, der Heimat ihrer Vorfahren. Gewiss standen sie den Terranern nahe, doch ihre wirtschaftlichen Ambitionen zwangen sie, auch zu Arkoniden oder Akonen gute Beziehungen zu pflegen. Keinesfalls durften sie den Eindruck erwecken, die Terraner zu bevorzugen. Eine der wenigen Möglichkeiten, sich ihres Ursprungs zu besinnen, bestand in einer wohlgeordneten Ahnentafel, die in fast jedem Skagsram-Haushalt zu finden war.

Also beschlossen sie, sich genauso gut zu verstecken wie Tekeners Pockennarben, nämlich gar nicht! Der Vorteil, sich als Mitarbeiter der Informationshändler auszugeben, lag auf der Hand: Unter dem Vorwand, ihre Datenbanken erweitern zu wollen, konnten sie ganz offen Fragen stellen, ohne damit Misstrauen zu erregen. Dennoch wollten sie sichergehen, dass man ihre Geschichte bei der Landung nicht allzu genau prüfen würde. Deshalb begaben sich Perry Rhodan und Atlan im Augenblick in diese Lage, um so viel Aufmerksamkeit wie möglich von der COGNITO abzuziehen.

»Landung abgeschlossen«, meldete die Positronik.

Ronald Tekener stemmte sich aus dem Sessel in der Zentrale des Zwei-Personen-Raumschiffs. Wobei *Zentrale* dem winzigen Cockpit schmeichelte. »Dann wollen wir mal!«

Vor der COGNITO wartete bereits eine runde Kunststoffplatte auf Decaree und Tekener. Sie schwebte zehn Zentimeter über dem Boden und war mit den sechs im Kreis angeordneten Sitzen eng bestückt. Sie sah aus wie ein Karussell, aber natürlich handelte es sich um einen kleinen Gleiter, den Fafnirs Landesystem offenbar automatisch geschickt hatte. Nebeneinander nahmen sie Platz. Noch während Decaree sich fragte, woher das Gefährt wusste, dass niemand sonst mehr aufsteigen würde, setzte es sich in Bewegung und brachte sie zum Ausgang des Geländes. Bis dahin entdeckten sie keine Menschenseele. Auch ein Grund, warum sie von den vier zivilen Landemöglichkeiten Fafnir ausgesucht hatten. Ein Entree durch die Hintertür, wenn man so wollte.

Der Raumhafen spielte eine so untergeordnete Rolle in Skagsrams Verkehrsnetz, dass die USO-Agenten nicht einmal einen Gleiterverleih in der Nähe fanden. Glücklicherweise parkte ein Robottaxi vor dem Hauptgebäude. Kein optisch ansprechend geschnittenes Gefährt, sondern ein unförmiger Kasten, der aussah, als habe man wahllos unzählige Spiegelscherben aneinandergeklebt.

»Hübsch«, sagte Decaree.

»Diese Anordnung soll vermutlich davor schützen, dass sich das Innere zu sehr aufheizt.«

Sie kletterten durch eine seitliche Öffnung hinein und Decaree glaubte, eine Sauna zu betreten. Ein Display vor ihnen zeigte knapp über sechzig Grad an. »Scheint nicht besonders gut zu funktionieren.«

»Was glaubst du, wie heiß es in einem normal gebauten Taxi wäre!«

»Gibt es hier keine Kühlung?«

»Möchten Sie ein Ziel angeben oder sich vom Schicksal leiten lassen?«, sagte eine schlecht gelaunt klingende Stimme. Decaree konnte nicht beurteilen, ob es sich um die eines Mannes oder die einer Frau handeln sollte.

»Zum nächsten Gleiterverleih«, antwortete Tekener.

»Möchten Sie ein Ziel angeben oder sich vom Schicksal leiten lassen?«

Ronald runzelte die Stirn, was dank seiner zahlreichen Falten kaum auffiel. »Ziel!«

»Nennen Sie ihr Ziel.« Die Laune der Stimme schien sich noch zu verschlechtern.

»Zum nächsten Gleiterverleih«, versuchte Tekener es noch einmal. Diesmal hatte er mehr Erfolg. Neben der Temperaturanzeige öffnete sich ein beleuchteter Schacht. Darüber schimmerte ein grünlicher Spalt.

»Die Fahrt kostet zweihundert Skagsramer Kronen oder vierzig Solar. Zahlen Sie in bar oder mit Liquiditäts-Chip?«

»Vierzig Solar?«, stieß Tekener hervor. »Der aktuelle Umrechnungskurs liegt bei zehn zu eins, nicht bei fünf zu eins.«

»Die Fahrt kostet zweihundert Skagsramer Kronen oder fünfundvierzig Solar. Zahlen Sie in bar oder mit Liquiditäts-Chip?«

Ronald verzichtete auf weitere Diskussionen, bevor der Preis ins Unermessliche stieg. Er legte zwei Zwanziger und einen Fünfer in den Schacht. »Bar!«

Eine Platte schob sich vor die Öffnung. Der grünliche Spalt darüber erlosch. »Vielen Dank. Wünschen Sie eine Kühlung?«

»Ja.«

»Wählen Sie die Temperatur.«

Decaree und Ronald sahen sich an. Wer hätte gedacht, dass sich eine Taxifahrt so kompliziert gestalten konnte. »Fünfundzwanzig Grad.«

»Kühlung unter die Außentemperatur ist nicht gestattet. Wählen Sie die Temperatur.«

»Außentemperatur.«

Neuerlich öffnete sich der Schacht. Die Geldscheine darin waren verschwunden. »Das macht fünfzig Skagsramer Kronen oder zwanzig Solar. Zahlen Sie in bar oder mit Liquiditäts-Chip?«

Decaree konnte die Gedanken des Galaktischen Spielers so deutlich ablesen, als hätte er sie herausgebrüllt. *Können wir bitte endlich fahren?*

»Bar«, presste er zwischen den Zähnen hervor. Er legte einen weiteren Zwanziger in den Schacht.

»Vielen Dank. Wünschen Sie Musik während der Fahrt?«

»Nein!«, riefen Ronald und Decaree gleichzeitig.

Insgeheim rechnete die Agentin damit, dass sich der Geldeinwurf dennoch öffnete und das gewählte Extra *Stille* abkassierte. Das geschah nicht. Stattdessen setzte sich das Taxi endlich in Bewegung.

»Nimm's nicht so schwer«, sagte sie. »Das sind alles Spesen, für die unsere Organisation aufkommt.«

Ohne dass das erpresserische Robottaxi es berechnete, wurde die Front des Gefährts transparent und präsentierte ihnen Hulborg. Eine bemerkenswerte Stadt voller Gegensätze. Viele der Häuser zeigten das gleiche Spiegelscherbendesign wie ihr Taxi, dazwischen jedoch standen vorzeitlich wirkende Holzhäuser oder Steingebäude. Die wenigsten besaßen Fenster, stattdessen waren die Außenwände mit Kameralinsen übersät. Es herrschten, an terranischen oder arkonidischen Maßstäben gemessen, flache Bauten vor, von denen keiner höher als zehn oder elf Stockwerke in den Skagsramer Himmel ragte. Die wenigen Ausnahmen, die sie in der Ferne sahen, waren dafür umso beachtlicher. Ein gigantischer Trichterbau, offensichtlich arkonidischer Herkunft. Daneben ein Konstrukt, das an drei nebeneinanderstehende altertümliche Sanduhren erinnerte, zwischen deren Taillen verspiegelte Verstrebungen verliefen. All diese Prachtbauten drängten sich jedoch auf engem Raum zusammen.

»Das scheint das nobelste Viertel der Stadt zu sein«, meinte Tekener.

»Von dem wir nicht nur in puncto Distanz mächtig weit entfernt sind.«

Draußen zogen verfallene, zum Teil eingestürzte Häuser vorbei. Nirgends war ein Skagsramer zu sehen. Nur Trümmer, Gebäudeleichen und Schmutz. Nach wenigen Minuten erkannten sie den Grund: Mitten auf einer Kreuzung zweier

Straßen klaffte ein riesiges Loch, von dem sternförmig tiefe Risse ausstrahlten. Ein Erdbeben hatte für die Zerstörungen gesorgt. War das wirklich der kürzeste Weg zu einem Gleiterverleih? Das Robottaxi bog eine Querstraße vor der Kluft nach links ab und führte sie in einen besser erhaltenen Bezirk. Vereinzelt sahen sie Menschen vor den Häusern, die ihnen neugierig nachschauten.

»Ein Taxi scheint ein seltener Anblick zu sein«, sagte Decaree.

Weitere Minuten vergingen und sie stießen in lebhaftere Regionen der Stadt vor. In regelmäßigen Abständen kamen sie an großen Plätzen vorbei, auf denen riesige Denkmäler standen, die allerdings merkwürdig roh und wenig kunstvoll wirkten. Einheimische gruppierten sich um die Skulpturen und tranken eine golden schimmernde Flüssigkeit aus durchsichtigen Humpen. Immer wieder lief einer von ihnen zu der Figur, legte seine Handfläche darauf und rannte lachend zu den anderen zurück.

»Was treiben die denn da?«, fragte Decaree, als sie den dritten derartigen Platz passierten. »Ihr Verhalten passt so gar nicht zu der Vorstellung, die ich mir von den Skagsramern gemacht habe.«

»Das sind die sogenannten Kaargenna-Wächter.« Entweder hatte sich Ronald Tekener besser auf den Einsatz vorbereitet oder er rief gerade Informationen aus seinem fast fotografischen Gedächtnis ab. Decaree hoffte auf Letzteres, hätte Ersteres doch so gar nicht zu ihrer Berufsauffassung gepasst. »Auf Skagsram existieren nur zwei Jahreszeiten: Sommer und Winter. Der Übergang dazwischen erfolgt stets binnen weniger Tage. Wenn der Sommer endet, feiert man überall auf Jorkull die rauschenden Skokko-Feste, bei denen die Leute symbolische Feuer löschen und die Figuren errichten, die du gesehen hast. Sie bestehen aus Wachs und sollen den Einzug der Kälte darstellen.« Er schenkte ihr sein berühmt-berüchtigtes Lächeln, das ihm den Beinamen *Smiler* eingebracht hatte. »Wenn man Temperaturen um die dreißig Grad als Kälte ansehen möchte. Wie dem auch sei, das Wachs, Kaargenna genannt, schmilzt bei fünfundvierzig Grad und gilt den Skagsramern als Gradmesser für den Jahreszeitenwechsel. In wenigen Tagen dürfte es so weit sein. Um jede Skulptur versammeln sich siebenundzwanzig Kaargenna-Wächter, die reihum das Wachs testen müssen. Wer das Glück hat, zuerst in die schmelzende Masse zu fassen, wird zum Mise-Rufer ernannt.«

»Mise-Rufer?«

»Mise nennt man den Tag des Sommerbeginns. Wer diesen nun also dank des Kaargenna als Erster erkennt, läuft durch die Straßen und ruft die Bevölkerung zur Trauerfeier und den Cordesen.«

Decaree sah Tek aus großen Augen an. »Trauerfeier? Das scheint mir ein reichlich skurriler Brauch zu sein. Und was bitte schön sind Cordesen?«

»Die Skagsramer trauern um das Ende des Winters, die leichte Zeit des Lebens. Zugleich freuen sie sich über die Ankunft der heißen Jahreszeit. Der Mise-Rufer darf dann stellvertretend für alle die Gebete für eine gute Sommerernte, eben jene Cordesen, sprechen. So gleichgültig, fast ablehnend sie sonst den Freuden des Lebens gegenüberstehen mögen, während der großen Feiertage scheinen sie alles nachzuholen, was sie während des Jahres verpasst haben.«

Das Robottaxi hielt vor einem flachen, verspiegelten Ladengebäude an. Ein Schild über dem Eingang wies es in nüchternen Buchstaben auf Interkosmo als Gleiterverleih aus.

»Sie haben Ihr Ziel erreicht«, sagte der virtuelle Chauffeur. »Ich hoffe, Sie hatten eine angenehme Fahrt.«

»Wenn der Typ einfach nur mal den Mund halten könnte«, schimpfte Tek.

Der Geldschacht öffnete sich. »Sehr wohl. Das macht zwanzig Skagsramer Kronen oder sieben Solar.«

Als Rhodan und Atlan in ihrer merwürdig anmutenden Montur in Sleipnirs Empfangsgebäude verschwanden, lehnte Tenko Harradin sich in seinem Sessel zurück und grinste. Das Gleiterballett im Himmel über den Besuchern war wirklich sehenswert gewesen, auch wenn diese davon anscheinend nichts mitbekommen hatten. Egal. Hauptsache, ihm hatte es gefallen.

Die im Monitor eingeblendete Uhr zeigte ihm, dass seine Schicht in einer Stunde endete. Dann konnte er zu einer der Kaargenna-Figuren gehen, die Wächter beobachten und sich einen oder zwei Krüge Frasnolienwein gönnen. Schließlich musste er sich für die Mise-Feierlichkeiten schon mal warmtrinken. Oder er fuhr hinüber zu Sleipnir. Vielleicht tat sich dort noch etwas Aufregendes. Womöglich gab es ein zweites Feuerwerk, wenn der Großadministrator und der Lordadmiral das Empfangsgebäude verließen. Noch immer verärgerte ihn ein wenig, dass er wegen der COGNITO Teile des Zeremoniells verpasst hatte.

Wie hieß dieser aufdringliche Mitarbeiter des Schwarzen Steins gleich wieder? Richtig, Czern Hawa. Hätte er nicht Haknur Hakilaunen, den Ernteminister, erwähnt, hätte Tenko ihm die Landeerlaubnis sicherlich verweigert. Nein, auch das wäre das falsche Vorgehen gewesen.

*Ich hätte ihre Angaben überprüfen müssen. Normalerweise hätte ich das auch getan, egal wie viel mir deshalb von dem Empfang durch die Lappen gegangen wäre. Aber so kurz vor dem Mise-Fest?*

Mit einem flauen Gefühl im Magen musste er sich die Wahrheit eingestehen: Er hatte sich ablenken lassen, hatte seine Aufgaben vernachlässigt. Andererseits, wenn es sich wirklich um Mitarbeiter des Schwarzen Steins handelte, war alles in bester Ordnung.

Er atmete tief durch und gab die Kennung des Regierungsgebäudes in den Kom ein. Dann ließ er sich mit Haknur Hakilaunens Büro verbinden.

»Ernteministerium«, meldete sich eine beflissen klingende weibliche Stimme.

»Hier spricht Tenko Harradin von der Fafnir-Flugsicherung. Könnte ich bitte mit dem Herrn Minister sprechen?«

»Der ist nicht im Hause.«

*Das weiß ich selbst! Schließlich habe ich ihn gerade auf dem Monitor gesehen.* »Könnten Sie mich dennoch mit ihm verbinden?«

»Ich habe ausdrückliche Anweisung, keine Anrufe durchzustellen. Worum geht es denn?«

Tenko zögerte einen Augenblick. »Richten Sie ihm meine Grüße aus. Ich wäre ihm sehr verbunden, wenn er mich zurückrufen könnte, sobald er die Zeit findet. Es geht darum, die Angaben eines Besuchers zu überprüfen. Reine Routine.«

# Kapitel 7

## Bettgeflüster

*Das Bett unter deinem Rücken*
*ist so hart, wie das Schicksal es dir macht,*
*und so weich, wie du selbst es fühlen willst.*
*(aus Nicke Dahlqvists Abschiedsbrief)*

»Aus welchem Material werden diese Matratzen eigentlich hergestellt? Sie stinken!«

»Ich glaube aus dem Fell der Tieflandrinder, von denen Hakilaunen mir erzählt hat. Sie kühlen. Das deutet auf Frostfasern hin.«

»Wir hätten darauf bestehen sollen, an Bord der NEW HOPE zu übernachten.«

»Und auf den Genuss dieser Suite verzichten? Seit wann bist du so empfindlich, Terraner?«

»Das ist keine Suite. Das ist ein etwas größeres Zimmer in einem der wenigen Hotels der Stadt. Und auf diesen stinkenden Matratzen zu liegen ist ganz gewiss kein Genuss. Einwände, wenn ich das Licht einschalte? In dieser undurchdringlichen Finsternis komme ich mir sonst vor, als läge ich in einem Sarg. Warum gibt es hier auch keine Fenster? Dann schiene wenigstens der Mond herein. Wer konnte auch damit rechnen, dass sie nachts die Energie für die Fenster-Simulations-Monitore abstellen.«

»Du hast doch vorhin gesehen, wie hell die Beleuchtung ist. Und so etwas wie einen Dimmer gibt es offenbar nicht. Also lass es bitte dunkel.«

»Wie du willst.«

»Unglaublich, oder? Eine Zehn-Millionen-Stadt und kaum Hotels.«

»Das zeigt die Einstellung der Skagsramer zu Besuchern. Es kommen so selten Gäste, dass sich mehr Hotels gar nicht lohnen würden. Unseres trägt ja noch nicht einmal einen Namen.«

»Aber es besitzt den Vorteil, dass Decaree und Tekener ebenfalls hier abgestiegen sind. Das erleichtert die Kontaktaufnahme.«

»Das sind *deine* Agenten. Mir gehen eher die morgigen Gespräche durch den Kopf. Ich fürchte, es wird nicht allzu viel dabei herauskommen. Ombudsmann Mathiesen ist ein zäher Brocken.«

»Aber ein attraktiver zäher Brocken.«

»Von mir aus. Das ändert nichts daran, dass ich ihre Einstellung unangemessen finde. Vor allem was den Handel mit den Supra-Thermophilen angeht. Die assoziierten Mitgliederwelten des Solaren Imperiums unterwerfen sich wenigstens einem restriktiven moralischen Kode, was die Verwendung der Bakterien betrifft. Aber die Skagsramer verkaufen an jeden, der zu zahlen bereit ist. Und leider berappen gerade die skrupellosesten Bündnisse die höchsten Preise und benutzen die Thermophilen, um beispielsweise die Erzeugung von Hybridwesen zu erforschen. Das alles zum Zweck, eines Tages jede nur denkbare Kreatur nach ihren eigenen Vorstellungen entwerfen zu können.«

»Sei nicht so pessimistisch. Vielleicht ergibt sich morgen doch etwas.«

»Meine heutige Unterhaltung mit Ata Mathiesen hat mich dieser Illusion beraubt. Ich glaube, sie hat mich gar nicht ernst genommen. Kein Wunder bei dem Hut, mit dem du mich ausstaffiert hast.«

»Ich glaube nicht, dass es ohne Hut besser gelaufen wäre. Glücklicherweise hat sie uns etwas vorbeibringen lassen, was dem Klima angemessener ist. Dann kannst du morgen sehen, ob du in landestypischer Kleidung mehr Erfolg haben wirst. Ich zweifle es an.«

»Ich auch.«

»Außerdem vergisst du, dass die Verhandlungen mit der Regierung nur ein Nebenprodukt unserer eigentlichen Mission darstellen. Diese haben wir bereits mit Bravour hinter uns gebracht. Und auch wenn es dich schmerzt, das zu hören: Die Hüte waren Bestandteil unseres Erfolgs.«

»Ja, ja.«

»Perry?«

»Was denn?«

»Genehmige dir doch ein Schlückchen Glutöl. Vielleicht vertreibt das deine schlechte Laune.«

»Halt die Klappe. Und jetzt lass mich schlafen. Ich bin seit über hundert Stunden auf den Beinen.«

# Kapitel 8

## Erntezeit – Ein Ausritt

*Das Tau, um deinen Bauch gewoben,*
*ist dein Kompass, zeigt nach oben.*
*(aus dem Kanon der Lavataucher von Skagsram)*

Die KRIEGSZAHN brach auseinander und versank langsam in der Lava. Der Anblick war so unwirklich und trotz all seiner Grausamkeit so majestätisch, dass sich alles in Jon Dekkstrom dagegen sträubte, ihn ins Bewusstsein vordringen zu lassen.

Doch dann sah er Einzelheiten, die die Erhabenheit wegwischten. Männer – Kameraden und Freunde! – sprangen in den glühenden Strom, um ihr Leiden abzukürzen. Ein Bruchstück stellte sich aufrecht und die auf dem Deck liegenden Körper stürzten dennoch nicht herab, weil sie auf den heißen Planken klebten. Nacktes Entsetzen packte Jon, als er erkannte, dass manche von ihnen noch lebten und ihre Qual hinausschrien. Es herrschten Chaos, Verzweiflung, Tod. Und er konnte nichts tun, um den Flößern zu helfen. Seine Gedanken rasten genauso ziellos hin und her wie die Menschen auf der KRIEGSZAHN.

*Was ist geschehen? Wie kann ein Floß auseinanderbrechen? Warum benutzt niemand eine Rettungsinsel? Oder den Notgleiter?*

Die Module! Die Kopplung musste sich gelöst haben. Ein technischer Defekt? Nein, er weigerte sich, das zu glauben. Er dachte an all die anderen Flöße, die in den letzten Jahren der Lava zum Opfer gefallen waren. Das war kein Zufall mehr. Aber was dann?

Eine Explosion ertönte. Aus dem Heckmodul schoss eine Stichflamme, dann schlug das glühende Gestein über diesem Teil des Floßes zusammen und verschlang es. Die Bugspitze kippte nach vorne weg. Sie ging jedoch nicht unter, sondern trieb an ihnen vorbei. Unwillkürlich musste Jon an den kleinen Teich denken, den sein Vater vor Jahren hinter seinem Haus angelegt hatte. Im Sommer lag er trocken, aber im Winter bot er ein Heim für Vögel, Insekten und Eisrosen. Deren kelchförmige Blütenblätter, die kurz vor Mise über das Wasser schwammen, kamen Jon beim Anblick der Bugspitze in den Sinn.

Da war er wieder, der Gedanke an Paul Dekkstrom. Schon einmal hatte die Lava Jon zu sich holen wollen und ihn nur deshalb freigegeben, weil sein Vater sich für ihn geopfert hatte. Versuchte sie, ihr damaliges Versäumnis wettzumachen? Der Strom war und blieb eben ein eigensinniges Biest.

In all dem Blubbern und Rülpsen der Lava machte er eine Bewegung neben sich aus. Lara Verppu, sein Zweier-Taucher, deutete wie wild in Richtung Ufer.

Was wollte sie? Glaubte sie tatsächlich, sich an Land retten zu können? Gute zwei Kilometer durch die Lava? Lächerlich! Jeder einzelne Schwimmzug in flüssigem Gestein war ein Kampf. Die zähe Masse wehrte sich wie ein Ertruser beim Armdrücken. Eine solche Distanz zurückzulegen war schlicht unmöglich. Da mochte Lara noch so heftig gestikulieren, ihr Ende war nicht mehr zu verhindern.

Er wunderte sich selbst, wie nüchtern er über seinen bevorstehenden Tod nachdachte, wie klaglos er ihn akzeptierte. Lag es daran, dass er keinen Ausweg mehr sah und sich damit abgefunden hatte? Oder daran, dass er seit dem Tod seines Vaters glaubte, von geborgter Zeit zu leben?

Lara ließ nicht locker. Sie zeigte zum Ufer, zu den wenigen Resten der KRIEGSZAHN, die noch nicht versunken waren, und dann wieder zum Ufer. Endlich erkannte er, was sie ihm sagen wollte.

Das Modul mit der Bugankerkanone war der Lava noch nicht vollständig zum Opfer gefallen. Die Abschussvorrichtung ragte noch aus dem Strom, weil die Nyralonseile sie in Position hielten, zumindest so lange, bis sie geschmolzen waren. Durch den Untergang des Heckmoduls und den Wegfall der hinteren Ankerseile hatten sie zwar ihre Spannung verloren und trieben nun auf den ersten Metern in der Lava, doch sie klammerten sich am Ufer noch immer an einer Felswand fest.

Am Ufer!

Zu weit entfernt, um hinzuschwimmen. Aber könnte es ihnen gelingen, sich am Nyralonseil entlangzuhangeln? Der Gedanke weckte sämtliche Lebensgeister in ihm. Verflogen war die Resignation, das fast schon freudige Empfangen des Todes. Er würde der Lava zeigen, dass sich ein Dekkstrom nicht unterkriegen ließ.

Er nickte Lara zu und wollte sich gerade in Richtung der Kanone kämpfen, da erschütterte ein Ruck seinen Leib. Etwas packte ihn, zog ihn nach unten. Die Lava schwappte vor das Sichtfenster und raubte ihm jegliche Sicht. Augenblicklich aktivierte sich das Display. Einen Wimpernschlag später entdeckte er Laras Grünschatten in seinem Erfassungsbereich. Sie sank ebenfalls! Doch außer ihr war nichts und niemand in seiner Nähe. Was zog ihn dann in die Tiefe?

Das Terkonittau! Das Floßmodul mit der Winde darauf ging unter und riss die Taucher mit sich. Mit beiden Händen packte er die ursprünglich zur Rettung gedachte Leine. Nun konnte sie sein Ende bedeuten. Er versuchte, das Tau aus der Korsettverankerung zu lösen, doch er scheiterte. Das Seil war zu straff gespannt und die Lavedenhaut um seine Finger verhinderte allzu feinmotorische Bewegungen. Verdammt!

Mit aller Kraft zog er das Tau an sich heran, sodass zwischen seinen Händen und der Verankerung die Seilspannung nachließ. Seine Muskeln schmerzten und pochten, wollten die Anstrengung verweigern, doch er gab nicht auf. Mit der Linken ließ er die Leine los, was sein rechter Bizeps mit einem grauenhaften Stechen quittierte.

Er keuchte. Sein Atem strömte am Mundstück vorbei und die Feuchtigkeit verdampfte. Er achtete nicht auf die Verbrühungen auf Stirn und Wangen. Obwohl er ohnehin nichts sehen konnte, schloss er die Augen, bemühte sich, alle Sinne aus seiner Wahrnehmung auszusperren. Nur einen nicht: den Tastsinn seiner linken Hand. Er umklammerte die Seilverankerung und versuchte den Schließmechanismus zu erspüren.

*Das ist wie die Knollenernte. Du schaffst das. Da! Ein ganz einfacher Karabinerhaken. Du musst ihn nur noch lösen. Etwas Druck, nicht zu viel, nicht zu wenig. Wie beim Thermophilen-Pflücken.*

Der Haken bewegte sich nicht. Die ihn umströmende Lava hielt ihn in seiner Position und verklebte den Verschluss. Oder Jon war aufgrund seiner umwickelten Hände nicht fähig, ihn zu entriegeln. Er öffnete die Augen und sah gerade noch, wie Laras Grünschatten aus dem Display verschwand. Sie hatte sich vom Tau befreit! Es war also möglich.

*Natürlich ist es das. Du kennst doch die Geschichten von Snorre Malmqvist, der das Terkonittau löste, um zu einer Thermophilen-Siedlung zu laufen.*

Im nächsten Moment verfluchte er seine Dummheit. Offenbar war im Augenblick der Gefahr das Gehirn nicht fähig, klar zu denken. Wenn ihn die Tauführer nach einem Tauchgang an Bord holten, entfernten sie auch nicht den Haken aus der Verankerung. Nein, sie zogen ihm das gesamte Korsett aus.

Jon ließ die Leine los und tastete nach dem Verschluss seines Brustgurts. Leider befand sich der am Rücken. Ihn zu finden, war etwa so einfach, wie sich zwischen den Schulterblättern zu kratzen. Immer wieder strich er mit der bandagierten Hand über die Stelle, wo er die Terkonitschnalle vermutete.

Plötzlich schoss ein kurzer, scharfer Schmerz durch seinen linken Mittelfinger. Er wusste, was das bedeutete: Lava war in die Wickelung eingedrungen. Wenn später überhaupt noch etwas von ihm zu retten sein würde, sein Finger zählte sicher nicht dazu.

Ein Ruck fuhr durch das Korsett. Mit einem Mal bremste die Lava seine Reise in die Tiefe. Er tastete nach den Riemen aus Lavedenhaut, nach dem Terkonittau – nichts! Sie waren verschwunden. Offenbar hatte sich die Verschlussschnalle in der Wickelung seiner tastenden Hand verfangen gehabt und sich dadurch geöffnet. Erleichterung durchströmte ihn. Die Aktion hatte ihn zwar einen Finger gekostet, ihm aber das Leben gerettet. Zumindest für die nächsten Minuten.

Unendlich langsam kämpfte er sich zurück an die Oberfläche des Lavastroms. Glücklicherweise war er nicht allzu weit abgetrieben. Er sah Laras Helm bereits in der Nähe des Ankerseils. Sie winkte ihm zu. Obwohl der Weg nicht weit war, verlangte er ihm einiges an Kraft ab. Er schwamm gegen Strömungsänderungen an, ließ sich von der rülpsenden Lava Meter von seinem Kurs wegtreiben, doch er gab nicht auf.

Dann erreichte auch er das Nyralonseil und umklammerte es. Ein ziehender Schmerz erinnerte ihn an seine Verletzung. Er hob die linke Hand und sah erstmals das Ausmaß. Oder besser: Er sah es eben nicht, denn der linke Mittelfinger war verschwunden. Der Thermoanzug hatte sich an dieser Stelle versiegelt, so dass keine weitere Lava eindringen konnte. Da aber zumindest stellenweise der Schutz der Lavedenwickelung fehlte, waren Haut und Fleisch in der Umgebung sicherlich auch zerstört.

Keine Zeit für Selbstmitleid! Sie mussten zusehen, dass sie an Land kamen. Da das Nyralon mit Lava in Kontakt gekommen war, würde es nicht mehr lange dauern, bis es spröde wurde und riss. Kurz tauchte er mit dem Helm in die Glut, um das Display zu aktivieren. Der Sauerstoffvorrat und der Ladestand der Frostfäden im Thermoanzug hatten bedenklich niedrige Werte erreicht.

Jon gab Lara ein Signal, dass er bereit war. Sie erwiderte das Zeichen.

Meter um Meter zogen sie sich vorwärts. Bald spürte er seine Arme nicht mehr und machte dennoch weiter. Eine Hand vor die andere, sich vorziehen, die nächste Hand vor, anziehen, Hand vor, ziehen, Hand vor ... Ein ewig währender Rhythmus. Ständig pochte und brannte sein nicht mehr vorhandener Finger. Als sich vor ihnen das Ufer aus dem Dunst schälte, hatte er längst jedes Zeitgefühl verloren.

Lara befand sich inzwischen etwa zwanzig Meter vor ihm. Da ihre Befreiung vom Terkonittau reibungsloser vonstatten gegangen und sie auch noch im Besitz aller ihrer Finger war, hatte sie sich einen Vorsprung herausgearbeitet. Jon versuchte aufzuholen, aber es war aussichtslos.

Gleichgültig! Dann kam er eben ein paar Minuten später am Ufer an. Er hatte noch keinerlei Vorstellung, was sie unternehmen sollten, wenn sie festen Boden unter den Füßen spürten. Aber darüber würde er sich Gedanken machen, wenn es so weit war. Nun musste er erst einmal die letzten fünfhundert Meter zurücklegen. Und die waren alles andere als ein Spaziergang. Er war froh, dass Lara auf die Idee mit dem Seil gekommen war, denn für Schwimmzüge hätte ihm die Kraft gefehlt. Selbst, wenn er sich nur vier oder fünf Körperlängen vom Ufer entfernt befände – ohne das Ankerseil würde er untergehen.

Hand vor, anziehen, Hand vor ...

Plötzlich setzte ihm das Seil keinen Widerstand mehr entgegen. Anstatt sich am Seil entlangzuhangeln, zog er es auf sich zu, ohne sich dabei auch nur einen Zentimeter vorwärts zu bewegen. Er spürte, wie ihm heiß wurde, und das lag nicht an der Lava. Die Nyralonleine war gerissen! Irgendwo vor Lara trieb das Ende in der Glut.

Jon hätte schreien können vor Enttäuschung. Vorhin, als er der KRIEGSZAHN beim Versinken hatte zusehen müssen, war er bereit gewesen zu sterben. Dann hatte ihm das Schicksal Hoffnung gegeben. Und wofür? Nur, um sie kurz vor dem Ziel doch noch niederzuschmettern?

*Gehe den dir vorbestimmten Weg. Hinterfrage nicht die Pläne des Schicksals, sondern nimm sie mit Freuden an.*

»Halt die Klappe, Dahlqvist!«

Er sah Lara gestikulieren. Sie zeigte nach rechts und winkte mit raumgreifenden Bewegungen. Jon sah in die angegebene Richtung und erstarrte.

»Ach nein, verflucht!«

Aus der Lava ragte ein flacher Hügel, der schnell näher kam. In der Mitte, wie ein Baum auf einer Insel, wuchs eine Kralle empor. Ein Lavede! Nicht auch das noch!

Jon wollte zurückschwimmen, doch etwas behinderte ihn, schlang sich um seine Beine. Das inzwischen schlaffe Nyralonseil! Er strampelte, versuchte, die Fesselung abzustreifen, aber stattdessen verhedderte er sich immer mehr.

Da war der Lavede heran. Zwischen ihm und Lara schoss er hindurch, ohne ihn zu streifen. Eine Lavawelle schwappte ihn nach hinten, das war alles. Dachte er! Denn bevor er sich seiner Erleichterung hingeben konnte, packte ihn eine gewaltige Kraft an den Beinen und schleifte ihn mit sich.

Er hüpfte über die Lava wie ein Stein auf einer Wasseroberfläche. Die Welt drehte sich um ihn. Er überschlug sich, klatschte auf das flüssige Gestein, prallte ab, überschlug sich wieder. An seinem Visier huschte Lara vorbei und er erkannte, dass es ihr genauso erging.

Ihm wurde klar, was geschehen war. Das Seil zwischen seinem Zweier-Taucher und ihm hatte sich in der Rückenkralle des Laveden verfangen und der schleppte sie nun hinter sich her. Wohin auch immer. Bei jedem Aufprall erwartete er, das Knirschen des brechenden Sichtfensters zu hören. Wie ein Blitzlicht flackerte das Bild seines Vaters vor ihm auf, der mit geborstenem Visier und lavagefülltem Helm auf dem Deck der FLAMMENHAND gelegen hatte.

Der Lavafisch tauchte ab und zog Jon hinab in das geschmolzene Gestein. Wie zum Hohn aktivierte sich das Helmdisplay und verkündete, dass Kühlung und Sauerstoff im kritischen Bereich lagen. Da wurde es vor seinem Sichtfenster auch schon wieder hell.

Das Nyralonknäuel um seine Beine zerrte ihn vollständig aus dem glühenden Gestein. Der Lavede war gesprungen, um sich abzukühlen. Der Magen schoss Jon bis in den Hals. Nur mit Mühe konnte er den Brechreiz unterdrücken, doch alleine der Gedanke, wie er in seiner verdampfenden Magensäure kochte, belebte den Reiz erneut. Er würgte, keuchte, stöhnte, aber behielt seinen Mageninhalt für sich.

Wieder überschlug er sich, diesmal allerdings in der Luft. Die Welt glitt an seinem Visier vorbei. Die Lava, der Nebel über dem Ozean, der Himmel, Lara, wieder die Lava, der Lavede. Der Glutfisch war ein gutes Stück von ihm entfernt.

Er konnte gerade noch denken: *Das Seil ist gerissen. Ich bin frei.*

Dann klatschte er zurück auf den Lavastrom. Sein Kopf schlug an die Innenseite des Helms und es wurde dunkel um ihn.

# Kapitel 9

## Die Gunst der Kunst

*Diene der Gemeinschaft mit dem, was du kannst,*
*und nicht mit dem, was du willst.*
*(aus Matti Holmgrens »Dein Platz in der Gesellschaft«)*

Haknur Hakilaunens Büro lag in der einundsiebzigsten Etage des Regierungspalasts in Hulborg. Das Gebäude stellte eine der großen Ausnahmen der städtebaulichen Regel dar, die Ombudsmann Mathiesen dem Großadministrator am Vortag dargelegt hatte. Es umfasste einhundertsieben Stockwerke und stand auf fünfundzwanzig wuchtigen Stützen, die zugleich als Zugänge dienten. Im Falle eines Erdbebens koppelte eine Positronik den Palast sofort von den Beinen ab und hielt ihn mit einem Antigravfeld in der Luft. Eine Sicherheitsvorrichtung, die dem gemeinen Volk nicht vergönnt war. Und dabei handelte es sich nicht um den einzigen Unterschied zwischen Regierung und Regierten. Von seinem Fenster aus – ja, er besaß ein dimmbares, hervorragend isoliertes Fenster – sah er auf den wuchtigen Bau des arkonidischen Unternehmens Urmanol-Ghaal und die Ara-Klinik, die ihn stets an drei zusammengeschnürte Sanduhren erinnerte.

Auf seinem Schreibtisch aus Lavagestein stand ein Monitor, der ihm die neu eingegangenen Erntepläne der einzelnen Reedereien für die bevorstehende Saison zeigte. Die Tage vor dem Mise-Fest waren für ihn immer die arbeitsintensivsten des ganzen Jahres. Er musste die geologischen Gutachten sichten, die Lavaströme mit den besten Ertragsprognosen ins

Ernteverzeichnis aufnehmen, die abgeernteten daraus entfernen. Er hatte zu prüfen, welche Reederei welches Lavafloß wo einsetzen wollte, um das Vorhaben entweder abzusegnen oder eine alternative Zuteilung vorzunehmen. Und das war nur die Rückenkralle des Laveden! Besatzungslisten, Reparaturmannschaften, Aufstellung eines Nachschubplans, Bedarfsermittlungen, Auswertung der medizinischen Gutachten ...

Natürlich erledigte er all die anfallenden Arbeiten nicht selbst, sondern delegierte sie an seine Untergebenen, aber alleine das Führen der Oberaufsicht zehrte an den Nerven. Zumindest soweit Hakilaunen das in seinen zwei Jahren Dienstzeit bisher hatte erleben können.

Die Regierung belastete die Skagsramer Bevölkerung nicht mit Steuerabgaben. Zwar hatte der Finanzminister vor einigen Jahrzehnten den Versuch gestartet, für die Mise- und Skokko-Feierlichkeiten eine Wirtschaftlichkeitsausfallsteuer einzuführen, war damit beim Ombudsmann jedoch gescheitert und hatte den Vorstoß letztlich sogar mit der Abwahl aus dem potenziell lebenslänglichen Amt bezahlen müssen. Auch wenn Haknur Hakilaunen damals noch nicht geboren war, hatten ihn die späteren Berichte über diesen Vorfall eine wichtige Lektion gelehrt: Verärgere nie die Menschen, die alle fünf Jahre die Macht besitzen, dich aus deinem Amt zu jagen!

Die notwendigen Staatseinnahmen erzielte die Regierung auf anderem Wege. Grundsätzlich pflegte man auf Skagsram die freie Marktwirtschaft. Jeder konnte handeln, mit wem er wollte. Der Preis bestimmte sich über Angebot und Nachfrage. Es herrschte Konkurrenz zwischen den Unternehmen. Dies galt jedoch nur in der Binnenwirtschaft. Der Export hingegen war ein Staatsvorrecht. Reedereien, Rinderzüchter, Stahlbauer – sie alle verkauften ihre Exportwaren an die Regierung, die sie wiederum zu gesonderten Konditionen weiterveräußerte. Natürlich unterlag man als Staatsdiener leicht der Versuchung, in die eigene Tasche zu wirtschaften. Deshalb wählte die Bevölkerung stets besonders vertrauenswürdige Menschen mit tadelloser Abstammung auf die Ministerposten. Menschen wie Hakilaunen, der sogar Nicke Dahlqvist in der Ahnentafel nachweisen konnte.

Da das Staatswohl also von den Ernteerträgen der Lavaflöße abhing, waren das Aufgabenfeld und die Entscheidungsbefugnisse des Ernteministeriums so breitgefächert.

Hakilaunen drehte sich auf seinem Sessel um und sah zur Wand. Da hing er, sein Stammbaum. Im unteren linken Eck prangte der Aufdruck: »Erstellt von der Organisation Schwarzer Stein.« Diesem unscheinbaren Stück Kunststoff hatte der Ernteminister es zu verdanken, dass er im sichersten Gebäude Skagsrams auf einem gemütlichen Sessel saß, während er die Geschicke der Ernte entscheidend mitbestimmte und dabei Glutöl, Frasnolienwein oder sonstige Köstlichkeiten zu sich nahm. Er pflegte Umgang mit den wichtigsten Skagsramern. Er war eine Respektsperson und konnte sich sogar herausnehmen, die Gespräche zu schwänzen, die Ombudsmann Mathiesen einige Stockwerke tiefer mit Perry Rhodan und Atlan führte. »Ich habe noch viele unaufschiebbare Dinge zu erledigen. So gerne ich auch teilnehmen würde, muss ich so kurz vor Beginn der Erntezeit trotzdem absagen.« Sprach's, schickte stattdessen einen Vertreter, und alle akzeptierten sein Verhalten. Und das nur wegen des Stücks Kunststoff an der Wand, auf dem der Name Nicke Dahlqvist auftauchte.

Erstaunlich, welche verschlungenen Wege das Schicksal oft ging. Fast hätte man da an die Lebensweisheiten des Gründervaters glauben können. Aber nur fast.

Wenn er noch leben würde, wäre sein Vater sicher stolz auf das, was der Sprössling erreicht hatte. Sören Hakilaunen war Taucher gewesen, kein besonders guter, aber ein zuverlässiger.

Genauso wie sein Vater, sein Großvater und wiederum dessen Vater und Großvater. Die Hakilaunens, eine traditionsreiche Taucherfamilie. Deshalb stand von Anfang an fest, dass auch der kleine Haknur eines Tages sein Geld als Thermophilen-Pflücker verdienen würde. Leider hatte der kleine Haknur nie Lust darauf verspürt.

Auch wenn er in einer Welt lebte, in der sie zum Alltag gehörte, hasste er Lava. Ihren Gestank, ihre Wärme, ihre bedrohliche Farbe. Widerwärtig!

Viel lieber hätte er eine Karriere in der Zucht von Tieflandrindern gemacht. Doch diese Betriebe befanden sich seit Jahrzehnten in Familienbesitz und gingen stets von Vater auf Sohn über. Bestenfalls eine Heirat hätte ihn in die entsprechenden Kreise gebracht, aber selbst dann wäre er lediglich ein Handlanger der Unternehmensinhaber geworden.

Seine Familie hatte inständig gehofft, dass sich die Abneigung gegen Lava eines Tages legen würde. Doch als aus dem kleinen Haknur schließlich der große Haknur geworden war, hatte sich gar nichts geändert. Noch immer hatte er das glühende Gestein verabscheut, und noch immer war das seinem Vater gleichgültig gewesen.

»Das Schicksal hat uns zu Tauchern gemacht. Wer sind wir, dass wir uns dagegen auflehnen könnten? Gehe den dir vorbestimmten Weg. Erfülle die Aufgaben, die das Leben dir stellt. Darin liegt Zufriedenheit.« Typisch Sören Hakilaunen. Wenn er nicht weiter wusste, berief er sich auf Nicke Dahlqvists Leitsprüche und erklärte die Diskussion für beendet.

»Ist es wirklich das Schicksal, das mich zum Pflücker machen will?«, hatte Haknur eines Tages seinen Vater gefragt. »Bist nicht viel mehr du es?« Statt einer Antwort hatte er eine Ohrfeige erhalten. Also hatte er sich schließlich gebeugt. Allzu langer Widerstand gegen seinen alten Herrn konnte zuweilen schmerzhafte Folgen nach sich ziehen.

Er hatte als Lavirgine auf der DONNERGLUT angeheuert und die schlimmsten Monate seines Lebens durchstehen müssen. Jeder Gang an Deck war für ihn eine unerträgliche Qual gewesen. Er hatte am ganzen Leib gezittert, wenn er die Latrine in die Glut entleeren musste. Einmal hatte ihn Morten Aruunen, der Oberste Floßvater, zu sich in die Kabine geholt, um ihm die Schönheit der rauen Umgebung zu zeigen und den heißen Atem der Lava spüren zu lassen. Was er stattdessen gesehen hatte, war sein eigenes Erbrochenes auf den Schuhen des Floßvaters gewesen. Was er gefühlt hatte, war dessen Bein, an das er sich voller Hysterie geklammert hatte.

Doch so schnell hatte Aruunen nicht aufgegeben. Er hatte seinen Ausbildungsauftrag durchaus ernst genommen. Außerdem hatte Sören Hakilaunen ihm vermutlich einen beachtlichen Betrag dafür bezahlt, dem verweichlichten Sohn die Furcht vor der Lava zu nehmen.

Noch immer träumte Haknur Hakilaunen manchmal von jener Nacht, in der man ihm die Angst hatte austreiben wollen.

*Nach einem anstrengenden Tag war er in der Sammelkajüte der niederen Ränge auf seiner Pritsche eingeschlafen. Er wusste nicht, wie viel Schlaf ihm vergönnt gewesen war, denn plötzlich schreckte er daraus hoch. Über sich sah er die grinsenden Gesichter dreier Matrosen. Einer presste ihm einen feuchten Lappen auf Nase und Mund. Ein scharfer Gestank stach ihm in die Nase, dann versank er auch schon wieder in der Dunkelheit.*

*Als er das nächste Mal erwachte, wusste er zunächst nicht, wo er sich befand. Sein Magen rebellierte wegen des Betäubungsmittels, ein Geschmack malträtierte die Zunge, als wäre vor Wochen etwas in seinem Mund gestorben und läge noch immer dort. Er kämpfte mit dem Würgereiz. Vor seinen Augen tanzten rote Schlieren, wälzten übereinander, bildeten Strudel.*

*Was war geschehen? Was hatten sie mit ihm gemacht? Haknur wollte sich bewegen, sich umsehen, doch es gelang nicht. Er konnte sich nicht rühren. Hatten die angeblichen Kameraden ihn gefesselt? Er presste die Lider aufeinander und öffnete sie wieder, wollte die lästigen Schlieren vor seinen Augen vertreiben, doch auch daran scheiterte er.*

*Die Erkenntnis traf ihn härter als sämtliche Ohrfeigen seines Vaters zusammen. Sie hatten ihn in einen Thermoanzug gesteckt und mit Lavedenhaut umwickelt. Was er sah, waren keine Schlieren. Es war Lava! Diese elenden Stinkwanzen hatten ihn in einem Pflückeranzug über das glühende Gestein gehängt. Angst kroch in seine Knochen und explodierte zu Panik. Er wollte schreien, um Hilfe rufen, seine Anspannung herausbrüllen. Da erst merkte er, dass ein Mundstück zwischen den Zähnen klemmte. Er versuchte es auszuspucken, aber sie hatten es ihm an den Lippen festgeklebt.*

Ein Mundstück? Die Gründerväter seien mir gnädig! Alles, aber bitte das nicht!

*Sein Körper drehte sich in der Aufhängung aus Terkonitseilen um die eigene Achse. Nun geriet auch das Deck der DONNERGLUT in sein Blickfeld. Und die Kameraden. Ihre Gesichter zeigten spöttische Mienen.*

*»Gute Reise!« Der Tauführer löste die Verriegelung der Winde und Hakilaunen sauste in die Tiefe. Für Sekundenbruchteile zuckte ihm die Hoffnung durch den Kopf, die Flößer würden seinen Fall noch rechtzeitig abbremsen, dann schlug er auf die Lava. Er spürte den Aufprall in jedem einzelnen Knochen, aber der Schmerz kümmerte ihn nicht. Das rote Glühen vertrieb die Dunkelheit der Nacht vor seinem Visier.*

*Die Panik gewann Oberhand. Sein Körper reagierte auf eine Art, die er nicht erwartet hatte. Seine Kameraden wohl auch nicht, denn sonst hätten sie ihn nicht der Lavirginentaufe unterzogen. Magensäure schoss ihm in den Mund, verschwand zum Teil in der Absaugvorrichtung, spritzte aber auch zwischen den Klebestreifen und seinen Lippen in den Helm. Sie verdampfte explosionsartig und verbrühte ihm die Haut. In seiner Panik verlor er die Kontrolle über die Blase. Der Thermoanzug leitete den Urin nicht schnell genug an die Lavedenhaut weiter und so kochte Haknur buchstäblich im eigenen Saft. Die Verklebung um seinen Mund löste sich. Endlich konnte er schreien.*

*Zum wiederholten Mal wurde es dunkel um ihn. Diesmal für eine lange Zeit.*

Erst Monate später war er in der Ara-Klinik erwacht. Die Galaktischen Mediziner hatten gute Arbeit geleistet. Hakilaunens Gesicht sah man die Spuren der verunglückten Lavirginentaufe kaum noch an. Nur die Innenseiten seiner Oberschenkel überzog bis heute ein dickes Narbengewebe. Bei diesen Verletzungen waren die Aras an die Grenzen ihrer Kunst gestoßen. Von dem psychischen Schaden, den er davongetragen hatte, ganz zu schweigen. Noch immer überkamen ihn in der Nähe von Lava Panikattacken.

Später hatte man ihm erzählt, dass er sich nur zehn Sekunden in der glühenden Masse befunden habe. Zehn Sekunden, in denen sich sein Leben von Grund auf verändert hatte. Nach diesen Vorkommnissen hatte der damalige Ernteminister die Lavirginentaufe als Ausbildungsmittel verboten. Ob sich die Flößer daran hielten, wusste Hakilaunen nicht. Es war ihm auch gleichgültig, denn für ihn machte es keinen Unterschied mehr.

Nach seiner Entlassung aus der Klinik hatte er geglaubt, sein Leidensweg hätte ein Ende gefunden. Ein Irrtum, wie sich sehr schnell herausgestellt hatte. Angstzustände und Albträume hatten ihn immer wieder eingeholt und ein normales Leben verhindert. Großvater Hakilaunen war in der Zeit von Haknurs künstlichem Koma verstorben und den Weg in die Große Feuergrube gegangen. Dafür hatte Sören ihn nun umso mehr mit Kritik überschüttet.

»Warum muss die Tradition ausgerechnet mit *meinem* Sohn enden? – Wie konntest du mich nur so enttäuschen? – Warum machst du mich nicht stolz auf dich?«

Als Haknur zu bedenken gegeben hatte, dass das Schicksal für Sören womöglich einen Versager als Sohn vorgesehen habe und dass er diese Aufgabe doch annehmen und freudig akzeptieren solle, ganz so, wie sein großes Vorbild Nicke Dahlqvist es lehrte, war sein Vater in Tränen ausgebrochen.

Er hatte versucht, in der Stahlindustrie Fuß zu fassen, war jedoch auch hier bereits nach wenigen Tagen gescheitert. Flüssige Glut blieb flüssige Glut, egal ob sie aus Stein oder aus Metall bestand. So hatte sich schließlich nach einigen Irrungen und Wirrungen der Staat seiner angenommen. Allerdings bot Skagsram keinen Platz für Faulenzer und Gescheiterte. Für jeden fand sich ein Ort, an dem er der Gemeinschaft dienen konnte. In Hakilaunens Fall war dieser Ort die Künstlerkommune Baba Yaga im Süden Hulborgs gewesen.

Das, was die Regierung mit diesem hochtrabenden Namen versehen hatte und Außenstehenden als kulturell wertvolle Einrichtung präsentierte, stellte nichts anderes als ein Auffanglager für gestrandete Existenzen dar. Bedienstete der Flammengarde prügelten den »Künstlern« buchstäblich die Lebensweisheiten des Gründervaters ein, bis sie ihr Dasein in der Kommune akzeptierten und ab und zu ein Lavapüppchen oder eine Basaltfigur fabrizierten. Die Werke derjenigen, denen keinerlei bildhauerisches Geschick gegeben war, verkaufte man teuer als abstrakte Kunst mit breitem Interpretationsspielraum.

So wunderte es nur wenig, dass das Skagsramer Rechtssystem neben der Todesstrafe in der Feuergrube auch ein lebenslanges künstlerisches Engagement in Baba Yaga als Strafe für ein Vergehen vorsah. Auf diese Weise konnte der Verurteilte einen Teil des Schadens wiedergutmachen, den er der Gemeinschaft zugefügt hatte.

Zu dieser Art der Kommunarden hatte Hakilaunen freilich nicht gezählt. Er war für seine Werke bezahlt worden, hatte über eine eigene Baracke verfügt und in seiner Freizeit die Kommune jederzeit verlassen dürfen. Dennoch hatte er seine Arbeitszeit ableisten müssen, wenn er nicht als *Schädling der Gemeinschaft* hatte angeklagt werden wollen.

In Baba Yaga hatte er Slikker Hovdan kennengelernt, einen ehemaligen Zweier-Taucher, der durch Übermüdung den Tod seines Einser-Tauchers verursacht hatte und an dieser Schuld zerbrochen war. Er hatte zwar versucht, auf die Lava zurückzukehren, das aber nicht geschafft. Auch woanders hatte er nicht Fuß zu fassen vermocht. Insofern hatte sein Lebensweg auffällig dem von Haknur geglichen. Wie dieser war er schließlich als Baba-Yager geendet.

Die beiden Männer hatten sich vom ersten Augenblick verstanden und schnell Freundschaft geschlossen. Rasch hatten sie festgestellt, dass sie sich entgegen der Skagsramer Lebensauffassung nicht mit dem Schicksal abfinden und in der Künstlerkommune versauern wollten. Sie hatten sich geschworen, irgendwann aus Baba Yaga herauszukommen, und wer es zuerst schaffte, würde den anderen nachholen.

»Wir haben unseren Schwur gehalten, Slikker, mein Freund«, murmelte Haknur mit Blick auf den Stammbaum. »Auch wenn es dazu der Hilfe dieser Kunststofftafel bedurfte.«

»Herr Minister«, erklang die Stimme seiner Sekretärin Agnes aus dem Kom. »Tenko Harradin möchte Sie sprechen.«

Richtig, das hatte ihm Agnes gestern nach dem Empfang schon ausgerichtet. Aber vor lauter Arbeit und Frasnolienwein hatte er vergessen zurückzurufen. »Wer war das gleich noch mal?«

»Der Mann von der Flugsicherung Fafnir.«

Flugsicherung? Was wollte die denn von ihm? Hatte wieder so ein Beschäftigter aus dem einfachen Volk seine Sekretärin beschwatzt, den Herrn Minister selbst sprechen zu dürfen? Das war einer der Nachteile, wenn man bis vor nicht allzu langer Zeit selbst dem einfachen Volk angehört hatte. Die Leute glaubten dann, man wäre noch immer einer von ihnen und würde sich für ihre Probleme interessieren. Wenn es nicht wichtig war, was dieser Harradin von ihm wollte, musste er mal ein ernstes Wörtchen mit Agnes reden.

»Stellen Sie durch.«

Nur Augenblicke später hallte die tiefe Stimme eines Mannes durch den Raum. »Herr Minister? Entschuldigen Sie die Störung, aber Sie könnten mir bei einer Identitätsbestätigung eines Kleinraumschiffs behilflich sein.«

Während Harradin von der Landung der COGNITO und seiner Besatzung berichtete, starrte der Ernteminister auf die Ahnentafel an der Wand. »Und dieser Czern Hawa hat gesagt, er hätte einen Termin bei mir?«, vergewisserte er sich, als der Mann vom Raumhafen geendet hatte.

»Trifft das etwa nicht zu?«

*Nein, tut es nicht. Und von einem Mann dieses Namens habe ich auch noch nie gehört.* Aber das wollte er Tenko Harradin nicht unbedingt auf die Nase binden, denn sonst ... Er zögerte noch einen Augenblick, dann sagte er: »Doch, natürlich. Danke für die Mitteilung. Ich freue mich, wenn Skagsramer ihre Aufgaben gewissenhaft erfüllen.«

Er beendete das Gespräch und starrte zwei volle Minuten die Ahnentafel an. »Czern Hawa, ja?«

Mit einem Tastendruck auf die Kom-Anlage stellte er eine weitere Verbindung her. »Slikker? Ich bin's. Ich fürchte, ich brauche noch einmal deine Hilfe.«

# Kapitel 10

## Empfangsstörungen

*Frage nicht, was ein Fremder früher getan hat,*
*frage stattdessen, was er jetzt für dich tun kann.*
*(aus Matti Holmgrens »Der Umgang mit anderen«)*

Ata Mathiesen erwies sich als die harte Verhandlungspartnerin, die wir erwartet hatten. Auch wenn die Gespräche in freundlicher Atmosphäre verliefen, brachten sie kaum zählbare Ergebnisse. Perry schilderte der Skagsramer Regierungschefin wiederholt den terranischen Standpunkt und erntete dafür stets ein Lächeln und einige nichtssagende Floskeln. Nach zwei Tagen zähen Ringens, in denen sie nicht müde wurde, die Unabhängigkeit ihres Volkes zu betonen, mussten wir uns mit unverbindlichen Versprechen und einigen bilateralen Verträgen zufrieden geben, die an der Gesamtsituation nichts änderten.

Mit diesen mageren Resultaten in der Tasche standen wir nun in einem großen und trotzdem gut gefüllten Konferenzraum des Regierungsgebäudes und ließen den von Ombudsmann Mathiesen als Maßnahme der gegenseitigen Verständigung angekündigten Empfang über uns ergehen. Eine Farce, wie uns klar war, dennoch machte Perry bewundernswert gute Miene zum bösen Spiel. Ich befürchtete fast, dass er sich nach unserer Rückkehr nach Terra das Lächeln operativ aus dem Gesicht würde entfernen lassen müssen.

*Das nennt man Diplomatie,* belehrte mich mein Logiksektor. *Du solltest dir ein Beispiel an ihm nehmen.*

Also zwang auch ich die Mundwinkel nach oben und stürzte mich ins Getümmel. Kühlende Matten bedeckten den Boden des Raums, was zu dem absurden Ergebnis führte, dass mir oben warm war und unten die Füße mit den Zähnen klapperten. Ich wünschte mich in einen Raumanzug, der dieses Missverhältnis ausgleichen würde. Stattdessen trugen wir die Kleidung, die uns Ata Mathiesen hatte vorbeibringen lassen. Weiße, luftige Anzüge, wie Hetman Oddo Karismäki am Tag unserer Ankunft einen getragen hatte. Die Schuhe bestanden aus einem ähnlichen, aber etwas festeren Material. Wobei die Bezeichnung *Schuhe* ohnehin übertrieben war. Vielmehr handelte es sich um stabilere Socken, in denen ich mir zunächst albern vorkam. Erst als ich sah, dass die Füße aller Anwesenden ebenfalls in derartigen ... Ledersäckchen steckten, fühlte ich mich ein wenig wohler.

*Das sagt derjenige, der noch vor drei Tagen der Regierungschefin mit einer lächerlich bunten Uniform unter die Augen getreten ist,* spottete mein Extrasinn.

*Das war etwas völlig anderes,* behauptete ich.

Im Zentrum des Konferenzraums ragte ein Miniaturvulkan empor, aus dem unablässig Lava oder täuschend echtes Lavaimitat quoll, in schmalen Bächen an den Hängen herab rann und über eine Pumpe zurück in den Krater gelangte, wo der Kreislauf von Neuem begann. Sehr geschmackvoll, wenn man es mochte. Ich mochte es nicht.

»Ein außerordentlich symbolträchtiges Stück. Einfach wunderbar, finden Sie nicht?«

Ich wandte mich um und sah mich einem hageren Mann gegenüber, der mich noch um einige Zentimeter überragte. Die Glatze seines hohen, eiförmigen Kopfes glänzte im künstlichen Licht. Gelegentlich spiegelte sich eine Eruption des Miniaturvulkans darin. Über einem schmallippigen Lächeln ragte mir eine lange Nase entgegen, deren Spitze bei jedem Wort, das er sprach, auf und ab tanzte. Er sah mich aus albinoroten Augen an, wie sie für Aras typisch waren.

»O ja, wirklich ganz wunderbar.« Ich hoffte, genügend Begeisterung in meine Stimme gelegt zu haben.

»Soviel ich weiß, stammt es aus den begnadetsten Händen, die in Baba Yaga je Skulpturen erschaffen haben«, klärte er mich auf. »Sie kennen die Künstlerkommune?«

»Ich habe davon gehört.«

In seinen feingliedrigen Fingern hielt er ein langstieliges Glas. Die perlende gelbliche Flüssigkeit darin verbreitete einen herben Duft. Er kostete einen Schluck und verdrehte verzückt die Augen. »Mein Name ist übrigens Mobat.«

»Atlan da Gonozal«, erwiderte ich.

»Bitte, Sie brauchen sich doch nicht vorzustellen.« Abwehrend hob er die Hände. »Wer kennt den Lordadmiral nicht? Ich habe schon viel von Ihnen gehört.«

»Nur Gutes, hoffe ich.«

Er ging nicht darauf ein. Stattdessen deutete er mit einem Kopfnicken in Richtung des erneut reichhaltig gefüllten Büffets auf der anderen Seite des Raumes. Seine Nase wirkte wie ein Wegweiser. Ich folgte seinem Blick und sah zwischen all den Akonen, Ertrusern, Blues und Aras Perry Rhodan im Gespräch mit einem großgewachsenen, vielleicht fünfzigjährigen Arkoniden. »Wie ich hörte, führten Sie und der Großadministrator politische Verhandlungen mit Ombudsmann Mathiesen?«

*Achtung,* warnte mich mein Extrasinn. *Die Unterhaltung könnte dich auf dünnes Eis führen.*

Auf einem Planeten wie Skagsram ein etwas verunglücktes Bild, wie ich fand. Dennoch hatte mein Logiksektor natürlich recht. »Sie haben richtig gehört.«

»Sind Sie mit den Ergebnissen zufrieden?«

»Ich glaube, für die Kürze der Zeit haben wir viel erreicht.« Innerlich gratulierte ich mir zu dieser nichtssagenden Antwort. Allerdings hatte ich kein Interesse, das Thema zu vertiefen und mir womöglich weitere Gemeinplätze abringen zu müssen. »Und was führt Sie nach Skagsram?« Als ob ich das wirklich hätte wissen wollen. »Die Klinik der Galaktischen Mediziner in Hulborg?«

»Diese Zeit liegt hinter mir. Bis vor einigen Jahren war ich tatsächlich der Leiter dieser Einrichtung. Aber inzwischen habe ich mein Betätigungsfeld gewechselt und verdinge mich als Fachmann in Versicherungsfragen.«

Nun war mein Interesse doch geweckt. Natürlich wusste ich, dass es sich bei der *Versicherung* um einen beschönigenden Ausdruck für den Geheimdienst von Aralon handelte. »Ich hoffe, Sie wollen mir keine Police aufschwatzen.«

Er ging auf mein Spiel ein. »Das wäre vermutlich aussichtslos. Ein Mann wie Sie ist bestimmt umfassend abgesichert. Mein Augenmerk liegt viel mehr auf den ... Bestandsverträgen. Meine Gesellschaft möchte sicherstellen, dass sie im bisherigen Umfang weiterlaufen.«

Der Dialog wurde mir eine Spur zu metaphorisch.

»Sehen Sie«, fuhr er fort, als ahne er mein fehlendes Verständnis, »wir Aras zählen zu den Hauptabnehmern der Supra-Thermophilen. Die Menge, die wir jede Saison kaufen, hat sich in den letzten Jahren mehr als verdoppelt. Uns ist natürlich viel daran gelegen, dass das so bleibt.«

»Ich verstehe. Deshalb Ihr Interesse an den Ergebnissen unserer Gespräche mit der Skagsramer Regierung.«

Sein Lächeln verbreiterte sich zu einem Grinsen. »Sie haben mich ertappt. Allerdings muss ich gestehen, dass der terranische Einfluss auf Ombudsmann Mathiesen unsere kleinste Sorge ist. Schließlich kennen wir die Sturköpfigkeit dieser Frau.«

Wenn ich daran dachte, dass Perry während der Verhandlungen bei der Regierungschefin immer wieder gegen eine

Wand gelaufen war, erschien mir dieser Ausdruck noch geschmeichelt. »Und was sind Ihre großen Sorgen, wenn Sie mir diese Frage gestatten?«

Mobats Blick glitt zu seinem Glas und blieb für einige Sekunden daran hängen, als ob er in der perlenden Flüssigkeit die Antwort darauf fände, wie weit er seine Probleme mit mir teilen sollte. Offenbar sprach ihm das Getränk ermutigend zu. »Kurz gesagt: Wir brauchen keine Kriege, die uns den Zugang zu den wertvollen Rohstoffen erschweren.«

Das Gespräch nahm eine Wendung, mit der ich nicht gerechnet hatte. Welche Kriege meinte er? Das Schweigen meines Extrasinns zeigte mir, dass auch dieser nicht wusste, worauf Mobat hinauswollte.

»Stellen Sie sich nicht so ahnungslos!« Er schien meinen ratlosen Gesichtsausdruck falsch zu deuten. »Sie wollen mir doch nicht weismachen, dass Sie nach Skagsram gekommen sind, um aussichtslose Gespräche mit einer Frau zu führen, die in ihren Standpunkten so beweglich ist wie ein erloschener Vulkan. Dazu ist die Zeit des USO-Chefs viel zu wertvoll.«

Ich vereiste innerlich. Wusste er von unserer eigentlichen Mission, eine tosende Ablenkung von Decaree Farous und Ronald Tekeners Ankunft zu schaffen? Doch wie wäre das möglich? »Ist sie das? Warum sind wir Ihrer Meinung nach dann hier?«

»Jetzt beleidigen Sie aber meine Intelligenz!«

»Das lag nicht in meiner Absicht.«

Wieder reckte sich seine Nase in Perry Rhodans Richtung. Dieser plauderte noch immer mit dem Arkoniden. »Warum unterhält sich der Großadministrator wohl ausgerechnet mit Mirok da Zdinth?«

Ja, warum wohl? Und wer war Mirok da Zdinth überhaupt?

*Ein Mitglied aus der Familie der Zdinth,* erinnerte mich mein Logiksektor. Ich sparte mir den Hinweis, dass ich auf *diese*

Information auch von alleine gekommen wäre. *Ursprünglich nicht adelig, bis sie sich zu Zeiten des Imperators Metzat VI. in den Jahren 16.248 bis 16.250 da Ark um die Erschließung der Khalumvatt-Vorkommen auf Cerkulor-III im Zarlton-Sektor verdient gemacht haben. Zur Anerkennung erhob Metzat sie in den unteren Adelsstand.*

Das war also zur Zeit meines unfreiwilligen Exils auf Larsaf III geschehen, wie ich die Erde damals noch genannt hatte. Auch später hatte ich mit der Familie nie etwas zu tun gehabt, sondern nur von ihr gehört, als ich selbst für einige Jahrzehnte den Thron des Imperators innehatte.

*Inzwischen haben die Zdinth ihre ohnehin nie große Bedeutung auch noch verloren. Sie sind verarmt und besitzen lediglich ein paar unbedeutende Planeten am Rand der Milchstraße, wo sich Druuf und Posbi gute Nacht sagen.*

Wie kam jemand aus dieser Familie ausgerechnet nach Skagsram?

Ich schwieg und spielte dem Ara gegenüber weiter den Geheimnisvollen, der sein Wissen zurückhielt.

»Weil er ihm auf die Finger schauen will«, gab Mobat die Antwort. Sein Blick wanderte zu einem Ertruser, der sich am Büfett gerade mit dem gebratenen Schenkel eines Tieflandrinds beschäftigte. »Genauso wie unserem Freund Raj Namesan, dem Vertreter des Carsualschen Bundes auf Skagsram.«

Auch wenn ich noch immer nicht wusste, wovon Mobat eigentlich sprach, war ich erleichtert, dass er unsere tatsächliche Mission offenbar doch nicht durchschaut hatte.

»In Wirklichkeit sind Sie aus dem gleichen Grund hier wie ich. Sie wollen sehen, ob an den kursierenden Gerüchten etwas Wahres dran ist.«

Ich ahmte seine Geste von zuvor nach und zog die Mundwinkel noch ein paar Millimeter weiter in die Höhe. »Jetzt haben Sie mich ertappt.«

*Das ist ein gewagtes Spiel.* Offenbar zweifelte der Logiksektor meine Taktik an. *Was, wenn er dich nach deiner Meinung zu diesen dir völlig unbekannten Gerüchten fragt?*

»Glauben Sie, dass es sich um mehr als nur Gerüchte handelt?«, wollte Mobat wissen.

*Ich habe dich gewarnt.*

»Um ehrlich zu sein, bin ich noch zu keiner Entscheidung gekommen. Dazu sind wir noch nicht lange genug auf Skagsram. Was ist Ihre Ansicht?«

»Nun ja, der Carsualsche Bund ist ohnehin dafür bekannt, sich ungeschützte Planeten samt Bevölkerung einzuverleiben. Wenn sie einen Weg fänden, Skagsram politisch und wirtschaftlich zu destabilisieren, hätten sie anschließend leichtes Spiel. Dafür würden sie sicher alles tun.«

Alles? Zum Beispiel Lavaflöße versenken und so den Export, Skagsrams tragende Wirtschaftssäule, erschüttern?

»Und die Arkoniden«, fuhr Mobat mit Blick auf Mirok da Zdinth fort, »pochen darauf, dass angeblich ihre Vorfahren den Planeten lange vor den Terranern besiedelt hätten. Nach ihrer Argumentation stellt diese Welt also arkonidischen Staatsbesitz dar. Und die Supra-Thermophilen gehören folglich ihnen alleine. Dass auch das Imperium Dabrifa oder die Zentralgalaktische Union ein Auge auf Skagsram geworfen haben und es am liebsten ihren Staatsverbänden einfügen wollen, bevor es jemand anders tut, versteht sich von selbst. Also, wenn Sie mich fragen, könnte durchaus etwas an den Gerüchten dran sein. Auch wenn ich mich nicht festlegen wollen würde, vor wem man sich am meisten in Acht nehmen muss.«

Nachdenklich nickte ich ihm zu. »Vielen Dank, dass Sie mich an Ihren Ansichten teilhaben lassen.« Nach einigen weiteren Minuten inhaltsleerer Plauderei verabschiedete ich mich von Mobat. »Entschuldigen Sie mich bitte. Ich möchte dem Großadministrator helfen, Mirok da Zdinth auf den Zahn zu fühlen.«

Ich machte mich in Perrys Richtung auf. Dabei kam ich an einer Gruppe von drei Ertrusern vorbei, die in ein Gespräch vertieft waren. Einen von ihnen erkannte ich als Raj Namesan, den der Ara mir als Vertreter des Carsualschen Bundes genannt hatte. Obwohl ich ihm gerade bis zur Brust reichte, war er der Kleinste von den dreien. Allerdings auch der breiteste. Den Sichelkamm auf seinem ansonsten kahlen Schädel trug er raspelkurz geschnitten und in einem kräftigen Orange gefärbt. Vermutlich ein Zugeständnis an die herrschenden klimatischen Bedingungen.

*Auch auf Ertrus existieren riesige Vulkane*, erinnerte mich mein Logiksektor. *Eine Extremwelt, die nicht gerade mit ihren milden Temperaturen punkten kann.*

Also vielleicht doch nur das Ergebnis einer modischen Laune. Mir war es gleichgültig.

»... Ausfall der Flöße«, hörte ich ihn sagen. Er nahm eine Handvoll Jöllekappa von dem reichlich gefüllten Teller, den er vor sich hielt, und kaute darauf herum. »Und jedes Jahr werden es mehr, auch wenn Hetman Karismäki so tut, als sei alles in bester Ordnung.«

Sein Gegenüber nickte und raunte in verschwörerischem Ton: »Ich frage mich, wie lange sie das so noch durchstehen können. Wie viele Flöße gibt es auf Skagsram? Neunzig? Hundert? Da schlägt bereits ein einziger Ausfall schwer zu Buche. Nicht nur wegen des Ernteverlusts, sondern weil auf den anderen Flößen die Angst umgeht.«

»Irgendwann sicherlich. Noch kann Karismäki die Skagsramer mit Ausflüchten ruhig stellen und sie zur Erfüllung ihrer Aufgaben ermahnen, aber auf Dauer wird ihm das nicht gelingen.«

»Bis es so weit ist, muss der Carsualsche Bund auf der Hut sein, um den richtigen Augenblick nicht zu verpassen.«

Die Ertruser konzentrierten sich so auf ihr Gespräch, dass sie mich erst spät bemerkten. »Sieh an, sieh an, die USO in

Person des Regierenden Lordadmirals höchstselbst belauscht unsere Unterhaltung«, sagte Raj Namesan. »Müssen Sie uns nun verhaften?«

»Wenn Sie nichts Rechtswidriges getan haben nicht, nein. Von Belauschen kann bei der Lautstärke Ihres Wortwechsels allerdings keine Rede sein.«

»Die United Stars Organisation schimpft sich zwar *unabhängig*. Dennoch ist ihre Nähe zum Solaren Imperium hinreichend bekannt. Deshalb bin ich mir nicht sicher, ob es in Ihren Augen nicht schon ein Verbrechen darstellt, Angehöriger eines anderen Sternenbunds zu sein und dessen Ziele zu unterstützen.«

Der selbstgefällige Tonfall des Kerls ging mir auf die Nerven. »Maßgeblich sind nicht meine Augen, sondern die des Gesetzes. Vor denen ist es kein Verbrechen, einem anderen Machtbündnis anzugehören und sich für es einzusetzen, auch wenn ich das manchmal bedaure. Wenn man dessen Interessen aber mit Gewalt durchsetzen möchte, sieht das schon wieder anders aus.«

Mit einer theatralischen Geste wischte sich Namesan über die Stirn. »Dann können wir ja von Glück reden, dass wir nichts dergleichen tun.« Seine Begleiter lachten dröhnend. »Was meint ihr? Da sind wir gerade noch mal davongekommen, was?«

Ohne ein Wort des Abschieds ging ich weiter. Mobats Einschätzung der Ertruser entsprach offenbar der Wahrheit.

*Würde jemand, der Flöße versenkt, in aller Öffentlichkeit darüber sprechen?*, wandte mein Logiksektor ein. *Würde er sich bewusst dem Verdacht aussetzen, etwas damit zu tun zu haben, in dem er auf einem Empfang, wo jeder ihn hören konnte, die Vorteile der Lavaschiffhavarien herauskehrt?*

Vielleicht tat er es genau deshalb, weil man es nicht erwartete? Ich beschloss, Decaree und Ronald zu bitten, ein besonderes Auge auf den Ertruser zu haben.

Ich passierte einige Blues und Aras und erreichte schließlich Perry Rhodan und dessen Gesprächspartner.

»Atlan!«, sagte der Großadministrator. »Darf ich dir vorstellen ...«

»Mirok da Zdinth«, fiel ich ihm ins Wort.

Der Arkonide sah mich erstaunt an. »Sie kennen mich?« Seine scharf geschnittenen Züge mit den erhabenen Wangenknochen verliehen ihm eine stolze Ausstrahlung. Die langen weißen Haare trug er streng nach hinten gekämmt und im Nacken zu einem Zopf gebunden.

»Selbstverständlich. Die Verdienste ihrer Familie um die Erschließung der Khalumvatt-Vorkommen auf Cerkulor-III sind unvergessen«, gab ich das Wissen meines Extrasinns weiter.

Da Zdinth winkte ab und gab sich bescheiden. »Das ist lange her. Ich will mich nicht mit den Taten meiner Vorfahren brüsten.« Er sah an mir herab und grinste. »Ihnen ist schon bewusst, dass Sie Ihre Schuhe falsch herum tragen, oder?«

Ich folgte seinem Blick und schaute auf das weiße Leder an meinen Füßen. »Ich weiß offen gestanden nicht, was Sie meinen.«

»Ihre Kleidung besteht wie die Schuhe aus der Haut von fischähnlichen Wesen, die in der Lava leben. Man nennt sie Laveden. Sie hauchen ihre Existenz auf eigenartige Weise aus: Sie begehen Selbstmord, indem sie meist während des Winters aus den Lavaströmen an Land springen.«

Ich war mir nicht sicher, was das mit meinen Schuhen zu tun hatte, hörte aber gespannt zu.

»Deshalb sind die unbesiedelten Kontinente in beiden Jahreszeiten ergiebige Jagdgründe. Im Sommer ernten die Lavataucher die Supra-Thermophilen, im Winter suchen die Uferwanderer frisch verendete Laveden und ziehen ihnen die Häute ab. Aus den hochwertigsten fertigen die Schneider später die Wickelbahnen für die Taucheranzüge, aus den restlichen entstehen Alltagskleidung und Schuhe.«

Quer durch den Raum entdeckte ich Ombudsmann Mathiesen im Gespräch mit Hetman Karismäki und dem Erntemінister Hakilaunen. Ich winkte ihr zu, und sie lächelte zurück. Schon im nächsten Augenblick drehte sie sich wieder zu ihren Gesprächspartnern um. Oddo Karismäki machte ein Gesicht, als wäre ihm eine Laus von der Größe eines Haluters über die Leber gelaufen, soweit ich das überhaupt beurteilen konnte, denn eine Wangen- und Nasenmaske verdeckte große Teile seiner Züge. Dafür sprachen die Augen Bände, selbst über diese Entfernung hinweg. Auch Haknur Hakilaunen wirkte nicht mehr so gelöst wie am Tag unserer Ankunft. Breitbeinig wie ein Revolverheld stand er da. Immer wieder huschten seine Blicke umher, als suchten sie jemanden oder etwas. Doch jedes Mal, wenn sie sich mit meinem trafen, wich er mit unsicherem Lächeln aus.

Ich wandte mich neuerlich Mirok da Zdinth zu, denn ich wollte nicht den Eindruck erwecken, ein offensichtlich schwieriges Regierungsgespräch zu beobachten. »Entschuldigen Sie, ich war abgelenkt. Was ist nun also mit meinen Schuhen?« Außer dass ich kalte Füße in ihnen hatte?

»Sie müssen wissen, dass die Haut der Laveden über einige besondere Eigenschaften verfügt, die dem Tier das Leben in der Lava erst ermöglichen«, fuhr der Arkonide fort. »Die Temperaturleitfähigkeit beispielsweise funktioniert ausgezeichnet von innen nach außen, aber nur schlecht in umgekehrter Richtung. Das heißt, dass die Hitze der Lava nur sehr abgeschwächt in den Tierkörper vordringt. Kurz vor ihrem Tod kehrt sich dies jedoch plötzlich um, und das glühende Gestein droht die Laveden zu rösten. Deshalb bringen sie sich mit einem Sprung an Land in vermeintliche Sicherheit. Dort sterben sie allerdings trotzdem, weil ihr eigenes Körpergewicht sie erdrückt. Es kam auf den Lavaflößen vereinzelt schon zu tragischen Todesfällen, weil die falsche Seite der Taucheranzugwickelungen nach außen zeigte und die Temperaturleitfähigkeit von außen nach innen statt umgekehrt wirkte. Für Ihre Schuhe gilt das Gleiche, nur mit nicht ganz so dramatischen Folgen.«

Das Dauerlächeln auf Perrys Gesicht kam mir mit einem Mal viel weniger aufgesetzt vor. Verkniff er sich etwa ein Grinsen? »Die Bodenmatten dienen zur Kühlung des Raumklimas, nicht zur Kühlung der Füße. Vielleicht solltest du deine Sockenschuhe einfach wenden, dann musst du die Zehen nicht mehr so zusammenkrampfen, um sie warmzuhalten.«

»Danke für den Hinweis.«

*Allerdings würde ich empfehlen, das nicht im Konferenzraum zu erledigen. Es mag Kulturen geben, in denen es zum guten Ton gehört, die Schuhe auszuziehen. Ich bezweifle, dass die der Skagsramer dazugehört.*

Mein Logiksektor hatte recht. Also entschuldigte ich mich bei Perry und Mirok da Zdinth und machte mich auf die Suche nach einem Waschraum oder wenigstens einer einsamen Ecke. Auf dem Weg durch den Saal fühlte ich die Blicke der Ertruser um Raj Namesan auf mir ruhen. Diesmal achteten sie darauf, ihr Gespräch zu unterbrechen, als ich an ihnen vorbeikam, und schenkten mir ein spöttisches Lächeln. Ich ignorierte sie, ging an dem Miniaturvulkan vorbei und schlug die Richtung zu Ata Mathiesen und ihren Ministern ein, um sie nach einem Ort zu fragen, an dem ich meine Kleidung in Ordnung bringen konnte. Ihre Unterhaltung schien sich inzwischen jedoch in ein handfestes Wortgefecht verwandelt zu haben. Die Haut über den Rändern von Karismäkis Gesichtsmaske zeigte eine rötliche Färbung. Eindringlich redete er auf die Regierungschefin ein. Deren Miene strahlte eine Kälte aus, gegen die meine Füße beinahe glühten. Keiner der drei nahm mich zur Kenntnis.

Also entschied ich mich im letzten Moment dagegen, ihre Hilfe in Anspruch zu nehmen, und strebte dem Ausgang entgegen. Als die Tür hinter mir zufiel, brach das Stimmengewirr des Empfangs abrupt ab. In der Vorhalle sah ich mich um. Ich war alleine. Wer sich nicht im Konferenzraum aufhielt, war im Augenblick vermutlich bei den Wachsfiguren zu finden, die den Sommeranfang verkündeten, und gab sich alkoholischen Genüssen hin, auf die er danach wieder für Monate würde verzichten müssen. Was für ein merkwürdiger Brauch.

*Du hast schon Merkwürdigeres gesehen.*

Wohl wahr. Die Wände der Vorhalle bestanden aus raumhohen Monitoren, die dem Betrachter den Eindruck vermittelten, in einem vollverglasten Raum oder gar im Freien zu stehen. Lediglich vereinzelte Türen zerstörten die Illusion. Keine von ihnen verriet mir, ob hinter ihr ein Waschraum lag. Im Zentrum der Halle ragte eine mindestens sieben Meter durchmessende Säule bis unter die Decke fünfzig Meter über mir. In ihrem Inneren waberten rote und orange Schwaden, in denen der Versicherungsfachmann Mobat sicherlich eine ähnliche Symbolik erkannt hätte wie in dem Miniaturvulkan des Konferenzraums. Um die Säule zog sich ein Ring aus ungemütlich aussehenden Stühlen.

*Ein Warteraum für Besucher,* mutmaßte mein Logiksektor. Ich stimmte ihm zu.

Wenn ich auf die Schnelle schon keinen Waschraum fand, würde auch die menschenleere Vorhalle ausreichen. Ich umrundete die Säule, damit jemand, der den Konferenzraum ebenfalls verließ, mich nicht mit nackten Füßen dasitzen sah. Das wäre meiner Reputation sicherlich alles andere als zuträglich gewesen. Ich zog die Schuhsocken aus, wendete sie und wollte gerade erneut hineinschlüpfen, als das Stimmengewirr des Empfangs plötzlich aufbrandete und nur kurz danach wieder verstummte. Schritte erklangen, erst leise, dann immer lauter. Schnell zog ich mir die Socken über und wollte hinter der Säule hervortreten, als ich ein Flüstern hörte.

»Warum haben Sie mir das nicht eher gesagt?«, fragte Ata Mathiesen mit kalter Stimme.

Einem Impuls folgend beschloss ich, mich nicht zu zeigen. Ich hoffte inständig, dass sie und ihr Gesprächspartner nicht auf die Idee kamen, um die Säule herumzugehen.

»Ich habe getan, was ich für nötig hielt«, antwortete Hetman Oddo Karismäki. »Ich muss an das Wohl Skagsrams denken.«

»Sie meinen, an Ihr eigenes!«

»Was macht das für einen Unterschied?«

»Vermutlich keinen. Und Sie wussten auch Bescheid?«

Eine dritte Stimme antwortete. Die von Haknur Hakilaunen. »Hetman Karismäki hat mich vor einem Jahr eingeweiht.«

»Vor einem Jahr? Das ist ja großartig.« Sie stieß ein schweres Seufzen aus. »Was haben Sie jetzt mit ihm vor?«

»Im Augenblick halten wir ihn an einem geheimen Ort in Gewahrsam«, antwortete Karismäki. »Wir können ihn nicht zurückschicken. Glücklicherweise hat ihn wegen der Mise-Feierlichkeiten kaum jemand gesehen. Die einzigen zwei Zeugen haben bereits ihre Baracken in Baba Yaga bezogen.«

»Wie soll es jetzt weitergehen?«

»Wie bisher. Die Bevölkerung darf keinesfalls davon erfahren.«

»Und Ihre Meinung?«

»Ich stimme Herrn Karismäki zu«, antwortete Hakilaunen nach langem Zögern.

»Woher wissen Sie eigentlich von ihnen?«

»Von der SKAGERRAK«, sagte Karismäki.

»Nicke Dahlqvists Raumschiff?«

»Das Erdbeben vor fünf Jahren hat das Siedlermuseum fast vollständig zerstört. Bevor wir die Schiffe endgültig verschrotteten, habe ich sie nach erhaltenswerten Gütern durchsucht.«

»Sie haben sie geplündert«, stellte Ombudsmann Mathiesen fest.

»Haarspaltereien«, wich Karismäki aus. »Wie auch immer, auf der SKAGERRAK fand ich einen Datenkristall von Matti Holmgren. Er war zwar verschlüsselt, allerdings mit einer Technik, die vielleicht vor tausend Jahren sicher war, heutzutage aber keinerlei Probleme mehr darstellt. Ich stieß auf holographische Aufzeichnungen, in denen Holmgren berichtet, was sich damals zugetragen hat.«

»Ich will diese Aufzeichnungen hören.«

»Wie Sie wünschen.«

Für einige Sekunden herrschte Ruhe und ich glaubte schon, die drei hätten sich zurückgezogen, ohne dass ich ihre Schritte gehört hatte. Doch dann erklang erneut Ata Mathiesens Stimme.

»Solange Rhodan und sein weißhaariger Schatten unsere Gäste sind, unternehmen wir nichts. Glücklicherweise verlassen sie uns morgen bereits wieder. Bis dahin halten wir die Füße still. Dann entscheide ich, wie wir mit dieser Situation umgehen. Keine Alleingänge mehr, ist das klar? Sonst haben Sie beide die längste Zeit der Regierung angehört. Haben wir uns verstanden?«

»Klar und deutlich.« Karismäki klang nicht gerade begeistert.

»In Ordnung«, stimmte auch Hakilaunen zu.

Endlich entfernten sich ihre Schritte wieder und verklangen, ohne dass das Stimmengewirr der Gäste noch einmal zu hören gewesen wäre. Sie waren demnach nicht in den Konferenzraum zurückgekehrt. Ich traute dem Frieden nicht und lugte vorsichtig um die Säule. Ata Mathiesen und ihr Hofstaat waren verschwunden.

Ich zermarterte mir den Kopf, worüber sie sich unterhalten hatten, kam aber zu keinem Ergebnis. Auch mein Logiksektor hielt sich mit klugen Deutungen zurück. Klar war, dass auf Skagsram etwas vor sich ging, wovon die Bevölkerung keine Ahnung hatte. Das traf allerdings auf das Verhältnis zwischen Regierung und Volk nahezu jedes Planeten zu. Inwiefern steckte diese Künstlerkommune Baba Yaga in der Sache mit drin? Welche Rolle spielten die tausend Jahre alten Aufzeichnungen von Matti Holmgren? Ich erinnerte mich an ihn als griesgrämigen jungen Kerl, auf dessen Mundwinkel die Schwerkraft offenbar eine besonders starke Anziehung ausgeübt hatte. Dennoch schien Nicke Dahlqvist viel von ihm zu halten. Bestand ein Zusammenhang mit dem Untergang der KRIEGSZAHN? Ging es mich und die USO überhaupt etwas an? Und die wichtigste aller Fragen: Was erdreistete sich dieses überaus attraktive Miststück, mich als Perrys weißhaarigen Schatten zu titulieren?

Ich kehrte in den Konferenzraum zurück und gesellte mich zu Rhodan, der noch immer mit Mirok da Zdinth plauderte. Von der Möglichkeit, zum Zwecke der interstellaren Verständigung auch mit anderen Anwesenden zu sprechen, hielt er offenbar nicht viel.

»Hast du jetzt warme Füße?«, fragte er mich zur Begrüßung.

Statt ihn einer Antwort zu würdigen, wandte ich mich sofort meinem Landsmann zu. »Ich habe gehört, auf Skagsram soll es ein sehr interessantes Siedlermuseum geben?«

Mirok hob bedauernd die Schultern. »Da sind sie leider zu spät dran. Ein Erdbeben hat vor ... lassen Sie mich nachdenken ... vor fünf Jahren beinahe das komplette Gelände im Westen Hulborgs verschlungen. Besonders schade ist es natürlich um die Schiffe, mit denen Skagsrams Gründerväter damals hier ankamen. Zwei sind spurlos im Planeteninneren verschwunden. Die anderen stecken geborsten in tiefen Spalten.« Er lachte. »Ich glaube allerdings nicht, dass es dort viel Interessantes für Sie zu sehen gegeben hätte. Der Großadministrator hat mir gerade berichtet, dass Sie kurz nach der Besiedlung den Planeten besucht haben. Das wirkte sicherlich viel imposanter, als es in einem Museum jemals möglich wäre.«

»Weil wir von Besiedlung sprechen: Mir kam zu Ohren, dass die Arkoniden angeblich schon vor den Terranern Skagsram für sich entdeckt hatten? Davon wusste ich bislang gar nichts. Und immerhin war ich einmal Imperator unseres Volks.«

Perry straffte sich, und das Lächeln auf Mirok da Zdinths Lippen stürzte in ein schwarzes Loch. Doch bereits nach wenigen Augenblicken kämpfte es sich wieder daraus hervor. »Nun, es ist vielleicht etwas übertrieben ausgedrückt, aber im Grunde trifft es zu.«

»Übertrieben ausgedrückt?«, fragte Rhodan.

»Als der damalige Imperator meine Vorfahren in den Adelsstand erhob, kamen diese auf der Suche nach weiteren Khalumvatt-Vorkommen auch nach Skagsram.« Er grinste schief. »Oder nach Zdinth-IV, wie der Planet für kurze Zeit bei uns hieß. Wir nahmen diese Welt zwar in Besitz, blieben aber nicht sehr lange.«

Davon hatte auch mein Logiksektor nie gehört. »Warum nicht? Hier gibt es zwar keine Hyperkristalle, aber die Supra-Thermophilen hätten doch ihr Interesse wecken müssen.«

»Die Zdinth wussten nichts von diesen Bakterien.« In seiner Antwort schwang das unausgesprochene Wort *leider* mit. »Hinzu kam, dass der Planet nicht unbewohnt war.«

Die Überraschungen rissen nicht ab.

»Tatsächlich?« Auch Perry klang erstaunt. »Als die terranischen Siedler hier ankamen, haben sie meines Wissens kein intelligentes Leben vorgefunden.«

»Das ist gut möglich«, erwiderte da Zdinth. »Immerhin waren fast dreitausendfünfhundert Jahre vergangen, seit wir den Planeten für uns beanspruchten. Bereits zu unserer Zeit war die Kultur der Kopani, wie sie hier genannt wird, im Sterben begriffen. Sie kam mit den zunehmend drastischen Umweltbedingungen nicht zurecht, die sich durch Sigjas Annäherung ergaben.«

»Sie sprechen von Skagsrams Hauptmond?« Davon hatte Arco Nithis, unser Berater an Bord der NEW HOPE, entweder nichts gewusst oder er hatte es nicht für notwendig befunden, es uns mitzuteilen.

*Beides falsch. Dein terranischer Barbarenfreund hat ihn während seiner Ausführungen gebeten, den astronomischen Teil zu überspringen.* Ich erinnerte mich daran.

»Er nähert sich dem Planeten immer weiter an. In etwa achthundert Jahren werden die dadurch ausgelösten Erdbeben und tektonischen Verschiebungen so gravierend sein, dass ein Leben auch für Terraner nicht mehr möglich sein wird. Und dreißig Jahre später wird er abstürzen.«

Das war dann wohl der Fluch der Unabhängigkeit. Man stand mit derartigen Problemen alleine da. Vor allem, wenn man niemanden um Hilfe bat. »Versucht man denn nicht, das Unheil aufzuhalten?«

»Nur halbherzig. Außerdem ist sich die Regierung uneins. Sie steckt in einem echten Dilemma. Schließlich ist die Annäherung des Mondes die Ursache für all die Vulkane und Lavaflüsse ... und somit für den Wohlstand des Planeten. Soll man die Erträge, die man erzielt, dafür einsetzen, den Grund für diese Erträge zu beseitigen? Oder soll man so viel abschöpfen, wie möglich ist, und Skagsram verlassen, wenn es nicht mehr anders geht?«

»Welchen Standpunkt vertreten Sie?«, fragte Rhodan.

»Das mag hartherzig klingen, aber ich vertrete die Interessen von Urmanol-Ghaal.« *Ein arkonidisches Wirtschaftsunternehmen, gegründet von einer Interessengemeinschaft verschiedener Fürstentümer,* half mir mein Extrasinn auf die Sprünge. »Natürlich liegt mir deren Wohl mehr am Herzen als das Skagsrams. Die Supra-Thermophilen-Ernte wird so oder so zum

Erliegen kommen. Die Frage ist nur, ob das mit einer Stabilisierung der Mondumlaufbahn sofort geschieht oder erst in achthundert Jahren. Da Urmanol-Ghaal zu den Abnehmern dieser einzigartigen Bakterien zählt, können Sie sich wohl denken, welchen Standpunkt ich vertrete?«

»An den Gerüchten, dass gewisse arkonidische Kreise den Planeten für sich beanspruchen, ist also nichts dran?«, hakte ich nach.

Da Zdinth sah mich lange an. »Warum sollten diese *gewissen Kreise* – wie sie es so schön und zugleich nichtssagend umschreiben – die im Falle einer Annexion zu erwartenden politischen Verwicklungen auf sich nehmen? Um eine Welt zu beanspruchen, die in spätestens achthundert Jahren ohnehin untergeht?«

*Seit wann haben Arkoniden sich von ein paar politischen Verwicklungen stören lassen?*, ließ sich mein Extrasinn vernehmen. *Und beinahe ein Millennium lang die Supra-Thermophilen für sich alleine zu haben oder selbst den Verkaufserlös einzustreichen könnte diese durchaus rechtfertigen. Ist dir übrigens aufgefallen, dass er deine Frage nicht beantwortet hat?*

Das war es in der Tat. Und so beschloss ich, dem alten Knaben gegenüber misstrauisch zu bleiben, auch wenn ich seine Art mochte.

Der Rest des Empfangs verlief ohne große Erkenntnisse. Nach etwa einer Stunde tauchte Ata Mathiesen wieder auf, ihre Minister ließen sich jedoch entschuldigen. »Unaufschiebbare Geschäfte so kurz vor Erntebeginn. Sie wissen, wie das ist.« Wussten wir zwar nicht, gingen aber auch nicht weiter darauf ein. Hätte ich nicht miterlebt, dass es zwischen ihr und den beiden Männern Unstimmigkeiten gab, wäre sie mir wie immer vorgekommen. So aber glaubte ich, ein leichtes unsicheres Flackern in ihrem Lächeln zu bemerken.

Gut zwei Stunden später verließen die ersten Gäste den Empfang. Da wir bezweifelten, dass unsere Anwesenheit zu weiteren Erkenntnissen führen würde, ergaben wir uns gegen Mitternacht der allgemeinen Aufbruchsstimmung. Ein Regierungsgleiter brachte uns zurück zum Hotel.

Davor ragte ein gut zehn Meter hohes Denkmal empor. Eine Statue, die den Gründervater Nicke Dahlqvist darstellte. Schon als wir das Kunstwerk zum ersten Mal gesehen hatten, war uns der ernste Ausdruck in dem steinernen Gesicht aufgefallen, der viel besser zu all den Skagsramer Lebensweisheiten passte als die lausbubenhafte Miene, die uns vor tausend Jahren so für ihn eingenommen hatte. Über Dahlqvist hing Sigja am Himmel. Da ich inzwischen um die Zukunft wusste, die dem Planeten und dessen Hauptmond bevorstand, wirkte die fahl leuchtende Scheibe nicht mehr majestätisch auf mich, sondern bedrohlich. Sie schien auf das Haupt des Gründervaters herabzudrücken und ihn und sein Werk unter sich zerquetschen zu wollen. Dieses Bild beinhaltete wesentlich mehr Symbolik als der lächerliche Miniaturvulkan, der den Ara Mobat so begeistert hatte.

*Sentimentaler alter Narr!*, schalt mich mein Extrasinn. *Das einzig Beständige im Universum ist die Vergänglichkeit.*

Ich ließ mich auf keine Diskussion ein, sondern ergab mich dem Augenblick.

Als wir in unser Zimmer kamen, hatte ich die gedrückte Stimmung bereits abgeschüttelt. Endlich fand ich die Gelegenheit, Perry von dem belauschten Gespräch zu erzählen. »Deinen weißhaarigen Schatten hat die liebe Ata Mathiesen mich genannt! Kann man sich so etwas vorstellen?«

Er tat für eine Sekunde so, als müsse er überlegen. »Kann man!«

»Wir sollten unseren Besuch noch ein wenig verlängern. Ich würde zu gerne wissen, was hinter dem verschwörerischen Geflüster steckt.«

*Und mit welcher Begründung?*, warf mein Logiksektor ein. *Wenn es etwas mit dem Untergang der KRIEGSZAHN zu tun hat, werden Decaree Farou und Ronald Tekener es herausfinden. Deshalb hast du sie nämlich hergeschickt. Du erinnerst dich? Und wenn nicht, geht es die USO vermutlich nichts an.*

»Und mit welcher Begründung?«, wollte Rhodan wissen. »Lass das doch Decaree und Tek machen. Deshalb sind sie nämlich hier. Um sie einzuschleusen, habe ich mir einen lächerlichen Hut aufgesetzt! Lass mich dieses Opfer nicht umsonst gebracht haben.«

Manchmal fragte ich mich, ob mein Extrasinn so laut sprach, dass andere ihn hören konnten und dann alles nachplapperten.

*Wenn ein Gedanke der Logik entspringt, kommt ein vernünftiger Mann wie Perry Rhodan durch eigenständiges Nachsinnen darauf, auch ohne es nachzuplappern.*

In diesem Augenblick war er also nicht mehr mein terranischer Barbarenfreund, sondern ein vernünftig denkender Mann. Dennoch musste ich ihm und meinem Logiksektor zustimmen. Also zog ich ein Aufnahmegerät aus meinem Gepäck und zeichnete auf einem Datenträger mit dem Aussehen einer Skagsramer Münze alle Erkenntnisse des heutigen Tages auf. Gemeinsam mit Perry ging ich in die Hotelbar, die wegen der Mise-Feiertage noch geöffnet hatte. Wir setzten uns an den Tresen neben einen faltigen alten Mann und dessen erheblich jüngere Begleiterin mit einer flammend roten Stoppelfrisur. Ich legte einige Scheine und etwas Kleingeld vor mich hin. Der faltige Mann winkte den Ober zu sich heran, um zu bezahlen. Er steckte sein Wechselgeld ein und ließ auch meine Datenträgermünze in seiner Tasche verschwinden. Während sich der hellblonde Kellner mit mürrischer Miene uns zuwandte, standen Ronald Tekener und Decaree Farou auf und verließen die Bar, ohne auch nur einen Blick oder ein Wort mit uns gewechselt zu haben.

Eingedenk vergangener Zeiten bestellte ich für Perry und mich einen Krug Glutöl.

»Der alte Sjonsson«, sagte ich zwischen zwei Gläsern zu dem Terraner. »Ich hätte ihn zu gerne selbst getroffen, um ihm gehörig die Meinung zu geigen.«

Zu Perrys Ehrenrettung sei noch erwähnt, dass ich den Krug nahezu im Alleingang leerte.

# Kapitel 11

## Ein trauriges Lied bei DSDS

*Schätze deinen Nächsten, schätze die Gemeinschaft,*
*aber am meisten schätze das Schicksal.*
*(Fünfter Hauptsatz der Regeln des gesellschaftlichen Miteinanders)*

Obwohl sie den Mietgleiter und ihr Hotelzimmer auf Abhörgeräte untersucht hatten, sprachen sich Decaree Farou und Ronald Tekener mit ihren Decknamen an. So vermieden sie, dass ihnen die richtigen Namen im falschen Moment herausrutschten. Außerdem konnten sie sich nicht sicher sein, dass der Skagsramer Geheimdienst sie nicht mit Instrumenten aus der Ferne belauschte, die das Räuspern eines Siganesen aufzufangen im Stande waren. Dieser Verdacht war nicht völlig aus der Luft gegriffen, denn seit einigen Tagen folgte ihnen ein Mann, ohne allzu ausgeprägten Wert auf Unauffälligkeit zu legen.

Er mochte etwa Tekeners Größe erreichen, war jedoch massiger gebaut. Als er ihnen einmal besonders nahe kam, sahen sie, dass unzählige Brandnarben seine Kopfhaut überzogen. Die wenigen unversehrten Quadratzentimeter hatte er kahl geschoren. Statt Brauen prangten waagrechte Narben über den Augen, allerdings etwas höher, sodass scheinbar ein ständiges Staunen in seiner Miene lag.

Natürlich hatten sie damit gerechnet, in den ersten Tagen nicht völlig unbehelligt zu bleiben. Sie konnten nicht den Namen eines hochrangigen Skagsramer Politikers fallen lassen und darauf bauen, dass man ihre Geschichte nicht überprüfte.

Es wunderte Decaree ohnehin, dass man sie noch nicht zum Ernteminister zitiert hatte. Ihm gegenüber hätten sie ihre kleine Lüge damit gerechtfertigt, dass sie nicht länger auf eine Landegenehmigung hatten warten wollen. Schließlich waren sie Mitarbeiter eines profitorientierten Unternehmens ... und fruchtlose Debatten mit einem bornierten Bediensteten der Flugsicherheit brachten nun einmal kein Geld. Deshalb, so würden sie behaupten, mussten sie sich in ihrer Verzweiflung auf den prominentesten Kunden des Schwarzen Steins auf diesem Planeten berufen.

Sie wollten bis zum Zeitpunkt ihrer Befragung bereits so viele Geschäfte getätigt zu haben, dass niemand ihre Zugehörigkeit zur Organisation der Informationshändler ernsthaft anzweifelte. Zu diesem Zweck hatte die USO zu einem horrenden Preis sogar ein Kontingent von fünfundzwanzig Abfragen in den Datenbanken des Schwarzen Steins erworben. Nach ihrer Landung galt es deshalb, keine Zeit zu verlieren. Sie mieteten den Gleiter, checkten im gleichen Hulborger Hotel wie Perry Rhodan und Atlan ein und machten sich sofort auf, Kundenkontakte zu knüpfen. Sie drängten sich bei den Inhabern kleinerer Unternehmen auf, derer sie auch ohne vorherigen Termin habhaft werden konnten, hinterließen ihre Adresse bei den Kaargenna-Wächtern und verbrachten die nächsten Stunden ihres Besuchs schlicht damit, werbewirksam zu existieren. Die Nachricht war klar: »Der Schwarze Stein ist in der Stadt.« Tatsächlich meldeten sich bereits am folgenden Morgen die ersten Interessenten. Inzwischen war eine Woche vergangen, und es blieben nur noch fünf Hyperfunkabfragen bei den Rechnern der Informationshändler.

Und noch immer bestellte der Ernteminister sie nicht zu sich. Merkwürdig. Hatte der Bedienstete des Raumhafens Faf-nir ihre Ankunft wider Erwarten doch nicht weitergemeldet? Warum verfolgte sie seit sechs Tagen dann der Kerl mit den hochgezogenen Augenbrauennarben? Womöglich maß Hakilaunen den Besuchern keine große Bedeutung bei, oder er war so beschäftigt, dass er sich nicht selbst darum kümmerte, sondern ihnen einen Schatten hinterherschickte. Durchaus denkbar, denn der Datenträger, den Atlan ihnen in der Nacht vor seiner und Perrys Abreise zugespielt hatte, berichtete von noch nicht näher bestimmbaren Problemen, mit denen sich der Ernteminister samt Ombudsmann und Hetman herumschlagen musste.

Das Ärgerliche daran war, dass ihnen die Skagsramer zwar inzwischen auch über Hulborg hinaus ihre Rolle als Mitarbeiter des Schwarzen Steins abnahmen, dass sie aber nicht mit ihren eigentlichen Ermittlungen beginnen oder gar ihren Kontaktmann Sjonsson aufsuchen konnten, solange der vernarbte Glatzkopf an ihren Fersen klebte. Natürlich hätte Tek ihn abhängen können, das hätte aber nicht zu ihrem unauffälligen Verhalten gepasst.

»Ende der letzten Erntesaison ist die KRIEGSZAHN gesunken, ein Lavafloß der Reederei Strömblad & Sernsborg. Ich gehe davon aus, dass es sich um kein Unglück handelte.« Viel mehr hatte Atlan ihnen vor ihrem Einsatz nicht mitgeteilt, weil er auch nicht mehr gewusst hatte. Nähere Informationen sollten sie erst von ihrem Kontaktmann erhalten. Wenn sie ihn endlich gefahrlos aufsuchen konnten ...

Dennoch schien es das Schicksal gut mit ihnen zu meinen. Sie hatten die Hotelangestellte am Empfang durch die Zahlung eines stattlichen Betrags dazu überreden können, die Anrufe potenzieller Kunden zu notieren und ihnen Abend für Abend die Liste auszuhändigen. Und schließlich hatten sie darauf einen Namen gefunden, der sie einen Schritt voranbringen konnte, selbst wenn der Geheimdienst sie verfolgte: Daniel Strömblad, einer der Inhaber der DSDS-Reederei.

Mit beabsichtigter zweistündiger Verspätung lenkten sie ihren Gleiter auf das Gelände von DSDS, das unmittelbar an den Raumhafen Nidhöggur grenzte. Dieser wirtschaftlich herausragende Standort unterstrich die Bedeutung der Reederei, denn Nidhöggur war für den zivilen Flugverkehr gesperrt. Er diente ausschließlich den Starts und Landungen der großen Fähren, die die Lavaflöße in einzelne Module zerlegt an ihren Einsatzort brachten und dort zusammensetzten. Gerade schwebten zwei der hundertfünfzig Meter durchmessenden und dreißig Meter dicken runden Scheiben über dem Raumhafen. Unter ihrem Bauch baumelten Floßeinzelteile, die baumstarke Taue nach oben in die Lagerräume hievten. Während ihres bisherigen Aufenthalts hatten Decaree und Ronald herausgefunden, dass die Fährmänner zu den wenigen Skagsramern zählten, denen die Feiertage des Mise-Fests entgingen. Sie mussten alles für die neue Erntesaison vorbereiten.

Decaree beobachtete ein spitz zulaufendes Bauelement, vermutlich ein Floßbug, das in einer Fähre verschwand. »Wie sie die wohl wieder zusammensetzen? Auf der Lava ist das ja schlecht möglich.«

»Das kannst du gleich einen erfahrenen Reeder fragen.« Ronald Tekener sah auf den Rückmonitor. »Unser Schatten lässt immer noch nicht locker.«

Sie folgte Teks Blick. Der Bildschirm zeigte einen unscheinbaren Einmanngleiter. Auch wenn sie nicht hineinsehen konnte, wusste sie, wer im Inneren saß. Sie blies die Backen auf. »Wird dem das nicht langsam langweilig?«

»Offenbar nicht.«

Ihr Leihgefährt, das nach Eingabe eines Ziels selbständig flog, aber glücklicherweise über keinen Geldeinwurfschacht verfügte, schwenkte auf den Kundenparkplatz der Reederei ein. Das Verwaltungsgebäude bestand aus einem zylindrischen, sieben Stockwerke umfassenden Turm aus einem silbern schimmernden Material ohne erkennbare Fenster und drei kleineren Kuppeln, die ihn in gleichmäßigen Abständen umgaben.

Sie stiegen aus, warfen dem Gleiter, in dem sie ihren Dauerverfolger vermuteten, einen demonstrativen Blick zu und strebten dem Eingang des Verwaltungsgebäudes entgegen. Darüber erstrahlte das DSDS-Logo in lavafarbenen Buchstaben. Sie betraten die Anmeldungshalle in einer der Kuppeln. Hinter einem gläsern scheinenden Tresen stand ein Mann in weißem Anzug. Auf einem breiten Nacken saß ein zu klein wirkender Kopf, aus dem ihnen zwei verquollene Augen gleichgültig entgegensahen. Vermutlich die Nachwirkungen übermäßigen Alkoholgenusses.

Ein Display an der Wand zeigte in ebenfalls lavaroten Zeichen das aktuelle Datum, den 9. Mai 3119. Trotz der Unabhängigkeit von Terra, auf die man so großen Wert legte, und obwohl eine Einteilung des Jahres in zwölf Monate bei einer Mondumlaufdauer von sieben Tagen reichlich willkürlich erschien, benutzten die Skagsramer die terranische Zeitrechnung. Die Hotelangestellte, die dankenswerterweise die Anrufe für sie entgegennahm, hatte ihnen erzählt, dass der Mise in den letzten Jahren stets auf den fünften oder sechsten Mai gefallen sei. Diesmal schien er sich etwas zu verspäten, weshalb die Feierlichkeiten länger andauerten als sonst. So mancher Skagsramer nutzte diese Gelegenheit offensichtlich weidlich aus, auch wenn er es nicht vertrug, so wie der Stiernackige mit dem kleinen Kopf. Inzwischen war man sich sicher, dass der Sommer morgen, spätestens übermorgen beginnen würde.

Hüfthohe Säulen aus Basaltstein säumten den Weg bis zum Empfangstresen. Über ihnen schwebten Modelle von Lavaflößen, die sich langsam um die eigene Achse drehten. Goldene Lettern verrieten die Namen der Glutschiffe. DONNERHALL, FLAMMENGÜRTEL, STREITHAMMER und viele mehr.

Die Säule mit der Aufschrift KRIEGSZAHN war leer. Sie war nicht die einzige.

Decaree trat vor den Tresen und lächelte den verkaterten Mann an. »Mögen Sie immer Schatten finden«, begrüßte sie ihn mit einer Formel, die die Hotelangestellte sie gelehrt hatte.

Ein Schild an seiner Brust wies ihr Gegenüber als Samel Diesen aus. Er gab einen Brummlaut von sich, der gewiss nicht die angemessene Erwiderung darstellte.

»Mein Name ist Leda Nnezmatki.« Decaree deutete auf Tek neben ihr. »Das ist mein Kollege Czern Hawa. Wir kommen von der Organisation Schwarzer Stein. Daniel Strömblad erwartet uns.«

Ein weiteres Brummen ertönte aus Diesens Kehle, das Decaree mit Mühe als »Vor zwei Stunden!« interpretierte.

Sie nickte und setze einen bedauernden Gesichtsausdruck auf –sie verfügte über ein erstaunliches Mimik-Repertoire. »Wir haben uns leider etwas verspätet. Aber unsere Dienste sind sehr gefragt auf ihrem Planeten.«

»Augenblick.« Jetzt, als er das erste wohlartikulierte Wort sprach, wehte Decaree eine Alkoholfahne entgegen. Samel Diesen drehte sich um und steckte sich eine metallene Kapsel ins Ohr. Er sagte ein paar Sätze, die Decaree nicht verstehen konnte. Dann verstummte er, nickte ein paarmal und fügte einige Worte an. Mit einer fahrigen Bewegung holte er die Kapsel aus dem Ohr und wandte sich wieder ihnen zu. »Herr Strömblad erwartet Sie.«

»Sagte ich doch.«

Er wies nach links, wo ein Gang in das zylindrische Hauptgebäude führte. An dessen Ende entdeckte Decaree zu ihrer Überraschung einen Antigravlift. Sie hatte mit einem mechanischen Aufzug gerechnet. Oder mit einer Rolltreppe.

Von dem Schacht ließen siesich ins oberste Stockwerk hinauftragen, wo sie ein Mann Anfang fünfzig mit einem breiten

Lächeln erwartete, das eine Reihe strahlend weißer Zähne freilegte. Er streckte ihnen die Hand entgegen. »Schön, dass Sie es noch geschafft haben. Ich bin Daniel Strömblad.«

Sie stellten sich mit ihren Decknamen vor.

»Ein prächtiges Büro haben Sie«, sagte Tekener zur Begrüßung.

Im Zentrum des Raums stand ein Schreibtisch, dessen transparente Platte auf einem sinnverwirrenden Geflecht ebenfalls durchsichtiger Röhren ruhte. In ihnen pulsierte eine Flüssigkeit – natürlich in der Farbe von Lava. Ein Brunnen aus Lavagestein plätscherte leise. Sein Wasser roch nach Wald und Feuerblumen. Auf dem Boden lag ein flauschiger, kühlender Teppich. Zwei Wände des Büros bestanden ausschließlich aus Fensterflächen. Keine monitorgestützte Illusion wie in so vielen anderen Häusern auf Skagsram, sondern richtige, vermutlich hervorragend isolierte, getönte Scheiben, die man von draußen nicht hatte erkennen können. Sie erlaubten einen Panorama-Blick auf Nidhöggur und die Fährgleiter, die noch immer Floßteile verluden.

»Das gehört zu den kleinen Annehmlichkeiten, wenn man ein so großes Unternehmen führt«, erwiderte Strömblad.

Decaree ging zu einer der Fensterwände und sah hinaus. Sie glaubte, ihren Augen nicht zu trauen. Hinter den Verladefeldern erstreckte sich ein gigantisches quadratisches Becken mit einigen Kilometern Kantenlänge. Und im Zentrum stand ein riesiger Torbogen.

»Ist das ein Transmitter?«, fragte sie.

Daniel Strömblad trat neben sie. »Die Gegenstationen befanden sich vor den Meeresküsten der anderen Kontinente in der Nähe verheißungsvoller Lavaströme. Damals war das Becken natürlich noch mit Wasser gefüllt. So konnten die Flöße durch den Transmitter direkt in die Ozeane nahe der Erntegebiete gelangen, ohne dass wir sie zerlegt mit den Fähren transportieren mussten.«

»Wie lange ist das schon her?«

»Es war weit vor meiner Zeit.«

Nun gesellte sich auch Ronald Tekener zu ihnen. »Warum setzt man diese Technik heute nicht mehr ein? Sie wäre doch um so vieles einfacher.«

»Es hat sich schnell herausgestellt, dass die Methode unpraktikabel ist. Die Reedereien hatten die Gegenstationen dort errichtet, wo breite Lavaströme ins Meer flossen. Pro Kontinent zwei Transmitter. So mussten die Flöße zwar noch immer weite Entfernungen zurücklegen, wenn ihr Einsatzgebiet in anderen Strömen lag, aber das nahm man anfangs gerne in Kauf. Leider hatten der Planet und das Schicksal Einwände gegen diese Lösung.«

»Welcher Art?«, fragte Decaree.

»Skagsram ist ständigen Veränderungen unterworfen. Dort, wo sich heute noch ein breiter Lavastrom ins Meer hinabwälzt, finden Sie im nächsten Jahr vielleicht schon nur noch festen Stein. Erdbeben verschlangen riesige Mengen Land an den Küsten, das flüssige Gestein baute an anderen Stellen neues Land an. Innerhalb kurzer Zeit standen die Transmitter plötzlich an völlig untauglichen Orten, die ein Jahr zuvor noch hervorragend geeignet waren. Das war aber nicht alles. Die Lavaflöße erwiesen sich als nur bedingt seetauglich. Der Glut vermochten sie zu widerstehen, aber der geringste Sturm auf dem Wasser ließ sie kentern. Manche verfuhren sich sogar.«

Tekener löste den Blick von dem Torbogentransmitter und sah zu Strömblad. »Wie konnte denn das geschehen?«

»Haben Sie schon die Skagsramer Ozeane gesehen?«

»Nur aus dem All«, gestand er ein.

»Die Wolken, die sie von dort aus beobachten konnten, vermittelten Ihnen nur ein unzureichendes Bild der tatsächlichen Gegebenheiten. Über den gesamten Meeresboden verteilen sich Vulkane, deren Zahl wir nur schätzen können. Tausende, mit all den kleineren Lava und Gas spuckenden Rissen vielleicht sogar Zehntausende.«

»Ihre Wissenschaftler haben sie nie gezählt?«

Strömblad lachte auf. »Vor drei- oder vierhundert Jahren hat man den Versuch unternommen, eine Kapsel zum Meeresgrund zu schicken. An Bord waren fünf Mann Besatzung und Technik im Wert mehrerer Millionen Kronen. Der MEERNIXE ging es dabei gar nicht so sehr darum, Vulkane zu zählen. Sie sollte lediglich erforschen, wie gut wir im Ozean zurechtkämen.«

»Das Ergebnis fiel nicht zur Zufriedenheit der Skagsramer aus«, vermutete Decaree.

Der Reeder grinste sie an. »Das kann man so nicht sagen, denn man kennt die Ergebnisse nicht. Die MEERNIXE ist bis heute nicht zurückgekehrt.«

»Und man wollte nie herausfinden, was geschehen ist? Mit verbesserter Technik?«

»Natürlich herrschte großes Bedauern über den Verlust der Kapsel und der Menschen. Aber das sind die Wege des Schicksals, uns die Grenzen aufzuzeigen. Wozu hätte man mehr investieren sollen? Um herauszufinden, dass es dort unten wahnsinnig ungemütlich und gefährlich ist? Die Kosten hätten in keinerlei vernünftigem Verhältnis zum zu erwartenden Erfolg gestanden.«

»So spricht ein Kaufmann«, warf Tek ein. »Kein Forscher.«

»Mag sein, aber so ist und war nun einmal die Denkweise auf Skagsram. Unsere Vorfahren haben das Schicksal herausgefordert und die Quittung dafür erhalten. Weitere Versuche haben wir seitdem nicht mehr unternommen. Aber ich schweife ab. Ich wollte Ihnen von den Ozeanen erzählen. Die aus Ihnen nun bekannten Gründen bislang ungezählten Vulkane speien ihr Feuer in die Meere. Das Resultat ist eine giftige Schwefelbrühe, die ständig kocht und brodelt. Riesige Wasser- und Schwefelwolken machen eine Orientierung selbst in Küstennähe unmöglich, da die Sicht fast überall gleich null ist. Diese unwirtliche Welt sorgte nicht nur dafür, dass sich manche der Lavaflöße verirrten, sie nagte auch an den Transmittern. Die damaligen Unternehmen konnten die Torbögen nur dort installieren, wo das Meer tief genug war, dass heraustretende Flöße nicht auf Grund liefen. Zugleich mussten sie wegen der Verankerung aber auf dem Festlandsockel bleiben, denn tiefer konnte man ja nicht vordringen.« Er machte eine wegwerfende Handbewegung. »Seebeben haben inzwischen die meisten der Gegenstationen in den Abgrund gezerrt. Der Planet mag es nicht, wenn wir mogeln. Er versorgt uns mit allem, was wir brauchen, aber er möchte, dass wir es uns ehrlich erarbeiten.«

Decaree sagte nichts zu dieser Lebensauffassung. Diese war in tausend Jahren organisch gewachsen, und sie würde nichts daran ändern, indem sie ihre Meinung kundtat.

»Warum hat man die Transmitter nie abgebaut?«, fragte Ronald Tekener.

»Sie sollen uns stets als Mahnmal dienen und uns an unsere Grenzen erinnern.«

»Funktionieren sie noch?«

»Bis vor Kurzem hätte ich das nicht gewusst, da es verboten ist, sie zu aktivieren. Aber vor einigen Tagen haben zwei junge Fährmänner aus einer Mise-Laune heraus es dennoch getan. Und nun weiß ich, dass zumindest der da unten funktioniert. Wie es mit den zwei oder drei Gegenstationen aussieht, die womöglich noch nicht eingestürzt sind: keine Ahnung!«

»Wie schaffen zwei Männer es, eine Technologie zu aktivieren, die sie nur als Mahnmal kennen?«

»Woher soll ich das wissen? Ich habe sie nicht gefragt. Es war auch niemand anwesend, der sie dabei beobachtet hätte, sonst hätten sie es vermutlich gar nicht erst getan.«

»Warum fragt sie jetzt keiner? Mich würde so etwas brennend interessieren.«

»Sie vielleicht, aber nicht die Skagsramer Skuldare.«

»Skuldare?«

»Die Ordnungskräfte«, erklärte Strömblad. »Die Fährmänner haben gegen die gesellschaftliche Ordnung verstoßen, dafür haben die Skuldare oder die Flammengardisten sie nach Baba Yaga gebracht. Ende der Geschichte.«

In Decarees Hirn machte es so laut *Klick*, dass Strömblad es eigentlich hätte hören müssen. Auf Atlans Datenspeicher war von zwei Zeugen die Rede, die bereits ihre Baracken in Baba Yaga bezogen hätten. »Entschuldigen Sie, das verstehe ich nicht. Wieso bringt man zwei ...« Das Wort *Verbrecher* wollte ihr nicht über die Lippen kommen. »... Störenfriede in eine Künstlerkommune?«

»Damit sie dort wenigstens einen sinnvollen Beitrag zur Gesellschaft leisten. Warum denn sonst?«

Tekener wechselte das Thema. Auch Decaree war der Meinung, dass sie auf eine Wand stießen, die sie nicht durchbrechen konnten. Außerdem waren sie in der Hoffnung zu DSDS gekommen, etwas über den Untergang der KRIEGSZAHN herauszufinden. »Sie müssen uns für schlechte Geschäftsleute halten, Herr Strömblad. Da lassen wir uns von Ihnen Einzelheiten über Skagsrams Historie berichten, dabei sind doch wir es, die für Sie etwas herausfinden sollen. Also, was können wir für Sie tun?«

Der Reeder zeigte auf vier gemütlich aussehende Stühle in der Nähe des Brunnens, die einen filigranen Metalltisch umstanden. »Wollen wir uns nicht setzen?«

Die Stühle hielten, was ihr Anblick versprach. Bevor sie sich versahen, stellte Strömblad drei Gläser auf die Platte und füllte sie bis zum Rand mit Frasnolienwein. Seine Hände zitterten leicht, sodass die Flasche immer wieder leise gegen das Glas stieß. Einige Tropfen landeten auf dem Tisch.

Da erst fiel Decaree der eingetrübte Blick des Reeders auf. Kein Zweifel, Strömblad war angetrunken. Wie hatte sie das nur übersehen können?

*Weil du langsam alt wirst, Deca,* meldete sich die kleine boshafte Stimme in ihrem Hinterkopf.

Sie ignorierte den Störenfried genauso wie den Zustand ihres Gastgebers. »Nun? Wie kann der Schwarze Stein Ihnen helfen?«

Der Mann mit den Augenbrauennarben beobachtete, wie die Mitarbeiter des Schwarzen Steins ihm einen herausfordernden Blick zuwarfen und dann im DSDS-Gebäude verschwanden.

*Wollen wir doch mal sehen, wer hier wen herausfordert!*

Er wendete seinen Gleiter und steuerte ihn an der Zufahrt zum Raumhafen Nidhöggur vorbei. Gegenüber des Verwaltungsgebäudes der Reederei Strömblad & Sernsborg befand sich die Zentrale der Gesellschaft, welche die Robottaxis in Hulborg unterhielt. Einst hatte der Skagsramer Transmitter-Linien-Betrieb den unansehnlichen Klotz, der den DSDS-Zylinder noch um einige Meter überragte, erbaut, um darin seine Büroräume zu einzurichten. Da sich der Einsatz von Transmittern aber schneller als unrentabel herausgestellt hatte, als der Inhaber des STLB den unabgekürzten Namen seiner Firma hatte aussprechen können, hatte das Gebäude jahrzehntelang leergestanden. Trotz seiner günstigen Lage hatte kein Skagsramer es anderweitig nutzen wollen. Zu groß war die Gefahr gewesen, dass das Schicksal einem verübelte, das Bauwerk eines Mannes zu verwenden, der den einfachen Weg hatte gehen wollen. Erst Ragnur Warileinen hatte diese Skrupel über Bord geworfen, als er erfahren hatte, dass der Bau über eine architektonische Besonderheit verfügte: eine breite spiralförmige Rampe, die im Zentrum vom Erdgeschoss bis zum obersten Stockwerk reichte. Also hatte er sich den verhinderten STLB-Klotz für einen Spottpreis unter den Nagel gerissen und ihn zur Heimat seines Robottaxi-Unternehmens erkoren. Er nutzte es jedoch nicht als Büro-, sondern als Parkhaus, nachdem er kurzerhand sämtliche Trennwände im Inneren entfernt und auf diese Art eine Unzahl von Parkebenen gewonnen hatte, die seine Gleiter leicht über die Spiralrampe erreichen konnten.

Die Bezeichnung Zentrale verdiente sich der Bau nur dadurch, dass er auch zwei Büroräume beherbergte, in denen Rungar Warileinen, der Enkel des Firmengründers und jetzige Inhaber von Robo-Cab, seine Abrechnungen erledigte.

Der Mann mit den Augenbrauennarben hielt seinen Gleiter an, stieg aus und schlenderte auf das Robo-Cab-Gebäude zu. Früher hatte er öfter mit Rungar Warileinen zu tun gehabt. Deshalb kannte er seine Schwäche für Geld. Schon seine Taxis waren so programmiert, dass sie vor allem aus Fremden das Maximum an Profit herausholten.

»Ich muss mal aufs Dach«, sagte der Mann zu Rungar, als er dessen Büro betrat. Mit einer fließenden Bewegung legte er ihm eine Hundert-Kronen-Note auf den überquellenden Schreibtisch.

Rungar sah auf. Der Hunderter wanderte in seine Jackentasche. Ohne weitere Fragen erwiderte er: »Kein Problem.«

Der Vernarbte kehrte zum Gleiter zurück und lenkte ihn in das sich öffnende Tor. Die Spiralrampe führte ihn direkt bis unters Dach. Er hievte einen Koffer aus der Gepäcksektion seines Gefährts und durchquerte die Tür, die ihn ins Freie brachte. Von hier aus besaß er einen vortrefflichen Blick auf den DSDS-Zylinder.

Er vermochte zwar nicht durch das getarnte Fenster in Strömblads Büro sehen, aber er hatte ein Gerät mitgebracht, das es konnte. Mit leisem Klicken schnappten die Verschlüsse des Koffers auf. Der Mann ohne Augenbrauen holte die Einzelteile aus dem gepolsterten Futteral und schraubte sie zusammen. Er warf einen kontrollierenden Blick auf das Ergebnis und nickte zufrieden.

Dann legte er auf die Besucher im DSDS-Gebäude an.

»Ich möchte, dass Sie mir einen Stammbaum erstellen.«

Daniel Strömblads Eröffnung überraschte Decaree Farou nicht. Diesen Satz hatte sie in den letzten Tagen einfach zu oft gehört. Und fast jedes Mal hatte der Sprecher einen ähnlich verschwörerischen Unterton hineingelegt wie der Reeder.

Warum engagierte man die vermeintlichen Mitarbeiter einer auf Abstammungsforschung spezialisierten Organisation und zog dann so ein Schauspiel ab? Das war, als betrete man einen Gleiterverleih, lehnte sich über den Tresen und raunte dem Angestellten geheimnisvoll ins Ohr, man würde gerne einen Gleiter mieten.

Dennoch ging Decaree darauf ein. »Tatsächlich?«

Strömblad nickte eifrig. »Ich besitze zwar einen, aber der reicht nur drei Generationen in die Vergangenheit. Meine Vorfahren haben offenbar keinen so großen Wert auf ihre Abstammung gelegt und in dieser Hinsicht etwas geschlampt.«

»Das dürfte kein Problem darstellen«, sagte Ronald Tekener. »Ihnen ist aber bewusst, dass wir als Gegenleistung für unsere Dienste neben der Bezahlung in Geld auch eine in Informationen verlangen?«

Der Reeder schüttelte den Kopf. »Das wusste ich bisher nicht.«

*Ich auch nicht,* dachte Decaree. Der Plan, den sie dahinter erkannte, gefiel ihr allerdings ausnehmend gut.

»Auf diese Weise«, fuhr Tek fort, »erweitern wir die Datenbanken des Schwarzen Steins fortwährend.«

Strömblad leerte sein Glas in einem Zug und schenkte sich nach. Jetzt, wo sie seinen Zustand bemerkt hatte, glaubte Decaree auch einen leichten Zungenschlag in seinen Worten zu hören. »Ich wüsste nicht, inwiefern ich mit hilfreichen Informationen dienen könnte.«

Ronald tat es ihrem Gastgeber gleich und trank sein Glas bis auf einen winzigen Schluck leer. Er konnte sich das erlauben, da ihn sein Zellaktivator vor der Wirkung des Alkohols schützte. Decaree hingegen zählte nicht zu den Unsterblichen wie Tek oder Perry Rhodan ...

*Oder Atlan, dein ewig gleichalter Geliebter,* flüsterte ihre Nörgelstimme.

... deshalb musste sie sich zurückhalten.

»Das sehen wir, wenn es so weit ist«, meinte Tekener. »Aber für uns gibt es keine unwichtigen Informationen. Immerhin arbeiten einige Leute für Sie, von denen wir sicher nicht alles wissen. Wenn ich alleine an die ganzen Lavaflößer denke!«

»Na gut, wie Sie meinen. Aber Sie müssen mir etwas versprechen!«

»Was denn?«

Er senkte die Stimme, als ob jemand sie belauschen könnte. »Reden Sie nicht mit David Sernsborg über meinen Auftrag. Reden Sie am besten gar nicht mit ihm, selbst wenn er sie kontaktiert.«

»Ihr Kompagnon? Warum das denn nicht?«, erkundigte sich Decaree.

»Nun, meine liebe Frau Nnetzmatki, weil er der Grund dafür ist, dass ich überhaupt eine Ahnentafel haben möchte.«

»Ich kann Ihnen nicht ganz folgen.« Decaree hatte sich inzwischen an ihren Decknamen gewöhnt. Dennoch fragte sie sich jedes Mal, wenn jemand sie damit ansprach, warum ihr die USO keinen eingängigeren verpasst hatte.

»Zwischen uns kam es in der letzten Zeit zunehmend zu Differenzen. Die Supra-Thermophilen sind seit jeher ein begehrtes Handelsgut. Seit man vor fünf Jahren allerdings herausgefunden hat, dass sie Fremd-DNS aus ihrer Umgebung aufnehmen können, ist die Nachfrage noch einmal sprunghaft angestiegen. Alleine die Aras ordern in immer größeren Mengen bei der Regierung. Die anderen Reedereien, Tenkjarson, Bengrand und wie sie alle heißen, fördern längst an der Obergrenze ihrer Möglichkeiten. Mein ... Partner ist der Ansicht, wir besäßen noch Reserven und müssten diesem Ansturm durch ertragreichere Ernten gerecht werden. Wenn das Schicksal die Skagsramer mit dieser Entdeckung für unsere bisherige Arbeit belohne, dann dürften wir diese Gunst nicht von uns weisen.«

»Sie sehen das anders?«

Strömblad zog sein Glas zu sich heran und starrte einige Sekunden hinein. Die USO-Agenten warteten ab, bis er sich entschloss, ihnen mehr zu verraten. »Ich glaube nicht, dass uns das Schicksal eine Gunst erweist, sondern dass es unsere Standhaftigkeit prüfen will. Erliegen wir der Gier oder widerstehen wir?«

»Ein interessanter Gedanke«, gab Tekener zu.

»Der einzig Richtige!«, brauste der Reeder auf. »Sie sehen doch, wohin die Gier uns bringt. Der Druck, den David auf die Flößer ausübt, die ständig steigenden Vorgaben für die Erntequoten, die Sanktionen für die Besatzung, wenn die Quoten nicht eingehalten werden.«

»Wozu führt es denn?«

»Zu Tod und Untergang!«

*Jetzt sind wir beim Thema! Nutz die Gelegenheit und hak nach.* Doch Decaree merkte Strömblad an, dass er über seinen Ausbruch selbst erschrocken war. Nüchtern hätte er sich wohl besser im Griff gehabt. »Wie meinen Sie das?«

Die Stimme des Reeders wurde zu einem Flüstern. »Wir haben Flöße verloren. Acht Stück in den letzten drei Jahren.«

Das überraschte Decaree. Aus Atlans Datenträger hatte sie zwar erfahren, dass mehrere Lavaschiffe gesunken waren. Dass so viele der Reederei Strömblad & Sernsborg gehört hatten, war ihr allerdings neu. Das konnte kein Zufall sein.

*Doch! Tek hat dich schon einmal an die Gesetze der Wahrscheinlichkeit erinnert. DSDS betreibt beinahe fünfundsiebzig Prozent aller Skagsramer Lavaflöße. Du weißt nicht, ob die anderen Unternehmen auch Verluste beklagen. Nur wenn sie verschont geblieben sind, ist die Häufung bei DSDS auffällig. Aber schon zwei gesunkene Schiffe bei anderen Reedereien reichen aus, um die Statistik halbwegs ins Lot zu bringen.*

»Ich habe die leeren Ausstellungssäulen unten in der Empfangshalle gesehen«, sagte Ronald. »Auf einer stand der Name KRIEGSBEIL, wenn ich mich nicht irre.«

»KRIEGSZAHN. Aber sie haben recht. Sie war eines der acht Flöße.«

»Und Sie meinen, ihr Untergang war eine Strafe des Schicksals für die Gier des Unternehmens?«

»Natürlich! Was denn sonst? Der letzte Funkspruch der KRIEGSZAHN enthielt die Nachricht, dass sie eine Fluternte durchführen wollte! Das ist Wahnsinn, sage ich Ihnen. Wahnsinn! Ohne die Erntequoten wäre es nie so weit gekommen.« Wieder leerte er sein Glas in einem Zug. Tränen schimmerten in seinen Augen. »Wenn David so weitermacht, wird es mit dem Unternehmen ein schlimmes Ende nehmen. Die Konkurrenten spotten schon, wenn ein neues DSDS-Floß aufbricht. Spätestens Ende der Saison werde es absaufen, sagen sie, und man werde niemals wieder etwas von ihm hören.«

»Die Konkurrenten verspotten Sie? Haben die keine Verluste erlitten?«, fragte Decaree.

»Natürlich nicht! Sie haben schließlich an ihren Erntegewohnheiten nichts geändert, was die Flöße in Gefahr bringt.«

*Na gut,* gestand ihr Nörgelsektor ein. *Du hattest offenbar recht. Wenn es nicht doch nur ein Zufall ist, haben die Unglücksfälle etwas mit DSDS zu tun.* Aber war es nicht denkbar, dass Daniel Strömblad mit seiner Vermutung richtig lag und nur die erhöhten Anforderungen zu den Katastrophen führten?

»Ich verstehe noch nicht, was das mit dem Stammbaum zu tun hat, den wir Ihnen erstellen sollen«, meinte Tekener.

»Habe ich das noch nicht erwähnt?« Ein weiterer riesiger Schluck Frasnolienwein verschwand im Mund des Reeders. »Vermutlich nicht. Sonst würden Sie nicht fragen. Nicht wahr?« Er kicherte und schenkte sich nach.

Decaree und Ronald wechselten einen verstohlenen Blick. Der Alkohol in Strömblads Blutbahn tat zunehmend seine Wirkung.

»Ich möchte mich von David Sernsborg trennen!« Eine kurze Pause entstand. Decaree Farou konnte aber nicht mit Gewissheit sagen, ob der Reeder damit einen theatralischen Effekt hervorrufen wollte oder ob er mit einem Schluckauf kämpfte. »Ich kann mich nicht gegen ihn durchsetzen«, fuhr er schließlich fort. »Er war schon immer der dominantere von uns beiden.«

In diesem Augenblick gewann Decaree den Eindruck, Strömblad spreche nicht nur von einer Geschäftsbeziehung.

»Mir bleiben nur zwei Möglichkeiten. Entweder gebe ich klein bei und sehe zu, wie David das Unternehmen ruiniert, oder ich trenne mich von ihm und gründe meine eigene Reederei. Wie Sie wissen, wird auf Skagsram viel Wert auf die Abstammung gelegt. Wer auf eine tadellose Ahnentafel zurückblicken kann, genießt automatisch einen Vertrauensvorschuss.« Strömblad seufzte schwer. »Und die von David reicht weit zurück bis fast in die Gründertage. Damit kann ich leider nicht dienen. Deshalb fürchte ich, die meisten Werften würden mit ihm zusammenarbeiten, die Floßväter und Matrosen bei ihm anheuern. Er verkauft ihnen die Unglücksfälle als Prüfungen des Schicksals und sie glauben ihm.«

»Ich verstehe. Natürlich können wir nicht garantieren, dass Ihre Ahnentafel beeindruckender sein wird als die Ihres Partner.«

»Zukünftigen Ex-Partners«, murmelte Strömblad.

»Aber immerhin können wir Ihnen Vollständigkeit zusichern.« Tekener zog ein Gerät von der Größe eines Taschenspiegels aus der Tasche. Er betätigte zwei Tasten und ein Hologramm aus Schriftzeichen baute sich auf. »Das ist der Standardvertrag des Schwarzen Steins«, behauptete er. »Lesen Sie ihn durch, und wenn Sie mit den Bedingungen einverstanden sind, sagen Sie laut und deutlich Ihren Namen und bestätigen Ihr Einverständnis.«

Strömblad befolgte die Anweisungen.

»Sehr schön.« Tek klappte das Gerät zu und steckte es weg. »Dann können wir ans Werk gehen.«

»Tun Sie das. Vielleicht graben Sie bei mir eine ähnliche Überraschung aus wie bei unserem Ernteminister. Es muss ja nicht gleich eine Abstammung von Nicke Dahlqvist sein.« Er zwinkerte ihnen zu. »Matti Holmgren reicht völlig. Womöglich verhelfen Sie mir zu einem ähnlichen Aufstieg wie Haknur Hakilaunen.«

»Sie überschätzen die Rolle, die wir dabei gespielt haben«, sagte Decaree.

»Ich will nicht geschmacklos erscheinen«, unterbrach Ronald sie. »Aber ich möchte noch einmal auf die Informationen zurückkommen, die einen Teil Ihrer Gegenleistung darstellen. Entschuldigen Sie, falls ich in offenen Wunden bohre, aber gab es unter den Besatzungen Ihrer gesunkenen Flöße Überlebende?«

Daniel Strömblad packte hektisch sein Glas und warf es beinahe um. Er trank es aus und wollte nachschenken, doch die Flasche war leer. Für ein paar Sekunden glitt sein Blick ins Nichts. »Sie sind alle tot«, würgte er schließlich hervor. »Lauter gute Männer. Alle tot.«

Tek nickte und Decaree bewunderte die bedauernde Miene, die er wie auf Kommando aufs Gesicht zauberte. »Nun, sehen Sie, wenn Sie uns Besatzungslisten der verunglückten Flöße überlassen, dann könnten wir die Daten zu den entsprechenden Personen aktualisieren. Damit wäre uns sehr geholfen.«

»Und das ist Teil der Gegenleistung?«

Erneut holte Tekener das Gerät aus der Tasche. »Natürlich, Sie haben es gerade unterzeichnet. Wollen Sie es noch einmal sehen?«

»Nein, nein. Nicht nötig.« Strömblad stand auf und ging zu seinem Schreibtisch. Seine Schlagseite war beachtlich.

Fünf Minuten später verließen sie das Büro mit einem Datenträger in der Tasche, der alle gewünschten Informationen enthielt. Als sie auf die Schwebeplatte des Antigravlifts traten, stimmte Daniel Strömblad ein traurig klingendes Lied an. Decaree hätte es nicht beschwören können, aber es besaß Ähnlichkeit mit einer sentimentalen Version von *A hard day's night.*

»Ich fand dein Verhalten taktisch sehr unklug«, sagte Tekener im Aufzug. Obwohl er sachlich sprach, ließ sein kalter Tonfall die Temperatur im Lift um einige Grad sinken.

»Was meinst du?«

»›Sie überschätzen die Rolle, die wir dabei gespielt haben‹. Das meine ich. Da hättest du gleich sagen können: ›Übrigens sind wir gar keine Mitarbeiter des Schwarzen Steins und haben mit dem Aufstieg des Ernteministers nicht das Geringste zu tun.‹«

»Findest du das nicht etwas übertrieben? Ich hatte damit nur gemeint, dass die Ahnentafel nur der Grundstein für Hakilaunens Karriere war. Seine Wahl und dadurch seinen Posten hat er der Skagsramer Bevölkerung zu verdanken und nicht dem Schwarzen Stein. Mir war gar nicht bewusst, dass man das auch anders hätte verstehen können.«

»Dann hättest du es dir bewusst machen sollen!«

»Ich denke nicht ...«

»Eben! Du kannst bei so einem Auftrag nicht einfach drauf losplaudern. Jedes Wort kann von Bedeutung sein.«

Decaree fühlte sich tief getroffen. Wäre er ausgerastet und hätte sie angeschrien, hätte sie es leichter abtun können. Aber das Belehrende in seinem sachlichen Tonfall gab ihr das Gefühl, wirklich einen schrecklichen Fehler begangen zu haben. Aber sie konnte ihn nicht erkennen! Gut, sie hatte in einer Formulierung womöglich etwas danebengegriffen. Das war aber noch lange kein Grund, dass sich Tek benahm wie der Herr Oberlehrer und sie sich fühlen ließ wie ein dummes Schulmädchen.

»Ich denke nicht, dass Strömblad das so verstanden hat«, setzte sie ihren Satz fort. »Außerdem ist er voll bis unter die Hutschnur.«

»Das könnte unser Glück gewesen sein. Sei in Zukunft trotzdem etwas vorsichtiger. Das nächste Mal hört womöglich noch jemand zu, der nicht betrunken ist.«

»Zu Befehl«, sagte sie.

*Wichtigtuer,* dachte sie verärgert.

Als sie vor dem Verwaltungsgebäude ihren Gleiter bestiegen, stellten sie zu ihrer Erleichterung fest, dass von ihrem Verfolger jede Spur fehlte. Vielleicht hatte er doch endlich die Lust verloren.

»Sie überschätzen die Rolle, die wir dabei gespielt haben.«

Der Mann mit den Augenbrauennarben zuckte zusammen, als er diesen Satz hörte. Das Richtmikrofon übertrug die Schallwellen, als hätte die Frau direkt neben ihm auf dem Dach der Robo-Cab-Zentrale gesessen. Was wollte sie damit sagen? Das, was Haknur Hakilaunen von Anfang an vermutet hatte?

Als Daniel Strömblad zu singen begann, schraubte der Lauscher die Abhöranlage auseinander und demontierte ebenfalls die Kamera, mit der er trotz der getarnten Fenster in das Büro der Reederei hatte sehen können. Er packte alles zurück in den Koffer.

*Sie überschätzen die Rolle, die wir dabei gespielt haben.*

Der Satz wollte ihm nicht mehr aus dem Kopf. Genauso wenig wie der leicht belustigte Tonfall, in dem diese Lena Nnetzmatki ihn gesprochen hatte.

Das roch nach Ärger. Nein, das roch nicht. Das stank!

Er zog eine metallene Kapsel aus der Tasche und steckte sie sich ins Ohr. Kaum hatte er den Code für das Ernteministerium genannt, stand die Verbindung. »Hallo Haknur, ich bin's, Slikker. Ich bin den beiden einige Zeit gefolgt. Und ich fürchte, du hattest recht. Sie könnten Schwierigkeiten machen.«

# Kapitel 12

## Erntezeit – Landurlaub

*Ein Lavataucher ist nicht tot,*
*bevor er selbst beschließt, es zu sein.*
*(Skagsramer Sprichwort)*

*Tock – tock – tock.*

Finsternis. Der Körper ein einziger, gewaltiger Schmerz. Die verbrannte Hand fühlte sich an, als ob etwas an ihr zupfe. Bei jeder Berührung flammte ein widerliches, ziehendes Feuer auf. Nacken, Schulter, Arme. Wie Lava floss die Pein durch jede Faser, durch jedes Nervenende. Auf der Zunge lag ein grauenhafter Geschmack nach Kunststoff und Blut. Der Kopf schien zerspringen zu wollen. Und dann immer wieder dieses Geräusch.

*Tock – tock – tock.*

Jon Dekkstrom bemühte sich zu schlucken, doch Mund und Kehle glichen einer rissigen Steinwüste. Er bemerkte Teile der Absaugvorrichtung in seinem Mund. Er musste sie abgebissen haben, als ... Als was? Was war geschehen? Mit der geschwollenen Zunge schob er das Kunststoffteil zwischen den Zähnen hervor. Er fühlte, wie es seitlich an der Wange herunterpurzelte und hinter seinem Kopf zur Ruhe kam. Sein Gehirn versuchte diese Information zu verarbeiten, doch es vergingen einige Sekunden, bis es zu einem Ergebnis kam. *Du liegst auf dem Rücken.* Wieder das lodernde Zupfen an der Hand. Wieder das Geräusch.

*Tock – tock – tock.*

Langsam kehrte die Erinnerung zurück. Der Untergang der KRIEGSZAHN, der Versuch, sich an den Ankertauen an Land zu hangeln. Der Ritt auf dem Laveden. Wie einst der legendäre Snorre Malmqvist. Oder war es Ville Varila gewesen? Gleichgültig. Der neue Held, von dem man sich auf den Lavaflößen erzählen würde, hieß Jon Dekkstrom. Wenn er überlebte!

Vor seinem inneren Auge tauchten schreckliche Bilder auf. Das Leid der Kameraden, die Panik, ihr Tod. Wegen der Abschirmung seines Helms hatte er nur gesehen, wie sie um Hilfe riefen. Dennoch glaubte er, die Schreie nun tief in seinem Hirn zu *hören*. Und da würden sie bleiben und ihn quälen, solange er lebte. Dessen war er sich sicher. Ein Name schoss ihm durchs Bewusstsein. Lara Verppu! Wie hatte er sie nur vergessen können? Hatte sie es auch geschafft?

*Tock – tock – tock.*

Er erinnerte sich, wie das Nyralonseil – sein Zügel beim Lavedenritt! – gerissen war. Und dann? Was war danach geschehen? Jon versuchte die Augen zu öffnen, doch die Lider klebten zusammen. Instinktiv hob er die rechte Hand, wollte ins Gesicht fassen und stieß stattdessen gegen etwas Weiches. Für einen Moment verstummte das Geräusch, um anschließend umso wütender auf ihn einzuhämmern.

*Tocktocktocktocktock.*

Die Finger drangen nicht bis zu seinen Augen vor. Das Visier des Helms hielt sie auf. Natürlich! Er schimpfte sich einen Narren. Endlich gelang es ihm, die Lider zu heben. Helligkeit flutete seine Sehnerven und badete sie in Qual. Er schrie vor Schmerz und presste die Augendeckel aufeinander. Als die Pein nachließ, versuchte er es erneut. Langsamer diesmal, vorsichtiger. Er schaffte es und sah ...

*Tock-tock-tock.*

... einen großen zerzausten Vogel, der immer wieder auf das Visier einhackte. Als das Vieh bemerkte, dass sich in dem

Helm etwas tat, stoppte es die Attacke für einen Moment. Es legte den Kopf schief und starrte Jon Dekkstrom aus seinem kalt blickenden Auge an. Dann beschloss es offenbar, dass es nichts Aufregendes zu entdecken gab, und bearbeitete weiter die Sichtscheibe.

*Tock-tock-tock.*

Von Bildern erkannte Jon den spitzen weißen Schnabel, den wie eine explodierte Mütze wirkenden schmutzig grauen Federkranz um den Schädel und den langen, biegsamen Hals auf einem wuchtig erscheinenden Körper. Ein Vultaar! Bisher hatte er sie nur aus großer Entfernung am Himmel kreisen sehen. Noch nie hatte er das Missvergnügen besessen, das hässliche Federvieh aus der Nähe betrachten zu müssen. Es gab eine alte Redewendung auf Skagsram: *Wenn du nach einem Vultaar noch etwas anderes zu sehen bekommst, bist du ein Liebling des Schicksals.* Das zerzauste Vieh war ein Aasfresser. Und wenn man sich ihm direkt gegenübersah, bedeutete das, dass es einen bereits auf die Speisekarte gesetzt hatte.

Links von Jon hüpfte ein Schatten heran. Ein weiterer Vultaar. Zwischen seinen Schnabelhälften hingen rötliche Fasern. Auch er glotzte neugierig in das Visier, verschwand aber gleich darauf wieder. Das Zupfen an der Hand begann von Neuem.

»Ich bin noch nicht tot!«, brüllte Jon in seinen Helm. Die Vögel zeigten sich dieser Argumentation gegenüber wenig aufgeschlossen.

Mit dem rechten Arm schob er das Vieh beiseite, das hinter seinem Visier offenbar eine Leckerei vermutete. Er stützte sich auf dem Ellbogen ab und sah an sich hinab. Der Anblick drehte ihm den Magen um. Ein trockenes Würgen entrang sich seiner Kehle. Der zweite Vultaar pickte immer wieder auf die Stelle ein, an der sich einst Jons linker Mittelfinger befunden hatte. Es war ihm gelungen, die Versiegelung der Lavedenhaut zu durchbrechen. Mit seinem spitzen Schnabel suchte er in der Öffnung nach schmackhaftem, bereits gut gegartem Taucherfleisch.

Jon riss den Arm hoch und eine weitere Flammenlohe schoss ihm bis in die Schulter. Egal! Besser, als bei lebendigem Leib gefressen zu werden. Mühsam kämpfte er sich in eine sitzende Position. Glücklicherweise hüpften nicht noch mehr Vultaare um ihn herum. Die beiden waren schon hartnäckig genug. Die Tatsache, dass er sich aufgesetzt hatte, schien sie nicht zu beeindrucken. Sofort sprangen sie wieder heran und pickten auf ihn ein.

Ein Stein traf einen der Vögel am Schädel. Er taumelte ein paar Schritte zur Seite, der Kopf pendelte in einem verwirrten Tanz auf dem langen Hals hin und her und auf und ab. Dann flatterte das Vieh davon. Dem zweiten Biest versetzte Jon einen Tritt gegen den blutverschmierten Schnabel. Mit empörtem Kreischen erhob sich auch dieser Vultaar in die Lüfte. Doch Dekkstrom war sich sicher, dass sie ihn nicht aus den Augen lassen würden.

Endlich konnte er sich umsehen.

Er lag auf festem, schwarzem Untergrund, nur wenige Meter vom Lavastrom entfernt. Neben ihm kniete Lara Verppu. Sie hatte überlebt! Auch sie trug noch ihren Taucheranzug, was wegen der Hitze in der Nähe des Flusses vernünftig war. Sie musste den Stein geworfen haben ... und sie musste Jon aus der Lava gezogen haben, denn hätte der Lavede ihn bis an Land geschleudert, hätte er sich alle Knochen gebrochen. Er versuchte ein Lächeln in ihre Richtung, doch die spröden Lippen protestierten gegen die geringste Bewegung.

Lara winkte ihm zu und zeigte ins Landesinnere. Er nickte. Unter Schmerzen stemmte er sich hoch. Auch wenn er sich bemühte, seine linke Hand nicht zu belasten, quittierte sie jede Berührung mit einem Crescendo der Pein. Seite an Seite marschierten sie über den welligen, tiefschwarzen Fels aus erstarrter Lava. Bei jedem Schritt lockerte sich der Anzug aus Lavedenhaut, verlor die Wickelung an Straffheit. Trotz des zusätzlichen Gewichts, das er mit sich herumschleppte, streifte er sie nicht ab. Denn sie schützte ihn zumindest zum Teil gegen die brütenden Lufttemperaturen. Erst als der Boden in Erde und normalen Stein überging, blieben sie stehen.

Jon wollte den Helm abnehmen, doch mit nur einer funktionierenden Hand vermochte er ihn nicht genügend zu drehen. Da tauchte Lara neben ihm auf. Ihr Helm lag bereits auf dem Boden. Sie fetzte die um den Kopfschutz geschlungene Lavedenhaut zur Seite und befreite Jon aus seinem Gefängnis. Zwar schlug ihm etwa siebzig Grad heiße Luft ins Gesicht, doch er empfand es als Befreiung, der Kopfumhüllung entkommen zu sein.

»Danke«, ächzte er.

»Gern geschehen.« Lara sah nicht wesentlich besser aus, als er sich fühlte. Wangen und Stirn wiesen Brandwunden auf, die Lippen waren spröde und rissig. Wie lange hatte die Sonne auf sie eingestrahlt? Wie lange hatten sie am Strand gelegen?

»Was ist passiert?«

»Der Lavede hat uns bis knapp vors Ufer geschleudert. Wir hatten wahnsinniges Glück. Ich konnte mich an Land retten, doch dann merkte ich, dass du dich nicht mehr rührst und langsam wieder hinaustreibst. Also bin ich noch mal reingestiegen und hab dich rausgezogen.«

»Danke«, sagte er noch einmal. »Ich weiß nicht, was ich ohne dich täte.«

»In der Lava kochen, vermute ich. Auf jeden Fall haben mich danach die Kräfte verlassen und ich bin zusammengebrochen.«

»Wie geht es jetzt weiter?« Er sah sich um und prüfte ihre Möglichkeiten. Östlich lag der Lavastrom, wenige Kilometer südlich dräute eine hohe Nebelwand am Horizont. Der Atem des Ozeans. Diese Richtungen schieden aus.

»Ich weiß es nicht«, gestand Lara ein. »Wir sollten hierbleiben. Vielleicht bemerkt die Reederei, dass etwas vorgefallen ist, wenn die Funksprüche ausbleiben.«

»Hierbleiben?« Eine hügelige Gegend umgab sie. Krank aussehendes, gelbliches Gras bedeckte den Boden. Nur vereinzelt wuchsen kärgliche Sträucher und Lavabäume. Die typische Vegetation in der Nähe der Schwefelschwaden über dem Meer. Keine früchtetragende Pflanze, kein Tier, das sie erlegen und essen konnten. Zumindest, wenn man von den Vultaaren absah, die das Jäger-Beute-Schema allerdings sicherlich andersherum interpretierten. Überall lagen Felsbrocken und Findlinge unterschiedlicher Größe herum. Sie sahen aus, als hätte das Kind eines Riesen mit seinen Murmeln gespielt und vergessen, sie wieder wegzuräumen. »Keine gute Idee, glaube ich. Die KRIEGSZAHN war nicht das erste Lavafloß, das gesunken ist. Bei keinem vorher gab es Überlebende. Warum sollten sie ausgerechnet jetzt nach welchen suchen? Außerdem ...« Er stockte.

»Ja?«

»Außerdem bin ich mir nicht sicher, ob ich gefunden werden will.«

»Was soll das heißen?«

»Du hast gesehen, was passiert ist. Die Module waren voneinander abgekoppelt, so dass Lava eindringen konnte. Das war nie und nimmer ein Unfall!«

»Vielleicht hat die Technik versagt? Die Positronik hat versehentlich die Kopplungen gelöst. Oder die Fährmänner haben sie nicht sorgfältig genug zusammengesetzt.«

»Du weißt genau, dass das nicht möglich ist. Außerdem: Warum hat niemand die Rettungsinseln benutzt? Wo waren die Notgleiter? Hat die Besatzung vergessen, sie an Bord zu nehmen? Oder konnte sie sich plötzlich nicht mehr an die Sicherheitseinrichtungen erinnern? Nein, Lara, vergiss es! Das war kein Unfall, das war Sabotage. Und wer immer dafür verantwortlich ist, kann keine Zeugen gebrauchen.«

»Zeugen? Aber wir haben doch gar nichts gesehen!«

»Das wissen wir. Aber der Saboteur weiß es nicht.«

Lara sah zu Boden und kickte ein Steinchen zur Seite. »Wahrscheinlich hast du recht. Aber was machen wir dann?«

»Überleben, würde ich vorschlagen. Der Rest wird sich erweisen.« Auf einem Kontinent wie Sjalka war das leichter gesagt als getan. Es existierte nur lebensfeindliche, raue Umwelt, aber keine Dörfer oder gar Städte, keine Ansiedlungen, nichts, wo sich Menschen aufhielten. Nichts bis auf ...

»Weißt du, in welcher Richtung sich das nächste Schutzhaus befindet?«

Während der folgenden Stunden stapften sie schweigend nebeneinander her. Auch wenn es ihren Marsch nicht erleichterte, hatten sie die Lavedenhaut noch nicht gelöst, obwohl die Wickelungen sich zunehmend lockerten.

Als Jon zehn oder elf Jahre alt gewesen war, hatte sein Vater ihn zu einem Besuch ins Hulborger Siedlermuseum mitgenommen. Paul, der wusste, wie langweilig ein Museum für ein Kind sein konnte, hatte ihm zu jedem Ausstellungsstück eine Geschichte erzählt. Unter anderem waren sie an einem Buch vorbeigekommen. Keine digitale Holovariante, sondern noch so ein richtiges mit Umschlag und Papier. Jon glaubte jedoch, dass kein Baum für die Herstellung der Seiten hatte sterben müssen, sondern dass es sich stattdessen um Kunststoff handelte. Sicher war er sich aber nicht.

»Die Gründerväter haben verschiedene Dinge mitgenommen, um sich die Reise von Terra nach Skagsram zu verkürzen«, erklärte Paul Dekkstrom seinem Sohn. »Früher hat man für eine solche Strecke viel länger gebraucht als heute. Brettspiele, Holofilme, aber auch Bücher gehörten ins Gepäck. Das ist eines von Bord der FREYA.«

Jon konnte den Blick gar nicht mehr von dem farbigen Umschlag wenden. Große Lettern in einem geschwungenen Schriftzug verkündeten den Namen des Romans: »Die Rückkehr der Mumie.« Darunter schien ein Mann mit verwüstetem Gesicht dem Betrachter mit ausgestreckten Armen entgegenzutaumeln. Weiße Bandagen hingen in Fetzen von seinem Körper. In dieser und den folgenden Nächten hatte die Mumie Jon bis in seine Träume verfolgt.

Im Augenblick kam er sich selbst vor wie die Figur auf dem Umschlag. Trotzdem baute er auf die kühlende Wirkung der Lavedenhaut. Wenn sie abfiel, sollte es so sein, aber solange sie halbwegs stabil blieb, wollte er sie am Leib behalten. Jon hatte noch nicht einmal die Thermophilen-Knollen entfernt, die an seinem Anzug baumelten.

Sie gingen parallel zu der Nebelwand des Ozeans, weil sie hofften, das nächste Schutzhaus in Küstennähe zu finden. Manchmal kam es vor, dass ein Lavafloß einen Strom abgeerntet hatte, ohne die Quoten erfüllt zu haben. Dann versetzte man es in einen anderen Fluss, wo es die Ernte fortsetzte. Dazu forderte der Oberste Floßvater Fähren an, die das Glutschiff aufnahmen, zerlegten, weitertransportierten und erneut montierten. Diesen hohen Aufwand vermied man jedoch, wenn der neue Flusslauf in der Nähe des alten lag und durch den Ozean schnell erreicht werden konnte. Da die Gefahren einer Meerpassage nicht zu unterschätzen waren, schickte man alle Besatzungsmitglieder von Bord, die man für die Reise nicht brauchte. Sie bestiegen den Notgleiter und steuerten das nächstgelegene Schutzhaus an. Dort warteten sie manchmal zwei Tage lang, bis die Nachricht eintraf: »Floß bei neuem Einsatzort eingetroffen. Kehren Sie zurück an Bord.« Da es nicht sinnvoll erschien, die Besatzung allzu weit ins Landesinnere zu bringen, hatte man die meisten Schutzhäuser in Küstennähe erbaut. Wobei *Nähe* durchaus eine Spanne von mehreren Kilometern umfassen konnte.

Inzwischen spürte Jon nicht mehr, wie seine Beine ihn vorwärts trugen. Automatisch setzte er einen Fuß vor den anderen. Auch wenn er es nach jedem Schritt für unmöglich hielt, nahm der Schmerz in der Hand beim nächsten Schritt erneut zu. Während der ersten Stunden ihrer Wanderung hatte er noch darüber nachgedacht, was genau sich auf der KRIEGSZAHN ereignet haben mochte, doch nun war sein Kopf genauso leer wie sein Magen. Es ging nur noch ums Überleben. Der Durst brachte ihn beinahe um. Manchmal glaubte er, in seinem Mund befänden sich noch immer Teile der Absaugvorrichtung, spröde und übel schmeckend. Doch dann stellte er fest, dass es sich um seine Zunge handelte, die am Gaumen klebte.

Mit jedem Meter wuchs zugleich das Gefühl, dass jemand sie beobachtete. Immer wieder blickte er sich um und glaubte schattenhafte Gestalten hinter den Felsbrocken verschwinden zu sehen, doch als er nachschaute, fand er dort niemanden vor. Wahrscheinlich spielten ihm seine überreizten Nerven einen Streich. Oder es waren die Vultaare, deren lauerndes Glotzen er spürte.

Die Umgebung behielt ihre Tristesse bei, egal wie weit sie marschierten. Dass sie sich überhaupt vorwärts bewegten, bemerkten sie nur daran, dass der Lavastrom hinter ihnen längst nicht mehr zu sehen war.

Plötzlich fuhr ein Stich durch Jons Wade. Er stöhnte und ging zu Boden. Ein Krampf! Sofort war Lara bei ihm, packte ihn am Fuß und drückte die Zehen nach oben, soweit der Thermostiefel es erlaubte. Allmählich löste sich der Muskel und sie konnten ihren Marsch fortsetzen. Doch in diesem Augenblick erkannte Jon, dass er nicht mehr lange durchhalten würde.

*Du schaffst das,* hörte er die Stimme seines Vaters. *Zeig diesem Planeten, dass ein Dekkstrom nicht kleinzukriegen ist.*

Da! Wieder lugte eine Gestalt hinter einem Felsen hervor und duckte sich schnell zurück, wenn er hinsah. Er humpelte zu dem mehr als mannshohen Steinbrocken und blickte dahinter. Nichts.

»Ich werde noch wahnsinnig!«, murmelte er. Er hustete. Seine Bronchien pfiffen und rasselten. Das lag an dieser verdammten Luft in Ozeannähe! Plötzlich entdeckte er etwas anderes. Dort! Auf dem Boden! Ein kleiner schwarzer Fleck krabbelte durch das dürre Gras. Etwas weiter hinten noch einer. Und noch einer.

Er bückte sich. Tatsächlich, Steinkäfer. Mit zittrigen Fingern schnappte er sich das vorderste Tier und steckte es gierig in den Mund. Er spürte noch das Zucken der Beinchen auf den Lippen, dann knackte der Insektenpanzer unter seinen Zähnen und eine schauderhaft bittere Flüssigkeit rann hervor. Doch er konnte nicht wählerisch sein. Er schluckte sie hinunter, spuckte die Schale aus und hob das nächste Exemplar auf. Es war nicht viel, aber sein Körper sog den Käfersaft auf wie ein Schwamm. Als sich seine Zunge wieder einigermaßen schmerzfrei bewegen ließ, rief er Lara zu sich, die bisher einfach stehen geblieben war. Auch ihr schien der kräftezehrende Marsch schwer zu schaffen zu machen. Sie kam zu ihm und glich mit weiteren Steinkäfern ihren Flüssigkeitshaushalt wenigstens geringfügig aus.

Sie mussten endlich dieses verdammte Schutzhaus finden, bevor es zu spät war.

Mit einem verzweifelten Lächeln versuchten sie, sich gegenseitig Mut zu schenken. Dann stapften sie weiter.

Konnte ein menschlicher Körper weiterlaufen, nur weil er nicht bemerkte, dass er längst tot war? Jons Füße folgten einem Impuls, der nicht mehr seinem Gehirn zu entstammen schien. Als hätten sie ein eigenes Bewusstsein entwickelt. Nicht einmal die linke Hand schmerzte mehr. Gab es noch deutlichere Zeichen, dass er schon nicht mehr am Leben war? Wie sah es zum Beispiel damit aus, dass seit einiger Zeit Paul Dekkstrom neben ihm herlief? Manchmal trug er einen weißen Lavedenanzug, aber meistens steckte er in seiner Tauchermontur. Das Visier des Helms war zerbrochen und statt eines Gesichts glotzte Jon erstarrte Lavamasse entgegen.

»Was denn?«, drang es dumpf daraus hervor. »Willst du aufgeben? Das kommt nicht in Frage. Glaubst du, ich hätte mein Leben für dich geopfert, nur damit du auf dem Festland draufgehst? Ausgeschlossen, mein Sohn. Marschier weiter.«

Also marschierte er weiter. Vor ihnen sank die Sonne langsam dem Horizont entgegen. Bald würden sie die unerträgliche Hitze des Tages hinter sich gebracht haben. Dann mussten sie sich mit der unerträglichen Kälte der Nacht herumschlagen.

Ein Krächzen erklang. Jon blieb stehen. Lara schien es nicht wahrzunehmen, denn sie taumelte vorwärts. Er legte den Kopf in den Nacken und sah in den Himmel. Dort kreisten fünf oder sechs Vultaare. Offenbar hatten die beiden, mit denen sie schon Bekanntschaft geschlossen hatten, ein paar Freunde zum Essen eingeladen.

»Bald«, stöhnte Jon.

»Niemals!«, schrie Paul Dekkstrom. »Meinen Sohn bekommt ihr nicht. Nicht hier und nicht jetzt!«

Die Antwort bestand in einem neuerlichen Krächzen. Es klang hämisch und erwartungsfroh.

Jon blickte geradeaus zu Lara. Sollte er versuchen, zu ihr aufzuschließen? Nein, wozu auch. Stundenlang waren sie nebeneinander hergeschlurft, ohne sich der Anwesenheit des anderen bewusst zu sein.

Vor ihnen erhob sich ein flacher Hügel, auf dem dürre, blattlose Sträucher wuchsen. Auf Jon wirkte er wie ein unüberwindbarer Gipfel. Warum sollte er nun auch noch die Steigung bewältigen? Nur um dahinter noch mehr von diesen schwarzen Felsbrocken, von dem gelben Gras und den Lavabäumen zu entdecken? Nein, Schluss! Er wollte nicht mehr. Er *konnte* nicht mehr. Plötzlich gewann die Idee, sich einfach hinzulegen und keinen Schritt mehr zu tun – nie wieder einen Schritt zu tun – einen unglaublichen Reiz.

Lara kannte derlei Verlockungen offenbar nicht. Unbeirrt kämpfte sie sich den Hügel hinauf ... und blieb oben mit einem Mal stehen. Es kam Leben in ihren Körper, wie Jon es seit Stunden nicht mehr an ihr oder sich selbst erlebt hatte. Sie drehte sich zu ihm um, deutete auf etwas jenseits der Erhebung und winkte ihn zu sich.

Das Schutzhaus! Sie musste es gefunden haben.

Vergessen war der Wunsch, sich hinzulegen und zu sterben. Mit zittrigen Beinen erklomm er den Anstieg und blieb neben Lara stehen. Er hatte mit seiner Vermutung recht gehabt.

»Da ist es«, ächzte sie. »Wir haben es geschafft.«

»Da ist es«, bestätigte er.

Am Fuß des flachen Abhangs wuchs eine Hütte aus dem Boden. In ihr würden sie Ruhe finden, Wasser, Nahrung. Und Schutzanzüge, wenn sie Glück hatten. Oder einen Ersatzgleiter, wenn sie außerordentlich viel Glück hatten.

Jeder Schritt den Hügel hinab verstärkte die Erkenntnis, dass dies offenbar nicht der Fall war. Das Schutzhaus sah nicht so aus, wie sie es erwartet hatten. Unzählige Hitzestürme hatten das Lavabaumholz abgeschliffen. Das Dach aus dem gleichen Material saß windschief auf den Wänden. Die Tür hing nur noch in einer Angel und pendelte im langsam aufkommenden

Dämmerungswind. Offensichtlich war die Hütte seit längerer Zeit nicht mehr in Gebrauch gewesen. Keine Wartungskräfte hatten sich um die Instandhaltung gekümmert.

Dennoch stellte sie ihre einzige, ihre letzte Hoffnung dar. Also gingen sie dem baufälligen Haus entgegen. An der Tür entdeckten sie die Spuren vier parallel verlaufender Krallen. Sie sahen nicht mehr allzu frisch aus, das konnte wegen der klimatischen Bedingungen aber auch täuschen.

»Ein Steppenbär«, hauchte Lara.

*Was treibt den so weit an den Ozean?*, überlegte Jon. *Leben die nicht üblicherweise weiter im Landesinneren? Vielleicht hat er sich verirrt, seine Höhle nicht wiedergefunden und ist dann in einen Hitzesturm geraten. Deshalb hat er hier Schutz gesucht.*

Er drückte die Tür nach innen auf und fand sich im Chaos wieder. Die Lichtbänder an der Decke zeigten ihm umgestürzte Tische und Stühle. Manchem fehlten ein oder mehrere Beine. Aufgerissene Schränke, Kraftriegel und Getränkepacks lagen über den Boden verstreut. Geschmacklose Bilder aus Baba Yaga – solche, welche die Regierung wegen mangelnder Qualität nicht verkaufen konnte – hingen schief an den Wänden. Die Betten waren zerfetzt, die Füllung quoll aus tiefen Schlitzen in den Matratzen. Und über allem lag der durchdringende Gestank von Bärenexkrementen.

All die Verwüstung interessierte Jon nicht. Er besaß nur Augen für die Kraftriegel und vor allem für die Getränkepacks. Von Durst und Hunger geplagt stürzte er in die Hütte, stolperte fast über einen umgekippten Stuhl und sank neben einem aufgerissenen Karton mit Mineraldrinks in die Knie. Lara folgte ihm. Er fischte eines der quaderförmigen Päckchen hervor und wollte es öffnen, da erinnerte ihn die linke Hand schmerzhaft daran, dass sie verletzt war. Voller Wut über seine einarmige Hilflosigkeit presste er mit der Rechten so fest zu, dass das Päckchen platzte und seinen Inhalt durch den Raum spritzte. So viel Kraft hätte er seinen ausgezehrten Gliedern gar nicht mehr zugetraut.

Gierig leckte er sich die Finger ab, ignorierte die Schmerzen, die die Feuchtigkeit auf den verdorrten Lippen und der Zunge hervorrief, und schnappte sich den nächsten Pack. Bevor er ihn ebenfalls zerquetschen konnte, reichte Lara ihm ein Päckchen, das sie auf die vom Hersteller vorgesehene Art geöffnet hatte. Jon warf ihr einen dankbaren Blick zu und ließ die Flüssigkeit in seinen Mund rinnen. Das Innere seines Mundes erwachte unter Schmerzen zu neuem Leben. Er genoss jeden Augenblick davon. Selbst, als er sich in seiner Gier verschluckte und Teile des Getränks wieder auswürgte, fühlte er sich einfach nur gut. So lebendig!

Sie stärkten sich an den Kraftriegeln und beendeten nach fünfzehn Minuten ihr Picknick inmitten der Trümmer. Jetzt konnte es nur noch aufwärts gehen.

»Danke.« Seine Stimme klang noch immer, als würde man zwei Lavasteine aneinanderreiben.

»Wofür?«

»Für deine Hilfe. Für dich. Für alles.« Er stemmte sich hoch. Im ersten Augenblick zitterten seine Knie unter ihm, wollten fast nachgeben, doch dann gewannen auch sie ihre Festigkeit zurück. Wie seine Stimme. »Ich werde im Geräteraum nachsehen, ob ich etwas Nützliches finde.«

Jon stieg über die Trümmer hinweg und näherte sich einer Tür an der Rückwand des Raums. Wie die gesamte Hütte bestand sie aus Lavabaumholz. Er zog sie auf. Scharfer Raubtiergeruch fuhr ihm in die Nase. Doch Körper und Geist hatten bei Weitem noch nicht ihre alte Frische wiedergefunden, und so reagierte Jon viel zu spät.

Plötzlich schien die Zeit stillzustehen. Eine riesige, pelzige Gestalt baute sich vor ihm auf und stieß ein stinkendes Brüllen aus. Der Steppenbär! Anderthalb mal so groß wie Jon, schwarz, verfilzt und mörderisch gefährlich. Dennoch war Dekkstrom zu keiner Bewegung fähig.

Der Bär riss die Tatze hoch ...

In Sekundenbruchteilen rasen Gedankenfetzen durch Jons Hirn. Die Stimme seines Vaters. Er erzählt ihm von Skagsram. Von dessen Pflanzen und Tieren. Vom Steppenbär. *Trotz seiner Größe ist er völlig ungefährlich,* erklärt er, *solange er sich nicht bedroht fühlt.* Der Bursche hat sich vor ihnen versteckt, als er sie gehört hat. Doch jetzt hat Jon ihn in seinem Versteck aufgestöbert. Vielleicht könnte er noch etwas retten, wenn er sich schnell zurückzieht. Wenn er dem Bären zeigt, dass sie keine Bedrohung für ihn darstellten.

Dann ließ der Bär seine Tatze auf Jon niederfahren. Messerscharfe Krallen schnitten sich durch Lavedenhaut, den Thermoanzug und Jons Brustmuskulatur. Die Wucht des Hiebs schleuderte Dekkstrom quer durch den Raum. Er knallte gegen einen Schrank und landete in einem Haufen Bärendung. Einige Kraftriegel regneten auf ihn herab. Dann legte sich ein schwerer Nebel um seine Sinne.

Wie durch Watte hörte er Lara seinen Namen rufen. Getöse, schnelle Schritte, dann ein Schrei. Seine Lider flatterten, als er sie aufzwängte. Seine Brust stand in Flammen, als habe ihn Lava getroffen. Bevor er verstand, was geschah, krachte Lara neben ihm in die Trümmer. Ihr Hals war eine einzige offene Wunde, die das Blut nur so herauspulste.

Der Raubtiergeruch nahm zu, steigerte sich zu einem olfaktorischen Albtraum, dann tauchte das zottige Vieh über ihm auf. Es entblößte seine Hauer und brüllte ihm entgegen.

Wieder umschloss der Nebel seine Sinne und trug ihn davon.

Als er das nächste Mal zu sich kam, gelang es ihm nicht, die Augen zu öffnen. Die Lider waren so unglaublich schwer, die Müdigkeit so groß. Waren es Stimmen, die er da hörte? Aufgeregtes Flüstern? Warum verstand er dann nicht, was sie sagten. Für einen winzigen Moment schaffte er es doch, unter den Augendeckeln hervorzulinsen. Er sah umherhuschende Schatten, klein wie Kinder. Die Lider sanken wieder herab.

Kinder? An diesem Ort? Sicher nicht. Vermutlich kamen sie aus dem gleichen Land wie sein toter Vater, der ihn während der Wanderung durch die Hitzewüste begleitet hatte. Oder sie stammten aus dem Reich, das hinter der Grenze des Lebens lag. Sie wollten ihn abholen.

Er spürte ein Rupfen an seinen Gliedern, an seiner zerstörten Hand, an der Brustwunde. Da wusste er, wie er die Schatten zu deuten hatte. Keine Kinder. Vultaare! Kein Flüstern, sondern das Krächzen und Tschilpen dieser verdammten Totenvögel. Verflucht! Sollten sie es sich schmecken lassen.

Erneut schwamm sein Bewusstsein davon. Zum letzten Mal. Dessen war er sich sicher.

Ein Irrtum, wie sich herausstellte. Mit einem Röcheln auf den Lippen schreckte er aus seinem Dämmerzustand auf. Warum war er nicht tot? Das Gekrächze der Vultaare *(das Flüstern der Kinder?)* war verstummt. Dennoch hörte er Geräusche.

Noch immer bestand sein Körper nur aus Schmerz. Trotzdem fühlte er sich besser. Ein bisschen nur, aber genug, dass er es spüren konnte. Wie war das möglich?

Röcheln drang aus seinem Mund.

»Ruhig. Ganz ruhig!«, antwortete eine Stimme.

Er öffnete die Augen zu Schlitzen und starrte in das Gesicht eines Mannes, den er noch nie gesehen hatte.

## Kapitel 13

### Wie viel Wahrheit verträgt eine Legende?

*Wenn du nicht gleich die Augen schließt,*
*kommen die Kopani und saugen sie dir aus.*
*(Drohung Skagsramer Eltern,*
*wenn ihre Kinder nicht schlafen wollen)*

»Das wäre auch zu einfach gewesen.«

Ronald Tekener lehnte sich in dem Sessel ihres gemeinsamen Hotelzimmers zurück und starrte auf den holographischen Bildschirm, den das kleine, portable Projektionsgerät über dem Tisch schweben ließ.

Decaree Farou wandte sich von dem großflächigen Monitor ab, der das Fenster ersetzte. »Entweder ist unser Verfolger dazu übergegangen, uns heimlich zu beschatten, oder er hat tatsächlich die Lust verloren. Dort, wo er sonst neben seinem Gleiter unverhohlen Richtung Hotel geglotzt hat, steht nun ein Händler für Mise-Feuerwerk. Und woanders kann ich ihn auch nicht entdecken.«

»Sehr gut. Wir sollten bald unseren Informanten aufsuchen.« Er wies mit seiner faltigen Hand zum Hologramm, das die Besatzungslisten der gesunkenen Flöße zeigte. »Denn hieraus ergibt sich absolut nichts!«

Decaree setzte sich ihm gegenüber und sank viel zu tief in den Sessel ein. Das Mobiliar ihres Zimmers ließ wirklich zu wünschen übrig. Auch die Belüftung funktionierte nicht richtig, und so lag ständig ein muffiger, abgewohnter Geruch in der Luft. Sie studierte die Namen in der holographischen Liste.

*Als würdest du dort auf die Schnelle etwas finden, was Tek nach stundenlangem Betrachten nicht entdeckt hat. Träum weiter, Deca.*

Die Stimme ihres Nörgelsektors ging ihr zunehmend auf die Nerven. Vor allem, weil sie sich bewusst war, dass so etwas wie ein Nörgelsektor überhaupt nicht existierte. Die Stimme gehörte ihr. Ihr alleine! Und das, was sie sagte, drückte lediglich die Selbstzweifel aus, die Decaree Farou seit einiger Zeit plagten. Sie war unübertroffen, wenn es darum ging, Agenteneinsätze zu koordinieren. Ihr Studium an der Sorbonne in Allgemeinem Terranischem Wirtschafts- und Verwaltungsrecht mit Zweitfachrichtung Positronische Vernetzungslehre hatte sie mit großem Erfolg abgeschlossen. Sie war eine geniale Netzwerkerin, ihr intuitives psychologisches Gespür machte sie zu einer fähigen Vermittlerin. Doch obwohl sie eine Ausbildung als USO-Agentin absolviert hatte, fühlte sie sich wohler auf der Seite des Schreibtischs, auf der der Bürostuhl stand. Also warum um alles in der Welt hatte sie sich für eine Außenmission gemeldet?

Gerne redete sie sich ein, die Entscheidung aus der Logik heraus gefällt zu haben. Schließlich hatte Atlan ihnen ihren Kontaktmann, einen ehemaligen USO-Mitarbeiter, als Genie auf dem Gebiet positronischer Feldforschung beschrieben.

»Eine Legende, bereits zu Lebzeiten!«, hatte Atlan geschwärmt. Doch plötzlich waren Wolken in seiner Miene aufgezogen. »Zumindest, bis er aus dem Dienst ausgeschieden ist, um ...« Mehr hatte sie nicht aus ihm herausbekommen.

Gut, Decaree und der Informant besaßen in ihren Positronik-Kenntnissen also eine Gemeinsamkeit. Aber hatte sie sich nur deshalb sofort für den Einsatz entschieden? Gab es nicht tief in ihrem Inneren einen anderen Grund, den sie sich nicht eingestehen wollte, den ihre nörgelige Zweitstimme aber sehr wohl kannte?

»Etwas gefunden?«, fragte Tekener.

Sie schreckte hoch und bemerkte, dass sie immer noch auf das Hologramm starrte. »Nein.« War ihm aufgefallen, dass sie mit den Gedanken abgedriftet war? Sie mochte nicht schon wieder einen Rüffel von ihm kassieren. Die leicht angespannte Stimmung nach ihrem Besuch bei Daniel Strömblad hatte sich bereits bei ihrer Ankunft im Hotel gelockert. Und so sollte es auch bleiben!

»Ich verstehe es einfach nicht!« Der Galaktische Spieler schüttelte den Kopf. »So unwahrscheinlich es erscheinen mag, langsam fange ich an zu glauben, Strömblad hatte recht, und beim Verschwinden der Flöße handelt es sich um Unglücksfälle. Oder um die Strafe des Schicksals. Ich kann mir nicht erklären, wie ein Saboteur dafür verantwortlich sein sollte.«

Seit gestern Abend zerbrachen sie sich die Köpfe über diese Frage. Wie war der Täter an Bord gekommen? Wie war er wieder *von* Bord gekommen? Die Besatzungslisten zeigten, dass niemand von der Mannschaft der Schuldige sein konnte. Denn kein Name tauchte ein zweites Mal auf. Der Gedanke war ohnehin abwegig. Es war zwar vorstellbar, dass ein Flößer ein Schiff zum Sinken bringt und als »einziger Überlebender« der Tragödie auf dem nächsten Floß noch einmal zuschlägt. Aber nicht auf acht Glutschiffen! Es wäre dem dümmsten Ordnungshüter aufgefallen, wenn achtmal hintereinander der Gleiche der Glut entkommen wäre. Dass er jedes Mal unter einem anderen Namen anheuerte, konnten sie sich nicht vorstellen. Nicht in einer Gesellschaft, in der man erst eine Abstammungsurkunde vorlegen musste, bevor man eine Stelle antreten durfte.

Oder hatte sich der Täter als blinder Passagier an Bord geschlichen? Genauso absurd. Die KRIEGSZAHN war gegen Ende der Saison gesunken und bereits seit Wochen auf Ernteschicht. Hätte sich der Saboteur so lange versteckt? Wäre er so lange unentdeckt geblieben? Niemals. Es blieben nur zwei

Möglichkeiten, die sie aber ebenfalls für sehr unwahrscheinlich hielten.

»Wenn wir davon ausgehen, dass sich der Täter beim Auslaufen noch nicht an Bord befand, muss er also später zu den Männern gestoßen sein«, sagte Tek zum mindestens fünften Mal. »Auch hier stellt sich die Frage: Wie hat er es gemacht? An Land gewartet und sich aufnehmen lassen? Mit einem Gleiter die Flöße beschossen?«

Bei ihren bisherigen Terminen als Mitarbeiter des Schwarzen Steins hatte sie schon einiges Interessantes über Skagsram herausgefunden. Zum Beispiel, dass es auf dem gesamten Planeten keine bewaffneten Gleiter gab. Natürlich außer denen der Flammengarde »Was hätte die Flammengarde davon, ein Floß abzuschießen?«, gab Decaree deshalb zu bedenken – ebenfalls mindestens zum fünften Mal. »Und an Land zu warten ist viel zu unsicher. Wie soll es funktionieren, mal eben an Bord zu kommen, das Schiff zu sabotieren und wieder zu verschwinden? Vielleicht ist er doch mit einem flugfähigen Kampfanzug aus der Luft in das Floß eingedrungen.«

Auch diese Variante hatten sie bereits diskutiert. Tekener hatte sie als unwahrscheinlich eingestuft. Selbst wenn man sich vor den Giftgasen und dem Ascheregen der Vulkane wirkungsvoll zu schützen vermochte, war ein Flug über der kochenden Lava immer noch mit zahllosen Risiken behaftet. Welches Motiv sollte einen Attentäter antreiben, sich wieder und wieder solchen Gefahren auszusetzen? Und so viel sie wussten, war nicht einmal die Flammengarde mit entsprechendem Gerät ausgerüstet.

Decaree hatte das nicht vollständig überzeugt, und auch Tekener schien die Möglichkeit eines unsichtbar durch die Luft fliegenden Saboteurs nicht gänzlich ausschließen zu wollen. Sie wussten einfach viel zu wenig über den Zweck, den die Anschläge verfolgten.

»Unter Umständen war der Täter also gar nicht in der Nähe«, setzte Ronald den inzwischen einstudiert wirkenden Dialog fort. »Er hat beim Zusammenbau eine Bombe auf das Floß geschmuggelt, die erst mit großer Zeitverzögerung hochging.«

»Möglich. Folglich müsste einer der Fährmänner die Finger im Spiel haben. Wir müssen also irgendwie herausfinden, ob einer mit Verladung oder Transport aller acht Schiffe beschäftig war. Aber kann eine Bombe ein Gefährt mit einer Terkonitummantelung so schnell und restlos zerstören, dass niemand mehr eine Rettungsinsel oder einen Notgleiter besteigen oder wenigstens noch einen Funkspruch absetzen kann? Schwer vorstellbar, vor allem, wenn es achtmal passiert!«

»Das alles passt einfach nicht zusammen«, resümierte Tekener. »Nach allem, was wir uns überlegt haben, kann eigentlich kein Skagsramer für die Attentate verantwortlich sein. Anders ist es, wenn ein Agent einer technisch hochentwickelten Macht im Spiel wäre.«

»Vielleicht bringt uns das Treffen mit Atlans Informanten weiter. Dann kann er uns auch sagen, woher er seine Erkenntnisse hat.« Decaree sah auf die Zeitanzeige im rechten oberen Eck des Hologramms. »Aber erst müssen wir noch ein paar Schwarzer-Stein-Geschäfte abschließen. Also los, Czern.«

»Natürlich, Leda.«

Die Meteorologen hatten recht behalten. Die Außentemperatur betrug 44,5 Grad, und die Wachsfiguren begannen bereits zu schwitzen. Morgen würde der Mise Einzug halten, dann erreichten die Kaargennafiguren ihren Schmelz- und die Stimmung ihren Siedepunkt. Dementsprechend gut verliefen die Tarngeschäfte, die sie bis kurz nach den Mittagsstunden abschlossen. Den üblicherweise so reservierten Skagsramern saß die Brieftasche erheblich lockerer als sonst.

Natürlich beabsichtigte die USO, die erteilten Aufträge nach Abschluss der Mission an den Schwarzen Stein weiterzugeben. Denn die Informationshändler waren zur Veräußerung des Zugriffskontingents auf ihre Datenbank nur bereit gewesen, wenn die Gefahr einer Rufschädigung ausgeschlossen war. Das wäre jedoch nicht gewährleistet gewesen, wenn Aufträge unerledigt geblieben oder entrichtete Vorauszahlungen im Sand versickert wären. Vielleicht ergab sich auf diese Weise eine zukünftige fruchtbare Zusammenarbeit der United Stars Organisation mit dem Schwarzen Stein.

Decaree und Tekener hatten den halben Tag allerdings nicht nur für Geschäfte genutzt, sondern auch dazu, um nach ihrem Verfolger Ausschau zu halten. Sie zogen mit dem Gleiter sinnlose Kreise, fuhren unnötige Routen, stiegen aus und beobachteten aus einem Versteck heraus. Sie wandten jeden Agententrick an, den sie kannten, um einen eventuellen Schatten zu enttarnen – ohne Ergebnis. Nun waren sie sich endgültig sicher, dass der unerwünschte Escortservice durch den Augenbrauennarbenmann ein Ende gefunden hatte.

Auf den Straßen tummelten sich die Menschen, viele mit kühlenden Masken oder Mützen, prosteten sich zu, sangen Lieder in einer vermutlich altterranischen Sprache, die weder Decaree noch Ronald verstand, scherzten miteinander oder verzogen sich Händchen haltend in ein dunkles Eck. Als sie die Besatzungslisten durchgesehen hatten, war ihnen aufgefallen, dass die meisten Crewmitglieder ihren Geburtstag im Februar feierten. Das passte zu dem Bild, dass sie sich von den Skagsramern machten, die nur ihre Pflichterfüllung kannten, denen der Spaß am Leben fremd war. Die selbst das Zeugen von Kindern bestenfalls als lästige Aufgabe empfanden oder ganz davon absahen – außer während der Mise-Feiertage. Da flossen nicht nur die Rebensäfte, auch die Körpersäfte gerieten in Wallung.

Sie steuerten den Gleiter durch das Regierungsviertel, in dem es etwas gesitteter zuging. Vor dem Trichterbau des arkonidischen Unternehmens Urmanol-Ghaal verscheuchten Wachmänner gerade eine Horde Betrunkener, die ihre Krüge in die Höhe streckten und lachend weiterzogen. Irgendwo in diesem architektonischen Monstrum residierte Mirok da Zdinth, den sie nach Atlans Anweisung im Auge behalten sollten. Tatsächlich schien er auch nicht ganz so harmlos zu sein, wie er sich dem Lordadmiral und Perry Rhodan gegenüber gegeben hatte.

Im Skagsramer TriVid STK hatten sie an den letzten Abenden die Aufzeichnungen der traditionellen Mise-Debatten verfolgen können. Die Verfassung des Planeten sah vor, dass die Bevölkerung ein Regierungsmitglied grundsätzlich auf Lebenszeit in sein Amt wählte. Alle fünf Jahre erhielt sie allerdings die Möglichkeit, per Abstimmung Minister aus ihren Ämtern zu vertreiben. Deshalb hatten politische Diskussionen ausnahmslos in der Öffentlichkeit stattzufinden, damit sich das Volk ein Bild seiner Regierung zu machen vermochte. Man konnte sie als Zuschauer direkt im Regierungsgebäude verfolgen und durfte bei bestimmten Themen sogar dazwischenrufen, oder man sah sie sich auf STK an. Nach Decarees Meinung fand der Großteil vor allem der unpopulären Debatten während der Mise-Feiertage statt, weil die Menschen da so mit Feiern beschäftigt waren, dass STK die Sitzungen zwar übertrug, die Bevölkerung aber kaum Notiz davon nahm.

Die diesjährigen Gespräche drehten sich häufig um das Thema, ob man sich mit größerem Nachdruck an die Stabilisierung der Mondumlaufbahn machen sollte. Ein Plan, von dem sich Mirok da Zdinth nicht allzu begeistert zeigte. So kündigte er vor den Fernsehkameras an, Urmanol-Ghaal werde nicht tatenlos zusehen, wenn die Skagsramer Regierung der Thermophilen-Ernte auf diese Weise den Hahn abdrehen und dem arkonidischen Unternehmen so die Existenzgrundlage entziehen würde. Gegebenenfalls werde man prüfen, ob die frühere Besiedlung durch Arkoniden einen Besitzanspruch in der Gegenwart begründen könnte. Die Berichterstattung betonte jedes Mal, dass Mirok da Zdinth von den angeblichen arkonidischen Erstsiedlern abstammte und dass ihn Urmanol-Ghaal wohl nur aus diesem Grund beschäftigte.

Vermutlich lag der Ara-Geheimdienstmann Mobat mit seiner Einschätzung über da Zdinth nicht so weit daneben wie Atlan. Dennoch glaubte Decaree, dass es sich bei seinen Auftritten lediglich um politisches Getöse handelte. Einen Zusammenhang mit den Attentaten auf die Lavaflöße sah sie nicht. Mit der Ablehnung der Mondstabilisierung wollte der Arkonide die Zukunft der Thermophilen-Ernte sichern, wohingegen das Versenken der Ernteschiffe genau auf das Gegenteil zu zielen schien.

Sie kurvten noch einige Zeit durch die Straßen Hulborgs und gelangten schließlich in ein belebtes Wohnviertel mit zahlreichen Kaargenna-Plätzen. Viele der Häuser glichen sich: einstöckige, fensterlose Bauten mit reflektierendem Kuppeldach und einem Minihangar für die Gleiter.

»Das da ist es.« Ronald Tekener zeigte auf ein Haus, das sich von seinen Nachbarn zur Linken und zur Rechten nur durch ein anderes Zeichen in der Nähe des Eingangs unterschied. Offenbar das Skagsramer Äquivalent zur Hausnummer.

Ohne den Mietgleiter abzubremsen, flogen sie an dem unscheinbaren Anwesen vorbei und stellten das Gefährt erst zwei Blocks später ab. Sie gingen die Strecke zurück, stets darauf achtend, dass ihnen nicht doch jemand folgte. Inmitten all der Feiernden keine leichte Aufgabe, dennoch waren sie sich sicher, unbeobachtet zu sein. An dem Haus angekommen suchten sie neben dem Eingang einen Sensor, einen Summer oder sonst eine Möglichkeit, den Bewohner auf ihre Ankunft aufmerksam zu machen. Als sie nichts dergleichen fanden, griff Tekener zu einer antiquierten Methode: Er klopfte.

Nach etlichen Sekunden schwang die Tür auf und ein gedrungen wirkender Mann stand vor ihnen. Er war gute fünfzehn Zentimeter kleiner als Decaree, brachte zum Ausgleich dafür aber viele Kilogramm mehr auf die Waage. Decaree schätzte ihn auf hundert Jahre oder knapp darüber. Graue Haare standen ihm zerzaust vom Kopf und quollen in Brusthöhe aus dem ärmellosen, weit ausgeschnittenen Thermohemd. Seine winzigen Augen huschten hin und her, der Blick ruhte kaum einmal länger als eine Sekunde auf einem Punkt.

»Ja, bitte?«

Decaree trat einen Schritt vor. »Mein Name ist Leda Nnezmatki und das hier ist mein Kollege Czern Hawa. Wir kommen von der Organisation Schwarzer Stein. Ein gemeinsamer Bekannter hat uns gebeten, sie aufzusuchen.«

»Natürlich. Natürlich hat er das.« Er beugte sich aus der Tür und sah sich nach links und rechts um. »Kommen Sie. Kommen Sie herein.«

Bevor er die Tür hinter ihnen schloss, ließ er seinen Blick noch einmal über die feiernden Skagsramer flackern. Er reichte seinen Besuchern die Hand, und Decaree wünschte gleich darauf, er hätte es nicht getan. Seine Finger waren feucht und der Händedruck verdiente diesen Namen nicht im Geringsten. Es fühlte sich eher so an, als habe ihr jemand ein Stück totes Fleisch in die Hand gegeben. Während der Mann Tekener auf die gleiche Weise begrüßte, widerstand Decaree der Versuchung, die Finger am Stoff ihrer Hose abzuwischen.

»Mein Name ist Sjonsson«, sagte er. »Einfach nur Sjonsson.«

Diese skurrile Type sollte früher ein Genie auf dem Gebiet der positronischen Feldforschung in Diensten der USO gewesen sein? Die Wirklichkeit hatte mit der Vorstellung, die sie sich von ihm gemacht hatte, lediglich gemein, dass er tatsächlich ein Mann war. Zumindest deuteten die medusenhaft aus dem Ausschnitt wuchernden Haare darauf hin. Seine Stimme hingegen klang ungewöhnlich hoch.

Er führte sie durch einen kargen, nur schummrig beleuchteten Vorraum in ein großes Zimmer, das eher einer Lagerhalle glich als einem Wohnraum. Doch genau darum schien es sich zu handeln. Sjonsson eilte zu einem flachen Tisch, der unter Papieren, Folien und Büchern kaum zu sehen war. Er schnappte sich einige vermutlich getragene Kleidungsstücke von dem Sofa davor und warf sie achtlos auf den Boden.

»Bitte nehmen Sie doch Platz. Entschuldigen Sie, dass es hier so aussieht. Aber ich habe nicht mit Ihnen gerechnet.«

»Ich dachte, Atlan hat unser Kommen für die Mise-Tage angekündigt«, sagte Decaree.

»Was? O ja, richtig. Hat er, hat er.«

Sie beschloss, das Thema fallen zu lassen, und setzte sich auf den freigeräumten Platz. Tekener ließ sich ihr gegenüber nieder. Im nächsten Augenblick fuhr er einige Zentimeter hoch und zog unter seinem Hinterteil ein Püppchen aus einem schwarz glänzenden Stein hervor. Er stellte es auf einen Bücherstapel auf dem Tisch und startete einen zweiten Versuch.

Überall im Raum verteilt standen Gegenstände, die auf Decaree höchst befremdlich wirkten. Eine zwei Meter hohe Skulptur aus drei sich umschlingenden Tentakeln, anscheinend aus dem gleichen Material wie das Püppchen, auf das sich Tek gesetzt hatte. Die Figur eines ebenfalls schwarz glänzenden Hundes, dessen Kopf allerdings zur Hälfte fehlte. Die Abbruchstelle schien zu flirren und zu schimmern. Ein hüfthoher Quader mit einer Mulde in der oberen Fläche, in der wiederum winzige Löcher wie Nadelstiche zu sehen waren. Ein Konstrukt aus Kugeln und Stäben, zusammengesetzt zu einem Ball von etwa einem Meter Durchmesser. Alles aus dem gleichen Gestein und ohne erkennbare Ordnung aufgestellt.

Sjonsson hastete aufgeregt um sie herum, räumte ein bisschen hier, sortierte ein bisschen dort, schnappte sich einen Stapel mit Skizzen und stopfte ihn in ein ohnehin schon überquellendes Regal. »Kann ich Ihnen was zu trinken anbieten? Ein Getränk?«

»Nein, vielen Dank. Setzen Sie sich doch zu uns.« Decaree versuchte, betont ruhig und langsam zu sprechen, in der Hoffnung, auf *Einfach nur Sjonsson* positiv einzuwirken. Doch der nahm zwar auf einigen freien Quadratzentimetern der Sofalehne Platz, sein Blick flackerte aber weiterhin unstet umher. »Sie waren also früher bei der USO?«

»Wie?« Seine Augen ruckten zu ihr herum, ruhten jedoch nur für einen Moment auf ihr. »O ja, war ich. Ist aber schon lange her.«

»Atlan hat mir erzählt, dass Sie sich mit positronischer Feldforschung beschäftigt haben.«

»Lange her.«

»Wann sind Sie denn aus dem Dienst ausgeschieden?«, schaltete sich Tekener ein.

Plötzlich wirkte Sjonsson noch eine Spur nervöser, sofern dies überhaupt möglich war. »Fünfundsechzig Jahre.«

»Was hat Sie ausgerechnet nach Skagsram verschlagen?«, fragte Decaree.

Seine fleischigen Finger umspielten und kneteten einander. In ihnen schien sein Blick endlich etwas gefunden zu haben, das er länger als nur eine Sekunde beobachten konnte. »Die Einsamkeit.«

Zwei Wörter nur, und doch lag im Tonfall, in dem er sie aussprach, ein Nebensatz verborgen: *Die Einsamkeit, mit der es jetzt vorbei ist.*

Decaree nickte und betrachtete das steinerne Püppchen auf dem Tisch. Offenbar sprach Sjonsson über das Thema genauso ungern wie Atlan. »Verstehe.« Sie wollte ihn fragen, welche Informationen er über den Untergang der KRIEGSZAHN besaß, da redete er plötzlich weiter.

»Ich war wirklich gut damals.« Mit einem Mal wirkte er nicht mehr nervös. Es hörte sich auch an, als spreche er mit sich selbst und nicht mit ihnen. »Hatte ein paar hübsche Spielereien entwickelt, die die USO gut voranbrachten. Der Verdienst konnte sich auch sehen lassen. Aber dann kam meine Frau auf die Idee, dass es in der freien Wirtschaft Unternehmen geben müsse, die für meine Forschungsergebnisse mehr zahlen würden als die USO.«

Er sah auf und blickte Decaree in die Augen, wandte sich jedoch sofort wieder ab. »Ich war noch nie besonders sicher im Umgang mit Menschen. War ich nie. Aber meine Frau, mit der klappte das. Sie verstand mich, akzeptierte meine Macken. Ich wollte sie nicht verlieren. Keinesfalls wollte ich sie verlieren. Sie redete so lange auf mich ein, bis ich nachgab. Ich bat um meine Entlassung aus der USO und brachte mit Unterstützung meiner Frau ein paar Patente an den Mann. Nichts Großartiges, verstehen Sie? Nichts, was der Organisation des Lordadmirals geschadet hätte. Nichts Illegales. Drei Jahre später war ich einige Milliarden reicher.«

*Kein Wunder, dass Atlan verärgert war,* dachte Decaree. In Ronald Tekeners Blick las sie, dass er ihre Auffassung teilte.

»Und noch einmal zwei Jahre später war ich Witwer. Sara ... ein Straßenräuber hat sie ermordet. Wegen einer lächerlichen Handvoll Solar! Wegen ein paar lumpiger Scheine. Ich habe es zuhause nicht mehr ausgehalten. All das Geld, all meine Besitztümer. Was wollte ich mit ihnen ohne meine Sara? Was wollte ich damit? Also setzte ich mich in ein Raumschiff und flog hierher. Auf den Planeten, auf den auch schon einer meiner Vorfahren ausgesiedelt war. Ich wollte nichts mehr sehen, nichts mehr hören, was mich an die alte Zeit erinnerte.« Er lachte auf. »Sechzig Jahre lang ist es gut gegangen. Nicht einmal die USO wusste, wo ich steckte.«

Decaree deutete auf die schwarz glänzenden Figuren. »Offenbar ist es Ihnen gelungen, eine neue Existenz aufzubauen. Stammen die Skulpturen von Ihnen oder sammeln Sie Werke von Baba Yaga?«

Sjonsson schaute sie mit gerunzelter Stirn an, blickte zu dem Ding aus Kugeln und Stangen und schüttelte den Kopf. »Ach das! Das sind keine Kunstwerke. Die habe ich gefunden.«

»Gefunden?«, echote Tekener.

»Kennen Sie die Legende der Kopani?«, fragte der Alte, ohne einen der Besucher anzusehen.

Decaree kam der Ausdruck bekannt vor. Hatte Atlan ihn nicht in dem Bericht erwähnt, den er ihnen vor seiner Abreise zugespielt hatte? Irgendetwas im Zusammenhang mit dem Arkoniden Mirok da Zdinth. Gerade als es ihr einfiel, sagte Tekener: »Die Ureinwohner Skagsrams, derentwegen die Arkoniden den Planeten wieder verlassen haben. Sie kamen mit den sich verschlechternden Umweltbedingungen nicht zurecht und starben aus.«

Sjonsson nickte anerkennend. »Seit meiner Ankunft werde ich von den Ortsansässigen schief angesehen«, sagte er scheinbar zusammenhanglos. »Ich habe zwar dieses Haus gekauft, wurde aber nie richtig sesshaft. Es zog mich in die Einsamkeit. Auf die unbesiedelten Kontinente. Dort fand ich diese Figur.« Er zeigte auf den Hund mit dem halben Kopf. Wenn es denn überhaupt einen Hund darstellen sollte. »Lavagestein hatte sie nach einem Erdbeben freigegeben. Ich glaube, sie ist ein Überbleibsel der alten Kultur der Kopani. Genau wie all die anderen Stücke.«

»Aus welchem Material bestehen sie?«, fragte Decaree.

»Ich weiß es nicht. Es ist mir auch egal.« Er nickte, wie um sich selbst von seinen Worten zu überzeugen. »Egal. Aber diese untergegangene Zivilisation hat mir geholfen, meine Erfüllung zu finden. Die Suche nach Reliquien aus längst vergangenen Tagen. Die Skagsramer erzählen von den Kopani wie von schrecklichen, tumben Monstern. Sie drohen sogar ihren Kindern mit ihnen, wenn diese nicht brav sind. Ich denke, sie irren sich. Sehen Sie sich diese Stücke an. Sind Monster in der Lage, etwas so Wunderschönes zu erschaffen?«

Decaree schwieg. Sie wusste ja nicht einmal, ob die Statuen und seltsamen Figuren tatsächlich von dem Skagsramer Urvolk stammten. Und was ihre Schönheit anging ... nun ja. Was hatte das alles außerdem mit dem Untergang der KRIEGSZAHN zu tun? Was sollte sie also sagen? Sie fühlte sich wie ein Eindringling in der kleinen sonderbaren Welt eines Einzelgängers.

Die Richtung, in die sich die Unterhaltung entwickelte, schien auch Ronald Tekener zu verwirren. Er lenkte das Gespräch zurück auf Atlan. »Wie hat die USO Sie schließlich gefunden?«

»Was? Oh, gar nicht. Mein Raumschiff steht seit meiner Ankunft in einem Hangar des Raumhafens Fafnir. Ich weiß nicht, ob sie ihn kennen.«

Synchron nickten Decaree und Ronald. Die Agentin versuchte, sich ihre Verwirrung wegen der Gedankensprünge in Sjonssons Erzählung nicht anmerken zu lassen.

»Von dort aus habe ich über die Kom-Anlage mit der USO Kontakt aufgenommen. Ich kannte noch einige der alten Codes, sodass man mich gleich zu dem Lordadmiral durchstellte. Das ist mir nicht leichtgefallen. Das ist mir wirklich nicht leichtgefallen.«

»Ich verstehe«, sagte Decaree. Diesmal entsprach es der Wahrheit. »Was hat sie dazu veranlasst?«

Als hätte auch er sich auf ein Kopani-Püppchen gesetzt, sprang er von der Sofalehne hoch. »Das will ich Ihnen zeigen.

Kommen Sie. Ich zeig's Ihnen.« Er eilte zu einer Tür zwischen zwei Regalen, die Decaree bisher entgangen war.

Sie und Tekener folgten ihm. Der Raum, der sie empfing, unterschied sich grundlegend vom Wohnzimmer. Er war hell, sauber und völlig unberührt von dem Chaos nebenan. Vor den Wänden standen weitere der Skulpturen und Regale, jedoch wesentlich ordentlicher. Ein klinischer Geruch lag in der Luft. Das Zentrum des Raums bildeten zwei Tanks, die aussahen wie eine Mischung aus Krankenhausbett und Glassarg. In jedem lag ein Mensch in einer milchigen Flüssigkeit. Nur die Köpfe ragten heraus und sahen ihnen entgegen.

»Darf ich vorstellen?«, fragte Sjonsson. »Lara Verppu und Jon Dekkstrom. Zwei Überlebende der KRIEGSZAHN.«

Es dauerte eine Stunde, bis die Taucher ihre Geschichte erzählt hatten. Sie sprachen leise und unterbrachen sich häufig.

»Wenn Sjonsson uns nicht gefunden hätte«, beendete Dekkstrom seinen Bericht, »wären wir jetzt tot.«

»Oder auch nicht«, sagte der Alte, allerdings ohne zu erklären, was er damit meinte.

»Was ist danach passiert?«, fragte Ronald Tekener.

»Die beiden hatten Glück«, meine Sjonsson. »Großes Glück. Ich war gerade mit meinem Gleiter unterwegs. Mein Basislager auf dem Kontinent Sjalka liegt eigentlich weiter im Landesinneren. Viel weiter im Landesinneren. An diesem Tag hatte es ein Erdbeben an der Südküste gegeben. Ich wollte sehen, ob das aufgebrochene Lavagestein Reliquien für meine Sammlung freigelegt hat. Deshalb kam ich an dem Schutzhaus vorbei und fand sie.«

Er ging zu dem Heiltank, in dem Lara Verppu lag, und lächelte sie für den Bruchteil einer Sekunde an. Dann senkte er den Blick.

»Ich lud sie in den Gleiter. Sehen Sie mich an, dann können Sie sich vorstellen, wie anstrengend das war. Natürlich flog ich sofort zurück nach Jorkull. Auf Sjalka oder einem anderen, näheren Kontinent hätten wir keine Hilfe gefunden. Also musste es Jorkull sein. Ich wollte sie direkt in die Ara-Klinik bringen. Gleich ins Krankenhaus.«

»Aber ich war dagegen«, unterbrach Jon Dekkstrom.

»Warum?« Decaree trat zu seinem Heiltank und legte die Hand darauf. Er strahlte eine angenehme Kühle aus.

»Weil wir uns sicher sind, dass der Untergang der KRIEGSZAHN kein Unfall war.«

Lara nickte in ihrem Tank so heftig, dass die Flüssigkeit hin und her schwappte.

»Wir zweifeln an, dass wir lange überleben würden, wenn wir die Autoritäten informieren würden.«

Decaree zog die Hand weg. »Sie glauben, die Autoritäten stecken dahinter? Wer genau?«

»Ich weiß es nicht«, sagte Dekkstrom. »Aber immerhin war die KRIEGSZAHN bereits das achte Floß, das gesunken ist. Ernteminister Hakilaunen müsste einen Aufstand wegen der Thermophilen-Ausfälle machen, Hetman Karismäki müsste sich um die Aufklärung dieser Serie kümmern. Aber was tun sie? Nichts! Sie sehen tatenlos zu und versuchen, die Bevölkerung für dumm zu verkaufen, indem sie nichtige Gründe vorschieben. Die Flut, ein springender Lavede, was weiß ich noch alles.«

Ihr fiel Atlans Gespräch mit dem Hetman ein. »Gegenüber einem Bekannten von uns behauptete Karismäki, die Lavaflößerei sei sicher.«

»Da sehen Sie es! Wir wussten nicht, was wir machen sollten. Offiziell waren wir tot. Wären wir an die Öffentlichkeit gegangen, hätten wir fürchten müssen, bald wirklich tot zu sein. Aber dann hat uns Sjonsson dankenswerterweise von seinen Kontakten zur USO erzählt. Ein großartiger Mann, sich so für uns einzusetzen, obwohl er uns nicht kannte.«

Der Auswanderer winkte ab. »Ach was! Soll ich euch auf ewig in meinem Schlafzimmer liegen haben?«

*Schlafzimmer?* Decaree blickte sich auf der vergeblichen Suche nach einem Bett um.

»Das könnt ihr vergessen«, fuhr Sjonsson fort. »Das könnt ihr absolut vergessen. Wenn geklärt ist, wer hinter der Sache steckt, braucht ihr nichts mehr befürchten und könnt in die Klinik umziehen. Und ich bin euch los. Nur deshalb habe ich die USO kontaktiert.«

Sie wusste nicht, ob sie Sjonsson dieses schroff vorgetragene Motiv abnehmen durfte. Aber letztlich spielte es ohnehin keine Rolle.

»Entschuldigen Sie die dumme Bemerkung«, warf Tekener ein. »Außer Ihnen kenne ich niemanden, der zuhause zwei Heiltanks stehen hat.«

Sjonsson wieselte um die Behälter, kontrollierte einige Anschlüsse und die Temperaturanzeige auf dem Display. »Natürlich hatte ich sie nicht vorrätig. Hatte ich nicht. Was denken Sie denn? Ich habe Lara und Jon unauffällig in mein Haus geschafft und anschließend die Tanks in der Ara-Klinik gekauft.«

»Und dort hat sich niemand gewundert?«

»Ich bin Sjonsson. Einfach nur Sjonsson. Der schrullige Alte, der monatelang auf anderen Kontinenten nach Überbleibseln einer alten Rasse sucht. Glauben Sie, auf Skagsram wundert man sich noch über irgendetwas, was ich tue? Über irgendetwas? Außerdem sind die Aras einem guten Geschäft nie abgeneigt, und ich habe noch einiges an Geld! Ich musste ihnen nur klarmachen, dass ich mich bei meinen Expeditionen häufig in der Sonne oder der Nähe der Lava verbrenne und deshalb unbedingt einen Heiltank brauchte.«

»Aber zwei?«

»Falls einer kaputt geht ...«

Decaree musste grinsen. Dann kam sie aufs Thema zurück. »Sie glauben also, dass die Regierung hinter den Taten steckt.« Ihr fiel Atlans Bericht über das belauschte Gespräch während des Empfangs ein. Offenbar hatten die großen Drei von Skagsram etwas zu verbergen. Etwa, dass sie Glutschiffe versenkten? Aber warum sollten sie das tun? Der Gedanke war völlig widersinnig. Andererseits: Dass sich Decaree Farou selbst in ihren kühnsten Träumen kein Motiv vorstellen konnte, hieß nicht, dass es keines gab. »Aber sicher sind Sie sich nicht?«

»Natürlich nicht«, gab Dekkstrom zu.

Tekener gesellte sich zu seiner Partnerin beim Heiltank des Tauchers. »Hegen Sie sonst einen Verdacht? Wer könnte Ihrer Ansicht nach noch verantwortlich sein?«

»Ahnungen. Vermutungen bestenfalls. Nichts Konkretes.«

»Dann erzählen Sie uns von dem Unkonkreten.«

Jon Dekkstrom schloss die Augen, als müsse er nachdenken. »Sowohl die Arkoniden als auch der Carsualsche Bund haben sich in letzter Zeit durch aggressives Verhalten ihrer ortsansässigen Vertreter hervorgetan.«

In Gedanken zählte Decaree noch einmal die dazu passenden Namen auf. Mirok da Zdinth, der arkonidische Adlige, den Atlan nicht unsympathisch gefunden hatte. Und wie hieß der Ertruser gleich wieder? Richtig, Raj Namesan. Er war dem Lordadmiral mit seiner überheblichen und offen feindseligen Art aufgefallen.

»Oder Konkurrenzunternehmen«, fügte Lara Verppu hinzu. »Alle gesunkenen Flöße gehörten der Reederei Strömblad & Sernsborg. Vielleicht ist jemand wie Hasse Tenkjarson neidisch auf den Erfolg von DSDS?«

»Aber bei allen ergibt sich das gleiche Problem«, nahm Dekkstrom den Faden auf. »Sie alle mögen ein Motiv besitzen, aber verfügen sie auch über die Mittel? Die Arkoniden und

Ertruser sind Fremde, sie könnten niemals Skagsramer zu solchen Untaten anheuern. Selbst wenn sie welche fänden, die nicht Nicke Dahlqvists Lehren anhingen, würden diese nie mit Auswärtigen gemeinsame Sache machen. Und Konkurrenzunternehmen? Wie sollen die die Module fremder Flöße dazu bringen, sich zu entkoppeln?«

»So hat der Saboteur die KRIEGSZAHN zum Sinken gebracht?« Decaree nickte Tek zu. Somit wäre also eine Frage geklärt. Blieben noch etwa siebenhunderttausend andere. »Konnten Sie erkennen, wer der Täter war?«

»Nein, wir waren ja im Lavastrom, als es geschah.«

»Und Sie haben auch niemanden in der Nähe gesehen? An Land zum Beispiel? Oder einen Gleiter?«

Dekkstrom schüttelte den Kopf. Auch Lara verneinte.

»Wir zerbrechen uns den Kopf, wie der Täter an Bord kommen und wieder fliehen konnte. Haben Sie eine Idee? Sie kennen sich mit den Abläufen auf einem Lavafloß schließlich besser aus als wir.«

Neuerlich ernteten sie Kopfschütteln.

»Besteht eine Möglichkeit, die Kopplungen zu lösen, ohne selbst auf dem Schiff zu sein? Mit einer Bombe oder mit einem Fernzugriff auf die Steuerpositronik?«

»Die Steuerung ist nicht mit anderen Rechnern vernetzt«, sagte Dekkstrom. »Das scheidet schon mal aus. Und ein Sprengsatz? Vielleicht, wenn alle Kopplungen gleichzeitig explodieren. Und die Kühlsysteme, die Rettungsinseln und die Notgleiter gleich mit. Nein, das kann ich mir auch nicht vorstellen.«

Tekener gab noch nicht auf. »Ein Virus, das man bereits in der Werft in die Positronik eingeschleust hat und das zeitgesteuert die Module voneinander löst?«

»Keine Chance. Die Entkopplung wird zwar vom Bordrechner angestoßen, aber um Unfälle durch Rechnerfehlfunktionen zu vermeiden, muss man die Verbindungen manuell entriegeln.«

»Wie macht man das?«

»Mit einem Hebel beim Kühlsystem.«

»Mit anderen Worten: Der Attentäter muss an Bord gewesen sein.«

»Richtig.«

Decaree seufzte. Sie waren genauso weit wie vorher. Nun wussten sie zwar, dass der Saboteur die Module entkoppelt und vermutlich auch die Kühlung und die Fluchtvorrichtungen zerstört hatte. Aber wie war er unbemerkt auf das Schiff gekommen? Mit einem Deflektorschirm? Wie war er geflohen? War es doch jemand von außerhalb Skagrams, der über Gravo-Paks verfügte?

Sie drehten sich ständig im Kreis. Langsam dröhnte ihr der Kopf.

Tekener wanderte zwischen den Heiltanks hin und her und lächelte ihren zeitweiligen Bewohnern zu. »Da gibt es noch etwas, das ich nicht verstehe. Der Untergang der KRIEGSZAHN ereignete sich Ende der letzten Erntesaison. Nun stehen wir bereits kurz vor der nächsten.« Er wandte sich Sjonsson zu, der unter Teks Lächeln zusammenzuckte. »Warum haben sie die USO erst so spät informiert, wenn Sie die beiden doch schon vor Monaten gefunden haben?«

»Was? Oh, da irren Sie sich. Habe ich das nicht längst erzählt? Habe ich wohl nicht. Dabei dachte ich, ich hätte es bereits gesagt.« Danach verfiel er in Schweigen.

»Dann wäre jetzt ein guter Zeitpunkt, es nachzuholen«, schlug Decaree vor.

»Wie? Ja, natürlich. Es nachholen. Sie haben recht. Nun, sehen Sie, ich habe die beiden nicht schon vor Monaten gefunden. Es ist gerade ein paar Wochen her. Sie glauben doch nicht, ich zögerte so lange, nur weil ich meinen Aufenthaltsort nicht preisgeben will! Das glauben Sie doch nicht, oder?«

»Selbstverständlich nicht.«

Der Smiler musterte Sjonsson von oben bis unten. »Wollen Sie uns erzählen, die beiden hätten über Monate schwer verletzt in dieser Hütte gelegen, bevor Sie sie gerettet haben? Das ist unmöglich. Sie wären längst gestorben!«

»Merkwürdig, nicht wahr?« Der Alte nickte aufgeregt und sein Blick flackerte zwischen den Tanks hin und her. »Aber das ist noch nicht das Merkwürdigste. Und ich habe es Ihnen wirklich noch nicht berichtet?«

»Nein!«, sagten Decaree und Ronald gleichzeitig.

»Sie haben vollkommen recht. Sie hätten verdursten müssen. Verhungern. Ach was, so weit wäre es gar nicht gekommen. Die beiden hätten schon viel eher an den Wunden sterben müssen, die der Steppenbär ihnen gerissen hatte.«

»Das sind sie aber nicht, wie man sieht.« Tekener deutete auf die Tanks. »Wollen Sie uns nicht endlich erzählen, wie das möglich ist?«

»Oh, natürlich will ich Ihnen das erzählen. Ich kann nur nicht, weil ich es selbst nicht weiß. Ich weiß es nicht! Aber es gibt etwas, was Sie sehen sollten.« Sjonsson wandte sich den Verletzten zu. »Zeigt es ihnen.«

Lara Verppu und Jon Dekkstrom setzten sich in den Heiltanks auf. Zum ersten Mal konnten Decaree und Tek mehr von ihnen erkennen als nur die Köpfe. Der Einser-Taucher hob zusätzlich noch die linke Hand. Die, an der der Mittelfinger fehlte. Nein, die an der der Mittelfinger hätte fehlen müssen! Das tat er aber nicht. Auch die Wunden, die Jon in der Brust und Lara am Hals hätten aufweisen müssen, waren verschwunden. Alleine dieser Umstand war bemerkenswert. Aber er war es nicht, der Decaree und Tek erstaunt die Augen aufreißen ließ.

»Ist es das, wofür ich es halte?«, fragte Tekener.

Sjonsson nickte wortlos.

Die Wunden hatten sich nicht nur einfach geschlossen. Statt Narben, Haut oder auch nur rohem Fleisch befand sich dort etwas anderes. So wie Dekkstroms neuer linker Mittelfinger bestand das Gewebe aus einem schwarz schimmernden Material.

Aus dem gleichen wie die Reliquien der Kopani.

# Kapitel 14

## Steigende Temperaturen

*Traue einem Fremden niemals mehr,*
*als er dir traut.*
*(aus Matti Holmgrens »Der Umgang mit anderen«)*

Decaree Farou bekam das Bild des schwarzen Gewebes in den verheilten Wunden der Taucher nicht mehr aus dem Kopf. »Wie ist so etwas möglich?«

Seit sie Sjonsson verlassen hatten, saßen sie schweigend in ihrem Gleiter, der sie zurück ins Hotel brachte. Jeder hing seinen Gedanken nach. Dennoch wusste Tekener sofort, wovon sie sprach. »Ohne eine genaue Analyse kann man das nicht beantworten.«

»Es sah genauso aus wie diese ... diese Reliquien, die Sjonsson sammelt.«

»Aber es fühlte sich anders an. Die Fundstücke waren hart und kalt wie Stein, aber Dekkstrom konnte seinen Mittelfinger bewegen, als bestünde er aus Fleisch und Blut. Vielleicht tut er das sogar.«

»Wie haben sie so lange überlebt? Wie haben sie überhaupt überlebt? So wie Jon Laras Verletzung beschrieben hat, hätte sie innerhalb kurzer Zeit verbluten müssen.«

Tekener schaute stur geradeaus. Das Treiben auf den Straßen hatte noch zugenommen. Fast konnte man den Eindruck gewinnen, dass sämtliche zehn Millionen Hulborger unterwegs wären. »Interessante Fragen, auf die wir vielleicht nie eine Antwort finden. Aber ohnehin nicht die Fragen, die wir uns zu stellen haben. Unsere Mission ist es, den Untergang der Lavaflöße aufzuklären.«

»Daran brauchst du mich nicht zu erinnern. Doch ich werde das Gefühl nicht los, dass da ein Zusammenhang besteht.«

»Trotzdem sehe ich keinen Ansatzpunkt, wie wir von dieser Vermutung aus weiter ermitteln sollten.«

Für einen Augenblick kehrte wieder Schweigen ein, während draußen die ausgelassenen Feierlichkeiten vorbeizogen. »Was schlägst du vor?«

»Lass uns die Verdächtigen durchgehen, die auf unserer Liste stehen. Dekkstrom denkt, dass jemand aus der Regierung dahintersteckt, auch wenn er sich kein Motiv vorstellen kann. Dazu würde dieses sonderbare Gespräch passen, das Atlan belauscht hat. In der Tat besäße ein Mann wie Oddo Karismäki am ehesten die Möglichkeiten zu solchen Taten. Als Hetman befiehlt er über die Skuldare und die Flammengarde. Er hat also Polizei und Militär hinter sich.«

»Also gut, knöpfen wir uns zuerst Karismäki vor. Irgendeine Idee, wie wir an ihn herankommen?«

»An ihn direkt nicht. Aber denk daran, was der Lordadmiral uns berichtet hat. Karismäki hat zwei *Zeugen* in die Künstlerkommune schicken lassen. Von unserem redseligen Reeder Strömblad wissen wir, dass sie den Transmitter von Nidhöggur aktiviert haben sollen, was ich für ausgemachten Unsinn halte.«

»Falls es sich bei diesen beiden um die gleichen handelt, von denen Karismäki gesprochen hat.«

»Davon gehe ich aus. Das Wort Künstlerkommune klingt für mich nicht nach einem Hochsicherheitsgefängnis. Lass uns doch Baba Yaga einen Besuch abstatten. Vielleicht können wir mit ihnen sprechen. Ich glaube, plötzlich die Liebe für extraterrestrische Kunst in mir entdeckt zu haben.«

Decaree grinste. »Ich habe immer geahnt, dass du ein ausgemachter Schöngeist bist.«

Der Gleiter hielt vor dem Hotel an und sie stiegen aus.

»Sieh dir das an!« Decaree zeigte zu dem Nicke-Dahlqvist-Denkmal. »Fast könnte man meinen, von diesem Stück Stein ginge eine Depressions-Strahlung aus.«

In der Tat machten die Skagsramer eine seltsame Verwandlung durch, wenn sie sich dem Abbild ihres Gründervaters näherten. Lachend und scherzend kamen sie die Straße entlang, doch mit jedem Schritt, den sie auf die Skulptur zugingen, wurden sie leiser und ernsthafter. Wenn sie auf gleicher Höhe waren, strahlten ihre Mienen die Verbissenheit und den Arbeitseifer des restlichen Jahres aus. Erst wenn sie sich wieder entfernten, kehrte die Fröhlichkeit in sie zurück.

»Dieser Dahlqvist muss ein strenges Kerlchen gewesen sein, wenn er selbst jetzt noch so eine Wirkung auf die Bevölkerung zeigt.«

Tekener folgte ihrem Blick. »Atlan hat einige Andeutungen gemacht, die ein völlig anderes Bild zeichnen.«

Decaree zuckte zusammen. Ihr hatte der Lordadmiral nichts dergleichen erzählt. »Tatsächlich? Was hat er denn gesagt?«

»Nicht viel. Er hat von lausbubenhaftem Charme gesprochen, kryptisch gelächelt und irgendetwas von einem Öl gemurmelt. Du kennst ihn ja.«

»Klar.« *Tust du das wirklich?* »Da siehst du, wie sich die Erinnerung an das Wirken eines Menschen nach dessen Tod verändern kann.«

»Könnte Dahlqvist sehen, was aus seinen Siedlern geworden ist, würde er sie vermutlich nicht wiedererkennen.«

Seite an Seite betraten sie die Hotellobby. Die Luft, die ihnen entgegenschlug, empfanden sie im ersten Augenblick als kühl, aber nur wegen der hohen Außentemperaturen. Tatsächlich lag sie sicherlich auch bei über dreißig Grad. Tag und Nacht herrschte die gleiche schummrige Beleuchtung in der Halle.

Sie schritten an einer Sitzgruppe vorbei, die mit Frostfasern bezogen war. Daneben plätscherte ein Zimmerbrunnen, dessen Wasser längst hätte einmal ausgetauscht werden müssen. Es roch abgestanden.

Wenn man von der grimmig schauenden Skagsramerin hinter dem weißen Tresen absah, war die Lobby menschenleer. Beim Empfang im Verwaltungsgebäude der Reederei hatten sie das auf das Mise-Fest geschoben. Im Hotel konnte es genauso gut daran liegen, dass es derzeit kaum Gäste beherbergte. So erklärte Decaree sich auch den verkniffenen Gesichtsausdruck der Dame hinter der Theke. Wegen einer Handvoll Besucher musste sie an den Feiertagen arbeiten. Deshalb erfüllte sie statt Mise-Laune nun miese Laune.

»Asra hat heute keinen Dienst?«, erkundigte sich Tekener nach der Angestellten, die für sie sonst die Anrufe entgegennahm.

»Sehen Sie sie irgendwo?«

Der Smiler ließ sich nicht aus der Ruhe bringen und schenkte der fleischgewordenen schlechten Stimmung sein berühmtes Lächeln. »Wir haben heute keine Termine mehr ...«

»Schön für Sie.«

»... und würden gerne die Skagsramer Kultur kennenlernen. Wir haben von dieser Künstlerkommune gehört.«

»Baba Yaga?«

»Genau die. Kann man sie besuchen?«

»Nein.«

Tekener schwieg für einige Sekunden. Offenbar wartete er auf nähere Ausführungen. Als die ausblieben, verbreiterte er sein Lächeln noch. »Das ist aber schade. Warum denn nicht?«

»Woher soll ich das wissen? Vielleicht, weil es kein Museum ist. Wenn Sie die Werke der ... Künstler sehen möchten, gehen Sie in die entsprechenden Ausstellungshallen. Aber ich sage es Ihnen gleich: Es lohnt nicht!«

Das leichte Stocken war Decaree nicht entgangen. Anscheinend hatte die Kommune oder deren Bewohner nicht den besten Ruf. Sie stellte sich neben Tek an den Tresen. »Können wir mit der Verwaltung Kontakt aufnehmen?«

Der Kopf der Empfangsdame zuckte herum und feuerte Decaree einen giftigen Blick entgegen. »Wozu soll das gut sein?«

»Vielleicht machen sie ja mal eine Ausnahme, wenn wir sie darum bitten. Uns interessieren nämlich nicht nur die fertigen Werke, sondern vor allem der Schaffensprozess.«

»Von mir aus, wenn Sie nicht anders können.« Sie nickte quer durch die Lobby. »Kabine 2.«

Auf der gegenüberliegenden Seite der Halle befanden sich drei mit farbigen Punkten versehene Türen. Die erste zierte ein schwarzer, die zweite zwei gelbe und die dritte drei rote Flecken.

Sie öffneten die mit den gelben und traten ein. Die Kabine dahinter maß etwa vier Quadratmeter. Eine zylindrische, knapp brusthohe Säule in der Mitte des Raums bildete die einzige Einrichtung. Die Deckfläche schimmerte silbern. Ein Strahler übergoss sie mit grellem Licht. In der linken oberen Ecke entdeckte Decaree eine Kameralinse.

Sie warteten fast eine volle Minute, und als sie schon glaubten, dass nichts mehr geschehen würde, baute sich über der Säule plötzlich ein Hologramm auf. Es zeigte das Gesicht einer Terranerin mit zu breiter Nase und Hitzenarben auf der Stirn. Die Augen lagen zu nah beieinander und verliehen ihr so einen einfältigen Gesichtsausdruck.

»Was kann ich für Sie tun?« Ihre Stimme klang belegt, als habe sie einen Frosch im Hals.

Decaree widerstand dem Drang, sich zu räuspern. »Gehören Sie zur Verwaltung von Baba Yaga?«

»Sollten Sie das nicht wissen? Schließlich haben Sie mich angerufen.«

*Ich schätze, das bedeutet* ja. Sie stellte sich und Tekener mit ihren Decknamen als Mitarbeiter des Schwarzen Steins vor. »Wir würden gerne Ihre Kommune besichtigen, bei der Entstehung der Kunstwerke zusehen und ein paar Interviews mit Ihren Bewohnern zur Aktualisierung unserer Datenbanken führen.«

Wie so häufig auf Skagsram öffnete die Erwähnung der Informationshändler eine Tür ins Herz der Gesprächspartnerin. Diesmal schien sie auch eine zu Baba Yaga zu öffnen.

»Schwarzer Stein?«, wiederholte die Frau. »Es wäre uns eine Ehre, Ihnen bei der Datenerhebung behilflich zu sein. Wann würden Sie uns denn besuchen wollen?«

»Wenn möglich heute noch.«

»Oh, das tut mir leid. So kurzfristig ist das nicht machbar. Wie wäre es in drei oder vier Wochen?«

»Das ist zu spät. So lange halten wir uns nicht mehr auf Skagsram auf.« *Hoffentlich,* ergänzte Decaree in Gedanken.

Die Frau wirkte aufrichtig betrübt. »Das ist schade. Früher sehe ich aber keine Möglichkeit für einen individuellen Termin.«

»Wie darf ich das verstehen?«, schaltete sich Tekener ein. »Gibt es etwa auch nichtindividuelle Termine?«

»Natürlich. Wie jedes Jahr zum Mise-Fest veranstalten wir morgen einen Tag der offenen Tür. Da findet auch die alljährliche Begnadigung statt.«

Decaree warf Ronald einen verwirrten Blick zu. Seine Miene verriet ihr, dass auch er mit dieser Information nichts anfangen konnte. »Begnadigung?«

»Wie Sie sicher wissen, leben bei uns nicht nur Skagsramer, die ihre Berufung in der Kunst gefunden, sondern auch Bürger, die der Gesellschaft Schaden zugefügt haben. Traditionell erhalten zwei von ihnen zu Ehren der Ankunft des Sommers die Möglichkeit, sich um eine Rückkehr in ihr altes Leben zu bemühen. Einem gewährt das Schicksal schließlich diese Gunst.«

*Was für ein Unfug,* dachte Decaree.

»Was für eine wundervolle Chance«, sagte Tek. »Wir kommen gerne.«

Ihr holografisches Gegenüber sah nach unten und das Geräusch von Tastengeklapper ertönte. »Ich habe mir Ihre Namen notiert.«

Sie verabschiedeten sich, und das Hologramm erlosch.

»Nicht ganz das, was wir erwartet haben«, meinte Decaree.

»Besser als nichts. Vielleicht fallen wir auch nicht so auf, wenn wir uns im Getümmel einer solchen Veranstaltung mit ein paar Leuten unterhalten.«

»Dein Interesse an der Kunst muss also bis morgen warten. Wen nehmen wir stattdessen heute noch unter die Lupe?«

»Einen der beiden anderen Verdächtigen, die Dekkstrom uns genannt hat. Raj Namesan, den rüpelhaften Vertreter des Carsualschen Bunds, oder Mirok da Zdinth, unseren derzeit zweitliebsten Arkoniden. Vorschläge?«

Decaree dachte einen Augenblick nach. »Ich glaube, ich hätte eine Idee. Dazu müssen wir aber erst Ausrüstung aus der COGNITO holen.«

»Dann lass uns keine Zeit verlieren.«

»Vielen Dank, dass Sie sich so kurzfristig Zeit nehmen konnten.« Decaree setzte sich in einen hochlehnigen Sessel vor dem Schreibtisch des arkonidischen Wirtschaftsvertreters. Hinter ihm an der Wand prangte das gewaltige Logo des Unternehmens Urmanol-Ghaal: drei sich kreuzende Stäbe, in deren Schnittpunkt ein stilisierter Humanoide abgebildet war. Ein unfassbares Gewirr aus Linien umgab dieses Bild. Decaree hatte keine Ahnung, was es darstellen sollte.

»Ist mir ein Vergnügen«, erwiderte Mirok da Zdinth. »Sie haben Glück, dass sich meine Termine zur Mise-Zeit im Rahmen halten.«

Das Büro stand in seiner Protzigkeit dem gesamten Gebäude in nichts nach. Die Geschäfte schienen gut zu laufen für Urmanol-Ghaal, wenn sie sich derartigen Prunk leisten konnten. Der hochflorige, mit Kühlfasern durchwebte Teppich sah nicht aus, als könne man ihn im Laden um die Ecke kaufen. Auf einem wuchtigen Tisch mit geschwungenen Beinen hatte man Schalen mit einheimischen Früchten platziert, von denen Decaree nur die faustgroße Frasnolie an ihren vibrierenden Aromafädchen erkannte. Eine der Wände bestand aus einem holografischen Bild, das ein Sonnensystem mit über zwanzig Planeten zeigte. Bemerkenswert daran waren vor allem die drei Planeten, die das Zentralgestirn auf einer gemeinsamen Bahn umkreisten. Das Tiga Ranton des Arkon-Systems. Dass davon seit fast achthundert Jahren nur noch zwei Welten und ein Haufen Trümmer übrig waren, hatte den Künstler offenbar nicht gestört. Genauso wenig wie die Tatsache, dass das Große Imperium längst untergegangen war und das Reich nun aus zahllosen Baronien, Grafschaften und Fürstentümern bestand.

»Eine kleine Erinnerung an die Heimat!« Da Zdinth hatte Decarees Blick bemerkt und betrachtete das Bild mit einem Lächeln. »Wir sollten nie vergessen, woher wir kommen. Darf ich Ihnen etwas zu trinken anbieten?« Er deutete auf den Tisch mit den Fruchtschalen, wo sich eine Luke öffnete und drei Karaffen mit verschiedenfarbigen Flüssigkeiten in die Höhe glitten. »Ein Schlückchen Glutöl? Oder einen ganz erlesenen Jahrgang Frasnolienwein?«

»Nein, vielen Dank.«

Dafür, dass die Familie Zdinth ihren Informationen zufolge verarmt war, ließ Mirok es sich reichlich gut gehen. Offenbar konnte man prächtig leben, wenn ein anderer die Kosten trug.

Ob es ihn grämte, dass nichts davon ihm gehörte, sondern seinem Dienstherrn Urmanol-Ghaal?

»Wie kann ich Ihnen helfen?«, fragte er.

Ihr und Tekener war es darum gegangen, Zutritt zu da Zdinths Büro zu erhalten. Das hatte sie geschafft. Die weitere Aufgabe bestand darin, so lange mit dem Arkoniden zu plaudern, bis er sich nicht mehr wunderte, was sie überhaupt von ihm wollte, und anschließend zu verschwinden. Alles andere würde sich später ergeben. Dennoch glaubte Decaree, dass sie eine derartig gute Gelegenheit, ihm auch ein paar unbequeme Fragen zu stellen, nicht ungenutzt lassen dufte. Sie beschloss, intuitiv vorzugehen.

Sie öffnete die Aktentasche aus lederähnlichem Kunststoff, die sie mitgebracht hatte, ließ diese einen Augenblick offen stehen und holte schließlich einen kleinen Rechner hervor. »Habe ich Ihnen das vorhin noch nicht gesagt, als wir den Termin vereinbart hatten?«

»Sie erwähnten, es ginge um meine Familie. Offengestanden bin ich mir nicht sicher, welches Interesse sie an ihr haben könnten.« Hinter seinem Lächeln lauerte deutlich erkennbares Misstrauen.

Decaree schüttelte den Kopf in gespielter Zerknirschung. »Dann habe ich das vorhin offenbar im Eifer des Gefechts vergessen. Entschuldigen Sie bitte. Mein Name ist Nnezmatki und ich arbeite für die Organisation Schwarzer Stein.«

Da Zdinths Körperspannung ließ sichtlich nach. »Die Informationshändler?«

»Sie haben von uns gehört? Das freut mich.«

»Wer auf Skagsram kennt Sie nicht?«

»Dann wissen Sie auch, dass unsere Spezialität in der Erstellung von Stammbäumen besteht. Und wenn wir uns schon auf diesem Planeten aufhalten, liegt es natürlich nahe, auch Ihnen einen Besuch abzustatten.«

»Warum?«

»Weil Sie behaupten, Ihre Vorfahren hätten Skagsram weit vor den Terranern besiedelt.«

Das Lächeln auf da Zdinths Gesicht erlosch. »*Behaupten* ist ein unschönes Wort. In ihm schwingt eine Unterstellung mit, die mir nicht gefällt.«

»Entschuldigen Sie. Das lag nicht in meiner Absicht. Ich wollte damit nur sagen, dass unsere Datenbanken beinahe keinerlei Informationen über Sie und Ihre Familie enthalten. Natürlich wissen wir um deren Verdienste auf Cerkulor-III, aber danach verliert sich die Spur.« Was vermutlich nicht der Wahrheit entsprach. Sie und Ronald hatten entschieden, hierfür keine ihrer wenigen verbliebenen Abfragen im Datenspeicher des Schwarzen Steins zu opfern und stattdessen darauf zu setzen, dass da Zdinth es auch nicht besser wusste. Andererseits hatte die Familie nach Atlans Auskunft im Laufe der Jahrtausende derart an Bedeutung und Wohlstand verloren, dass Decarees Behauptung nicht einmal sehr weit hergeholt war.

»Nun denken Sie, ich könnte Ihnen helfen, Ihre Lücken zu schließen, wobei Sie gleich alles in Ihren hübschen Rechner eingeben.«

»Exakt.«

»Und warum genau sollte ich das Ihrer Meinung nach tun? Sie scheinen zu übersehen, dass ich Arkonide bin und kein Skagsramer. Welche Rolle spielt es, was meine Familie in den letzten fünftausend oder wie viel auch immer Jahren geleistet hat?«

Decaree gab sich verwirrt. »Ich dachte, wir könnten Ihnen helfen, Ihre Besitzansprüche auf diesen Planeten zu belegen.«

Da Zdinth stand auf, ging zu dem zweiten Tisch und schenkte sich ein Glas tiefroter Flüssigkeit ein. »Darf ich Ihnen nicht doch etwas anbieten?« Als Decaree erneut ablehnte, kehrte er zum Schreibtisch zurück, nahm einen kleinen Schluck und betrachtete mit nachdenklicher Miene das Getränk. »Es stecken zwei Fehler in Ihren Überlegungen. Zum einen würde ein von Ihnen erstellter Stammbaum bis in die Zeit der Skagsramer Besiedlung – der arkonidischen Besiedlung wohlgemerkt – überhaupt nichts begründen, da ihm meine Angaben zu Grunde lägen und er insofern höchst subjektiv ausfallen müsste. Und zum anderen frage ich mich, wie Sie auf die Idee kommen, irgendwer könne Besitzansprüche geltend machen wollen.«

»Weil Sie das während der Regierungsdebatten selbst angesprochen haben.«

Da Zdinths lächelte erneut. Doch diesmal wirkte es spöttisch, beinahe schon arrogant. »Ich habe gesagt, wir würden derlei Dinge prüfen! Prüfen, verstehen Sie? Ob wir sie tatsächlich geltend machen, steht auf einem völlig anderen Blatt. Urmanol-Ghaal will diesen Planeten nicht. Das Unternehmen will Supra-Thermophile, sonst nichts. Deshalb spreche ich mich gegen eine Stabilisierung der Mondumlaufbahn aus. Solange die Skagsramer Regierung nicht diesen Irrweg beschreitet, der übrigens auch sie selbst in die wirtschaftliche Bedeutungslosigkeit führen würde, besteht kein Anlass zu derlei drastischen Maßnahmen. Wenn es uns gelingt, den Befürwortern der Mondstabilisierung die Bedeutung der Thermophilen-Ernte klarzumachen, bleibt Urmanol-Ghaal lieber Kunde, als Eigentümer zu werden.«

Sie musterte ihr Gegenüber und suchte in seiner Miene nach einem Anhaltspunkt, ob sie ihm die Aussage glauben durfte. War das leichte Zucken des linken Augenlids ein Zeichen für innere Anspannung und eine eventuelle Lüge? Sie beschloss, ihn noch etwas weiter zu reizen. Sollte Tek ihr anschließend doch einen Vortrag über mangelndes taktisches Geschick halten.

»Dann kommen Ihnen die Unglücksfälle der Lavaflöße durchaus gelegen.«

Endlich erntete sie eine deutlichere Reaktion. Mirok da Zdinth setzte sich stocksteif auf, sein Lächeln zerbröckelte. »Woher wissen Sie davon?«

»Ich bin Mitarbeiterin des Schwarzen Steins. Es ist meine Aufgabe, Dinge zu wissen. Wir treffen viele Leute, unterhalten uns mit ihnen und erfahren so mancherlei.«

»Dennoch verstehe ich nicht, worauf Sie hinauswollen!«

»Nun, das Sinken der Flöße stellt einen schmerzhaften Einschnitt in Skagsrams Wirtschaft dar. Dadurch sollten auch die Befürworter der Mondstabilisierung die Bedeutung der Thermophilen-Ernte begreifen. Und da Sie genau darauf hoffen ...« Den Rest des Satzes ließ sie unausgesprochen.

Wieder versuchte da Zdinth seinem Gesicht einen freundlichen Ausdruck zu verleihen, doch das Lächeln blieb Fassade. »Ich weiß nicht, wie Sie üblicherweise Ihre Geschäfte abwickeln. Aber der Ton, den Sie mir gegenüber anschlagen, gefällt mir nicht. Seien Sie sich gewiss: Wenn Sie in der Öffentlichkeit auch nur einen Hauch dieser lächerlichen Unterstellungen äußern, werde ich das erfahren. Und dann ist kein Schwarzer Stein groß genug, dass Sie sich darunter verkriechen könnten.«

»Es tut mir leid, falls Sie mich falsch verstanden haben. Ich will Ihnen keineswegs etwas unterstellen. Für mich zählt einzig mein Auftrag. Ich sammle und verkaufe Daten. Weder interpretiere ich sie, noch maße ich mir eine Wertung an.«

»Dann schlage ich vor, dass Sie Ihre Daten künftig außerhalb meines Sichtfelds sammeln. Und falls Sie mangels Erfahrung Hilfe bei der Interpretation dieses Satzes brauchen: Ja, ich werfe Sie gerade raus!«

Zu Decarees Erstaunen zeigte sich Tekener keineswegs unzufrieden mit ihrer Vorgehensweise. »Wenn wir etwas herausfinden wollen, bleibt uns nichts übrig, als dem einen oder anderen Verdächtigen Feuer unter dem Hintern zu machen. Vielleicht bringen wir den Täter so dazu, aus seinem Versteck zu kriechen.«

Sie sah keinen großen Unterschied zwischen ihrem Verhalten bei Daniel Strömblad und dem gegenüber Mirok da Zdinth.

*Das tust du sehr wohl. Du bist nur zu stolz, es dir einzugestehen. Den Wirtschaftsvertreter hast du gezielt provoziert, um ihn aus der Reserve zu locken. Bei DSDS hast du nur unbedacht vor dich hingeplappert.*

»Wie ist der Empfang?«

Tekener, der während ihres Besuchs bei da Zdinth im Hotel geblieben war, justierte einige Schaltungen des Holomonitors, der über dem Tisch schwebte. »Ausreichend.«

Als sie im Büro des Arkoniden die Aktentasche geöffnet hatte, angeblich um ihren Schwarzer-Stein-Rechner hervorzuholen, war zugleich eine faustgroße Sonde herausgeschwebt. Absolut lautlos und gehüllt in ein Deflektorfeld. Tekener hatte das Spionagegerät per Fernsteuerung in eine der Zimmerecken gelenkt, wo es seitdem verharrte und in gerafften Signalen übertrug, was sich bei da Zdinth ereignete. Vorher hatten sie lange darüber diskutiert, ob sie den Einsatz der Sonde riskieren sollten. Natürlich war sie hervorragend abgeschirmt, dennoch mussten sie davon ausgehen, dass in einem Gebäude wie dem der Arkoniden Sicherheitsvorkehrungen existierten, die derlei Eindringlinge bemerken könnten. Ihre Hoffnung, trotzdem nicht aufzufallen, beruhte darauf, dass man auf Skagsram wegen der Umweltbedingungen nur selten höchstentwickelte Technik benutzte.

Gelegentlich zuckte das Hologramm. Dann verschwamm das Bild und der Ton ging in leises Rauschen über.

»Offenbar umspannt ein Störschirm das Unternehmensgebäude oder zumindest da Zdinths Büro, damit niemand ihn von außen belauschen kann«, erklärte Tek. »Da wir das aber von innen tun, erhalten wir wenigstens noch dieses Signal.«

»Hat sich etwas getan, während ich unterwegs war?«

Er lächelte sie an und betätigte ein Sensorfeld. Ein zweiter Holobildschirm baute sich neben dem ersten auf. Darin sah Decaree sich selbst, wie sie ihren Rechner unter da Zdinths gestrengem Blick zurück in die Aktentasche stopfte und wortlos das Büro verließ. Der Arkonide blieb einige Sekunden regungslos sitzen und starrte auf die Tür. Schließlich stand er auf und trat vor die Wand, die das Arkon-System zeigte.

»Raster«, sagte er. Sonne und Planeten erloschen. Auf der Wand erschien eine Vielzahl kleinerer Bilder, in denen das Innere des Trichterbaus oder die Umgegend zu sehen war.

»Überwachungskameras!« Decaree konnte ihren Weg durch das Gebäude verfolgen. Kaum verschwand sie aus einem der Mini-Monitore, tauchte sie in einem anderen auf.

Da Zdinth wartete ab, bis er sie in ihren Gleiter steigen und davonfliegen sah. »Arkon«, sagte er. Die vielfach unterteilte Darstellung machte Platz für das vertraute Hologramm seiner Heimat.

Mit drei schnellen Schritten erreichte er den Schreibtisch, holte eine metallene Kapsel hervor und steckte sie sich ins Ohr. Er murmelte eine Ziffernfolge, vermutlich ein Code für die Kontaktaufnahme mit seinem Gesprächspartner.

»Ich hatte gerade Besuch!«, sagte er, ohne sich namentlich zu melden. Wen er auch angerufen hatte, wusste offenbar, mit wem er es zu tun hatte. »Eine Frau namens Nnezmatki.«

»Mit wem spricht er?«, fragte Decaree.

Tek zuckte mit den Schultern. »Ich habe schon versucht, ob man die Stimme in seinem Ohr hören kann, wenn man alle anderen Geräusche herausfiltert. Es funktioniert nicht.«

»Genau die«, fuhr da Zdinth fort. »Sagte, sie käme vom Schwarzen Stein und wolle deren Datenbestand über meine Familie ergänzen. – Natürlich weiß ich, dass das ein Problem geben wird. Aber das ist Ihres, nicht meines. Außerdem hat sie merkwürdige Fragen gestellt. Wahrscheinlich vermutet sie, ich hätte etwas mit dem Untergang der Flöße zu tun.« Er wischte sich über die Wangen.

Decaree wollte Tekener gerade darum bitten, näher heranzuzoomen, da tat er das auch schon von selbst. »Seine Augen tränen.«

Ronald nickte. »Ein Zeichen der Erregung bei Arkoniden. Ganz offensichtlich ist er nicht das Unschuldslamm, als das er sich gibt.«

»Die Sache ist ganz einfach«, fuhr da Zdinth fort. »Wenn ich der Einzige bleiben soll, der Ihr kleines Geheimnis kennt, müssen Sie etwas unternehmen. – Sie wissen, dass Urmanol-Ghaal eines Tages Skagsram besitzen wird, ob mit Ihrer Hilfe oder ohne sie. Sie werden davon nur profitieren, wenn Sie uns unterstützen. Das ist jedoch nur möglich, wenn Sie nicht schon vorher auffliegen.«

»Also doch.« Instinktiv flüsterte Decaree, als befürchte sie, da Zdinth könne sie hören. »Sie wollen sich den Planeten aneignen.«

»So viel zu deiner Frage, ob sich etwas getan hat, während du unterwegs warst.« Tekener schaltete die Aufzeichnung ab und sie widmeten sich dem Live-Bild.

»Womit beschäftigt sich Urmanol-Ghaal überhaupt? Warum ist Skagsram für das Unternehmen so interessant?« Sie konnte sich nicht erinnern, dass Atlans letzter Bericht Informationen darüber enthalten hätte. In den Räumlichkeiten der Hulborger Niederlassung hatte sie – von einem unverständlichen Logo abgesehen – auch keine Hinweise darauf entdeckt.

»Genetik. Seit man herausgefunden hat, dass die Supra-Thermophilen Fremd-DNS aufnehmen können, sind alle ganz wild auf das Zeug. Ich möchte nicht darüber nachdenken, für welche üblen Zwecke sie die Bakterien verwenden.«

»Was macht er da?« Decaree deutete auf das Bild der Übertragung, auf dem Mirok da Zdinth beinahe regungslos in seinem Schreibtischsessel saß und auf einen Monitor starrte. Lediglich seine Lippen bewegten sich fortwährend. »Kannst du die Empfindlichkeit höher stellen? Ich will hören, was er sagt.«

Tekener kam ihrem Wunsch nach. Nun erfüllte zwar ein stetes Hintergrundrauschen den Raum, aber darin eingebettet schwamm das Gemurmel des Arkoniden mit. »Ich lasse mir das nicht verderben. Von niemandem! Ich lasse mir das nicht verderben.« Immer wieder. Als hätte er den Verstand verloren.

Bisher zeigte ihnen die Sonde da Zdinths Frontansicht. Mit einigen flinken Handbewegungen steuerte Tekener das Spionagegerät quer durch den Raum, so dass es unter der Zimmerdecke hinter dem Adligen schwebte. Nun konnten sie betrachten, was auch da Zdinth auf seinem Monitor sah. Den Grund für sein halbdebiles Gemurmel.

»Was ist das?«, fragte Decaree.

»Ein Vertrag. Warte, ich zoome noch näher heran. ›Kontrakt über wirtschaftliche Interessendurchsetzung‹«, las Tek vor. Er brummte in sich hinein, als er die nächsten Zeilen überflog. »Ach, das ist ja mal aussagekräftig. ›Befindet sich das in Frage stehende Territorium binnen Jahresfrist im Eigentum des Bevollmächtigten, verpflichtet sich der Auftraggeber, dieses bis zum Ende der Rentabilität vom Bevollmächtigten anzupachten. Das Pachtverhältnis beginnt mit Ablauf des Tages, in dem der Eigentumsübergang unanfechtbar geworden ist. Die Rentabilität erstreckt sich mutmaßlich über einen Zeitraum von etwa achthundert Jahren. Als Pachtzins wird ein Viertel der jährlichen Erträge des Auftraggebers vereinbart. Er verringert sich um jeweils einen Prozentpunkt für jedes Jahr, das zwischen dem Abschluss dieses Kontraktes über die wirtschaftliche Interessendurchsetzung und der Unanfechtbarkeit des Eigentumsübergangs liegt.‹«

»Aha«, sagte sie. »Und was heißt das in leichtverständlichem Interkosmo?«

»Wenn da Zdinth Besitzansprüche geltend macht und sie durchsetzen kann, sind die Tage der Armut für seine Familie gezählt. Je länger er jedoch wartet, desto geringer fällt seine Belohnung aus.«

»Wieso zögert er dann noch? Warum droht er nur, wenn Stimmen laut werden, die die Mondstabilisierung fordern?«

»Ich weiß es nicht. Dass er die Stabilisierung der Mondumlaufbahn verhindern will, leuchtet ein. Denn wenn die Thermophilen-Ernte zum Erliegen kommt, erlischt die Rentabilität für Urmanol-Ghaal und somit die Aussicht auf Reichtum. Aber warum er zögert ...« Tekener hielt für einige Sekunden inne. »Schwer zu sagen. Vielleicht kann er die Besiedlung durch die Arkoniden nicht nachweisen. Oder er möchte der Bevölkerung Zeit geben, sich mit dem Gedanken vertraut zu machen.«

Ein fürchterliches Getöse wie von einer Explosion hallte durch den Raum. Decarees Herz setzte einen Schlag aus. Sie starrte zur Zimmertür und erwartete jeden Augenblick das Eindringen eines unerwünschten Besuchers von der Größe eines Ertrusers, wenn nicht gar eines Haluters. Doch dann wurde ihr klar, dass die Spionagesonde das Geräusch übertragen hatte. Hastig griff Tek zur Steuerung und regelte die Empfindlichkeit herunter.

»Verdammt!«, schimpfte er. »Eigentlich hätte das die Sonde von selbst machen müssen.«

Das Pfeifen in Decarees Ohren überlagerte beinahe seine Worte. »Was?«

»Die Sonde! Sie hätte den Pegel von selbst herunterfahren müssen, wenn ein lauter Klang ertönt. Sicher hat die Abschirmung des Gebäudes es verhindert.«

Erneut erklang die Explosion, doch dieses Mal hörte sie sich eher wie ein Klopfen an der Tür an. Beide hatte das übersteuerte Geräusch so erschreckt, dass sie erst jetzt etwas bemerkten, was sie noch mehr erschreckte. Mirok da Zdinth schaute ihnen direkt in die Augen.

Tekener stieß ein kehliges Grunzen aus, das ein unterdrückter Fluch oder Ausdruck seines Erstaunens sein mochte. »Er hat die Sonde entdeckt! Der Deflektor muss ausgefallen sein.«

»Vielleicht sieht er nur zufällig in diese Richtung!«

Da Zdinth sprang von dem Stuhl auf und starrte ihnen unverhohlen entgegen. In diesem Augenblick klopfte es erneut an seiner Bürotür und sie öffnete sich, ohne dass der Arkonide den Besucher zum Eintreten aufgefordert hätte.

»Entschuldigen Sie, aber die Sicherheitsabteilung empfängt ein Signal aus Ihrem ...«

»Tür zu!«, plärrte da Zdinth.

Ronald Tekener reagierte blitzschnell. Schneller jedenfalls als der Gast im Büro des Arkoniden. Noch bevor dieser da Zdinths Befehl nachkam, steuerte der Smiler die Sonde aus dem Raum. Sie raste so knapp an dem Besucher vorbei, dass Decaree auf dem Monitor für einen Sekundenbruchteil seine durch den Zug fliegenden weißen Haare und die geplatzten Äderchen auf den Wangen sehen konnte. Dann war das Gerät draußen. Die Gänge und Flure der Urmanol-Ghaal-Niederlassung sausten so schnell vorüber, dass Decaree die Augen schließen musste, sonst wäre ihr schwindlig geworden.

»Haltet dieses Ding auf!«, erklang leise da Zdinths gebrüllter Befehl aus dem Hintergrund. »Sicherheitsdienst! Aufhalten!«

Die erschrockenen Blicke der Arkoniden, an denen die Sonde vorbeizischte, bewiesen, dass der Deflektor tatsächlich versagt hatte. Vermutlich aus dem gleichen Grund, aus dem auch die automatische Lautstärkeregelung ausgefallen war.

»Warum willst du mit der Sonde entkommen?«, fragte Decaree. »Sie haben sie doch ohnehin entdeckt.«

»Ich möchte nicht, dass jemand sie untersucht und als USO-Technologie erkennt. Solange wir als übermäßig neugierige Mitarbeiter des Schwarzen Steins gelten, die ihre Datenbanken auf diese Weise auffüllen, ist alles in Ordnung. Wir könnten sogar behaupten, nichts damit zu tun zu haben. Wenn sie uns aber als USO-Agenten enttarnen, könnte der Drahtzieher der Floßunglücke uns an den Kragen wollen, bevor wir ihm an den Kragen gehen.«

Auf dem Holoschirm schoss ein Geländer auf sie zu, hinter dem nichts als ein gähnender Abgrund lag – und der Fußboden der großen Empfangshalle hundert Meter weiter unten. Als die Spionagesonde darüber hinwegraste, überfiel Decaree das Gefühl, selbst in die Tiefe zu stürzen. Die Stockwerke flogen nur so an ihnen vorbei. Der Boden kam immer näher und mit ihm eine Horde bewaffneter Sicherheitsleute, die vor dem Ausgang standen. Nur einer wandte der Sonde den Rücken zu und verriegelte die Tür. Der Fluchtweg war versperrt! Decaree hielt den Atem an. Aus Angst, ihn in der Konzentration zu stören, wagte sie es nicht, Tek anzusprechen.

Seine Finger tanzten förmlich über die Steuerungssensoren. Er wirkte wie ein Pianist bei einem besonders schwierigen Stück. Den Blick hochkonzentriert, Schweiß auf der furchigen Stirn. Und dennoch lag ein Lächeln auf seinen Lippen. Konnten die Pockennarben seine Ausstrahlung der Entschlossenheit schon nicht verbergen, gelang es den künstlichen Falten erst recht nicht. Der ganze Körper war so angespannt, dass sie das Spiel der Muskeln unter dem Thermoanzug beobachten konnte.

*Glaubst du, du solltest nicht besser etwas anderem zusehen?*

Sie riss den Blick von Teks Oberkörper und wandte ihn dem Holoschirm zu. Dieser zeigte einen höllischen Ritt durch die Weiten der Empfangshalle. Nur Zentimeter über dem Fußboden entlang, dann ein plötzliches Ausbrechen in die Höhe und zurück nach unten. Hauptsache unberechenbar. Das Peitschen von Strahlerschüssen erklang, doch durch die Flinkheit der Sonde richteten sie keinen Schaden an. Das Monitorbild wechselte in rascher Folge. Eine Anpflanzung hiesiger Blumen und Sträucher, eine Sitzgruppe für Kunden, Säulen, Wandschmuck, mehr Protz, als man ihn zu Zeiten des Großen Imperiums für angemessen erachtet hätte. Das Spionagegerät huschte unter Sesseln hindurch, zwischen den Beinen verdatterter Angestellter, und an wertvoll aussehenden Gemälden vorbei. Stets auf der Suche nach einem Ausgang aus dem Gefängnis.

Decaree wurde sich bewusst, wie sie die Lehnen des Stuhls umklammerte und instinktive Lenkbewegungen ausführte. Sie musste sich zur Entspannung der Muskeln richtiggehend zwingen.

»Da!«, stieß Tekener aus. Sie sah es ebenfalls. Ein stilisierter Vulkan, wie Atlan ihn vom Empfang bei Ombudsmann Mathiesen beschrieben hatte. Das auf dem Holoschirm eingeblendete Display der Sonde gab ihn mit einer Höhe von 3,83 Metern an. Die abgestrahlte Temperatur betrug 342 Kelvin. Zu wenig, um die USO-Technologie aus ultraleichtem Kunststoff zum Schmelzen zu bringen. Dafür bedurfte es mindestens 1000 Kelvin.

»Zu kalt!«

»Nein«, widersprach Tek.

Die Sonde raste auf den Vulkan zu. Kurz bevor sie ihn erreichte, schnellte die Temperatur auf 1346 Kelvin hoch. Die Lava bestand aus echtem geschmolzenem Gestein! Offenbar umgab ein Schutzfeld den glutspeienden künstlichen Berg, das die Hitze nicht passieren ließ. Die Sonde hielt es jedoch nicht auf. Brodelndes Orange füllte den Holoschirm aus. Noch einmal erklang eine Stimme: »Sie darf nicht in die La...« Dann kehrte Ruhe ein. Das Bild erlosch. Tek entspannte sich, ließ die Arme hängen und ein tiefes Seufzen hören.

»Hast du es geschafft?«, fragte Decaree.

»Schwer zu sagen. Die Sonde müsste innerhalb kürzester Zeit zu einem nicht identifizierbaren Klumpen zusammenschmelzen. Wenn sie aber vorher den Lavastrom abschalten oder abfließen lassen können ...« Er zuckte mit den Schultern. »Ich weiß es nicht. Wollen wir das Beste hoffen.«

Sie stand auf, trat hinter Tek und begann, ohne darüber nachzudenken, seinen Nacken zu massieren. »Dec und Tek! Wir sind schon ein Gespann!« Sie schloss die Augen und konzentrierte sich ganz auf die Berührung, die sie unter ihrer Haut spürte.

»Decaree Farou!«, sagte er in schneidendem Ton. »Kannst du mir sagen, was das soll?«

Sie zuckte mit den Fingern zurück, als hätte sie sich verbrannt. Eine Hitzewelle schoss durch ihren Körper bis in die Wangen. *Was habe ich getan?*

*Du hast ihn nicht mehr massiert, sondern gestreichelt,* erinnerte sie ihr Inneres.

»Tut ... tut mir ... entschuldige bitte«, stammelte sie. »Ich weiß nicht, was in mich gefahren ist.«

Tek drehte sich um und sah sie lange an. Zu ihrer Bestürzung lächelte er nicht. »Du alterst, Decaree. Und du erträgst es nicht. Du brauchst die Bestätigung, noch attraktiv zu sein. Attraktiv genug für einen Unsterblichen, sei es ein Galaktischer Spieler oder ein arkonidischer Lordadmiral.« Die Schärfe wich aus seiner Stimme. Nun klang er nachdenklich und mitfühlend. »Du solltest dich von ihm lösen. Wer weiß, wie es sonst mit euch beiden enden wird.«

Sie straffte sich. Nein, das konnte sie nicht glauben. Sie war doch kein Sensibelchen, das mit dem Altern nicht zurechtkam! Mit zusammengekniffenen Augen betrachtete sie die hellbraune Haut ihrer Hände. Zeigten sich bereits die ersten Fältchen? Wie sah es in ihrem Gesicht aus? Ach, und wenn schon! Das gehörte zum Leben eines *normalen* Menschen dazu. Von Anfang an hatte sie mit Atlan vereinbart, es nicht so weit kommen zu lassen. Wenn sie es nicht mehr ertragen konnte, ihren Partner beim äußerlichen Alter hinter sich zu lassen, würde sie sich von ihm lösen. Erst dann! Nicht schon jetzt, nur weil jemand wie Ronald Tekener es behauptete. Es war noch lange nicht so weit.

*Na, wenn du das sagst.* Der Tonfall ihrer inneren Stimme war eindeutig.

»Jetzt bin ich aber gespannt, warum Sie mich so geheimnisvoll hierher bestellt haben.« Mobats Nasenspitze wippte bei jedem Wort auf und ab.

»Geheimnisvoll würde ich es nicht nennen«, entgegnete Oddo Karismäki. »Ich möchte mich nur ungestört mit Ihnen unterhalten und dabei sichergehen, dass Sie das Gespräch nicht aufzeichnen.«

Der Geheimdienstmann der Aras hob abwehrend die Hände. »Ich bitte Sie! Warum sollte ich das tun?«

Sie standen einige Kilometer nördlich von Hulborg in leicht hügeliger Landschaft. Dort lagen die Weiden der Tieflandrindzüchter. So weit das Auge reichte, erstreckten sich gelbliche, manchmal sogar grüne Grasflächen. Auf ihnen trotteten die zotteligen Tiere hin und her, blieben gelegentlich stehen, rupften ein paar Halme ab und kauten mit mahlenden Kiefern darauf herum. In der Luft lag das Surren der Hornmoskitos, die in großen Wolken über den Rindern schwebten. Glücklicherweise schmeckte den Plagegeistern das Blut der Skagsramer nicht, sie bevorzugten den Saft der trägen Vierbeiner. Im Volksmund nannte man sie deshalb auch Rindsbeißer.

Der Vorteil dieser Gegend bestand darin, dass sich kaum jemand herwagte. Die Rinder sonderten einen strengen Geruch ab, sodass man sich schon wundern musste, wie man aus ihnen eine so wohlschmeckende Speise wie Jöllekappa herstellen konnte. Und dass die Moskitos kein Menschenblut mochten, bedeutete nicht, dass sie einen nicht ständig umkreisten und sämtliche Körperöffnungen untersuchten. Alles in allem also keine Umgebung, in die man sich gerne freiwillig begab. Wie geschaffen für ein Gespräch, bei dem niemand lauschen sollte.

»Ersparen Sie mir das Theater. Ich weiß, dass Sie jede Gelegenheit nutzen würden, einen Vorteil für die Aras herauszuschlagen.«

»Selbstverständlich würde ich das tun. Das ist schließlich meine Aufgabe.«

»Ich will Ihnen nichts vormachen. Ich kann Sie nicht leiden, und ich weiß, dass Sie mich nicht mögen.«

Mobat blieb eine Antwort schuldig und lächelte Karismäki an.

»Aber es geht nicht um Sympathie«, fuhr der Hetman fort. »Es geht darum, unserer beider Interessen zu wahren.«

»Hoffentlich verübeln Sie es mir nicht, wenn ich kein Wort von dem verstehe, was Sie sagen.«

»Ihr Volk ist der größte Abnehmer der Supra-Thermophilen.«

»Um mir das mitzuteilen, hätten Sie mich nicht in diesen Gestank bestellen müssen. Dazu hätte ich nur die Statistiken der letzten Jahre studieren brauchen. Also, was wollen Sie von mir?«

Karismäki ging nicht darauf ein. »Aus den steigenden Export-Zahlen nach Aralon schließe ich, dass Ihr Bedarf an den Bakterien ungebrochen ist und stetig wächst.«

Der Ara verdrehte die Augen und sah genervt gen Himmel. »Ein überaus logischer Schluss, zu dem ich Ihnen herzlich gratuliere. Kann ich jetzt gehen?« Er wandte sich um und setzte sich in Richtung seines Gleiters in Bewegung.

»Was wissen Sie über die gesunkenen Lavaflöße?«

Mobat blieb stehen, zögerte einen Augenblick, dann kehrte er zu Karismäki zurück. »Ich weiß, dass sie gesunken sind. Und was wissen Sie?«

Der Hetman setzte ein überhebliches Lächeln auf. »Ich weiß erheblich mehr. So viel, dass ich nicht ins Detail gehen will. Aber ich kann Ihnen versichern, dass ein Zusammenhang mit einer Gefahr besteht, die die gesamte Supra-Thermophilen-Ernte zum Erliegen bringen könnte.«

»Eine Gefahr? Geht es nicht etwas genauer?«

»In dieser Hinsicht bitte ich Sie, mir zu vertrauen.«

Der Ara musterte sein Gegenüber lange. »Das fällt mir schwer. Wie Sie richtig ausführten: Ich mag Sie nicht besonders. Warum sollte ich Ihnen trauen? Erzählen Sie mir, was Sie über das Sinken der Flöße wissen. Vielleicht könnte dies als vertrauensbildende Maßnahme dienen.«

»Das ist leider unmöglich. Ich kann es nicht riskieren, dass auch nur Gerüchte aufkommen.«

»Also trauen Sie mir auch nicht! Verlangen aber umgekehrt, dass ich es tue. Sagen Sie mir endlich, was Sie wollen, oder ich beende das Gespräch.«

»Bitte erlauben Sie mir vorab noch eine Frage. Wie weit würden Sie eigentlich gehen, um die Interessen Ihres Volkes zu wahren?«

»Was soll das nun wieder heißen?« Mobat wirkte aufrichtig empört. »Wollen Sie mir etwa unterstellen, *ich* hätte etwas mit den Floßunglücken zu tun? Wie sollte das denn den Interessen meines Volkes ...«

»Nein, nein«, beeilte sich Karismäki zu sagen. »Ich weiß, dass Sie nichts damit zu tun haben.«

»Warum fragen Sie also, wie weit ich gehen würde?«

Der Hetman rang nach Worten. Wie sollte man eine derart delikate Angelegenheit mit einem Fremden besprechen? »Wären Sie beispielsweise bereit ... nun ja, jemanden zu verletzen, wenn es Ihrem Volk dient.«

Mobat verengte die Augen zu Schlitzen. »Unter Umständen.«

»Jemanden zu töten?«

Der Unterkiefer des Aras sank herab. »Was soll ich darauf sagen? Sie wissen selbst, dass mein Volk im Ruf steht, keine Skrupel zu kennen, wenn es um den eigenen Vorteil geht. Aber wäre ich persönlich bereit, jemanden zu töten?«

»Ich wäre es«, sagte Karismäki. »Natürlich würde ich es nicht gerne tun, aber wenn es einem größeren Gut dient, würde ich es tun.«

»Und?«

»Sehen Sie, diese Gefahr, von der ich vorhin gesprochen habe, ist weitaus greifbarer, als Sie vielleicht denken. Es gibt zwei Personen auf Skagsram, die der Thermophilen-Ernte nachhaltig schaden könnten.«

»Und?«, fragte Mobat noch einmal.

»Ich muss sie ausschalten. Endgültig, wenn Sie verstehen, was ich meine.«

»Das verstehe ich sehr gut. Ich weiß nur nicht, warum Sie mir das alles erzählen.«

»Weil ich Ihre Hilfe brauche.«

»Meine? Wie könnte ich Ihnen helfen?«

Karismäki wand sich. »Ich möchte noch einmal betonen, dass diese Personen nicht nur Skagsram, sondern dadurch auch Ihrem Volk gefährlich werden können. Wenn ich die beiden ... nun, letal daran hindere, uns Schaden zuzufügen, darf kein Verdacht auf mich fallen. Jeder muss es für ein Unglück, einen natürlichen Todesfall oder die Tat eines anderen halten. Und da Sie als ehemaliger Leiter der Ara-Klinik Zugang zu dem einen oder anderen Mittel besitzen dürften, das mir in dieser Hinsicht helfen könnte, habe ich mich an Sie gewandt.«

Mobat schwieg.

»Es ist auch im Interesse Ihres Volkes«, schob Karismäki nach.

»Sie wiederholen sich. Ich vermute, Sie wollen mir nicht erzählen, wer diese zwei Personen sind?«

»Da haben Sie recht.«

Der Ara legte seinen dünnen Zeigefinger an die Lippen und dachte nach. »Es ist schwierig zu entscheiden, ob ich Ihnen helfen soll, wenn Sie mir so wenig Informationen geben. Besteht ein Zusammenhang zu den gesunkenen Flößen?«

Karismäki fluchte vor sich hin. Er hatte gehofft, den Ara leichter überzeugen zu können. Was sollte er ihm erzählen? Die Wahrheit? Andeutungen? Er biss sich auf die Unterlippe. »In gewisser Weise«, sagte er, um Zeit zu gewinnen.

»Wie wäre es mit folgendem Vorschlag? Sie stillen meine Neugier wenigstens ein kleines bisschen und dann sehe ich, was ich für Sie tun kann.«

»Mir bleibt wohl nichts anderes übrig.« Die nächsten Minuten versuchte Karismäki, Mobat einige Wissensbrocken hinzuwerfen, ohne zu viel zu verraten.

»Na schön«, meinte der Ara schließlich. »Ich bin als Versicherungsfachmann zwar aus dem Medizinergeschäft ausgeschieden, aber in der Tat verfüge ich noch über diverse Beziehungen. Ich wüsste da etwas, das nützlich für Sie sein könnte. Ich werde es besorgen und Ihnen verkaufen. Denn das ist es, was Aras zuweilen machen: Geschäfte! Was Sie dann damit anstellen, will ich gar nicht wissen.«

Ein Grinsen huschte über Karismäkis Gesicht. »Hervorragend. Wenn es möglich wäre, würde ich es gerne morgen einsetzen. Da erreicht der Mise seinen Höhepunkt und die

Aufmerksamkeit der Leute lässt merklich nach. Und ich kann mich darauf verlassen, dass niemand die Spur zu mir zurückverfolgen kann?«

»Absolut! Ihre beiden unliebsamen ... Personen sind schon jetzt so gut wie Geschichte.«

# Kapitel 15

## Über der Fundgrube

*Bevor ich der Gesellschaft zur Last falle,*
*wähle ich den Weg in die Feuergrube.*
*Ich wünsche mir, dass mein Volk*
*trotz meines Todes nach den Sätzen lebt,*
*die ich es gelehrt habe.*
*(aus Nicke Dahlqvists Abschiedsbrief)*

Die Künstlerkommune Baba Yaga sah anders aus, als Decaree sie sich vorgestellt hatte. Auf einem Planeten wie Skagsram hätte sie mit einem Lager inmitten zerklüfteter Berge gerechnet, einer kargen Landschaft, die den Künstlern gerade das Nötigste lieferte, um zu überleben. Mit Menschen, die dennoch mit einem vergeistigten Lächeln auf den Lippen durch das Camp schwebten, stets damit beschäftigt, sich selbst zu finden, und auf der dauernden Suche nach Vervollkommnung. Stattdessen durchflog ihr Gleiter eine breite Schneise in einem dichten Wald. Als er schließlich auf einer Lichtung stoppte, lächelten die wenigen Menschen, die sie sah, weder vergeistigt noch sonst irgendwie. Auf Decaree wirkte es, als sei Hulborgs ausgelassene Stimmung in den Bäumen um Baba Yaga hängen geblieben.

Während des Fluges in die einige Kilometer südlich der Hauptstadt gelegenen Kommune hatten sie krampfhaft vermieden, über den *Vorfall* zu sprechen. So nannte Decaree ihren Annäherungsversuch gegenüber Tekener, der ihr im Nachhinein selbst unbegreiflich war. Den *Vorfall*. Sie war erleichtert, dass auch er dieses Thema nicht mehr anschnitt. Vielmehr kreisten ihre Gespräche nur um eine Person: Mirok da Zdinth. War er der Drahtzieher hinter den Floßunglücken? Oder war es derjenige, den er angerufen hatte? Der, von dem er sagte, sein kleines Geheimnis zu kennen? Wer war sein Gesprächspartner gewesen? Jemand, der auf ihrem Zettel stand oder ein völlig Fremder? Ganz offensichtlich hatten sie aber irgendjemandem genug auf die Füße getreten, um ihnen den Aufpasser mit den Augenbrauennarben wieder auf den Hals zu hetzen. Er folgte Decaree und Tek in einem Gleiter, der genauso aussah wie ihrer und durch dessen Frontscheibe man sein Gesicht deutlich erkennen konnte. Selbst jetzt, als sie auf den Parkplatz von Baba Yaga flogen, schwebte er nur zwanzig Meter weiter hinten.

Sie stiegen aus, und erneut schlug ihnen die mörderische Hitze entgegen. Natürlich! Decaree musste sich eingestehen, dass sie in Anbetracht des Waldes für einen Augenblick die Außentemperaturen vergessen hatte. Der Parkplatz stand bereits voller Gleiter. Anscheinend erfreute sich der Tag der offenen Tür großer Beliebtheit. Wie sie inzwischen von der übellaunigen Dame am Hotelempfang erfahren hatten, lag das an der Begnadigung, die, wie sie es formuliert hatte, mit einer einzigartigen Show verbunden war. »Vor zwei oder drei Jahren habe ich es mir selbst einmal angesehen«, hatte sie gesagt. »Sehr dahlqvistesk.« Was immer sie damit hatte ausdrücken wollen.

Die Zahl der Gleiter ließ auf viele Gäste schließen. Von denen sahen sie jedoch nichts. Lediglich einige Künstler, die man nur unschwer an den Meißeln, Pinseln oder Farbflecken erkennen konnte, liefen ihnen über den Weg, würdigten sie allerdings keines Blickes. Ein eigenartiger Geruch lag in der Luft. Decaree staunte über die sonderbare Assoziation, aber der erste Gedanke, der ihr durch den Kopf schoss, lautete: ein Sud aus kochenden Bäumen und verfaulenden Eiern.

Auf der Lichtung erhob sich ein flaches, dafür umso breiteres Gebäude mit getönten Fenstern, das auf den Seiten bis in den Wald reichte.

Davor stand eine kleine Holzhütte ohne erkennbaren Eingang. Man hatte sie nicht auf dem Boden errichtet, sondern auf vier stelzenartigen Stämmen, die Decaree wegen ihrer gespreizten Wurzeln an Hühnerbeine erinnerten. Was für ein merkwürdiger Ort!

Ein Blick über die Schulter verriet ihnen, dass ihr menschlicher Schatten seinen Gleiter in einiger Entfernung geparkt hatte, ihn aber nicht verließ. Sie betraten den Flachbau, der sich lediglich als Empfangsgebäude erwies. Hinter einem verglasten Tresen saß die Frau mit der zu breiten Nase und den zu engstehenden Augen. Sie erkannte die Anrufer vom Tag zuvor und strahlte sie an.

»Czern Hawa und Leda Nnezmatki, richtig?« Noch immer klang ihre Stimme, als säße ihr ein Frosch in der Kehle. Wieder verspürte Decaree das Bedürfnis, sich zu räuspern.

Tek deutete durch die Eingangstür auf den vollen Parkplatz. »Wir sind ein wenig verwirrt. Wo halten sich all die Menschen auf?«

»Auf dem Hauptgelände.« Sie sagte es mit einer Selbstverständlichkeit, als wundere sie sich über die dumme Frage.

»Verstehe«, meinte Tek. Decaree glaubte ihm nicht. »Und das finden wir wo?«

Die Frau mit der breiten Nase zeigte nach links, wo sich ein unendlich lang erscheinender Gang anschloss. »Einfach hier entlang. Dann dürfte es kein Problem mehr sein.«

»Vielen Dank.«

»Eine Frage noch«, schaltete sich Decaree ein. »Ich habe diese seltsame Hütte vor dem Eingang gesehen. Die mit den Hühnerbeinen. Ist sie ein Kunstwerk oder besitzt sie eine besondere Bedeutung?«

»Beides, mein liebes Kind! Sie steht im Zusammenhang mit der Namensgeberin unserer Kommune.« Sie zwinkerte Decaree vertraulich zu. »Ich hätte es auch nicht gewusst, aber in den Archiven ist die Geschichte des Lagers bis in die Gründerzeit aufgezeichnet.«

»So alt ist es schon?«

»Matti Holmgren baute es kurz nach Nicke Dahlqvists Tod auf.«

»Ich dachte, eine Frau namens Baba Yaga hätte es errichtet. Zumindest habe ich Sie so verstanden.«

»O nein, Holmgren hat die Kommune lediglich nach ihr benannt. Bei ihr handelt es sich um eine Märchengestalt, die in manchen Regionen der Welt unserer Vorväter populär war. Die Bezeichnung Baba stand in einer terranischen Sprache für Großmutter. Es existieren verschiedene Deutungen dieser Figur. Diejenige, die Matti Holmgren bevorzugte, sieht sie als eine einsame Waldfrau, das dritte Mitglied einer Gottheit, die sich aus Jungfrau, Mutter und altem Weib zusammensetzt. Yagas Aufgabengebiet lag im Tod und der Wiedergeburt. Holmgren fand diese Symbolik in doppelter Hinsicht für sein Projekt geeignet.« Plötzlich hörte sich die Frau mit der breiten Nase wie eine Fremdenführerin an. Womöglich war sie an anderen Tagen für die individuellen Termine zuständig und leierte nun die Litanei herunter, die sie auch sonst zum Besten gab. »Sie müssen wissen, dass Nicke Dahlqvist freiwillig aus dem Leben schied, als er aufgrund seines Gesundheitszustands glaubte, der Gesellschaft zur Last zu fallen. Aus diesem Grundgedanken heraus erschuf Holmgren die Kommune. In ihr sollten Bürger die Gelegenheit erhalten, einen Beitrag zur Gemeinschaft zu leisten, auch wenn ihnen dies auf anderem Wege nicht mehr möglich war.« Wieder dieses vertrauliche Zwinkern. »Schließlich können wir nicht jeden in die Feuergrube stoßen, der nichts zu schaffen mehr imstande ist, nicht wahr.«

Unwillkürlich fragte sich Decaree, ob dieser letzte Satz einen verunglückten Scherz im üblichen Fremdenführertext darstellte oder ob die Frau für einen Augenblick aus ihrer Rolle ausgebrochen war und die Äußerung ihre wahre Gesinnung abbildete.

»Sie verstehen die Symbolik?«, erkundigte sich die Empfangsdame, jedoch nur, um die Antwort sofort selbst zu geben. »Nach dem gesellschaftlichen Tod erfolgt eine Wiedergeburt in der Einsamkeit des Waldes. Die alten Legenden erzählen, dass Baba Yaga eine Hütte bewohnte, die auf Hühnerbeinen stand. Ein sehr hübsches Detail der Sage dreht sich um den Eingang der Behausung. Es existiert nämlich keiner. Nur wenn man den entsprechenden Befehl kennt, wendet sich die Hütte um und präsentiert plötzlich doch eine Tür.«

»Wirklich sehr hübsch«, sagte Tek.

*Ob* diese *Symbolik auch jemand versteht?*, fragte sich Decaree. *Eine Hütte ohne Eingang und folglich auch ohne Ausgang? Wer einmal drin ist, kommt nicht wieder heraus, es sei denn, er kennt den entsprechenden Befehl.* »Wurde die Kommune von Anfang an auch als Strafgefangenenlager benutzt?«

Auf das Gesicht der Empfangsdame legte sich ein Ausdruck, der eine Mischung aus Empörung und Erheiterung darstellen mochte. »In dieser Bezeichnung schwingt ein negativer Unterton mit, der der Realität nicht gerecht wird. Natürlich gibt es bei uns auch Personen, die nicht nur unnütz für die Gesellschaft sind, sondern ihr sogar geschadet haben. Um Ihre Frage zu beantworten: Baba Yaga als Chance für solche Menschen einzusetzen geschah nicht von Anfang an. Dies hat sich erst im Laufe der Jahrhunderte aus dem Studium und der Interpretation von Nicke Dahlqvists Lehren als richtig und zweckmäßig ergeben. Halten Sie es nicht auch für eine gute Sache, dass diese verstörten Personen durch ihren Beitrag zur Kunst den angerichteten Schaden wenigstens zum Teil wiedergutmachen können?«

Decaree weigerte sich, darauf eine Antwort zu geben. »Was geschieht mit denen, die sich auch in der Kommune als Störenfriede erweisen? Die keinen ... Beitrag zur Kunst leisten wollen?«

»Wer sich nicht helfen lassen will, dem ist nicht zu helfen. Den trifft das Gesetz mit voller Härte. Wer sich gegen die Gesellschaft stellt, den stößt sie aus.«

»Und das bedeutet?«

»Feuergrube natürlich, was denn sonst?« Von dem Lächeln unter der breiten Nase war nichts mehr übrig geblieben. »Sie erwarten doch nicht, dass ich mit Ihnen Skagsrams Rechtssystem diskutiere, das sich seit Jahrhunderten bewährt hat.«

Tek ergriff das Wort. »Wir möchten nur so viele Informationen wie möglich sammeln. Für die Datenbanken des Schwarzen Steins, verstehen Sie?« Er griff Decaree an der Hand. »Links den Gang hinunter, sagten Sie?«

Als die Frau mit der breiten Nase bestätigte, zog er seine Kollegin hinter sich her den Gang entlang.

Oddo Karismäki hasste Baba Yaga. All die gestrandeten Existenzen, die Schädlinge der Gesellschaft, die sich mit zweifelhaften Kunstobjekten ihren Platz in der Gemeinschaft bewahrten. Sicherlich, vereinzelt zog es Skagsramer in die Kommune, weil sie begabt waren und den Drang verspürten, sich künstlerisch auszudrücken. Beim Großteil jedoch handelte es sich um Abschaum. Dass sein Kollege Haknur Hakilaunen einige Jahre damit verbracht hatte, aus nichtssagenden Bastaltsteinen nichtssagende Skulpturen zu hämmern, änderte daran nichts.

Er hasste Baba Yaga. Und er hasste den Tag der offenen Tür. Nicht wegen der Begnadigung, denn diese verschaffte den Skagsramern immerhin die Belustigung, auf die sie das ganze Jahr verzichten mussten. Aus den alten Historienbüchern wusste er, dass es bereits auf Terra einen ähnlichen Brauch gegeben hatte. Bei den Ägyptern. Oder den Griechen. Oder den Amerikanern. So genau konnte er sich nicht mehr erinnern, da diese Worte keine konkrete Bedeutung für ihn besaßen. Was er sich aber gemerkt hatte, war der Name der damaligen Veranstaltung: Brot und Spiele. Die Begnadigung stellte einen Baustein der Skagsramer Gesellschaft dar, der dafür sorgte, dass das Volk beherrschbar blieb.

Nein, er hasste den Tag der offenen Tür, weil er sich dann der Öffentlichkeit präsentieren musste. Lieber hielt er sich im Hintergrund, zog von dort seine Fäden. Er konnte es einfach nicht leiden, wenn ihn tausende von Augenpaaren anglotzten. In den letzten Jahren hatte er die Aufgabe häufig auf einen Stellvertreter übertragen, oder der Justiz- oder Familienminister hatte sich ihrer angenommen, obwohl sie auch nicht in deren Zuständigkeitsbereich fiel. Diese Möglichkeit besaß er diesmal nicht, denn neben der Begnadigung hatte er eine weitere Angelegenheit zu regeln. Eine, die er schlecht mit den Worten »Sie müssen jemanden für mich umbringen« an einen Kollegen delegieren konnte. Er stellte sich vor, wie der Ernteminister bei einem derartigen Auftrag aus der Wäsche schauen würde. Schon als er von Matti Holmgrens Aufzeichnungen und den sich schließlich daraus ergebenden Konsequenzen erfahren hatte, war ihm die seelische Belastung beinahe zu viel gewesen. Aber er war Mitglied der Regierung, also steckte sein Kopf genauso in der Schlinge wie der von Ata Mathiesen, auch wenn sie diese erst vor Kurzem eingeweiht hatten. Haknur Hakilaunen war eindeutig der Falsche für einen derartig verantwortungsvollen Posten. Er hätte die Hände über dem Kopf zusammengeschlagen, wenn er von Karismäkis Plänen gewusst hätte.

Der Hetman stand im Gemeinschaftsraum des Ausgleichstraktes von Baba Yaga und sah auf die Gefangenen herab.

Natürlich nannte man sie offiziell nicht so, denn sie saßen in der Kommune keine Strafe ab, sondern leisteten Wiedergutmachung für den Schaden, den sie der Gesellschaft zugefügt hatten. Was für eine Augenwischerei. Dennoch funktionierte das Rechtssystem auf diese Weise ausnehmend gut. Auf kleinere Vergehen folgten kleinere Sanktionen. Kapitalverbrechen zogen den Gang in die Feuergrube nach sich. Alles dazwischen führte zu einem zeitlich meist unbefristeten Aufenthalt in Baba Yaga. Die Wirksamkeit des Systems zeigte sich schon darin, dass sich derzeit nur siebenundachtzig Personen zum »Schadensausgleich« in der Künstlerkommune aufhielten.

Sie alle saßen an den Tischen, die man zu drei Reihen zusammengeschoben hatte. Der Raum wirkte trotz – oder vielleicht gerade wegen? – der wahllos herumstehenden Kunstgegenstände kahl und trostlos. Die Stühle sahen eher zweckmäßig als gemütlich aus. Karismäki hatte sich auf einer Bühne an der Stirnseite positioniert, auf der sonst allabendlich einer der Künstler den unfreiwilligen Kollegen Nicke Dahlqvists Lehren um die Ohren drosch. Vier Flammengardisten flankierten den Hetman, zwei auf jeder Seite.

»Herzlich willkommen«, sagte er. »Für einige von Ihnen ist dies das erste Mise-Fest in Baba Yaga und folglich die erste Teilnahme an der Begnadigung.« Er deutete auf eine Kabine hinter sich auf der Bühne. »Sie werden nun einzeln zu mir in diesen abgeteilten Raum kommen, wo ich Sie erfasse und für die Festlichkeiten vorbereite. Draußen werde ich Sie später fragen, wer sich für eine Begnadigung bewirbt. Bedenken Sie: Bei mehr als zwei Bewerbern entscheidet das Los, wer von den Interessenten auf die Brücke darf. Bei weniger als zwei Bewerbern entscheidet ebenfalls das Los, jedoch unter Ihnen allen.«

Plötzlich spürte er, wie sein Mund austrocknete. Er wusste, was er zu tun hatte. Dennoch kamen Zweifel in ihm auf.

Noch gestern war er davon überzeugt gewesen, dass ihm keine Wahl blieb. Doch heute, so kurz bevor er Menschen in den Tod schickte, war er sich nicht mehr sicher. Es war nicht das erste Mal, dass er für die Auslöschung von Leben verantwortlich war, doch stets hatte er andere die Drecksarbeit erledigen lassen. Noch nie hatte er selbst ...

Er verscheuchte den Gedanken, der eines Haknur Hakilaunen würdig gewesen wäre, aber nicht eines Oddo Karismäki! Für ihn zählte nur Skagsrams Wohl. Die Zukunft des Planeten, die Erhaltung seiner wirtschaftlichen Stärke. Dafür musste er tun, was nötig war. Auch wenn es ihm schwerfiel.

»Meine Mitarbeiter werden Sie nun nacheinander zu mir führen. Ich wünsche Ihnen ein schönes Mise-Fest.«

Er wischte die feuchten Handflächen an der Hose ab und betrat die Kabine. Keine zwanzig Sekunden später brachte einer der Flammengardisten den ersten Gesellschaftsschädling zu ihm. Dieser blieb vor einem Tischchen stehen, auf dem ein Lesegerät und ein Handscanner lagen. Über den Chip, den jeder Gefangener an der Schläfe trug, ermittelte Karismäki dessen Identität. Dann schenkte er ihm einige zuversichtlich klingende Worte und bat den Nächsten herein.

So verfuhr er bei fünfundachtzig der Männer und Frauen, die zu ihm in die Kabine kamen. Den beiden anderen jedoch ließ er eine besondere Behandlung zuteilwerden. Da er wusste, dass dies ihr erstes Mise-Fest in Baba Yaga war, musste er nicht befürchten, dass sie die Abweichung von der alljährlichen Prozedur bemerkten. Er injizierte ihnen die Droge, die der Ara Mobat ihm besorgt hatte und die die Opfer in ein willenloses Werkzeug verwandelte. Von nun an befolgten sie für etwa zwei Stunden jeden Befehl, den man ihnen erteilte, sofern dieser nicht zu komplex war. Befehle wie: »Töte!«

»Was hat dir jetzt schon wieder nicht gepasst?«, fragte Decaree, als sie den Gang entlanggingen.

»Nichts«, antwortete Tek. »Ich hielt es nur für unzweckmäßig, uns auf eine fruchtlose Diskussion über das Rechtssystem auf Skagsram einzulassen. Auch wenn uns manche Aspekte davon unverständlich oder barbarisch erscheinen mögen, werden wir es nicht verändern können. Wir müssen uns auf unsere Aufgabe konzentrieren.«

Nach einigen Metern knickte der Gang nach rechts ab und mündete vor einem zweiflügeligen Portal. Sie durchschritten es und fanden sich auf einem Weg, den dichter, undurchdringlicher Wald säumte. Stimmengewirr schlug ihnen entgegen, das mit jedem Schritt lauter wurde. Nach etwa zweihundert Metern bog der Weg nach links ab und öffnete sich zu einer riesigen Lichtung voller Baracken und Skulpturen, zwischen denen sich unzählige Menschen tummelten. Der einzige Zugang dorthin führte über einen mindestens fünfzig Meter breiten Spalt. Eine bogenförmige Metallbrücke überspannte die Kluft. Soweit sie es von hier aus beurteilen konnten, umgab der Riss in der Erde das gesamte Areal.

»Sicherer als jede Gefängnismauer«, kommentierte Tek.

Die Brücke war nicht im Boden verankert, sondern ruhte mit beiden Enden auf einem kreisförmigen Schienensystem, das bis auf die andere Seite der Kluft reichte. Es erinnerte Decaree an einen Ring, der vom Finger gerutscht und auf die Straße gefallen war und den lediglich zwei Streben eines Kanaldeckels davon abgehalten hatten, in die Tiefe zu verschwinden.

»Wozu soll das gut sein?«, fragte sie.

»Eine Sicherheitsvorrichtung«, sagte eine Stimme neben ihr.

Sie wandte sich nach rechts und entdeckte ein kleines Häuschen am Waldrand, das sie bisher übersehen hatte. Aus ihr trat ein Mann mit roten Wangen, fleischigen Ohrläppchen, Hitzenarben auf der Nase und einem freundlichen Lächeln auf den Lippen. Er trug den landesüblichen weißen Anzug, auf dessen Brust ein Emblem prangte: eine stilisierte Hütte auf Hühnerbeinen.

»Sind Sie Künstler hier?«, erkundigte sich Decaree.

Er schüttelte den Kopf. »Die finden sie alle auf der anderen Seite der Feuergrube. Ich bin nur der Stellwärter.«

»Stellwärter?«

»Für die Brücke.«

Nun erst erkannte Decaree das Prinzip. »Sie können sie so auf den Schienen drehen, dass sie nicht mehr über die Feuergrube reicht und die beiden Seiten verbindet.« *Wie die Hütte der Waldfrau. Erst wenn sich die Brücke neuerlich umwendet, entsteht ein Eingang.*

»Sie waren noch nie in Baba Yaga, richtig?«

Tek nickte. »Wir sind einige Tage geschäftlich auf Skagsram. Deshalb unsere Unwissenheit. Aber man hat uns gesagt, dass wir das Mise-Fest der Künstlerkommune keinesfalls versäumen dürfen.«

»In der Tat. Die Begnadigung stellt in jedem Jahr den Höhepunkt dar. Zwei Männer, die um die Rückkehr in ihr altes Leben kämpfen.« Er deutete über die Feuergrube hinweg auf eine Tribüne in unmittelbarer Nähe des Spalts, wo sich viele Menschen gerade einen Platz suchten. »Es kam schon vor, dass wir eine zweite Tribüne errichten mussten, um alle Besucher unterzubringen. Dieses Mal scheint es ruhiger zuzugehen. Aber die Feierlichkeiten beginnen auch erst in einer Stunde. Wer weiß, wie viele Leute bis dorthin noch den Weg hierher finden.«

Sie bedankten sich für die Auskünfte und betraten die Brücke. Diese war zwar gute zehn Meter breit, dennoch stieg ein mulmiges Gefühl in Decaree auf, als ihr bewusst wurde, dass es an den Seiten keine Brüstung gab. Sie achtete darauf, sich möglichst in der Mitte zu halten. Als sie den Scheitelpunkt erreichte, wagte sie einen Blick nach rechts. Der Anblick raubte ihr den Atem. Steile Felswände stürzten ins scheinbar Bodenlose, schwalbenartige Vögel segelten in der Thermik der aufsteigenden Hitze durch den Spalt. Irgendwo dort unten mussten Unmengen von Lava kochen, die den Abgrund in allen nur erdenklichen Rottönen schimmern ließen. Über dem Schlund war der Geruch nach faulen Eiern übermächtig. Für einen schrecklichen Augenblick lang stellte sich Decaree vor, dass der Stellwärter ausgerechnet jetzt die Brücke um neunzig Grad drehte. Dann wären sie gefangen über der brodelnden Hölle. Sie schüttelte den Gedanken ab und folgte Tekener auf die andere Seite.

»Wie sollen wir hier die Männer finden, die Karismäki weggesperrt hat?«, fragte Decaree.

Der Smiler ließ den Blick über die Unzahl von Menschen gleiten. Manche von ihnen Besucher, andere Künstler, wieder andere Gefangene. »Indem wir uns für Kunst interessieren und mit den Leuten sprechen.«

Decaree kam sich vor wie auf einem Jahrmarkt, auch wenn Attraktionen wie Antigrav-Katapulte, 4-G-Karusselle oder Zuckerwattestände fehlten. Sie schlenderten durch die Menge. Immer wieder sah sich die Agentin über die Schulter, ob ihnen der Mann mit den Augenbrauennarben folgte, aber offenbar konnte der sich für die Reize einer Begnadigung nicht erwärmen. An jeder Skulptur, die sie passierten, blieben sie stehen und heuchelten Interesse. Die meisten der Werke sollten Nicke Dahlqvist darstellen. Der Gründervater in nachdenklicher Pose, der Gründervater mit mahnend erhobener Hand, der Gründervater in demütiger Haltung vor den Mächten des Schicksals. Zumindest war es das, was die Schilder bei den Statuen dem Betrachter verrieten. Decaree erkannte nichts anderes als Steinblöcke, auf die talentfreie Hände mit Hammer und Meißel eingeprügelt hatten. Dann jedoch erreichten sie eine aufrechtstehende, gut zehn Meter lange Steinplatte, die reliefartige Lebensszenen eines Mannes zeigte. Der Künstler hatte die Gesichtszüge nicht so sorgfältig herausgearbeitet, dass man darin jemanden hätte erkennen können, aber Decaree war sich sicher, dass es sich auch hierbei um Nicke Dahlqvist handelte.

»Gefällt es Ihnen?«, erkundigte sich eine junge Stimme.

Neben ihnen stand eine Frau Anfang zwanzig. Ihre blonden Haare trug sie hochgesteckt zu einem Knoten, was ihrem scharfkantigen Gesicht zusätzliche Strenge verlieh. Die Augen funkelten lebhaft. Auf der Brust ihres weißen Anzugs befand sich das Emblem der Kommune, daneben ein stilisierter Hammer.

»Ausgezeichnet«, sagte Tek. »Haben Sie es geschaffen?«

Die Frau nickte. »Der Lebensweg des Gründervaters in fünf Stationen. Im Gegensatz zu vielen anderen Kommunarden habe ich es nicht nötig, das Werk mit einem Schild zu erklären.« Im Stillen gab Decaree ihr recht. »Eine Arbeit im Auftrag des Ernteministers für die Empfangshalle des Regierungsgebäudes. Mein Name ist übrigens Ranja Wijsstork.«

Das erste Relief zeigte ein kugelförmiges Raumschiff, vor dem Nicke Dahlqvist zu einer zu ihm aufblickenden Menge sprach. Auf dem zweiten dirigierte er sein Volk beim Aufbau der Siedlung Hulborg, die sich inzwischen zu einer Stadt mit zehn Millionen Einwohnern entwickelt hatte. Das Motiv des dritten Bildes überraschte Decaree. Der Gründervater stand am Rand eines Stroms und drohte hineinzufallen, doch von hinten griff ihn ein zweiter Mann am Kragen.

»Was stellt dieses Relief dar?« Sie deutete auf die geheimnisvolle Szene.

»Den Wendepunkt in Nicke Dahlqvists Leben und in der Entwicklung Skagsrams. Einige Jahre nach der Landung auf dem Planeten unternahm der Gründervater mit seinem

Stellvertreter Matti Holmgren Expeditionen auf die anderen Kontinente. Von vornherein war klar, dass sich diese nicht für eine Besiedlung eigneten, doch Dahlqvist wäre nicht Dahlqvist gewesen, wenn er nicht zumindest geprüft hätte, was das Schicksal auf den menschenfeindlichen Landstrichen bereithielt.«

»Eine Expedition? Nur zu zweit?«, fragte Tekener.

»So erzählt es die Historie. Dahlqvist kam einem Lavastrom zu nahe und wäre hineingestürzt, wenn Matti Holmgren ihn nicht gerettet hätte. Dabei verletzte sich der Gründervater so schwer, dass er anschließend nie wieder in die Öffentlichkeit trat. Er wollte, dass sein Volk ihn in Erinnerung behielt, wie es ihn kannte. Ohne entstellende Narben.«

»Kein Zeichen eines ausgeprägten Selbstbewusstseins, wenn Sie mich fragen«, sagte Tek, und Decaree grinste still in sich hinein.

»Das hat nichts mit mangelndem Selbstbewusstsein zu tun, sondern mit Rücksichtnahme gegenüber seinem Volk. Er wollte sie mit seinem Anblick nicht belasten.«

»Wenn Sie meinen«, brummte Tek.

»Doch zugleich war dies die eigentliche Geburtsstunde des Gründervaters. Ab diesem Zeitpunkt schenkte er den Menschen, die ihn liebten, all seine Lehren.«

Das war also der Grund, warum aus dem lausbubenhaften Siedlervater aus Atlans Schilderung ein ernsthafter, die Lebensfreuden verneinender Klotz geworden war. Und das Volk, das ihn seit Jahren geschätzt und respektiert hatte, war diesen Wandel ohne Murren mitgegangen.

»Und er schenkte ihnen die Supra-Thermophilen«, fügte die Künstlerin hinzu.

»Wie das?«, erkundigte sich Tek.

»Das ist nicht überliefert. Aber man erzählt, dass das Schicksal ihm als Belohnung für die Klaglosigkeit, mit der er seinen Unfall hingenommen hat, eine Vision eingab. Es zeigte ihm die Früchte der Lava, die seitdem Skagsrams Existenz sichern.«

Decaree deutete auf das vierte Relief. Ein Floß, das diesen Namen auch noch verdiente und nicht mit den holografischen Schiffen vergleichbar war, die sie auf den Ausstellungssäulen in der Empfangshalle von Strömblad & Sernsborg gesehen hatten, trieb auf einem Lavastrom. Männer in klobigen Schutzanzügen stocherten mit langen Stangen in der Glut herum. Über allem schwebte Dahlqvists Gesicht wie die Sonne am Himmel. »Das stellen Sie hiermit dar.«

»Richtig. Die Anfangstage der Flößerei. Entbehrungsreich, riskant, wenig ergiebig. Aber Sie wissen, was bis heute daraus entstanden ist.«

Das wussten sie in der Tat. Flöße, die aussahen wie Schiffe, und dennoch sanken wie die einfachen Modelle der Vorväter, wenn auch aus anderen Gründen.

»Und dieses fünfte Bild?«, fragte Tek.

»Das zeigt Dahlqvists letzten großen Akt, Jahre nach seinem Unfall.«

Decaree betrachtete das Relief und runzelte die Stirn. An einer Felsspalte, die der Feuergrube um die Künstlerkommune nicht unähnlich sah, stand der Gründervater mit ausgebreiteten Armen und war offenbar im Begriff, sich hinunterzustürzen. Das bezeichnete die Künstlerin als großen Akt?

»Als sich sein Gesundheitszustand verschlechterte und er erkannte, dass er seinen Skagsramern nichts mehr geben konnte, entschloss er sich zum Freitod. *Bevor ich der Gesellschaft zur Last falle, wähle ich den Weg in die Feuergrube. Ich wünsche mir, dass mein Volk trotz meines Todes nach den Sätzen lebt, die ich es gelehrt habe.* So schrieb er in seinem Abschiedsbrief.«

Und deshalb warf man noch heute Menschen in die Lava, wenn man glaubte, sie könnten zur Gemeinschaft nichts mehr beitragen? Irrsinnig. Aber Tek hatte recht: Sie konnten die über Jahrhunderte gewachsene Struktur nicht aufweichen. Dazu hätte schon Nicke Dahlqvist selbst aus seinem Lavagrab steigen und seine Leute ermahnen müssen. So, wie ihn all die Überlieferungen und Hauptsätze schilderten, war sie sich aber nicht einmal sicher, ob er das Skagsramer Rechtssystem nicht sogar begrüßen würde.

»Woher wissen Sie das alles?«, fragte Ronald.

Ranja Wijsstork lachte. »Das ist Grundwissen, das man an den Schulen lehrt. Noch bevor ein Kind lesen und schreiben kann, hat es schon die Geschichte und Sätze Nicke Dahlqvists verinnerlicht.«

Ein Mann mit dem üblichen weißen Anzug, einer Baba-Yaga-Hütte auf der Brust und einem stilisierten Hammer daneben schob sich an ihnen vorbei. Seine Augen blickten im Gegensatz zu denen ihrer Gesprächspartnerin stumpf in die Gegend. An der Schläfe trug er einen golden glänzenden Chip. Kurz darauf war er in der Menge verschwunden.

»Sagen Sie, dieser junge Mann, der da gerade an uns vorbeikam ...«, begann Tek.

»Sie meinen den Bewohner des Ausgleichstrakts?«

»Des was?«

»Ausgleichstrakts. Dort, wo die Menschen leben, die nicht wegen ihrer künstlerischen Fähigkeiten hier sind, sondern um den Schaden auszugleichen, den sie der Gesellschaft zugefügt haben. Was ist mit ihm?«

»Der Chip an der Schläfe. Wozu ist der gut?«

»Auf ihm sind die persönlichen Daten gespeichert. Außerdem soll er sicherstellen, dass sich niemand seiner Verpflichtung entzieht.«

*Was wohl so viel heißt wie fliehen*, kommentierte Decarees innere Stimme. »Wie sollte das möglich sein? Wenn die Brücke über die Feuergrube quer steht, gibt es doch kein Hinauskommen.«

»Sie steht nur meistens nicht quer. Das ist schließlich kein Gefängnis hier, sondern eine Kommune, die auch den Problemfällen der Gesellschaft eine Chance einräumt.«

»Das heißt, auch die ...« Decaree suchte nach einem passenden Wort. »... die ›Ausgleichsverpflichteten‹ können kommen und gehen, wie sie wollen?«

»Natürlich nicht. Dazu dient ja der Chip. Wenn sie die Feuergrube überqueren, sorgt ein Impuls dafür, dass sie die Orientierung verlieren und bestenfalls noch einige Schritte umhertaumeln.«

»Was für ein hervorragendes System«, sagte Tek so überzeugend, dass selbst Decaree ihm fast geglaubt hätte. »So können sie sich unter die anderen Künstler mischen und werden nicht ausgegrenzt.«

*Und was geschieht, wenn einer von ihnen sich entschließt, innerhalb von Baba Yaga Geiseln zu nehmen? Vermutlich brät ihm dann ein stärkerer Impuls das Gehirn!* Decaree beschloss, das Thema nicht weiter zu vertiefen. »Das heißt, Sie kennen alle Bewohner des Ausgleichstrakts?«

»Kennen wäre zu viel gesagt«, meinte die Künstlerin, »aber man plaudert durchaus mit dem einen oder anderen ein paar Worte.«

»Entschuldigen Sie, wenn ich das so direkt frage, aber da diese Art des ... Strafvollzugs in unserer Heimat nicht üblich ist, interessiert es mich sehr. Wenn man in so nahem Kontakt mit – nun ja, mit Kriminellen steht, fürchtet man sich da nicht vor ihnen?«

»Was?« Ranja Wijsstork lachte. »Nicht doch! Die Schwerverbrecher wie Mörder oder Ehebrecher schickt man ja sofort in die Feuergrube. Die, die es hierher verschlägt, würde ich nicht Kriminelle nennen. Sünder trifft es besser. Ihre Vergehen waren nicht so schwerwiegend, dass man sich vor ihnen fürchten müsste.«

Decaree gab sich erleichtert. »Dann habe ich die Situation falsch eingeschätzt. Welche Verfehlungen bringen einen denn nach Baba Yaga?«

Die Künstlerin nickte in Richtung eines hageren Mannes mit lichtem, grauem Haar, der mit einem Gast in ein Gespräch über sein Kunstwerk – eine bauchige Vase aus Lavagestein – vertieft war. »Er zum Beispiel hat einem Besucher des Planeten Ertrus drei oder vier Thermophilen-Knollen verkauft, was jedoch nur der Regierung zusteht.« Sie suchte in der Menge umher und deutete schließlich auf einen traurig aussehenden alten Mann, der alleine neben einer Baracke stand und in die Ferne starrte. »Das ist Poul Olson. Er ist schon länger hier als jeder andere. Nach dem Tod seiner Frau weigerte er sich, noch einmal zu heiraten, obwohl die erste Ehe kinderlos geblieben war.«

Das war alles? Die Weigerung, der Gesellschaft mit einer anderen Frau Kinder zu schenken, weil man seine verstorbene Frau zu sehr liebte, brachte einen in den Ausgleichstrakt? Je länger sich Decaree auf Skagsram aufhielt, desto weniger gefiel es ihr. Es fiel ihr schwer, sich nichts anmerken zu lassen.

Offenbar fiel Tek ihr Widerwille dennoch auf, denn er sprang in das Gespräch ein. »Während unserer Besuche bei Hulborger Geschäftsleuten haben wir von Männern gehört, die einen alten Transmitter aktiviert haben.«

Ranja verdrehte theatralisch die Augen. »O ja. Titus Hyvönen und Jukka Puhakka.« Sie deutete in Richtung Feuergrube, wo zwei junge Burschen mit hängenden Schultern in der Nähe eines Podests bei der Tribüne standen. Ihre schlaffen Wangen waren unrasiert, in den Ringen unter den Augen hätte man einen Gleiter parken können. »Zwei Sonderlinge. Während alle anderen offen über ihre Verfehlungen sprechen, dies sogar als Teil ihrer Buße und Ausgleichsverpflichtung ansehen, sagen diese beiden kaum etwas. Würde man bei der Einlieferung eines Sünders nicht auch die Schuldschrift verlesen, wüssten wir nicht, was Hyvönen und Puhakka angestellt haben. Sie schweigen darüber, als wären ihre Lippen verschmolzen.«

»Was es nicht alles gibt!«

In den nächsten Minuten erfuhren sie noch einige Details über die Vergehen anderer Gefangener, die Ranja selbstverständlich nicht so bezeichnete. Jedes davon klang in Decarees Ohren lächerlicher als das vorhergehende. So war sie froh, als sie sich endlich von der Künstlerin loseisen konnten und sich in Richtung der Sonderlinge orientierten. Als sie vor ihnen standen, fiel ihr sofort ihr glasiger Blick auf. Waren sie betrunken? Durften Ausgleichsverpflichtete am Mise Alkohol zu sich nehmen? So, wie sie die Skagsramer Gesellschaft bisher kennengelernt hatte, hätte sie das gewundert. Das waren sie also, die einzigen Zeugen eines Vorfalls, den Oddo Karismäki unter der Decke halten wollte. Deshalb hatte er sie hierher verfrachtet.

Decaree lächelte den Linken an und erntete keinerlei Reaktion. »Mein Name ist Leda Nnezmatki. Gibt es auch Kunstwerke von Ihnen zu bewundern?«

Keine Antwort.

»Wie heißen Sie?«

Erneut keine Reaktion.

»Warum wollen Sie denn nicht mit uns sprechen? Sagen Sie uns doch Ihren Namen!«

»Jukka Puhakka.« Emotionsloser als die mechanischste Computerstimme.

»Freut mich Sie kennenzulernen, Jukka Puhakka.«

»Dann müssen Sie Titus Hyvönen sein«, sagte Tek zum anderen. »Richtig?«

Beide schwiegen. Decaree und Ronald sahen sich ratlos an. Wie sollten sie aus den Männern Informationen herausholen, wenn diese schon bei ihren Namen einen unnahbaren Eindruck machten?

»Wir haben bereits von Ihnen gehört«, ergriff erneut Decaree das Wort. Mit Vorsicht kam sie nicht weiter, deshalb beschloss sie, aufs Ganze zu gehen. »Man erzählt, Sie hätten einen alten Transmitter aktiviert. Aber ich glaube, das entspricht nicht der Wahrheit. Ich möchte nichts versprechen, aber vielleicht können wir Ihnen helfen, wenn Sie mit uns reden. Wenn Sie uns sagen, was in jener Nacht in Nidhöggur geschehen ist. Wir wissen, dass Sie etwas beobachtet haben, das nicht an die Öffentlichkeit gelangen soll.« Ihr Blick wanderte von Hyvönen zu Puhakka und wieder zurück. »Was haben Sie gesehen?«

Eine Antwort blieb aus. Es war zum Verzweifeln.

»Ich weiß, dass Sie sich den anderen gegenüber in Schweigen hüllen. Aber was haben Sie davon? Sie sitzen hier in Baba Yaga und kommen womöglich nie wieder frei. Also machen Sie schon den Mund auf.«

Da geschah etwas, mit dem Decaree niemals gerechnet hätte. Synchron sanken die Unterkiefer der verstockten Burschen herab, auch wenn kein Ton hervordrang. Decaree wusste nicht, ob sie lachen oder weinen sollte, als sie endlich begriff.

»Die sind nicht betrunken«, hauchte sie Tek zu. »Sie stehen unter Drogen. Offenbar führen Sie jeden Befehl aus, den man ihnen gibt.« Sie wandte sich erneut Puhakka und Hyvönen zu. »Machen Sie den Mund zu.« Die Männer gehorchten. »Schließen Sie das linke Auge.« Sie taten, wie geheißen. »Öffnen Sie das Auge.« Wieder befolgten sie den Befehl. So viel also zur Frage, wie Decaree und Tek die nötigen Informationen aus den beiden hervorholen sollten.

»Sagen Sie mir, ob Sie tatsächlich den Transmitter aktiviert haben.«

»Nein«, lautete die gleichzeitig ausgesprochene Antwort.

»Erzählen Sie uns, was stattdessen geschehen ist.«

Beide Männer begannen zu sprechen, diesmal allerdings nicht mehr im Gleichklang, sodass Decaree kein Wort verstand. »Schweigt«, befahl sie. Sie richtete den Blick auf Titus Hyvönen. »Berichten nur Sie mir, was passiert ist.«

Der Tonfall des Fährmanns klang leiernd und einschläfernd. Es fiel schwer, ihm zu folgen. Dennoch gaben Decaree und Tek ihr Bestes. »Wir hatten am Abend Dienst. Nach Dienstschluss wollten wir uns noch einen Schluck Frasnolienwein genehmigen. Da wir auch für den nächsten Tag eingeteilt waren, verstieß das gegen die Vorschriften, weshalb wir uns heimlich trafen und warteten, bis alle den Raumhafen verlassen hatten. Wir gingen zu dem Becken, in dem der Transmitter steht.«

»Warum gerade dorthin?«, fragte Tek.

Hyvönen verstummte. Als er nach einigen Sekunden noch immer schwieg, sah Ronald Decaree an. »Was ist denn jetzt los? Wieso sagt er nichts mehr?«

»Weil du eine Frage gestellt hast. Du musst Sie als Befehl formulieren.«

Tek wandte sich wieder dem Fährmann zu. »Sagen Sie mir, warum Sie ausgerechnet zum Transmitterbecken gingen.«

»Da er nur noch als Mahnmal einer gescheiterten Technik dasteht und es streng verboten ist, ihn zu benutzen, hält sich dort normalerweise niemand auf. Deshalb haben wir unsere Weinflaschen dort versteckt.«

»Ich verstehe. Fahren Sie fort.«

Der Fährmann drehte sich um und wollte weggehen.

»Bleiben Sie hier!«, sagte Decaree. Hyvönen blieb stehen. An Tek gewandt meinte sie: »Offenbar versteht er seine Befehle wörtlich. Vermutlich hätte er sich ein Gefährt gesucht, mit dem er hätte fortfahren können. Titus Hyvönen, berichten Sie weiter!«

»Wir hatten die Flaschen gerade geöffnet, als sich der Transmitter plötzlich von selbst aktivierte und ein Gleiter materialisierte.«

»Ein Gleiter?« Decaree fluchte leise vor sich hin, als ihr bewusst wurde, dass sie eben den gleichen Fehler wie Tek gemacht hatte. »Erzählen Sie mir von dem Gleiter.«

»Er gehörte zur Flammengarde. Offenbar war er beschädigt und landete in unserer unmittelbaren Nähe. Wir hatten Angst, erwischt zu werden, und verkrochen uns deshalb in der Nähe einer leerstehenden Hütte. Jukka meinte, wir sollten verschwinden, aber ich wollte sehen, was da vor sich ging. Warum verstieß der Gleiterkommandant gegen das Verbot der Transmitteraktivierung? Nach wenigen Minuten schwebte ein weiterer Gleiter der Flammengarde heran.«

»Sagen Sie mir, ob er auch aus dem Transmitter kam, und berichten Sie anschließend weiter.« Diese komplizierte Form der Fragestellung nervte Decaree.

»Nein, er kam nicht aus dem Transmitter. Vermutlich hatte die Besatzung des ersten Gleiters ihn angefordert, um sie abzuholen. Er landete direkt daneben. Die Männer des beschädigten Gefährts stiegen aus, aber sie hatten jemanden bei sich. Oder etwas. Auf einer Trage transportierten sie eine Kreatur, die in so tiefem Schwarz schimmerte, als bestünde sie aus Stein. Wir haben sie in der Dunkelheit zunächst kaum gesehen, doch als wir einen Blick darauf werfen konnten, ließ Jukka vor Schreck seine Weinflasche fallen. So wurden die Flammengardisten auf uns aufmerksam und nahmen uns fest.«

Eine Kreatur, die in so tiefem Schwarz schimmerte, als bestünde sie aus Stein? Unwillkürlich musste Decaree an die beiden Taucher und das fremdartige Gewebe ihrer verheilten Wunden denken. Dass ein Zusammenhang bestand, war augenscheinlich. Handelte es sich bei der Gestalt, die die Fährmänner gesehen hatten, um jemanden, den das Phänomen in noch größerem Umfang geheilt hatte? Bevor sie sich erkundigen konnte, erteilte Ronald eine Anordnung.

»Sagen Sie mir, warum Sie über Ihre Beobachtungen bisher geschwiegen haben.«

»Weil die Flammengardisten es uns befohlen haben. Nur, wenn wir schweigen, werden wir innerhalb kürzester Zeit Baba Yaga verlassen können.«

»Diese schwarze Kreatur«, meinte Decaree. »War sie ein Mensch?«

Natürlich gab Hyvönen keine Antwort. Der übliche Fehler.

»Sagen Sie mir, wer Ihnen die Drogen verabreicht hat«, ordnete sie an, statt ihre Frage umzuformulieren. Sie hegte zwar einen Verdacht, allerdings erschien ihr dessen Bestätigung wichtiger als Informationen über die schwarze Gestalt. Danach konnte sie sich später immer noch erkundigen.

Der Fährmann wollte gerade gehorchen, als eine Stimme über das Gelände der Kommune hallte. »Schenken Sie mir Ihre Aufmerksamkeit!«

Hyvönen klappte den Mund zu und kam diesem neuen Befehl nach. Er drehte sich um und sah zur Brücke über der Feuergrube. Auf ihr stand Hetman Oddo Karismäki, der mit seinen halbseitigen Locken und der Wangenmaske einen lächerlichen Eindruck auf Decaree machte.

Sie wollte den Fährmann noch etwas fragen, da ertönte auch schon Karismäkis nächste Anordnung. »An alle Bewohner des Ausgleichstraktes: Versammeln Sie sich vor der Brücke.«

Mit einem dementsprechenden Befehl hätte sie Hyvönen und Puhakka zurückhalten können, doch auch Tek schüttelte den Kopf. »Lass sie gehen. Wir wollen nicht mehr Aufsehen erregen als nötig. Wir befragen Sie nach der Begnadigung.«

Das allgemeine Stimmengemurmel ebbte ab. Auch auf der Tribüne kehrte Ruhe ein. Sämtliche Blicke richteten sich auf den Hetman. Offenbar hatte soeben das Begnadigungsritual begonnen. Nur die Personen mit einem Chip in der Schläfe setzten sich in Bewegung und strömten der Brücke zu.

Standen etwa auch sie unter Drogen? Handelte es sich dabei um die zwar menschenverachtende, aber übliche Vorgehensweise?

»Herzlich willkommen in Baba Yaga«, ertönte Karismäkis Stimme. »Ich freue mich, dass Sie auch in diesem Jahr so zahlreich erschienen sind, um die Wege zweier Sünder zu verfolgen. Einer wird zurückkehren in die Gesellschaft, die ihn mit offenen Armen empfangen wird. Für einen jedoch hält das Schicksal den letzten Gang bereit.«

Decaree zuckte zusammen und sah zu Tek. »Soll das etwa heißen, dass ...?«

»Ich fürchte, das heißt es.«

»Mise ist der Tag des dreifachen Willkommens«, fuhr der Hetman fort. »Denn nicht nur heiße ich Sie in der Kommune willkommen. Nicht nur heißen Sie einen Sünder zurück in der Gesellschaft willkommen. Wir alle zusammen heißen auch den Sommer und eine hoffentlich ertragreiche Saison willkommen.«

»Was für einen Mist faselt der da?«, raunte Decaree Ronald zu. »Wenn er einen Redenschreiber beschäftigt, gehört der entlassen. Und wenn nicht, sollte er sich einen engagieren oder derartige Anlässe meiden.«

»Wollen wir den Sommer begrüßen, indem wir symbolisch einen Sünder in die neue Saison holen und einen weiteren im Winter zurücklassen. Beginnen wir mit dem Begnadigungsritual.« Karismäki sah auf die Bewohner des Ausgleichstraktes hinab. Auf Decaree wirkte er unsicher, nervös. Nur weil er eine Rede halten musste, was ihm offenbar nicht lag? »Sie alle können sich für die Möglichkeit der Begnadigung bewerben. Heben Sie die Hand!«

Sieben Arme schnellten in die Höhe, darunter die von Titus Hyvönen und Jukka Puhakka. Natürlich! Der Hetman hatte es wie einen Befehl formuliert, und die Fährmänner gehorchten.

Gleichzeitig bewies es aber auch, dass nicht alle Gefangenen unter Drogen standen, sonst hätten auch sie sich gemeldet.

»Ich bitte alle, die kein Handzeichen geben, wegzutreten.« Kein Befehl, sondern lediglich eine Bitte. Als nur noch die sieben mehr oder weniger Freiwilligen vor der Brücke standen, fuhr Karismäki fort. »Nehmen Sie die Hände wieder herunter.« Eine Anordnung, der alle nachkamen.

»Seine Rede war Mist«, sagte Tek. »Aber nun wählt er seine Worte mit Bedacht.« Ihm war es also auch aufgefallen. Aber was bezweckte der Hetman damit?

»Jeder wird nun eine Folie und einen Stift erhalten«, wandte Karismäki sich an die Begnadigungsinteressenten. »Schreiben Sie Ihren Namen auf die Folie.«

Eine Frau, die Decaree als die breitnasige Dame vom Empfang erkannte, schritt die Reihe der sieben Männer ab, teilte die Utensilien aus und sammelte sie anschließend wieder ein. Sie ging zum Hetman auf die Brücke, faltete die Folien und warf sie in eine durchsichtige Schale, die Karismäki ihr entgegenstreckte. Mochten die Lavagötter wissen, wo er die so plötzlich herhatte. Er bedankte sich bei seiner Assistentin, die die Brücke auf der anderen Seite verließ. Schließlich trat er zwei Schritte vor und reckte die Schale in die Höhe.

»Hier sind sie nun, die diesjährigen Bewerber für eine Begnadigung. Wollen wir sehen, wem das Schicksal die Gunst gewährt.«

Er wandte den Kopf demonstrativ zur Seite, presste sich mit der Linken die Schale gegen die Brust, während er mit der Rechten darin herumrührte und eine Folie hervorzog. Mit einer Hand klappte er sie auf und las den Namen.

»Jukka Puhakka! Kommen Sie zu mir auf die Brücke.«

Anstandslos leistete der Fährmann dem Befehl Folge. In Decaree kam ein Verdacht auf, auch wenn sie nicht wusste, wie Karismäki es zu bewerkstelligen suchte. »Er will die Zeugen beseitigen!«, hauchte sie Tek zu. »Wir müssen ihn daran hindern.«

Automatisch machte sie einen Schritt nach vorne, doch Ronald Tekener ergriff sie an der Schulter und hielt sie auf. »Nein! Wir dürfen uns nicht einmischen. Nicht vor all den Menschen. Für sie läuft das Ritual offenbar ab wie immer.«

Decaree biss die Zähne zusammen. Er hatte recht. Wenn ihr Verdacht zutraf, konnten sie nichts anderes tun, als machtlos zuzusehen.

»Titus Hyvönen«, verkündete Karismäki für sie nicht allzu überraschend den zweiten Namen. »Kommen Sie auf die Brücke.«

Der andere Fährmann trottete wie ferngesteuert zum Hetman und blieb neben ihm und Puhakka stehen.

»Damit ist es entschieden!« Karismäki warf die Folien zurück in die Schale und verhinderte somit jede Prüfung der Namen, die tatsächlich auf den gezogenen Losen standen. Offenbar reichte ihm diese Sicherung nicht, denn er trat an den Rand und warf die Schale samt Inhalt in die Feuergrube. »Möge das Schicksal den anderen Bewerbern im kommenden Jahr eine weitere Chance geben.« Er verließ den Übergang in Richtung des Waldes und blieb neben der Hütte des Stellwärters stehen. Zum Zeichen, dass das Ritual die nächste Stufe erreichte, hob er die Hand. Wie von selbst setzte sich die Brücke in Bewegung und drehte sich auf den kreisförmigen Schienen um neunzig Grad. Nur ein kurzer Ruck ging durch die Körper der Fährmänner, dann standen sie so teilnahmslos dort wie zuvor. Als die Metallkonstruktion so über dem Spalt der Feuergrube schwebte, dass sie parallel zu den Kanten verlief, verharrte sie.

»Und nun«, ertönte Karismäkis Stimme, »wird das Schicksal entscheiden, wer von euch den Weg in die Tiefe und wer den in die Gesellschaft antritt. Kämpft gegeneinander!«

Sofort stürzten die ehemaligen Freunde aufeinander zu. Sie packten sich an den Jacken, zogen, zerrten, boxten, hebelten sich aus. Und noch immer wirkten sie dabei erschreckend teilnahmslos. Bereits nach kurzer Zeit strahlte die Kleidung der Fährmänner nicht mehr weiß, sondern war übersät von Blutflecken. Das Publikum tobte und feuerte ihre Favoriten an. Sobald einer der Kontrahenten auf die Brückenkante zutaumelte, ging ein erschrockenes Raunen durch die Zuschauer. Vermutlich jedoch nicht, weil sie Angst hatten, er könne abstürzen, sondern weil sie fürchteten, er könne *jetzt schon* abstürzen und sie dadurch um ihr Vergnügen bringen.

Decaree war speiübel! In Tekeners Gesicht erkannte sie, dass es ihm nicht anders ging. Was für eine Gesellschaft musste das sein, die sich während des Jahres jede Freude verkniff und sich beim Jahreszeitenwechsel am Tod eines Menschen ergötzte, nur weil sie die Lehren ihres verunglückten, vom Schicksal entstellten und deshalb verbitterten Gründervaters fehlinterpretierten?

Der Kampf erstreckte sich über fünfzehn Minuten, die Decaree vorkamen wie eine Ewigkeit. Sein Abschluss gestaltete sich zur Enttäuschung der Masse fürchterlich unspektakulär. Hyvönen, bereits erkennbar am Ende seiner Kräfte, holte zu einem Boxhieb aus und taumelte auf seinen Gegner zu. In dem Augenblick, als er zuschlug, stolperte er über die eigenen Füße. Zwar traf er Puhakka auf die Nase, doch er geriet ins Straucheln und torkelte auf den Brückenrand zu. Im letzten Augenblick konnte er sich abfangen und herumwerfen, tat dies allerdings mit so viel Schwung, dass er umknickte, stürzte und ohne einen einzigen Laut über die Kante fiel.

Wieder stöhnte das Publikum auf, doch als es sah, dass der Kampf beendet war und ein Kontrahent seinem Tod entgegenraste, johlte es vor Begeisterung auf. Sie hatten ihren Sieger gefunden. Sie begrüßten den geläuterten Sünder mit tosendem Applaus im Kreise ihrer Gemeinschaft. Der jedoch stand blicklos und mit hängenden Schultern auf der Brücke. Die Metallkonstruktion setzte sich in Bewegung und fuhr in die Ausgangsposition zurück.

»Das Schicksal hat entschieden«, erklang Karismäkis Stimme. »Hiermit begnadige ich Jukka Puhakka. Komm auf meine Seite, die Seite deines neuen Lebens, und lass dir vom Stellwächter den Chip entfernen.«

»Das verstehe ich nicht«, flüsterte Decaree. »Wieso lässt er einen in die Freiheit zurückkehren, statt auch ihn zu beseitigen?«

Tekener blickte sie verwirrt an. »Umso besser für uns.«

Ihren Irrtum erkannten sie nur Augenblicke später. Der Begnadigte ging zwei Schritte auf der Brücke entlang, dann blieb er plötzlich stehen. Er fasste sich mit der linken Hand an die Schläfe. Dorthin, wo der Chip saß. Puhakka legte den Kopf schief, dann schüttelte er ihn. Er taumelte einige Meter nach rechts, verharrte, stolperte zurück, dann zog es ihn wieder nach rechts. Wie ein Betrunkener torkelte er umher und kam dabei der Kante immer näher.

Das Publikum schrie vor Entsetzen auf. Erst hatten sie sich am Absturz des Kontrahenten erfreut und nun fürchteten sie um das Leben des Siegers? Was für eine absurde Vorstellung. Dennoch eilte niemand auf die Brücke, um ihm zu helfen. Stattdessen tuschelten sie sich Vermutungen zu.

»Ein Schlag muss seinen Chip getroffen haben.«

»... muss beschädigt sein ...«

»... orientierungslos, als wäre er in den Wald geflohen.«

»... Sicherungsimpuls erst viel weiter draußen geschaltet ...«

Decaree und Tekener wollten sich durch die Masse schieben. Sie mussten auf die Brücke und Puhakka vorm Absturz bewahren. Da legte sich eine Hand auf Decarees Schulter.

»Was tun Sie da?« Vor ihr stand Ranja Wijsstork, die Künstlerin.

»Er hat gewonnen! Wir dürfen ihn nicht abstürzen lassen!«

»Das müssen Sie sogar. Das ist Gesetz! Er gilt erst als begnadigt, wenn er drüben ankommt. Schon häufig kam es vor, dass beide Kontrahenten eng umschlungen in die Tiefe gefallen sind. So zeigt uns das Schicksal, dass keiner von ihnen die Begnadigung verdient hatte. Wir können ihn nicht retten. Wir müssen das Schicksal entscheiden lassen.«

Decaree fehlten die Worte. Was sollte man zu so einem barbarischen Brauch auch sagen? Und so mussten sie und Ronald tatenlos mit ansehen, wie Puhakka noch einige Male hin und her taumelte, schließlich der Kante zu nahe kam und genauso lautlos in die Tiefe stürzte wie sein Kollege. Mit ihm verschwand in der Feuergrube sein Wissen über die schwarze Kreatur, die die Flammengarde aus dem Gleiter geborgen hatte.

Oddo Karismäki war zufrieden. Er löste den Daumen von dem Schalter des kleinen Geräts in seiner Jackentasche. Mit ihm hatte er Puhakkas Chip den Impuls geschickt, der Orientierungslosigkeit auslöste, wenn sein Träger zu fliehen versuchte. Wie die Droge hatte er den Sender von Mobat erhalten. Da die Aras den Schläfenchip entwickelt hatten, hatte der Hetman genau den Richtigen um Hilfe gebeten.

Mit der Injektion hatte er die Fährleute dazu gebracht, sich als Interessenten für die Begnadigung zu melden. Die Männer, deren Folien er tatsächlich gezogen hatte, sollten es im nächsten Jahr einfach noch einmal versuchen. Statt ihrer hatte er den unerwünschten Zeugen der Vorfälle beim Transmitter befohlen, auf die Brücke zu kommen. Danach war alles wie geschmiert gelaufen. Einer war wegen des Kampfs seinen letzten Weg gegangen, der andere, weil Karismäki seinem Chip den Störimpuls geschickt hatte. Wie es gelegentlich vorkam, gab es in diesem Jahr also keine Begnadigung. Schade, aber wer wollte dem Schicksal widersprechen?

Besonders stolz war er darauf, wie unauffällig die Sache über die Bühne gegangen war. Ombudsmann Ata Mathiesen hatte zwar befohlen, nichts zu unternehmen, bis sie sich entschieden hatte, was zu tun war. Aber so lange hatte Karismäki nicht warten können. Für einige Tage hätte der Befehl der Flammengardisten die Münder der Zeugen sicherlich geschlossen gehalten, doch wenn sie bemerkt hätten, dass sie trotz ihres Schweigens aus Baba Yaga nicht herauskamen, hätten sie irgendwann geredet. Dem hatte Karismäki zuvorkommen müssen. Auch ohne Mathiesens Anordnung.

In den Augen des Hetmans war die Regierungschefin ohnehin zu weich. Genauso wie Hakilaunen. Nach außen gab sie zwar die unbeugsame Staatsmännin, wie es zuletzt Perry Rhodan hatte erfahren dürfen. Dennoch hätte sie gewiss nicht zugestimmt, die Zeugen auszuschalten. Sie verabscheute sogar das Ritual der jährlichen Begnadigung und hatte bereits über eine Abschaffung nachgedacht. Natürlich nicht laut, denn das Brechen jahrhundertealter Traditionen mochte einen leicht das Amt kosten.

Nein, es war die vollkommen richtige Entscheidung, den Ombudsmann zu übergehen. Ein Problem war beseitigt. Nun konnte er seine Aufmerksamkeit wieder den schwarzen Ungetümen widmen.

# Kapitel 16

## Einladung zum T

*Versuche nie, das Schicksal zu betrügen,*
*Die Schuld wird dich zermalmen.*
*(aus Nicke Dahlqvists »Schicksalswege«)*

»Wir hätten nicht tatenlos zusehen dürfen«, sagte Decaree auf dem Weg nach draußen. Dabei wusste sie genau, dass sie nichts, aber auch gar nichts hätten unternehmen können, um Hyvönen und Puhakka zu retten. Aber etwas zu wissen und es zu akzeptieren waren zwei Paar Schuhe.

Tekener schwieg dazu. Stattdessen sah er über die Schulter. Sie gingen den Waldweg entlang zurück zum Empfangsgebäude. Die meisten Gäste hielten sich noch immer auf dem Hauptgelände von Baba Yaga auf und diskutierten die Wege des Schicksals, sodass er ein anderes Thema anschneiden konnte, ohne dass jemand etwas mitbekam. »Dieser Karismäki steckt bis zum Hals in der Sache mit drin. Wir müssen ihn zu fassen bekommen.«

»Ich bin mir noch unsicher. Natürlich, er hat die Zeugen beseitigt, weil sie im Raumhafen Dinge gesehen haben, die sie nicht hätten sehen dürfen. Aber was davon hat sie nach Baba Yaga gebracht? Dass die Flammengarde verbotenerweise den Transmitter aktiviert hat? Oder die schwarze Kreatur? Und die wichtigste Frage bleibt: Was hat das alles mit den Flößen zu tun? Ich sehe immer noch keinen Grund, warum Karismäki oder die Flammengarde die Wirtschaftskraft ihres eigenen Planeten schwächen sollten.«

»Ich auch nicht«, gestand Tekener ein. »Aber es ist eine Tatsache, dass Karismäki die Ereignisse von Nidhöggur geheim halten will. Und ich möchte wissen, wieso. Dir ist übrigens klar, dass nun auch wir unliebsame Zeugen sind?«

»Sicher, dazu müsste der Hetman aber erfahren haben, das Hyvönen und Puhakka ihr Schweigen gebrochen haben.«

Sie erreichten das Empfangsgebäude und durchquerten es. Der Tresen, hinter dem bei ihrer Ankunft noch die breitnasige Frau gesessen hatte, war verwaist. So gingen sie achtlos daran vorbei und verließen den Bau. Die Zahl der Gleiter auf dem Parkplatz hatte noch zugenommen, sodass sie einige Zeit nach ihrem Gefährt Ausschau halten mussten. Als sie es gefunden hatten, zog Tek das Steuerungsgerät hervor. Er berührte einen Sensor, der die Gleitertüren öffnen sollte.

»Ich denke, es wäre an der Zeit, Atlan zu informieren und die USO offiziell eingreifen zu lassen«, sagte Decaree. »Warum gehen die Türen nicht auf?«

Ronald Tekener sah auf das Gerät in seiner Hand und legte den Finger erneut auf den Sensor. Endlich glitten die Türen zur Seite. »Ich weiß nicht, ob das eine gute Idee ist. Stell dir vor, Karismäki wäre nur ein verbrecherischer Mistkerl, hätte aber mit den Floßunglücken nichts zu tun. Dann könnte die USO gegenüber den lokalen Behörden zwar offenlegen, dass er Hyvönen und Puhakka auf dem Gewissen hat, aber der eigentliche Täter ginge uns durch die Lappen. Nein, wir sollten warten, bis wir unserer Sache sicher sind.«

Sie stiegen in den Gleiter. Ohne dass Tekener den Sensor erneut bediente, schlossen sich die Türen. Decaree kam nicht mehr dazu, sich zu wundern, denn hinter ihnen erklang eine Stimme.

»Sehen Sie bitte nur geradeaus. Ich habe einen Strahler auf Sie gerichtet, und wenn Sie meinen Anweisungen nicht nachkommen, werde ich ohne Zögern abdrücken.«

Decaree Farous Herz schlug endlich wieder im normalen Tempo. Seit einigen Minuten rasten sie durch die Straßen Hulborgs auf einer Route, die der Mann hinter ihnen bereits vor ihrer Ankunft in den Gleiter programmiert hatte. Wie sie inzwischen herausgefunden hatten, handelte es sich allerdings nicht um ihren Gleiter. Ihr Entführer hatte ihn gegen seinen eigenen ausgetauscht und die Türen von innen geöffnet, als Tekener den Sensor betätigte. Aus diesem Grund besaß Decaree eine genaue Vorstellung von dem Mann. Sie vermutete, dass sein Gesicht statt Augenbrauen waagrechte Narben aufwies. Für wen arbeitete er? Für Hetman Karismäki? Hatte der sie so lange beobachten lassen, bis sie etwas taten, was ihm nicht gefiel, wie zum Beispiel mit todgeweihten Zeugen zu sprechen?

»Wo bringen Sie uns hin?«, fragte Tekener.

»Das werden Sie sehen, wenn wir dort sind.«

Die Menschen auf der Straße ahnten nichts von dem, was im Gleiter vor sich ging. Für einen Augenblick erwog Decaree, ihnen Zeichen zu geben, verwarf den Plan jedoch sofort wieder. Es gab leichtere Wege für einen Suizid.

Die meisten Wachsfiguren, an denen sie vorüberkamen, besaßen nur noch verlaufene Gesichter und flache Köpfe. Wie die Meteorologen es erwartet hatten, schmolz das Wachs. Manche Skagsramer knieten vor den Kaargenna-Skulpturen und beteten. Andere lagen davor, einen Krug oder eine Flasche in der Hand, und schliefen. Auf einer Kreuzung etliche Straßen vor ihnen feierte und tanzte eine beachtliche Menschenmenge. Bestand vielleicht doch eine Chance zur Flucht? Im rechten Moment die Tür aufreißen, hinausspringen und in der Menge untertauchen. Es könnte klappen. Für einen! Bevor der andere allerdings draußen war, würde ihr Entführer reagiert haben.

»Denken Sie nicht mal dran«, sagte er in diesem Augenblick, als hätte er ihre Gedanken gelesen.

»Warum fliegen wir eigentlich durch die Straßen und nicht einfach über die Stadt hinweg?«

»Weil sich die Mietgleiter innerhalb der Stadt nur auf knapp über Bodenniveau erheben. Hätte ich einen anderen hingestellt, wären Sie kaum freiwillig eingestiegen, oder?«

Wieder kehrte Schweigen ein. Decaree versuchte sich mit dem Gedanken zu beruhigen, dass der Augenbrauenlose sie wohl nicht umbringen wollte, denn dass hätte er in Baba Yaga bereits gekonnt. Leider machte ihr der Nörgelsektor einen Strich durch die Rechnung. *Vielleicht war ihm dort zu viel los? Oder er will nicht, dass eure Leichen in der Umgebung der Künstlerkommune oder überhaupt gefunden werden. Deshalb schafft er euch woanders hin. Aber hey, sieh das Gute an der Sache. Wer nicht alt werden will, muss jung sterben. Kann sein, dass du bald die Chance dazu erhältst.*

Nach und nach veränderte sich die Gegend, die am Gleiter vorbeizog. Zuerst nahm die Menschendichte, dann die Häuserdichte ab. Die wenigen Gebäude, die sie noch sahen, waren verfallen und offenbar seit Längerem nicht mehr bewohnt. Vermutlich ein Viertel, das einst einem Erdbeben zum Opfer gefallen war. Dann verschwanden auch die Häuser. Sofort erhob sich der Gleiter höher in die Luft und legte an Geschwindigkeit zu.

Einige Minuten vergingen, da entdeckte Decaree am Horizont etwas, das nicht gerade zu ihrer Beruhigung beitrug. Inmitten kärglicher Steppenlandschaft tat sich ein gigantisches Loch im Boden auf. Es mochte ein ähnlich großes Areal einnehmen wie das gesamte Hauptgelände der Künstlerkommune Baba Yaga. Hunderte von Metern stürzten die Felswände in die Tiefe. Nur im Zentrum hatten zwei Felsgrate den Naturgewalten getrotzt, die den Schlund einst erschaffen hatten. In der groben Form eines Ts erhoben sie sich mit ebenso steilen Wänden bis auf das Niveau des umgebenden Bodens. Auf dem etwa achtzig Meter breiten Querbalken stand ein Mann neben einem Gleiter.

»Ich vermute, wir sind angekommen«, sagte Tekener.

»In der Tat«, erwiderte ihr Entführer. »Herzlich willkommen bei der Großen Feuergrube, dem Hulborger Friedhof.« An allen drei Enden des Ts sah Decaree altarähnliche Steinblöcke, an die sich schräge Rutschen anschlossen, die bis über die Kanten hinausführten. Vermutlich traten auf ihnen die toten Skagsramer ihre letzte Reise in die Lava an.

Ihr Gleiter setzte nur wenige Meter neben dem Gefährt des Mannes auf, der sie erwartete. Die Türen öffneten sich. »Steigen Sie aus«, forderte ihr Entführer sie auf.

Sie taten wie geheißen. Die Luft, die sie empfing, drehte Decaree beinahe den Magen um. Aus dem sie umgebenden Feuerschlund wehte ein Gestank empor, wie sie ihn noch nie erlebt hatte. Dagegen hatte das Aroma, das sie auf der Brücke von Baba Yaga gerochen hatte, eine angenehme Note besessen. Sollten sie jemals aus dieser Situation entkommen, würde sie sich zwei Tage lang duschen müssen. Sie zweifelte allerdings an, dass das ausreichen würde, um den Gestank aus der Nase zu bekommen.

Vor ihnen baute sich der Mann auf, der sie erwartet hatte. Er war groß und stattlich. In seinen weißblonden Stoppelhaaren glänzten Schweißtropfen. Auch er richtete einen Strahler auf sie, dessen Spitze leicht zitterte. War er nervös? Decaree erkannte ihn sofort.

»Guten Tag, Ernteminister Hakilaunen.« Sie versuchte, ihre Stimme fest und überzeugt klingen zu lassen, sodass niemand etwas von ihren weichen Knien bemerkte.

»Wer weiß noch, dass Sie hier sind?«, fragte er statt einer Begrüßung.

Tekener zauberte ein Lächeln auf seine Lippen. »Nun, außer Ihrem Handlanger und Ihnen selbst weiß das wohl keiner.«

»Hören Sie auf, mich zu veralbern. Ich meine nicht hier bei der Großen Feuergrube, sondern auf Skagsram. Schickt Sie der Schwarze Stein, um mich zur Rechenschaft zu ziehen, oder arbeiten Sie auf eigene Rechnung?«

Decaree hatte nicht den Hauch einer Ahnung, wovon der Mann sprach. Als sie den Strahler in Hakilaunens Hand gesehen hatte, war sie davon ausgegangen, dass ihre Tarnung aufgeflogen war. Sie waren mit der Behauptung gelandet, einen Termin bei ihm zu haben. Trotz des Mise-Festes und Atlans Scharade hatte der Informationsfluss funktioniert und der Ernteminister von der Lüge erfahren. Und nun wollte er sie zur Rede stellen. Das war es, was Decaree angenommen hatte. Aber damit schien sie danebenzuliegen. Außerdem wäre das sicher kein Grund gewesen, sie in die Einsamkeit eines Lavalochfriedhofs zu entführen und dort mit einer Waffe zu bedrohen. Es musste etwas anderes dahinterstecken. Und wofür um alles in der Welt sollte der Schwarze Stein ihn zur Rechenschaft ziehen?

Obwohl Hakilaunen sich auf der ungefährlichen Seite des Strahlers befand, spürte Decaree, dass er sich weit weg wünschte. Er versuchte, ein Problem auf eine Weise zu lösen, die nicht die seine war.

Sie senkte die Stimme und verlieh ihr ein weiches, vertrauenerweckendes Timbre. »Hören Sie mir zu, Haknur. Ich weiß, dass Sie sich in einer schwierigen Situation befinden. Aber mit einer Waffe in der Hand werden Sie sich nicht daraus befreien können.«

»Schwierige Situation? Würden Sie das so bezeichnen, ja?« Der Strahler schwenkte zwischen Tekener und Decaree hin und her. Jeder Versuch, ihn zu überwältigen, wäre zum Scheitern verurteilt gewesen, denn hinter ihnen stand noch der Mann mit den Augenbrauennarben im Gesicht und einer weiteren Waffe in der Hand. »Schwierige Situation! Dass ich nicht lache! Sie wollen mir mein Leben kaputtmachen. Alles, was ich mir erarbeitet habe. Die Entschädigung für all das Leid, das ich ertragen musste. Sie wollen sie mir wegnehmen. Deshalb sind Sie doch hier, nicht wahr? Schwierige Situation!«

»Niemand will Ihnen etwas wegnehmen, Haknur.« Decaree sprach ihn, so oft es ging, mit dem Vornamen an. Sie hoffte, dadurch eine Verbindung zu ihm aufzubauen. »Sie missverstehen den Grund für unsere Anwesenheit.«

Er lachte ohne jede Spur von Humor auf. »Was gibt es da misszuverstehen? Sie haben herausgefunden, dass ich Ihren Namen für meine Zwecke missbraucht habe, und nun wollen Sie mich zur Rechenschaft ziehen.« Er kniff die Augen zusammen. Seine Stimme wurde leise. »Oder wollen Sie mich etwa erpressen? So wie ...?«

Decaree sah hinüber zu Tekener. Der nickte ihr aufmunternd zu. Er legte die Verhandlungsführung ganz in ihre Hände. Eine ihrer Stärken bestand darin, intuitiv zu spüren, wie sie ihr Gegenüber anpacken musste. Sie hoffte nur, dass sie sich nicht ausgerechnet diesmal mit ihrer Einschätzung irrte. Sie atmete tief durch. »Wir wollen Sie nicht erpressen, Haknur. Oder zur Rechenschaft ziehen.« Sie zögerte einen Augenblick, dann wagte sie alles. »Um ehrlich zu sein, arbeiten wir nicht einmal für den Schwarzen Stein.«

Die Hand mit dem Strahler sank einige Zentimeter hinab. »Ich verstehe nicht ...«

»Wir sind Agenten der United Stars Organisation und ...«

Die Waffe fuhr wieder hoch. »Was will die USO von mir? Mich für meinen Betrug belangen?«

»Die USO will gar nichts von Ihnen, Haknur.« Hatte er etwas mit den gesunkenen Flößen zu tun? Wie weit konnte sie die Offenheit treiben? Sie beschloss, aufs Ganze zu gehen. »Wir sind wegen der verunglückten Lavaflöße hier.«

»Sie sind ... Sie sind *was?* Hat Karismäki Sie angefordert? Nein, dann wären Sie zwar auch in aller Heimlichkeit gelandet, hätten sich dabei aber nicht auf mich bezogen.« Er ließ den Strahler sinken. Solange der Mann mit den Augenbrauennarben noch hinter ihnen stand, bedeutete das jedoch gar nichts.

Da mischte sich der Narbige ins Gespräch ein. »Ist doch egal! Nun hast du sowieso zu viel verraten. Ich will nicht zurück nach Baba Yaga!«

»Du hast recht, Slikker.« Und schon ruckte der Strahler wieder nach oben.

»Haknur!«, sagte Decaree eindringlich. »Das wollen Sie doch gar nicht tun. Sie sind ein guter Mensch, das spüre ich. Welche Probleme auch immer Sie haben, auf diese Weise werden Sie sie nicht lösen. Vertrauen Sie sich uns an, vielleicht können wir Ihnen helfen. Vielleicht können Sie auch uns helfen.«

Die Spitze des Strahlers zitterte stärker. Ein gutes oder ein schlechtes Zeichen?

»Sie gehören nicht zu diesen skrupellosen Typen wie Oddo Karismäki, die zwei Menschenleben auslöschen, weil es ihren Zwecken dient.«

»Ich ... aber Sie ...« Er stockte. »Wie meinen Sie das?«

»Hören Sie, Haknur. Wir wollen Ihnen nichts Böses tun, aber wir haben inzwischen einiges herausgefunden. Wir wissen von den Fährmännern, die in Nidhöggur die Aktivierung des Transmitters beobachtet haben, und dass Karismäki sie dafür nach Baba Yaga verfrachtet hat. Im Gegensatz zu Ihnen wissen wir auch, dass er diese Männer heute aus dem Weg geräumt hat. Er hat sie kaltblütig getötet, verstehen Sie?« Ein weiterer Gedanke schoss in den Vordergrund. »Er hat Mitwisser beseitigt. Fürchten Sie nicht, dass er auch eines Tages Sie zu diesem Personenkreis zählen könnte?«

»Aber ... er versucht doch nur, das Beste für Skagsram zu erreichen.« Er sprach leise, klang verwirrt.

»Er ist kein Politiker. Er ist ein Mörder. Wollen Sie mit einem Monster wie ihm unter einer Decke stecken?«

Da brach Hakilaunen zusammen. Er ließ den Strahler sinken, fiel auf die Knie und begann zu weinen. »Ich wollte das doch nicht!«

»Haknur!«, rief der Mann mit den Augenbrauennarben, den der Ernteminister Slikker genannt hatte. »Wir können jetzt nicht aufgeben!«

»Ich will nicht mehr«, schluchzte Hakilaunen. »Ich kann nicht mehr. Mir wird das zu viel. Wenn ich all das vorher gewusst hätte, hätte ich mich niemals darauf eingelassen.«

Decaree drehte sich zu Slikker um. »Legen Sie die Waffe weg. Bitte.« Sie sah das unsichere Flackern im Blick des Mannes.

Nun schaltete sich auch Ronald Tekener ein. »Wir machen Ihnen ein Angebot. Sie erzählen uns alles, was Sie wissen und helfen uns bei unserem Auftrag. Im Gegenzug helfen wir Ihnen. Sei es, indem wir Ihre Geheimnisse für uns bewahren, sei es, indem die USO Ihnen ein neues Leben auf einem anderen Planeten ermöglicht. Hören Sie auf, gegen uns zu arbeiten! Wir sind nicht Ihre Feinde.«

Nun – endlich! – ließ auch Slikker den Strahler sinken. »Ich will nicht zurück nach Baba Yaga«, wiederholte er.

»Das müssen Sie auch nicht«, sagte Decaree. »Dafür verbürgen wir uns. Und jetzt erzählen Sie uns, was Sie wissen.« Sie blickte sich um. Plötzlich nahm sie auch wieder den widerlichen Gestank auf dem Fels-T wahr. »Aber lassen Sie uns vorher irgendwohin gehen, wo es gemütlicher ist.«

»Nicke Dahlqvist ist nicht mein Vorfahr.«

Trotz Hakilaunens Andeutungen bei der Großen Feuergrube traf dieser Satz Decaree wie ein Schlag ins Gesicht. Natürlich saßen sie nicht im Regierungspalast im Büro des Erntеministers. Da man Decaree Farou und Ronald Tekener noch immer für Mitarbeiter des Schwarzen Steins hielt, hätte man es zwar begründen können, dass sie sich mit Hakilaunen trafen, doch nicht jeder musste von ihrer Allianz wissen. Deswegen waren sie mit den Gleitern zu einer der ausgedehnten Feuerblumenplantagen geflogen. Obwohl sie noch nicht blühten, lag bereits die Andeutung ihres betörenden Duftes in der Luft, der aber leider den Gestank der Großen Feuergrube nicht aus Decarees Nase zu schwemmen vermochte.

Slikker Hovdan hatte ihnen den Gleiter überlassen, mit dem er sie zum Fels-T entführt hatte, und die Strecke zur Plantage mit Haknur Hakilaunen in dessen Gefährt zurückgelegt. Die beiden hatten sicherlich genug zu bereden. Tekener befürchtete zwar, dass sie wieder umfallen könnten, wenn man sie zu lange alleine ließ, aber das bewahrheitete sich glücklicherweise nicht.

Sie suchten sich ein etwas abseits gelegenes Plätzchen im Schatten eines hohen Waldes aus Lavaholzbäumen. Dort eröffnete der Ernteminister das Gespräch mit dem Satz, der Decaree so in Erstaunen versetzte.

»Nicke Dahlqvist ist nicht mein Vorfahr.«

Weder sie noch Tekener fragten nach. Bereits auf dem Weg hierher waren sie übereingekommen, Hakilaunen möglichst frei erzählen zu lassen und nur nachzuhaken, wenn es nicht anders ging. So konnte er das Tempo selbst bestimmen und fühlte sich nicht gedrängt. Da ihm seine Enthüllungen sicher nicht leichtfielen, hielten sie dies für die beste Vorgehensweise.

»Ich stamme zwar von einer Tarja Begson ab. Sie war aber keine Tochter des Gründervaters.« Er sah sie an, als erwarte er Vorhaltungen. Als diese nicht erfolgten, fuhr er fort. »Ich möchte nicht allzu sehr ins Detail gehen, aber meine Kindheit und Jugend verliefen nicht so reibungslos, wie man es sich hätte wünschen können. Meine Abneigung gegen Lava machte mein Leben auf einem Planeten wie diesem von Anfang an ... schwierig. Ich wurde nun einmal in eine Taucherfamilie hineingeboren. Die meisten Skagsramer hätten versucht, das Beste daraus zu machen. Aber soll ich Ihnen etwas sagen? Ich glaube nicht ans Schicksal. Zu diesem Zeitpunkt glaubte ich, all diese Lebensweisheiten unseres Gründervaters dienten ihm nur dazu, mit seinem Unfall und seiner Entstellung zurechtzukommen. Heute weiß ich es besser.«

Trotz seiner Einschränkung rannte er bei Decaree offene Türen ein. Auch Tekener nickte. Hakilaunen erzählte von seinen traumatischen Erlebnissen als Lavirgine. Mit stockender Stimme berichtete er von der Taufe und ihren schrecklichen Folgen.

»Ich habe die Ehre, das letzte Opfer dieser ›Erziehungsmaßnahme‹ geworden zu sein. Zumindest offiziell. Seitdem muss sich jeder Lavirgine eine Woche lang in der Ara-Klinik darauf untersuchen lassen, ob er geistig und körperlich überhaupt für den Dienst auf einem Floß geeignet ist. Nicht, dass ich noch etwas davon gehabt hätte. Mich hätten die Galaktischen Mediziner schon nach einer Stunde als untauglich entlassen.« Er atmete tief durch. »Natürlich landete ich nach der Genesung von meinen Verletzungen schließlich dort, wo ein Nichtsnutz wie ich nun einmal landet. In Baba Yaga. Dort lernte ich auch Slikker kennen. Häufig erteilte die Regierung der Künstlerkommune Aufträge zur Dekoration ihrer Räumlichkeiten. Wir mussten mit ansehen, in welchem Luxus die Minister lebten. Wenn wir dort arbeiteten, behandelten sie uns, als wären wir gar nicht da.« Er lachte auf. »Vermutlich bemerkten sie uns wirklich nicht. Wir waren Menschen, die sich dankbar zeigen sollten, dass die Gesellschaft sie überhaupt noch mit einer Aufgabe betraute. Auf Leute wie uns sahen sie nur herab. Ach was, sie ignorierten uns nicht einmal mehr. Und so bekamen wir einiges mit. Fetzen eines Gesprächs hier, herumliegende Dokumente dort, die Übergabe eines Bestechungsgeldes hinter der nächsten Ecke. Wir beobachteten, wie die hohen Damen und Herren die Bevölkerung künstlich klein hielten und es sich selbst gutgehen ließen. Und das sollte Schicksal sein? Ich weigerte mich, das zu akzeptieren. Mochten all die anderen wie tumbe Tieflandrinder nach Nicke Dahlqvists Maxime leben. Ich wollte das nicht.«

Er brach ab und sah in den Himmel. Dort kreiste ein Schwarm Vögel, doch sie flogen zu hoch, als dass Decaree Einzelheiten hätte erkennen können.

»Wissen Sie, was das Bizarre daran war?«, fragte Hakilaunen nach einigen Sekunden des Schweigens.

»Was denn?«

»Jeden Tag verfluchte ich das Schicksal dafür, dass ich in eine Taucherfamilie geboren worden war und nicht in eine Politikerfamilie. Das Schicksal ...« Erneut gab er ein trockenes Lachen von sich. »... an das ich nicht einmal glaubte. Inzwischen bin ich mir nicht mehr sicher, ob ich mich nicht doch getäuscht habe. Denn nach einiger Zeit erhielt Baba Yaga Besuch.« Mit einem süffisanten Lächeln sah er von Decaree zu Tekener und wieder zurück. »Sie wissen, dass es sich bei Baba Yaga um eine Gestalt einer terranischen Legende handelt? Ein altes, verhutzeltes Waldweib?«

Decaree und Tek nickten.

»Nun, eines Tages kam eine Frau in die Kommune, die aussah wie die fleischgewordene Baba Yaga.« Bereits bei diesen Worten zuckte ein Verdacht durch Decarees Kopf. »Obwohl seitdem einige Jahre vergangen sind, sehe ich sie noch vor mir, als wäre es gestern gewesen. Sie war ohnehin nicht sehr groß, weil sie sich aber nach vorne gebeugt hielt und sich stets auf einen Gehstock stützte, reichte sie mir gerade bis zum Nabel. Augen, grün wie der Wald, in einem eingefallenen, raubvogelartigen Gesicht aus ledriger, runzeliger Haut. Sie zischte beim Sprechen, und ich glaube, in ihrem Mund wuchs kein einziger Zahn mehr. Und dieser riesige Haarknoten! Ich hätte nicht eine Sekunde daran gezweifelt, wenn sie sich als Baba Yaga vorgestellt hätte. Aber ihr Name lautete ...«

»Tipa Riordan«, sagten Tek und Decaree wie aus einem Mund.

»Richtig. Ich weiß nicht, was sie in die Künstlerkommune verschlug. Vielleicht wollte sie Skulpturen für ihr Flaggschiff kaufen. Vielleicht war sie wegen der Supra-Thermophilen nach Skagsram gekommen und besichtigte Baba Yaga nur aus Interesse. Ich weiß es nicht. Auch wenn ich sie an diesem Tag zum ersten Mal sah, kannte ich natürlich den Ruf, der ihr vorauseilte. Auch wenn ihre Untergebenen mich nicht zu ihr lassen wollten, schaffte ich es schließlich doch, mit ihr ins Gespräch zu kommen. Ich will mich kurzfassen: Am Ende des Tages hatten wir eine Vereinbarung geschlossen, nach der sie mir einen Stammbaum des Schwarzen Steins besorgte, der mich als Nachfahre Dahlqvists auswies, und dafür sollte ich ein Jahr später einen horrenden Betrag zahlen. Ich weiß nicht, wie sie es zustande gebracht hat. Vielleicht kannte sie jemanden von den Informationshändlern und hat ihn bestochen. Oder sie hat ihn von einer Fälscherwerkstatt fertigen lassen. Doch zwei Monate später hielt ich meine perfekte Ahnentafel in Händen.« Er lachte. »Und wieder schien das Schicksal es gut mit mir zu meinen. Denn nur eine Woche zuvor war der vorherige Ernteminister gestorben. Bevor Sie fragen: Nein, damit hatte ich nichts zu tun. Aber ich erkannte meine Chance. Ich bewarb mich um den Posten. Und plötzlich, mit dieser tadellosen Abstammung im Rücken, verhalfen mir die Ereignisse auf dem Lavafloß, die mich ursprünglich nach Baba Yaga gebracht hatten, zum Ministersessel. Die Bevölkerung erhoffte sich von mir, dass die Erfahrungen während meiner Lavirginenfahrt zu Verbesserungen in der Lavaflößerei führen könnten.«

Tekener sah über die Feuerblumenplantage hinweg. Man konnte es hinter seiner Stirn förmlich klackern hören. »Und als plötzlich wir auftauchten und uns auf Sie bezogen, vermuteten Sie, der Schwarze Stein wäre Ihnen auf die Schliche gekommen.«

Hakilaunen nickte und schaute unglücklich zu Boden. »Früher oder später wird das auch geschehen. So brillant mir der Plan damals erschien, so idiotisch finde ich ihn heute. Denn selbstverständlich sprach sich mein wunderbarer Aufstieg herum, wie man allein daran erkennt, dass Sie Gebrauch davon gemacht haben. Irgendwann wird jemand vom Schwarzen Stein Wind bekommen, und dann bricht mein Lügengebäude in sich zusammen. Aber ich war so besessen, es zu Wohlstand zu bringen, dass ich nicht zu Ende dachte. Ich stellte Slikker als meinen persönlichen Assistenten an und holte so auch ihn aus der Kommune. Und ich genoss das Leben in so vollen Zügen, dass ich vergaß, genug für Tipa Riordan zurückzulegen.« Er schluckte hart. »Also bezahlte ich sie mit Supra-Thermophilen. Fragen Sie mich nicht wie, aber irgendwie bekam Mirok da Zdinth etwas davon mit, dieser arkonidische Möchtegernadlige. Er stellte Nachforschungen an und fand heraus, dass mein Stammbaum eine Fälschung ist. Seitdem erpresst er mich.«

»Was will er von Ihnen?«, fragte Decaree.

»Meine Unterstützung. Ich soll als Mitglied der Regierung seinen Besitzanspruch auf den Planeten anerkennen und auch auf meine Kollegen dahingehend einwirken.«

»Warum braucht er ihre Anerkennung? Ich dachte, die Arkoniden hatten Skagsram bereits vor den Terranern besiedelt.«

Der Erntemister winkte ab. »Ach was! Seine Vorfahren sind vor Tausenden von Jahren hier gelandet, das ist richtig. Wegen der Unwirtlichkeit des Planeten haben sie sich höchstens zwei Tage hier aufgehalten. Das war nie und nimmer eine Besiedlung. Leider hat er seinem Arbeitgeber Urmanol-Ghaal gegenüber genau das behauptet. Offenbar unternahm auch er alles, um zu Wohlstand zu kommen. So unähnlich scheinen wir uns also nicht zu sein. Da er eine Besiedlung der Arkoniden nicht nachweisen kann, versucht er auf anderem Wege, sich die Unterstützung der Regierung zu sichern, bevor er den Anspruch geltend macht.«

»Woher wissen Sie das?«

»Das hat er mir in einem unbeherrschten Moment an den Kopf geworfen. Er glaubte wohl, es mir ungestraft erzählen zu können. Schließlich hat er mich mit dem gefälschten Stammbaum in der Hand. Denn um eines klar zu machen: Für dieses Vergehen würde Slikker als Mitwisser nach Baba Yaga zurückkehren. So weit würden sie mich gar nicht kommen lassen! Mein Weg würde direkt in die Feuergrube führen.«

Nun erst machte sich Decaree bewusst, welches Risiko Hakilaunen einging, indem er sie darüber informierte. Andererseits, wie er schon richtig gesagt hatte, früher oder später wäre er ohnehin aufgeflogen. Vielleicht hatte er in den USO-Agenten einfach nur die Chance gesehen, mit einem blauen Auge aus der Sache herauszukommen.

»Von Anfang an ließ ich Sie beobachten. Aber Ihr Verhalten verunsicherte mich zusehends. Warum kontaktierten Sie mich nicht, um Ihre Forderungen zu stellen? Ich wusste nicht, was das sollte. Wollten Sie vielleicht gar nichts von mir? Doch dann belauschte Slikker Ihr Gespräch mit Daniel Strömblad. Danach war ich mir sicher, dass Sie mich nur noch etwas schmoren lassen wollten, bevor Sie zuschlugen.«

»Wie kamen Sie denn auf diese Idee?«, fragte Decaree.

»Wegen eines Satzes von Ihnen.« Er sah zu Slikker Hovdan. »Wie lautete er gleich wieder?«

Hovdan runzelte die Stirn, überlegte und wandte sich Decaree zu. »Auf den Aufstieg des Ernteministers angesprochen, sagten Sie zu Strömblad: ›Sie überschätzen die Rolle, die wir dabei gespielt haben.‹«

Den scharfen Blick, den Tekener ihr zuwarf, spürte sie, auch ohne hinzusehen.

»Daraus schloss ich«, fuhr Hakilaunen fort, »dass Sie sehr wohl Bescheid wüssten. Einer weiteren Beschattung bedurfte es nicht mehr. Ich musste etwas gegen Sie unternehmen! Ich wusste auch, *was* das gewesen wäre, aber ich konnte mich nicht dazu durchringen. Wie Sie schon sagten: Ich bin kein Mörder. Doch dann tauchten Sie bei da Zdinth auf und stellten ihm unangenehme Fragen. Natürlich befürchtete er, Sie könnten mich auffliegen lassen und ihm somit jedes Druckmittel nehmen. Deshalb kontaktierte er mich und drängte darauf, endlich einzuschreiten. Also beauftragte ich Slikker, Sie zur Großen Feuergrube zu bringen.«

»Wo Sie glücklicherweise eine vernünftige Entscheidung getroffen haben.«

Hakilaunen lächelte unsicher. »Das hoffe ich.«

Ronald Tekener hingegen wurde seinem Beinamen Smiler nicht gerecht. Nachdenklich musterte er den Ernteminister. »Nachdem das jetzt geklärt ist, würde ich gerne zu unserem eigentlichen Problem zurückkommen. Was hat Ihre Geschichte mit den untergegangenen Flößen zu tun?«

»Nichts.«

Tekener Miene vereiste. »Nichts? Ich hatte gehofft, Sie könnten uns einige wichtige Dinge darüber erzählen.«

»Das eine schließt das andere ja nicht aus. Was wollen Sie wissen?«

Ronald lachte auf. »Mir würde es schon reichen, wenn Sie uns sagen könnten, wer für die Floßunglücke verantwortlich ist.« Sein Sarkasmus blieb ihm hörbar in der Kehle stecken, als Hakilaunen darauf eine Antwort gab.

»Die Kopani«, sagte er. »Wer denn sonst?«

Für einen Augenblick herrschte Schweigen im Schatten des Lavaholzbaums. Tekener fand als Erster die Sprache wieder. »Skagsrams Ureinwohner? Diese legendäre ausgestorbene Kultur?«

Decaree dachte an die Fundstücke in Sjonssons Haus, die seiner Ansicht nach Überbleibsel dieses Volkes darstellten. Und sie dachte an das schwarze Gewebe am Körper der Lavataucher Jon Dekkstrom und Lara Verppu.

»Genau die«, bestätigte Hakilaunen. »Nur sind sie nicht annähernd so ausgestorben, wie die Bevölkerung glaubt.«

# Kapitel 17

## Besuch beim Monster

*Ich habe noch nie so gewalttätige Wesen wie die Kopani gesehen.*
*(aus Matti Holmgrens Aufzeichnung an*
*Bord der SKAGERRAK)*

»Ich kann es nicht fassen«, sagte Decaree zu Ronald, kurz bevor sie das Regierungsgebäude betraten. »Die ursprüngliche Kultur auf Skagsram soll noch immer existieren, und niemand hat es bemerkt?«

»Das zu glauben fällt mir auch schwer. Aber bald werden wir Genaueres wissen.«

Nach der Enthüllung bei der Feuerblumenplantage hatten Decaree und Tekener einen Beleg für Hakilaunens Behauptung gefordert. »Den kann ich nur im Regierungspalast erbringen«, hatte der Ernteminister erwidert. Also waren sie übereingekommen, das Gespräch doch in seinem Büro fortzusetzen. Sie beschlossen, kein Geheimnis aus dem Treffen zu machen, sondern offensiv damit umzugehen. Deshalb war Hakilaunen vorausgeflogen und hatte seiner Sekretärin mitgeteilt, dass er noch Besuch von Mitarbeitern des Schwarzen Steins erwarte. In der Zwischenzeit hatte Slikker Hovdan sie zum Parkplatz von Baba Yaga gebracht, wo sie ihren alten Mietgleiter abholten, den Hovdan beim Austausch mit dem Entführungsgleiter am äußersten Rand der Fläche abgestellt hatte.

Als Decaree hinter Tekener den Regierungspalast durch eine der fünfundzwanzig Stützen betrat, fiel ihr Blick über den großen Platz vor dem Gebäude direkt auf den wuchtigen Trichterbau des arkonidischen Unternehmens Urmanol-Ghaal. Ein Stich des Bedauerns durchzuckte sie, dass Mirok da Zdinth mit dem Untergang der Flöße nichts zu tun hatte. Zu gern hätte sie ihm seine Pläne verdorben. Auch wenn Atlan seinen Artgenossen als *nett* empfunden hatte, war da Zdinth in ihren Augen nichts als ein eingebildeter Schnösel.

Die Tür schloss sich hinter ihnen und ein Antigrav-Lift brachte sie ins unterste Geschoss, das wegen der besonderen Stützbauweise zehn Meter über Bodenniveau lag. In der Empfangshalle verließen sie den Lift. Sie sahen Wände mit gigantischen Monitoren, die das Bild der Außenkameras übertrugen. Die breite Säule im Zentrum der Halle, in deren Innerem rote und orange Schwaden waberten, erkannte Decaree als die Stelle, an der Atlan das Gespräch zwischen Ombudsmann Ata Mathiesen und den zwei Ministern belauscht hatte. Sie passierten das Kunstwerk, meldeten sich in einem verglasten Häuschen bei einem jungen Mann als Leda Nnezmatki und Czern Hawa vom Schwarzen Stein an und fuhren mit dem Antigrav-Lift schließlich bis in die einundsiebzigste Etage.

Dort durchzogen orange Streifen und Bögen die überwiegend weiße Wand. Offenbar ein Symbol für die Lava und dem Ernteministerium durchaus angemessen. Hinter einem ringförmigen Schreibtisch saß eine Frau unbestimmbaren Alters und studierte eine Aufstellung in einem Holobildschirm. Ein Schildchen auf dem Tisch verriet ihren Namen.

»Mögen Sie immer Schatten finden, Agnes«, sagte Decaree. »Wir kommen vom Schwarzen Stein. Der Herr Ernteminister erwartet uns.«

Agnes sah von ihrem Monitor auf und blickte ihnen entgegen. Ihr Gesicht blieb ausdruckslos und unverbindlich. »Augenblick.« Sie tippte auf einen Sensor und eine Stimme erklang.

»Ja?«, blaffte Haknur Hakilaunen.

»Die Mitarbeiter des Schwarzen Steins sind hier.«

»Sollen noch ein paar Minuten warten!«

Decaree schmunzelte in sich hinein. Der Minister spielte seine Rolle gut. Also standen sie noch einige Zeit vor Agnes' Schreibtisch, die sich wieder ganz ihrer Aufstellung widmete, und studierten die Bilder und Reliefs an der Wand, die sicher aus Baba Yaga stammten. Bei einem besonders misslungenen entdeckten sie im linken unteren Eck den hineingeritzten Namen Hakilaunen. Spuren eines aufgezwungenen Künstlerlebens.

Schließlich öffnete sich eine Tür, und der Ernteminister trat heraus. Blicklos ging er an ihnen vorbei zu Agnes. »Wo sind die Herren vom Schwarzen Stein?«, fragte er.

Die Sekretärin zeigte auf Decaree und Ronald. Hakilaunen zog die Augenbrauen hoch und lächelte. »Entschuldigen Sie. Ich hatte wie beim letzten Mal mit Männern gerechnet.« Er trat auf Decaree zu und schüttelte ihr die Hand. »Und nicht mit einer so entzückenden Dame.«

*So dick braucht er nun auch wieder nicht aufzutragen,* dachte sie. Dennoch fühlte sie sich geschmeichelt.

Als sich Hakilaunens Bürotür hinter ihnen schloss, bröckelte die Maske in Sekundenschnelle. Statt des souverän auftretenden Staatsdieners stand da plötzlich ein nervöser Mann, der sich aus einer schwierigen Situation befreien wollte, aber Angst verspürte, dass das nicht mehr gelingen würde. Decaree schaute sich um und konnte nachvollziehen, dass der Minister den Verlockungen des Wohlstands erlegen war. Das Arbeitszimmer strahlte eine gemütlichere Atmosphäre aus als mancher Wohnraum. Die Wände waren in gedeckten Tönen gehalten und dezent, aber stilvoll dekoriert. Aus dem echten Fenster überblickte man weite Teile Hulborgs. Die Einrichtung wirkte behaglich, ob es sich um die Sitzgruppe zu ihrer

Linken oder die Formsessel um den Schreibtisch aus Lavagestein handelte. Selbst dieser fügte sich trotz seiner Wuchtigkeit harmonisch ins Gesamtbild ein.

»Setzen Sie sich«, bat Hakilaunen seine Gäste. »Ich habe die Datei schon herausgesucht.«

Der Sitzkomfort der Sessel überbot noch, was ihr Aussehen versprach.

»Bis vor wenigen Jahren existierte in Hulborg ein Siedlermuseum«, begann der Minister. Er berichtete von dem Erdbeben, der Zerstörung der Siedlerschiffe und davon, dass Karismäki eine Aufzeichnung aus der SKAGERRAK hat bergen können. »Er hielt diese Aufnahme unter Verschluss, bis ich vor über einem Jahr in den Büchern entdeckte, dass sich die Kosten für die Unterhaltung der Flammengarde in der letzten Zeit fast verdoppelt haben. Vor allem kurz vor Beginn der Erntesaison stiegen sie sprunghaft an. Als ich Karismäki zur Rede stellte, präsentierte er mir die Aufzeichnung und legte mir nahe, mich künftig nicht weiter einzumischen, wenn mir das Wohl meiner Heimat und mein eigenes am Herzen lägen.« Er nahm einen Schluck aus einem Glas auf seinem Schreibtisch. Decaree konnte sehen, dass seine Hand zitterte. »Fühlen Sie sich geehrt. Bisher kennen nur drei Menschen diese Aufnahme: Karismäki, Ombudsmann Mathiesen und ich.«

»Entschuldigen Sie die dumme Frage«, meinte Decaree, »aber wenn der Hetman ein so großes Geheimnis um die Aufzeichnung macht, wie kommt es dann, dass Sie sie auf ihrem Rechner gespeichert haben?«

Ein unsicheres Grinsen huschte über Hakilaunens Gesicht und verschwand gleich wieder. »Als er sie vor kurzem Ata Mathiesen vorspielte, habe ich sie unbemerkt mitgeschnitten. Karismäki ist ein skrupelloser, machtbesessener Kerl, aber Intelligenz gehört nicht zu seinen hervorstechendsten Merkmalen.«

»Also gut, dann lassen Sie mal sehen.«

Der Ernteminister kippte den Monitor nach hinten, so dass er parallel zur Schreibtischplatte ausgerichtet war. Nach dem Antippen eines Sensorfelds baute sich über dem Bildschirm ein Hologramm auf. Es zeigte den Kopf eines Mannes Anfang dreißig. Durch sein braunes Haar zog sich auf der rechten Seite ein strenger Scheitel. Decaree fragte sich, ob es an der Aufnahme oder an dem Mann selbst lag, aber alles an ihm wirkte schmal. Die Lippen, die Nase, die Augen.

»Dies ist das Logbuch der SKAGERRAK«, sagte er. »Aufgezeichnet von Matti Holmgren in Vertretung für Nicke Dahlqvist. Dies wird der letzte Eintrag sein. Ich werde ihn in verschlüsselter Form aufbewahren, denn das, was geschehen ist, darf die Öffentlichkeit niemals erfahren. Nicke Dahlqvist, der Kapitän der SKAGERRAK, ist tot.«

Decaree sah zu Tekener. Der wirkte so verwirrt, wie sie sich fühlte. Offenbar hatte Holmgren diesen Logbucheintrag nach Dahlqvists Selbstmord angefertigt. Aber warum sollte die Bevölkerung nichts davon erfahren? Und wieso zählt diese Tatsache dann heutzutage zum Allgemeinwissen?

»Ich kann mir vorstellen, was Sie sich fragen«, warf Hakilaunen ein. »Sie werden gleich feststellen, dass Sie von falschen Voraussetzungen ausgehen.«

»Ich und Nicke haben vor vier Tagen den Kontinent besichtigt, den wir Sjalka getauft haben«, fuhr Holmgren fort. »Wir flogen alleine, weil alle Siedler mit dem Aufbau Hulborgs beschäftigt waren. Hätten wir es nur nicht getan. Wir landeten unseren Gleiter in der Nähe eines Lavaflusses. Bis jetzt weiß ich nicht, was Nicke dazu bewogen hat, ausgerechnet dort aufzusetzen, aber vielleicht hatte er bereits aus der Luft etwas von diesen ... Wesen bemerkt.

Zu Fuß legten wir den Rest der Strecke bis nahe ans Ufer zurück. Die Hitze war so übermächtig, dass ich kaum atmen konnte. Wir verbargen uns hinter einem Felsen, lugten hervor und da sah auch ich sie: fünf riesige schwarze Ungetüme, die an der Lava hin und her huschten wie vergnügungssüchtige Terraner an einem Badesee. Sie unterhielten sich in Lauten, wie sie die menschlichen Stimmbänder nur schwer wiedergeben könnten. Ein kehliger herausgepresster Laut, der wie *ko* klang. Ein Geräusch, als ob man die Lippen zusammendrücken und Luft ausstoßen würde, das an *pa* erinnerte. Und ein Zischen, das Ähnlichkeit mit *ni* besaß. Deshalb nannten wir die Kreaturen Kopani. Sie waren eindeutig intelligent. Wir vermochten uns nicht zu erklären, wie sie uns bei der Auswahl des Planeten als mögliche neue Heimat hatten entgehen können. Sehr schnell wurde uns klar, dass die Ungetüme den Fluss nicht zu ihrem Vergnügen aufgesucht hatten. Am Ufer lag ein besonders widerliches Exemplar ihrer Gattung, das röchelnd atmete. In seiner Brust klaffte ... klaffte eine große Wunde. Dann geschah etwas, was ich noch nie in meinem Leben gesehen hatte.«

Holmgren stockte, schien nach Worten zu ringen. Als müsse er das, was er beobachtet hatte, erst verarbeiten. Die Art, wie er sprach, erschien verzweifelt und ratlos. Dennoch überkam Decaree ein merkwürdiges Gefühl beim Betrachten der Aufzeichnung. Denn all das, was sie in seiner Stimme hörte, konnte sie in seinem Gesicht nicht lesen. Dort erkannte sie einen kalkulierenden Mann, der seine Sätze durchdachte, bevor er sie aussprach, und sich ihrer Wirkung durchaus bewusst war.

»Ein Kopani verwandelte sich. Sein geschmeidiger schwarzer Körper nahm plötzlich die Farbe der Lava an, die Struktur seiner Haut, vielleicht die seines gesamten Leibs veränderte sich.«

»Offenbar besitzen sie eine ähnliche Fähigkeit wie Haluter«, murmelte Decaree.

Tekener nickte. »Aber vor tausend Jahren kannten wir dieses Volk noch nicht. Deshalb musste die Verwandlung der Molekularstruktur auf Holmgren gespenstisch wirken.«

»Und dann«, fuhr die Stimme aus der Vergangenheit fort, »stieg er in die Lava. Zuerst glaubten wir, es handele sich um ein barbarisches Suizidritual, doch nach wenigen Minuten tauchte der Kopani wieder auf. In jeder Hand hielt er eine Knolle. Kein bisschen des flüssigen Gesteins klebte an ihm oder seiner ... Ernte. Die fünf Kreaturen knieten sich um den Körper ihres verletzten Artgenossen und bestrichen dessen Wunde mit den Knollen. Plötzlich erfüllte ein hochfrequenter Ton die Luft, den ganz offenbar die Kopani erzeugten. Obwohl er nur leise zu hören war, überfielen uns sofort mörderische Kopfschmerzen. Ich sah Vögel am Himmel kreisen, vermutlich Aasfresser, die auseinanderstoben und in alle Himmelsrichtungen davonflogen.« Holmgren stockte erneut, als überwältige ihn die Erinnerung. Wieder erreichten die Emotionen nicht sein Gesicht.

*Das liegt vielleicht daran, dass es sich um eine Aufzeichnung handelt, die außerdem tausend Jahre in einem Museum lagerte. Vielleicht sind dabei Daten verloren gegangen, die der Holoprojektor nicht mehr darstellen kann.*

Ja, vielleicht. Dennoch hegte Decaree Zweifel.

»In Sekundenschnelle schloss neues Gewebe die Wunde des Verletzten. Was auch immer die Kopani aus der Lava gezogen haben, es hat ihren Artgenossen geheilt! Als dieser sich aufsetzte, wirkte er gesund und beweglich wie die anderen. Danach schlugen sie einige Zweige von einem der Lavaholzbäume, flochten daraus einen Ring und bestrichen ihn ebenfalls mit den Knollen, die sie anschließend zurück in den Fluss warfen. Wieder ertönte der hochfrequente Laut und die Zweige nahmen die Schwärze der Kopani an. Aus welchen Gründen auch immer warfen sie auch den Ring in die Lava. Vielleicht wollten sie damit ihren Göttern danken. Dann geschah das Unfassbare! Nicke Dahlqvist trat aus unserem Versteck und sprach die Ungetüme an.«

Das Hologramm flackerte und die nächsten Worte waren nicht zu verstehen.

»... auf sie zu. Zunächst rührten sich die Scheusale nicht, doch plötzlich stürzten sie Nicke entgegen. Noch bevor er reagieren konnte, packten sie ihn. Sie ... zerfleischten ihn vor meinen Augen. Ich habe noch nie so gewalttätige Wesen wie die Kopani gesehen. Vor Entsetzen muss ich in meinem Versteck wohl geschrien haben, denn mit einem Mal ließen sie von Dahlqvist ab und rannten auf mich zu. Nur um Haaresbreite erreichte ich den Gleiter und vermochte zu fliehen, bevor die Bestien auch mich in ihre Klauen bekamen.« Er senkte den Blick. »Daran, den Strahler einzusetzen, dachte ich in meiner Panik nicht einmal. Ich bin ... ich bin schließlich kein Soldat.«

Decarees Gedanken überschlugen sich. Schilderte Holmgren gerade die Ereignisse, die später als Dahlqvists Unfall in die Geschichte eingehen sollten? Die Erzählungen von seinem Selbstmord – nur eine Lüge? Und nicht nur sie, sondern alles, worauf die Skagsramer Gesellschaft heute fußte?

»Ich habe mit einigen von Nickes engsten Vertrauten gesprochen. Wir sind übereingekommen, dass die Siedler nichts vom Tod ihres Vorbilds erfahren dürfen. Sie brauchen jemanden, zu dem sie aufschauen, an dem sie ihr Leben ausrichten können. Wir werden erzählen, dass er schwer verletzt ist und die Öffentlichkeit scheut. Erst wenn die Gesellschaft gefestigt genug ist, werden wir ihn offiziell sterben lassen. Bis es so weit ist, werde ich in seinem Namen seiner Lebensmaxime, die ich auf einem Zettel gefunden habe, noch einige Regeln hinzufügen müssen. Ich glaube ...«

Wieder geriet Holmgrens Hologramm ins Flackern. Sie hatten sich also getäuscht. Aus Nicke Dahlqvist, dem Mann mit dem lausbubenhaften Charme, war niemals dieser reglementierende Schicksalsgläubige geworden, als den ihn alle sahen.

Hinter den Gesetzen und der daraus resultierenden Gesellschaft steckte in Wirklichkeit Matti Holmgren.

»... noch einmal an den Lavafluss geflogen«, setzte die Stimme wieder ein. »Von Nickes Leiche fehlte jede Spur. Genauso von den Kopani. Wir haben die ganze Umgebung abgesucht, konnten aber weder ein Lager noch eine Stadt oder auch nur eine Höhle dieser Scheusale finden. Sie sind ebenso unsichtbar, wie sie es bei der Erstuntersuchung des Planeten waren. Doch durch sie haben wir etwas entdeckt, was Skagsrams Zukunft verändern könnte. Wir müssen eine Möglichkeit finden, an die Knollen in der Lava zu gelangen, und sie untersuchen. Wer weiß, welche Fähigk...«

Ein letztes Flackern des Hologramms, dann erlosch es.

»Das war's«, sagte Haknur Hakilaunen.

»Ich kann verstehen, dass Karismäki das unter Verschluss halten will«, meinte Tek nach einigen Sekunden des Schweigens. »Es stellt das Fundament der Skagsramer Gesellschaft in Frage, auch wenn sich alle letztlich nur im Urheber ihrer Regeln irren.«

»Das war nicht einfach irgendein ›Urheber‹, Dahlqvist war der charismatische Anführer der frühen Siedler – eine Art Ikone, ein Übervater. Nur wegen seiner Beliebtheit und Ausstrahlung haben die Regeln derartige Bedeutung erlangt. Sonst hätte sich Holmgren nicht hinter Dahlqvist verstecken müssen.«

Tekener starrte noch immer auf die Stelle über dem Monitor, obwohl dort längst nichts mehr zu sehen war. »Ich frage mich trotzdem, wie diese Aufzeichnung ein Beweis dafür sein kann, dass die Kopani heute – immerhin tausend Jahre später! – für die Floßunglücke verantwortlich sein sollen.«

Hakilaunens Antwort schien zunächst nicht darauf einzugehen. »Holmgren und Dahlqvist haben beobachtet, wie die Kopani einen ihrer Artgenossen heilten. Was danach geschah, wissen wir nicht. Sicher ist nur, dass die Geheimhaltung von

Dahlqvists Tod offenbar prächtig funktioniert hat. Mit der Existenz der Kopani gelang das nicht so gut, sonst hätten sich bis heute keine Legenden um sie gebildet. Entweder sind spätere Skagsramer noch einmal auf sie getroffen und konnten davon berichten, oder Holmgren hat zumindest diejenigen einweihen müssen, die er mit der Suche und Erforschung der Supra-Thermophilen beauftragte. Was auch immer geschah, den frühen Siedlern gelang es nicht, mit den Bakterien den gleichen Effekt hervorzurufen wie die Kopani.«

»Woher wissen Sie das?«

»Weil wir uns sonst nicht jahrhundertelang damit begnügt hätten, mit ihrer Hilfe hitzestabile Proteine zu gewinnen. Was, nebenbei gesagt, auch nicht schlecht ist, aber ihre Fähigkeiten nicht einmal im Ansatz ausschöpft. Aus all dieser Zeit gibt es nicht einen überlieferten Bericht einer Kopani-Sichtung. Vor fünf Jahren schließlich fand der Hetman Holmgrens Aufzeichnung.

Karismäki war der erste Skagsramer der heutigen Generation, der erfuhr, wie umfangreich die Einsatzmöglichkeiten der Thermophilen sein können. Er informierte meinen Vorgänger im Amt des Ernteministers. Dieser wiederum regte an, die Bakterien genauer zu untersuchen und mit hochfrequenten Schallwellen zu bestrahlen. Man fand heraus, dass sie unter bestimmten Bedingungen hinsichtlich Druck, Temperatur und Schall die DNS ihrer Umgebung aufnehmen. Ich bin kein Wissenschaftler, aber ich glaube, wir stehen am Anfang dessen, was die Kopani in potenzierter Form beherrschen. Die Thermophilen haben die DNS des verwundeten Wesens nicht nur aufgenommen, sondern sich in dessen Gewebe verwandelt. Ich weiß nicht, warum den Siedlervätern das nicht gelungen ist. Vielleicht war ihre Technik nicht weit genug vorangeschritten oder sie fanden durch Pech die korrekte Kombination der Umgebungsbedingungen nicht heraus. Und dennoch sind wir noch Lichtjahre von dem entfernt, was die Kopani vermögen.«

Decaree musste wieder an Jon Dekkstrom und Lara Verppu denken. Hatten Supra-Thermophile deren Wunden geschlossen und sie am Leben gehalten, bis Sjonsson sie fand? Doch wer hatte sie mit den Bakterien behandelt? Die Antwort lag auf der Hand: Kopani! Jene Wesen, von denen Hakilaunen behauptete, sie versenkten Lavaflöße. Warum sollten sie das tun und anschließend die Überlebenden retten? Das ergab keinerlei Sinn. Dennoch behielt sie ihre Zweifel vorerst für sich.

»Zwei Jahre später begannen plötzlich die Floßunglücke. Karismäki glaubte, das könne kein Zufall sein. Vielleicht hatten die Kopani unsere Flöße jahrhundertelang geduldet, weil wir so unbeholfen mit den Bakterien umgingen. Womöglich beleidigen wir durch die Weiterentwicklung ihre Götter. Oder sie sind eifersüchtig und fürchten, bald nicht mehr die Einzigen mit ihrem Talent zu sein. Also beauftragte der Hetman im Geheimen die Flammengarde, an den wichtigsten Stromufern Patrouillenflüge durchzuführen. Tatsächlich fanden sie vereinzelte Kopani! Vor den Flößen konnten sie sich offenbar verbergen, aber die schnellen Gleiter der Garde haben sie überrascht.«

»Wie reagierte Karismäki?«

Hakilaunen lachte auf. »Was denken Sie wohl, wie ein Mann von seinem Schlag reagiert? Er befahl der Flammengarde etwas, das er ›Reinigungsflüge‹ nennt. Er lässt jeden Kopani, der sich am Ufer eines Lavastroms herumtreibt, abschießen, um die Flöße zu schützen.«

»Ist es ihm gelungen, die Existenz dieser Wesen geheim zu halten? Was ist mit den Leichen?«, fragte Tekener.

»Natürlich ist es ihm gelungen. Die Flammengarde steht unter seinem Befehl, und selbst dort setzt er nur die vertrauenswürdigsten Mitglieder ein. Der einzige weitere Skagsramer, der davon wusste, war mein Vorgänger. Und der starb kurz nach Beginn der Reinigungsflüge.«

»Wie außerordentlich bequem«, bemerkte Decaree. »Hat er ihn womöglich aus dem Weg geräumt?«

»Zuzutrauen wäre es ihm, auch wenn die offizielle Todesursache Altersschwäche lautete. Aber wer kann es schon so genau sagen? Was die Leichen angeht: Die Gardisten untersuchten die jeweiligen Beschussorte, aber nie fand man einen toten Kopani. Nur einmal, vor wenigen Tagen, entdeckte die Besatzung eines Gleiters eines der Wesen am Ufer liegend. Es bewegte sich kaum noch und schien keine Gefahr darzustellen. So entschieden sie sich, es nicht unter Feuer zu nehmen, sondern nach Hulborg zu bringen. Sie hofften, mehr darüber zu erfahren, wie sich die Kopani vor uns verbergen. Warum sie all die Jahrhunderte niemand mehr zu Gesicht bekommen hat. Sie nahmen das Geschöpf an Bord, was reibungslos vonstattenging. Doch als sie starteten, spie der Fluss eine Lavafontäne aus, die den Antrieb des Gleiters traf.«

Nun wurde Decaree alles klar. »Also kehrten sie durch einen Transmitter zurück und kürzten die Strecke ab, die sie sonst vielleicht nicht geschafft hätten. Und dabei beobachteten sie die beiden Fährmänner. Die schwarze Kreatur, die sie gesehen haben, war der Kopani.«

Hakilaunen nickte.

»Ich dachte, es ist verboten, die Transmitter zu aktivieren«, sagte Tek.

»Offenbar schert sich Karismäki nicht darum, denn wie er mir inzwischen gesagt hat, kann jeder Gleiter der Flammengarde im Notfall das Aktivierungssignal senden.«

»Aber warum hat er die Fährmänner beseitigt? Wieso macht er die Existenz der Kopani nicht öffentlich?«

Hakilaunen stand von seinem Sessel auf, trat ans Bürofenster und sah hinaus. »Auf Skagsram wurden schon Forderungen laut, dass man die Mondumlaufbahn stabilisieren müsse, selbst wenn wir uns dadurch ins wirtschaftliche Aus schießen. Karismäki sagt, er fürchtet die Reaktion der Leute, wenn sie erfahren, dass zur Sicherung der Thermophilen-Ernte die Ureinwohner des Planeten sterben müssen. Manche mögen ihm zustimmen, schließlich versucht er nur, die Flöße zu schützen. Andere hingegen würden sagen, dass es sich genau andersherum verhalte: Die Kopani wehren sich gegen uns, und wir haben kein Recht, uns in ihre Zivilisation zu mischen, indem wir ihre ... heiligen Knollen ernten oder als was auch immer sie die Dinger ansehen.« Der Ernteminister drehte sich zu Decaree und Tekener um. »Das ist es, was er sagt. Ich glaube eher, er hängt so an seinem Posten, dass er keinerlei Risiko eingehen will. Er beseitigt alles, was ihm gefährlich werden könnte.«

Decaree musterte Hakilaunen. Bisher hatte es sich als richtig erwiesen, mit offenen Karten zu spielen. Sie beschloss, diese Taktik beizubehalten. »Ich bin überzeugt, dass Karismäki die Kopani für die Urheber der Floßunglücke hält. Doch ich bin genauso überzeugt, dass er sich irrt.«

Der Ernteminister sah sie aus großen Augen an. »Aber warum denn? Und wer sollte stattdessen ...?«

»Das wissen wir noch nicht. Aber wie wir aus zuverlässiger Quelle erfahren haben, ging die KRIEGSZAHN unter, weil jemand die Modulkopplungen gelöst hat. Ich würde wetten, dass es bei den restlichen Flößen nicht anders war. Wie sollte ein Kopani unbemerkt an Bord kommen?«

»Sie vergessen, dass sie sich vor unseren Augen und Messgeräten verbergen können!«

Tek sprang ihr zur Seite. »Woher soll ein Ureinwohner Skagsrams etwas von Modulkopplungen wissen?«

»Vielleicht haben sie die Fähren beim Zusammenbau beobachtet?« Hakilaunens Stimme verriet, dass er selbst nicht daran glaubte.

»Und das vermittelt ihnen die Kenntnis, an welchem Hebel sie wann ziehen müssen, damit das Floß auseinanderfällt? Das kann ich mir nicht vorstellen.«

»Außerdem«, ergänzte Decaree und gab somit ein weiteres Stück ihres Wissens preis, »haben diese so schrecklich geschilderten Wesen zwei Schwerstverletzten dank ihrer Heilfähigkeit das Leben gerettet. Zumindest vermute ich das. Wie soll das zusammenpassen?«

»Ich weiß es nicht.« Hakilaunen klang zerknirscht.

»Ich mache Ihnen einen Vorschlag«, sagte Tek mit einem breiten Lächeln. »Warum besuchen wir nicht den Kopani, den die Flammengarde gefangen genommen hat, und fragen ihn das selbst?«

Für Decaree Farou und Ronald Tekener stellte es sich als Glücksfall heraus, dass Karismäki offenbar nur ausgewählten Mitgliedern der Flammengarde traute. Deshalb hatte der Hetman den Kopani nicht in der gut gesicherten Basis untergebracht, sondern in einem am Stadtrand gelegenen Materiallager. Dort tat gerade einmal ein Gardist Dienst, von dem sie hofften, er halte seine eigene private Mise-Feier ab. Da sie übereingekommen waren, dass er im Büro bleiben sollte, hatte Hakilaunen ihnen erklärt, wie sie das Gebäude finden konnten. Falls ihr Eindringen in die Zelle des Gefangenen bemerkt werden würde, war es besser, wenn niemand den Ernteminister damit in Verbindung brachte. Vor dem Aufbruch hatten sie sich noch umgezogen und die legere kühlende Kleidung gegen einen Einsatzanzug getauscht, der über einen Deflektor verfügte. Außerdem hatten sie selbstverständlich Strahler mitgenommen.

Sowohl Decaree als auch Tekener war bewusst, dass ihre Mission eine neue Dimension gewonnen hatte. War es am

Anfang nur um den Verdacht einer wirtschaftlich motivierten, wenn auch mit äußerster Skrupellosigkeit ausgeführten Sabotage gegen die Lavaflöße gegangen, so musste nun der heimliche Krieg gegen die Kopani in die Überlegungen mit einbezogen werden. Unter keinen Umständen konnte die USO einen derartigen Genozid ignorieren – schon gar nicht, wenn er auf einem von Terra-Abkömmlingen besiedelten Planeten ausgeführt wurde. Das durfte die beiden Agenten allerdings nicht zu übereiltem Handeln verleiten, das war Decaree Farou und erst recht dem einsatzerfahrenen Ronald Tekener völlig klar. Im Gegenteil, sie mussten mit Bedacht vorgehen. Wenn es der USO gelang, den Saboteur dingfest zu machen, würde es ihr wesentlich leichterfallen, die Skagsramer zu einer toleranten Haltung gegenüber den Ureinwohnern zu bewegen.

In einem Viertel, dessen Architektur aus eingeschossigen, schmucklosen Bauten bestand, hielt Decarees und Teks Gleiter an. Flache, breite Hallen, über deren weiten Toren zumeist ein Firmenemblem hing, jedoch alle wegen des Mise-Festes verschlossen. Heute war kein Tag für Pflichterfüllung in den Lagerhallen, heute war ein Tag zum Feiern. Das gesamte Viertel wirkte wie ausgestorben.

Das Gebäude der Flammengarde erkannten sie an dem auffällig unauffälligen Fehlen eines Emblems. Noch im Gleiter aktivierten sie die Deflektoren. Für einen Beobachter, den es hoffentlich nicht gab, musste es so aussehen, als ob sich die Türen des Gefährts grundlos öffneten und wieder schlossen. Die vierhundert Meter bis zum Ziel legten die beiden Agenten zu Fuß zurück.

Auch die Halle der Flammengarde war verschlossen, die schmale Tür neben dem breiten, herabgelassenen Tor leistete ihrem USO-Impulsschlüssel jedoch keinen Widerstand. Ihr Plan sah vor, dass sie sich bis zu dem wachhabenden Gardisten vorarbeiteten, ihn aus dem Schutz des Deflektors heraus mit einem Betäubungsschuss aus dem Strahler außer Gefecht setzten und sich dann mit dem Gefangenen unterhalten würden – wie auch immer das vonstattengehen sollte.

Vor ihnen erstreckte sich die Weite der Halle mit deckenhohen Regalen voller Stiefel, uniformähnlicher weißer Anzüge, Helme, Gürtel. Nur Waffen sahen sie keine.

Decaree und Tek trugen Antiflex-Brillen, mit deren Hilfe sie den jeweils anderen trotz der Deflektorschirme sehen konnten. Zwischen zwei Reihen mit Kleiderstangen, an denen unzählige weiße Hosen hingen, näherten sie sich einer Tür auf der gegenüberliegenden Seite der Halle. Hinter ihr, so hatte Hakilaunen berichtet, befand sich der Wachraum. Tek drückte sie auf und huschte hinein. Nach wenigen Augenblicken folgte sie ihm.

Der Raum war an Tristesse kaum zu überbieten. Ein einfacher Tisch mit einem Monitor, ein Stuhl, ein Schrank, das war es auch schon. Zumindest wenn man von der leeren Flasche und dem schlafenden Mann absah, die in trauter Zweisamkeit auf dem Fußboden lagen. Ein Hoch auf den Segen des Mise-Festes. Karismäki hätte besser noch einmal darüber nachdenken sollen, welchem seiner Mitarbeiter er vertraute. Aus Sicherheitsgründen jagte Tek dem Gardisten eine Betäubungsladung auf den Pelz. Wenn er aufwachte, würde er keinen Unterschied merken, aber sie durften nicht riskieren, dass der Kerl plötzlich aus seinem Rausch hochschreckte, während sie sich bei dem Kopani aufhielten.

Sie stiegen über den Schlafenden hinweg, durchquerten den Raum und entriegelten die Tür auf der anderen Seite. Hinter ihr musste sich der Skagsramer Ureinwohner aufhalten. Vor ihrem Aufbruch hatten sie Hakilaunen gefragt, ob Karismäki nicht fürchte, der Kopani könnte aus einem derart schlecht gesicherten Gefängnis entkommen. Die Antwort des Ernteministers war ernüchternd ausgefallen und hatte ihre Hoffnung auf Informationen ins Wanken gebracht: »Der geht nirgendwo mehr hin. Entweder ist er sehr krank oder schon tot. Seit die Flammengarde ihn aufgegriffen hat, hat er sich weder bewegt noch gesprochen.«

Bevor sie durch die Tür traten, untersuchten sie die Räume auf Kameras und Überwachungsdrohnen. Als sie keine fanden, desaktivierten sie die Deflektoren, weil sie dem Kopani offen gegenübertreten wollten. Sie hätten es sich aber sparen können, denn der Fremde nahm sie überhaupt nicht zur Kenntnis.

Bei der Zelle handelte es sich um einen ehemaligen Aufbewahrungsraum für Putzmittel. Das verriet ihnen der scharfe Geruch. Offenbar hatte man ihn für den Kopani leer geräumt, denn das gesamte Mobiliar bestand aus einer Pritsche. Auf ihr lag das Wesen, das der Fährmann Hyvönen als schwarze Kreatur bezeichnet hatte. Tatsächlich schimmerte sein Körper in so tiefem Schwarz, als bestünde er aus Stein.

»Wie Sjonssons Artefakte«, hauchte Decaree.

»Oder Dekkstroms Finger«, ergänzte Tek.

Allerdings sah das Wesen nicht annähernd so bedrohlich aus, wie sie es sich nach Holmgrens Aufzeichnung vorgestellt hatte. Das »Scheusal« war vielleicht 1,60 Meter groß und grob humanoid. Es besaß zwei dünne Beine, die über jeweils drei Gelenke verfügten. Die beiden Arme wirkten zerbrechlich und glichen dürren, schwarzen Zweigen. Zwei schmale Hälse, zwischen denen sich dunkle Fasern spannten, mündeten in einen kugelrunden Kopf, dem jegliche erkennbare Öffnung fehlte. Stattdessen verliefen in drei Ringen Büschel aus fingerlangen Noppen um den Schädel, einer dort, wo man die Augen erwartet hätte, einer auf Mundhöhe und der dritte genau dazwischen. Decaree konnte sich nur schwer vorstellen, dass Geschöpfe dieser Art Dahlqvist zerrissen haben sollten. Andererseits durfte man vom Äußeren eines Wesens nicht auf dessen Charakter oder Fähigkeiten schließen.

Decaree trat einen Schritt auf den Kopani zu. »Hakilaunen hatte recht. Viel Leben scheint in dem Burschen nicht mehr zu stecken.«

Im nächsten Augenblick belehrte der Ur-Skagsramer sie eines Besseren. So schnell, dass Decaree nicht mehr reagieren konnte, fuhr einer der Arme hoch und packte sie am Handgelenk. Ihr Strahler fiel wirkungslos zu Boden. Sie sah gerade noch, wie aus dem mittleren Noppenring ein Tentakel hervorschnellte und Tek auf die Stirn klatschte. Auch der Smiler ließ sofort den Arm mit dem Strahler sinken, ohne einen Schuss abgeben zu können. Plötzlich drangen fremdartige Gedanken und Bilder in sie ein und rissen sie davon.

Eine ungekannte Wut spülte durch jede Faser des Körpers. Warum lief nicht mehr alles wie geplant? Acht Flöße, acht tiefe Schnitte in das Fleisch der Skagsramer Wirtschaft. Allzu vieler Attentate würde es nicht mehr bedürfen, bis die Thermophilen-Ernte zum Erliegen kam. Eines noch, vielleicht zwei, die morgen beginnende Saison sollte definitiv die letzte sein.

Aber plötzlich musste sich die USO einmischen. Hatte Atlan geglaubt, mit einem Fantasie-Zeremoniell alle von der Landung seiner Agenten ablenken zu können?

*Mich konntest du nicht täuschen, Lordadmiral. Mich nicht! Ich brauchte nur prüfen, wer gleichzeitig mit euch auf Skagsram gelandet ist. Ein Gleiter des Schwarzen Steins! Dass ich nicht lache. Leda Nnezmatki und Czern Hawa. Wer im Tarnidentitätenbüro der USO denkt sich nur solche Namen aus?*

*Lange habe ich mich gefragt, warum die United Stars Organisation überhaupt Agenten geschickt hat. Wie hat sie von den Floßuntergängen erfahren? Wie kamen sie darauf, dass mehr dahintersteckte als Unfälle? Schließlich gab es keine Überlebenden, die davon hätten berichten können! Was für ein Irrtum. Glück-*

*licherweise haben mir meine Spitzel, die erheblich unauffälliger zu Werke gegangen sind als Hakilaunens Witzfigur, von dem Besuch bei Sjonsson erzählt. Was wollten sie nur bei dem sonderbaren alten Kauz? Tarngeschäfte wie bei so vielen anderen Skagsramern? Unwahrscheinlich, denn was kümmert sich Sjonsson um seine Abstammung?*

*Erstaunlich, wie schnell man fündig wird, wenn man weiß, wo man suchen muss.*

Sjonsson hatte vor einiger Zeit zwei Heiltanks nach Hause geschleppt. Alle hatten es für eine weitere Spinnerei des Einzelgängers gehalten. Aber steckte in Anbetracht des Besuchs der USO-Agenten nicht doch mehr dahinter? Hatte er womöglich Überlebende eines Floßes gefunden und die USO alarmiert? Falls das der Fall war, konnten diese gewiss nicht viel zur Lösung beitragen. Ärgerlich war es trotzdem. Vor allem, weil die Schnüffler immer noch ihre Nasen überall hineinsteckten.

*Ich muss etwas unternehmen, bevor sie mir auf die Spur kommen. Ich hätte mich von Anfang an um sie kümmern müssen, anstatt mich auf andere zu verlassen. Dabei war ich der festen Überzeugung, Hakilaunen würde ihr Spiel durchschauen und gegen sie einschreiten. Oder Karismäki.*

Die Hand fuhr herab, krachte auf die Schreibtischplatte und vergrub Teile einer Skizze unter sich, die das Lavafloß EISENSEITE zeigte.

*Du bist die Nummer neun. Und keine USO wird mich davon abhalten können. Es wird Zeit, die Angelegenheit in die eigenen Hände zu nehmen.*

# Kapitel 18

## Glutsteiger

*Die Glut schenkt uns Leben.*
*Schenken wir ihr unseren Dank.*
*(aus den Lehren der Glutsteiger)*

Im ersten Augenblick kam sich Decaree überwältigt und geistig vergewaltigt vor. Doch schon bald stellte sie fest, dass dem nicht so war. Oder höchstens für eine Sekunde. Der Kopani hatte nur vermeiden wollen, dass sie auf ihn schossen. Sie hätte jederzeit ihr Handgelenk aus dem Griff des Wesens lösen können. Und sie spürte, dass sich auch Tek von dem Tentakel befreien konnte, wenn er wollte. Sie taten es beide nicht.

Sie erinnerte sich an Hakilaunens Worte. *Der geht nirgendwo mehr hin. Entweder ist er sehr krank oder schon tot. Seit die Flammengarde ihn aufgegriffen hat, hat er sich weder bewegt noch gesprochen.* Offenbar hatte der Kopani sich anders entschieden. Aber warum?

*Weil ihr anders seid.*

Die Antwort erklang wortlos in ihrem Geist. Vielmehr schien sie aus Bildern, Gerüchen, Empfindungen zu bestehen.

*Anders?*

*Anders – ihr tragt Spuren des Lebens an euch.*

Zunächst wusste sie nichts damit anzufangen, doch dann sprach Tekener des Rätsels Lösung aus: »Sjonsson!« Sie waren durch sein Artefaktlager gegangen, hatten das schwarze Material berührt, das Gewebe in den ehemaligen Wunden der Taucher abgetastet. Spuren des Lebens? Offenbar sah der Kopani Jon Dekkstrom und Lara Verppu in ihrem Geist, denn mit einem Mal spülten Bilder über sie hinweg. Bilder von ...

*... zwei Menschen, die durch Glutgrunds Hitzewüste taumeln. Sie sind sichtlich mitgenommen, an ihren Gliedern flattern lose Streifen weißen Stoffes. Die drei kleinen schwarzen Wesen, die ihnen folgen, bemerken sie nicht. Oder etwa doch? Der Mannmensch wendet sich ab und zu um, doch die Glutsteiger huschen jedes Mal hinter Felsen in Deckung. Als der Mannmensch nachsehen kommt, passen sie sich an. So nennen sie es, wenn sie ihren Körper verändern, um zum Beispiel in die Glut hinabzusteigen. Sie passen sich an. Diesmal werden ihre Leiber nicht hart und widerstandsfähig gegen die Hitze der Lava, sondern sie verschmelzen äußerlich mit den Felsen, dem kargen Gras, den Bäumen. Sie werden für den Mannmenschen unsichtbar, weil dessen Auge sie nicht mehr von der Umgebung unterscheiden kann.*

Instinktiv spürte Decaree, dass die Kopani noch einige Tricks mehr beherrschten, um sich zu verbergen.

*Die Menschen finden eine verlassene Hütte. Wollen sie hineingehen? Riechen sie nicht das Raubtier, das drinnen auf sie lauert? Die Glutsteiger warten ab. Sie hoffen, dass dem Mannmenschen und dem Fraumenschen nichts geschieht. Vergebens. Der Pelzige fällt über sie her. Gerade noch rechtzeitig können sie eingreifen. Die Noppen der oberen zwei Kopfringe beginnen zu vibrieren. Erst unmerklich, dann immer stärker. Dabei senden sie einen hochfrequenten Ton aus, der den Pelzigen in die Flucht treibt.*

*Sie finden die Körper der Menschen schwer beschädigt. Aus dem Hals des Fraumenschen sprudelt eine rote Flüssigkeit. Die Brust des Mannmenschen ist zerfetzt. Außerdem fehlt ihm ein Finger. Doch an den weißen Fetzen, die er um die Glieder trägt, hängen Lebensknollen. Die Glutsteiger lösen sie und bestreichen damit die Wunden der Menschen. Die Knollen sind nicht mehr frisch, tragen kaum noch Rettung auf sich. Unglücklicherweise sind sie nur zu dritt. So können sie die Verletzungen nicht in dem Maße besingen, in dem es nötig wäre. Aber sie tun ihr Bestes. Und es reicht zumindest aus, die Körper der Menschen am Leben zu halten.*

*Von nun an kommen sie jeden Tag. Kümmern sich um die Verletzten, hindern sie am Totwerden. Sie debattieren, ob sie die Menschen mit in ihr ...*

Es folgte ein Bild, das Decaree in seiner Fremdartigkeit nicht einordnen konnte. Sie ging jedoch davon aus, dass es sich um eine Stadt oder das Versteck der Kopani handelte.

*... nehmen sollen. Sie wissen, sie dürfen den Mannmenschen und den Fraumenschen dann nie mehr nach Hause zurückkehren lassen. Andererseits werden sie sie in dieser Hütte nicht auf Dauer am Totwerden hindern können. Noch während sie überlegen, nimmt ihnen ein Altmensch die Entscheidung ab. Einer, dessen Körper vor Lebensspuren nur so glüht.*

»Sjonsson«, hauchte Decaree beim geistigen Anblick des »Altmenschen«. Woher wusste der Kopani so viel über die Rettung der Taucher? War er einer von denen gewesen, die ihnen bis zur Hütte gefolgt waren?

*Ich verstehe dein Nichtverstehen nicht – Glutsteiger haben die Menschen gerettet – also erinnern sich Glutsteiger daran.*

Verfügten sie über ein kollektives Gedächtnis? War es das, was er damit sagen wollte?

*Wie heißt du?* Die Frage stammte nicht von ihr, sondern von Tekener. Und dennoch konnte Decaree sie spüren. Vermochte er auch in ihr Innerstes zu sehen? Für einen Moment war sie versucht, das Handgelenk aus dem Griff des Kopani zu lösen. Doch dann wurde ihr bewusst, dass sie von Tek nur diese eine Frage mitbekommen hatte. Offenbar gab das schwarze Noppenwesen nur weiter, was für den anderen von Bedeutung war.

*Glutsteiger.*

*Nein, ich meine nicht, wie ihr euer Volk bezeichnet, sondern wie du heißt. Wie ist dein Name?*

*ich verstehe nicht*

»So kommen wir nicht weiter«, sagte Decaree zu Tek. *Warum habt ihr die Taucher gerettet?*

*Ich verstehe nicht.*

*Der Mannmensch und der Fraumensch gehörten nicht zu eurem Volk. Weshalb habt ihr sie trotzdem geheilt?*

*Weil es die Aufgabe der Glutsteiger ist, Leben zu erhalten.*

Ihr war klar, dass sich dadurch die nächste Frage erübrigte. Sie stellte sie dennoch. *Versenkt ihr die Lavaflöße der Menschen?*

Vermutlich sagte dem Kopani der Begriff nichts, aber er erkannte das Bild in ihrem Geist. Denn er antwortete, ohne zu zögern. *Die Aufgabe der Glutsteiger ist es, Leben zu erhalten – nicht es zu zerstören.*

*Bestimmte Menschen auf dem Planeten glauben, ihr seid daran schuld.*

*Versuchen sie deshalb uns tot werden zu lassen?*

Die Traurigkeit, die in diesen Bildern mitschwang, raubte Decaree schier den Atem. Mit einem Mal verstand sie, dass sich die Kopani niemals gegen etwas wehren würden, was man ihnen antat. Es entsprach nicht ihrem Wesen. Lieber würden sie mit offenen Augen und voll Bedauern alles über sich ergehen lassen.

*Es tut mir leid.*

*Das braucht es nicht – du kannst nichts dafür.*

*Aber warum versteckt ihr euch nicht mehr? So lange Zeit wussten die Skagsramer nichts von eurer Existenz.*

Wieder empfing sie dieses lähmende Gefühl der Unausweichlichkeit.

*Weil wir nicht mehr so gut können – wir sterben – ich sterbe.*

Die Bilder schwammen auf einem Fluss von Emotionen. Wissen und Erkenntnis strömten in Decaree und Tekener hinein. Sie kündeten von einem vergehenden Volk. Die Glutsteiger, wie sie sich selbst nannten, lebten in einer Symbiose mit der Lava. Oder besser: mit dem, was in der Lava wuchs. Im Winter drohten ihre Körper zu verfallen und stießen etwas aus, was die Supra-Thermophilen zum Gedeihen benötigten. Wie schon vor wenigen Augenblicken fühlten sich die entsprechenden Bilder so fremdartig an, dass Decaree nicht sagen konnte, ob es sich dabei um ein Enzym, um Psi-Wellen oder um etwas völlig anderes handelte. Im Sommer stiegen die Wesen schließlich in das flüssige Gestein und holten die Knollen mit den Bakterien hervor. Mit den Thermophilen und der Fähigkeit der Kopani, diese zu *besingen*, reparierten sie den winterlichen Körperverfall. Dieser Kreislauf währte über Tausende von Jahren. Da die Glutsteiger dadurch eine sehr hohe Lebenserwartung besaßen, pflanzten sie sich kaum noch fort. Ihr Volk überlebte dennoch – bis die Menschen kamen und ihnen die Lebensknollen vor der Nase ... vor dem mittleren Noppenring ... wovor auch immer wegernteten.

Es zeigte sich, wie fragil das Gleichgewicht zwischen Kopani und Thermophilen war. In der Folge reichten die Bakterien gerade aus, die üblichen Verfallserscheinungen zu beseitigen. Schlimmere Verletzungen oder die körperlichen Schäden der ältesten Kopani konnten sie nicht mehr heilen. Und so schrumpfte ihr Volk. Unmerklich zunächst, aber stetig. Als die Skagsramer vor einigen Jahren herausfanden, dass die Bakterien fremde DNS aufzunehmen vermochten, stieg die Nachfrage und, um diese zu befriedigen, die geerntete Menge. Für die Kopani blieb immer weniger übrig. Die Schwächeren und die Kranken verloren zunehmend die Fähigkeit, sich vor den Menschenaugen zu verbergen.

»Und dennoch haben sie es vorgezogen, zwei Menschen das Leben zu retten, anstatt die Thermophilen für sich selbst zu verwenden«, sagte Tek.

In Decarees Augen schimmerten Tränen. Sie wusste nicht, ob sie ihre eigene Traurigkeit empfand oder die des Kopani, aber es war ihr auch gleichgültig. Wie konnte Karismäki nur Jagd auf dieses friedfertige Volk machen?

»Weil er sie für schuldig hält«, meinte Tek. Offenbar hatte er ihre Frage durch die Verbindung mit dem Glutsteiger gespürt. »Und das tut er, weil Holmgrens Bericht sie als blutrünstige Monster schildert.«

Als Tek den Namen von Dahlqvists Stellvertreter erwähnte oder sein Bild vor sich sah, schickte der Kopani ihnen erneut eine Flut von Eindrücken. Wieder standen am Anfang ...

*... zwei Menschen. Die Glutsteiger sind so in die Heilung ihres Artgenossen vertieft, dass sie die Hellhäutigen zu spät bemerken. Sie erinnern sich, dass vor vielen Tausend Umläufen schon einmal Hellhäutige ihre Heimat besucht haben. Auf deren Köpfen wuchsen weiße Fäden, und die zwei Steine in ihren Schädeln schimmerten rot.* Götter! *So lautete ihr erster Gedanke. Sie zeigten sich, verbeugten sich, sprachen zu ihnen, doch die Rotsteinigen verstanden sie nicht. Also berührten die Glutsteiger sie an ihrer hellen Haut und nahmen so Kontakt auf. Sofort erkannten sie, dass sie sich geirrt hatten. Die Hellhäutigen waren keine Götter. Sie waren gefährliche Wesen auf der Suche nach Schätzen. Die Glutsteiger wollten, dass sie in ihre fliegende Kugel steigen und verschwinden sollten. Also gaben sie ihnen über den Hautkontakt das Bild eines sterbenden Volkes und einer vergehenden Welt ein. Tatsächlich verließen die Rotsteinigen wenige Tage später den Planeten.*

*Doch nun sind andere eingetroffen. Die Fäden auf ihren Köpfen sind auch hell, aber nicht weiß. Die Steine in den Schädeln schimmern blau statt rot. Zwei Mannmenschen. Sie haben gesehen, wie die Glutsteiger ihren Artgenossen heilten.*

*Die Glutsteiger wollen versuchen, sie auf die gleiche Weise loszuwerden wie die Rotsteinigen. Doch bevor sie sie erreichen, zieht ein Mannmensch ein komisches Ding hervor, aus dem ein Lichtstrahl schießt und einen von ihnen tot werden lässt. Als das Leben aus dem Glutsteiger entweicht, verliert auch sein Leib die*

*Körperlichkeit und nährt die Lebensknollen. Sofort passen sich die anderen an und verschwinden so vor den Augen der Menschen.*

*Diese beginnen zu streiten und stoßen Laute aus, die die Glutsteiger nicht verstehen können. Doch sie werden auf ewig in ihrem Gedächtnis verankert sein.*

*»Hast du diese Widerlinge gesehen?«*

*»Das waren keine Widerlinge. Ich glaube, wir haben einen Fehler gemacht, Matti, als wir davon ausgingen, dass kein intelligentes Leben auf dem Planeten existiert.«*

*»Du hältst diese schwarzen Scheusale für intelligent?«*

*»Hast du sie nicht beobachtet?«*

*»Doch! Aber ich habe nur Wilde gesehen, wenngleich sie über eine beachtenswerte Fähigkeit verfügen.«*

*»Wir dürfen den Planeten nicht nehmen, wenn er anderen gehört.«*

*»Wir dürfen nicht nur, wir müssen sogar. Was auch immer sie aus der Lava gezogen haben, darf der Menschheit nicht vorenthalten werden.«*

*So geht es weiter und weiter. Laute ohne jeden Sinn. Am Ende brüllen sie sich an, bis der eine das Strahlending auf den anderen richtet. Wieder schießt ein helles Licht hervor. Es trifft den anderen an der Schulter. Er taumelt einige Schritte und bemerkt dabei nicht, wie er sich einem Felsspalt nähert, in dessen Tiefe besonders heiße Glut fließt. Dann tritt er über den Rand und stürzt hinab. Auf einem schmalen Felsgrat vor einer Höhle viele Körperlängen weiter unten bleibt er mit zerschmetterten Gliedern liegen. Sieben Glutsteiger, die wissen, was über ihnen geschehen ist, eilen zum Höhleneingang und zerren den Verletzten hinein. Das Leben ist beinahe aus ihm gewichen. Sie bestreichen seinen Körper mit Lebensknollen, doch sie können ihn nicht besingen, solange der böse Mannmensch sich noch oben aufhält und sie womöglich hört.*

*Die vor Menschenaugen verborgenen Glutsteiger beobachten, wie der Bösmensch zu dem Spalt tritt und hinabsieht. Natürlich kann er den anderen nicht mehr entdecken, der liegt bereits in der Höhle. Wieder gibt der Bösmensch sonderbare Laute von sich.*

*»Es tut mir leid, Nicke. Aber ein Mann wie du ist zu weich, um sich einen Planeten untertan zu machen. Künftig werde ich das Volk anweisen. Dein Name wird mir dabei helfen.«*

*Als der Bösmensch endlich in seine fliegende Hütte steigt, können die Glutsteiger die Wunden des Verletzten besingen. Doch er ist zu schwach. Also bringen sie ihn nach ...*

Wieder tauchte dieses unbeschreibliche, fremdartige Bild vor ihr auf, das Decaree als die Heimat der Kopani interpretierte. Dann riss die Flut von Eindrücken ab.

»Holmgren hat Dahlqvist ermordet«, stieß Tekener hervor. »Und dessen Vertrauten hat er die Geschichte aus seiner Aufzeichnung aufgetischt, um sie zur Erforschung der Lebensknollen zu bewegen.«

»Ich weiß nicht, ob ›ermordet‹ der richtige Ausdruck ist«, gab Decaree zu bedenken. *Konntet ihr ihn heilen?*, fragte sie in Gedanken den Kopani. Doch der gab keine Antwort. Stattdessen fühlte sie, wie sich der Griff um ihr Handgelenk lockerte. Der Tentakel an Teks Stirn löste sich und schnellte zurück in den Noppenring. Das Letzte, was die Verbindung mit dem Ur-Skagsramer ihr zeigte, war grenzenlose Schwäche und der nahende Tod.

»Er hat sich völlig übernommen«, sagte der Smiler. »Er stirbt.«

»Wir müssen ihn retten!«

»Aber wie?«

»Unsere Anwesenheit scheint ihn etwas belebt zu haben. Weil wir Spuren des Lebens an uns tragen. Lass ihn uns dorthin bringen, wo es viel mehr dieser Spuren gibt.«

»Sjonsson?«

Decaree nickte.

Der ehemalige USO-Mitarbeiter wäre vor Aufregung beinahe ohnmächtig geworden, als sie das in Decken gehüllte schwarze Wesen in sein Haus trugen. Natürlich warteten sie ab, bis auf der Straße vor Sjonssons Haus keine feiernden Skagsramer mehr zu finden waren. Lediglich an der Wand des gegenüberliegenden Gebäudes lag ein langhaariger Betrunkener und schlief seinen Rausch aus. An ihm hätten hundert Kopani mit vibrierenden Noppen vorbeidefilieren können, er wäre trotzdem nicht erwacht.

»Ist das einer von ihnen? Ist das wirklich einer?« Nachdem Sjonsson sich von dem Anblick erholt hatte, stürmte er voraus in das, was er als Wohnzimmer bezeichnete. Mit einer Bewegung fegte er Bücher, Papiere und Kleidung vom Sofa. »Legen Sie ihn hierher.« Sein Blick huschte von Decaree zu Tek und zurück, blieb zwischendurch aber ständig an dem Kopani hängen, als wolle er sich vergewissern, dass er nicht träumte.

Sjonsson ging neben dem Sofa auf die Knie und musterte seinen neuen Besucher. In der Zwischenzeit sahen Decaree und Tek nach den beiden Tauchern, die noch immer in ihren Heiltanks im Nebenzimmer lagen. Sie berichteten Jon und Lara, wie sich die Rettung aus der Hitzewüste abgespielt hatte. Als sie ins Wohnzimmer zurückkehrten, hielt der Kopani Sjonssons Handgelenk umklammert. Der Alte murmelte unablässig vor sich hin. »Verstehe.« – »Ah ja.« – »Ach was!« Vermutlich wusste er inzwischen auch all das, was sie von dem Ureinwohner erfahren hatten. Die Nähe der Teile seiner Kultur schien ihm geholfen zu haben.

Tekener trat vor und nahm seinen Zellaktivator wieder an sich, den er während des Transports auf der Brust des Schwarzen deponiert hatte, um diesen zu stabilisieren.

»Kopani.« Decarees Stimme war nicht mehr als ein Hauch.

»Wie bitte?« Tek sah sie mit hochgezogener Augenbraue an.

»Ich frage mich nur«, erklärte sie, »ob man den Namen beibehalten kann. Erstens ist er dank Holmgrens Lügengeschichte negativ besetzt, und zweitens trifft er nicht zu. Oder siehst du an dem Burschen einen Mund, mit dem er all die Laute ausstoßen könnte, die zu der Bezeichnung geführt haben? Offenbar war auch dieser Teil von Holmgrens Erzählung unwahr.«

»Ein interessanter Gedankengang, aber nicht gerade der, der uns vordringlich beschäftigen sollte.«

»Du hast recht. Die Lavaflöße! All unsere Ansätze haben uns ins Leere geleitet, und nun stehen wir wieder am Anfang.«

»Einen Namen auf unserer Liste haben wir noch nicht gestrichen.«

Decaree nickte. »Raj Namesan.«

»Vertreter des Carsualschen Bundes auf Skagsram«, ergänzte Tek. »Und Atlan beim Empfang durch sein arrogantes Verhalten aufgefallen.«

»Ich weiß nicht recht. Glaubst du, er hat etwas damit zu tun? Würde er sich dann bei einem Anlass wie dem Empfang hinstellen und mit seinen Kumpanen vor aller Ohren über die Vorteile der untergegangenen Flöße diskutieren? Wäre das nicht zu auffällig?«

»Darüber sprachen wir bereits. Immerhin hast du gerade aus diesem Grund Zweifel, dass er der Schuldige sein könnte. Vielleicht wollte er genau das damit erreichen? Lass es uns doch einfach herausfinden.«

»Bürodurchsuchung?«, fragte Decaree.

»Bürodurchsuchung«, bestätigte Tek.

Sie verabschiedeten sich von Sjonsson, der sie aber kaum zur Kenntnis nahm, so sehr war er ins *Gespräch* mit seinem neuen Freund vertieft. Als sie das Haus verließen, stolperten sie beinahe über den Betrunkenen, der seine Schlafstätte verlegt hatte. Offenbar erschien ihm Sjonssons Tür gemütlicher als die Hauswand gegenüber. Angewidert stieg Decaree über ihn hinweg. Sie fragte sich, wie sich eine gesamte Gesellschaft so gehen lassen konnte. Und das, obwohl sie den größten Teil des Jahres völlig puritanisch zu sein schien. Oder war womöglich genau das der Grund dafür?

Sie hoffte inständig, dass sie den wahren Täter bald fanden und endlich von Skagsram verschwinden konnten. Nach einem letzten Blick auf den Betrunkenen zuckte sie mit den Schultern und stieg in den Gleiter.

# Kapitel 19

## Der Tod schwimmt mit

*Eine Saison ist nur dann erfolgreich,*
*wenn sie mehr Ertrag bringt als die letzte.*
*(aus den Mise-Gebeten bei Strömblad & Sernsborg)*

In die Botschaftsräume des Carsualschen Bundes einzudringen stellte sich als so unkompliziert heraus, dass sich Decaree fast schämte. Wieder einmal hatten sie diesen Umstand dem Mise-Fest zu verdanken. Die Belegschaft, die aus neun Ertrusern bestand, feierte wie die Skagsramer Bevölkerung die ganze Nacht durch. Nachdem sich die USO-Agenten im Hotelzimmer noch einige Stunden ausgeruht und auf den Einbruch der Dunkelheit gewartet hatten, betraten sie im Schutz der Deflektoren das Botschaftsgebäude, als ein Tieflandrindzüchter und -schlachter Nachschub für das Büffet lieferte. Glücklicherweise befand sich Raj Namesan nicht unter den Feiernden. Aus den Gesprächen seiner Kollegen hörten sie heraus, dass er sich in seinem Privathaus auf den nächsten Tag vorbereite. »Er wird die Interessen des Carsualschen Bundes auf eine Art vertreten, die der Skagsramer Regierung nicht gefallen dürfte. Wenn sie Bescheid wüsste, hätte sie ihn sicherlich nicht zu dem feierlichen Akt eingeladen.« Was immer das bedeuten sollte.

Bei der Botschaft handelte es sich um einen zweistöckigen Bau. Die Empfangshalle nahm das komplette Erdgeschoss ein. Die meisten Ertruser hatten sich an dem opulenten Büffet versammelt, das einheimische und ertrusische Spezialitäten bot. Alleine die Platte mit Jöllekappa hätte ausgereicht, einen Terraner für mehrere Monate satt zu bekommen. Mannshohe Bäume, an denen zitronenähnliche, aber von einem zarten Flaum umgebene Früchte wuchsen, verströmten einen süßherben Geruch und verliehen der Halle eine wohlige Atmosphäre. Die Nachttemperatur war auf einen angenehmen Wert knapp unter dreißig Grad gesunken, und auch im Botschaftsgebäude herrschte eine erfrischende Kühle. Zumindest gemessen an der Bruthitze, die sie während der letzten Tage hatten ertragen müssen.

Decaree und Tek schlichen zu der breiten Treppe, die ins Obergeschoss führte. Dort mussten sich die Büros befinden. Sie erreichten die erste Etage und schritten die Reihe von Türen ab. Zwar hingen an der Wand Namensschilder, Namesans Räumlichkeiten hätten sie aber auch ohne diese Hilfe gefunden. Seine Tür verfügte als einzige über zwei protzige Flügel. Wieder war ihnen das Glück hold, denn der linke Flügel stand offen. Einen Augenblick lang fürchtete Decaree, Raj Namesan halte sich doch in der Botschaft auf und seine Mitarbeiter wüssten nur nichts davon. Aber im Büro war keine Menschenseele anwesend. Der Raum lag im Dunkeln, lediglich die Beleuchtung des Ganges ließ wenige Einzelheiten erkennen, darunter ein hufeisenförmiger Schreibtisch.

»Meinst du, wir können es riskieren?« Decaree trat einige Schritte hinein, blieb dann jedoch stehen, um nicht versehentlich gegen ein Hindernis zu laufen.

Tek drückte die Tür von innen zu, schaltete das Licht an und beantwortete so ihre Frage. Sie huschte zum Schreibtisch und aktivierte die Positronik. Ihr war klar, dass sie sich nicht die Zeit nehmen durfte, an Ort und Stelle in Namesans Dateien herumzuwühlen. Deshalb schloss sie eine kleine Speichereinheit an, die alles in Sekundenschnelle kopierte. Zu ihrer Überraschung waren zwar die einzelnen Dateien mit einem

Code geschützt, der Zugang zur Positronik jedoch nicht. Der ertrusische Botschafter schien keinen großen Wert auf Sicherheit oder Geheimhaltung zu legen.

»Sieh dir das an«, flüsterte Tek.

Sie ließ die Speichereinheit weiter ihre Arbeit tun und wandte sich Tekener zu. Auf dem rechten Flügel des Schreibtischs lag ein Stapel von Unterlagen. Skizzen von Lavaflößen, technische Beschreibungen des Zusammenbaus der Module und obenauf der Plan eines DSDS-Floßes namens EISENSEITE.

»Der Name sagt mir nichts«, gab Decaree zurück. »Ist das eines der verunglückten Glutschiffe?«

»Nein. Die Ausstellungssäulen der gesunkenen Flöße bei Strömblad & Sernsborg waren desaktiviert. Das Holomodell der EISENSEITE habe ich aber gesehen.«

»Sieht so aus, als hätten wir einen Treffer gelandet.«

In diesem Augenblick hörten sie Schritte, die sich Namesans Büro näherten. Hastig kehrte Decaree zur Positronik zurück und entfernte den kleinen Datenräuber. Tek huschte zur Tür. Vermutlich wollte er das Licht ausschalten, doch es war zu spät. Die Tür öffnete sich und eine Ertruserin mit einem purpurnen Sichelkamm erschien. Sie blickte ratlos in den Raum, konnte sie hinter den Deflektorschirmen aber nicht sehen. Dann drehte sie den Kopf und rief in den Gang: »Warum ist Rajs Büro nicht abgeschlossen?«

Neben ihr tauchte ein weiterer zweieinhalb Meter großer Hüne auf. Auch er trug einen Sichelkamm, jedoch in dezenterem Blond und nicht so lang wie seine Kollegin. »Vor ein paar Stunden war noch ein Besatzungsmitglied dieses Lavafloßes hier.« Seine Stimme klang leicht verwaschen, was vermutlich dem Alkohol geschuldet war. »Einer von diesen Neulingen. Lavitrinen, oder wie sie die nennen. Sagte, die Reederei habe ihn geschickt und er solle noch ein paar Unterlagen vorbeibringen, die Raj für seinen Besuch auf der EISENSEITE braucht. Ich war gerade mit einem leckeren Rinderhäxchen beschäftig, und Raj war schon weg. Also sagte ich ihm, er soll alles auf den Schreibtisch legen.«

»Bist du von Sinnen, Rokar? Du kannst nicht einfach einen Fremden hier hereinspazieren lassen!«

»Sei nicht so streng mit mir, Bacca. Außerdem war er nicht einmal eine Minute später wieder verschwunden.«

»Wenigstens das Licht hätte er löschen können.« Bacca ging genau auf Decaree zu. Diese konnte dem wuchtigen Körper gerade noch ausweichen. Ihr Herz schlug bis zum Hals, so laut, dass die Ertruser es hätten hören müssen. Bacca betrachtete die Pläne auf dem Schreibtisch. »Und warum liegt noch alles hier, wenn Raj es morgen braucht?«

»Woher soll ich das wissen? Bin ich der Botschafter oder er?«

Bacca lachte dröhnend auf. »Zum Glück für den Carsualschen Bund bist du nur ein besserer Pförtner. Und jetzt raus hier. Vergiss nicht abzusperren.«

Eine Hitzewoge schoss in Decaree hoch. Sie mussten verschwinden! Aber der ertrusische Schrank mit seiner Schulterbreite von zwei Metern stand im Türstock und versperrte ihnen den Weg. Nun setzte sich auch Bacca in Bewegung zurück zur Tür. Hastig sah sich Decaree um. Da! Auf der Anrichte, die die Ertruserin gleich passieren würde, stapelten sich Folien und Ausdrucke, die immens wichtig aussahen. Sie schlich Bacca nach, und in dem Augenblick, in dem diese an dem Stapel vorbeikam, brachte Decaree ihn zum Einsturz. Bacca stieß einen Schrei in einer Tonlage aus, die man einer Ertruserin nicht zugetraut hätte.

»Was hast du denn jetzt wieder angestellt?« Rokar eilte zu seiner Kollegin und half ihr dabei, die Unterlagen aufzuheben.

»Ich muss dagegen gestoßen sein. Und was heißt hier *wieder?*«

Tek nutzte die Gelegenheit und huschte durch die nun freie Tür. Auch Decaree sah zu, dass sie sich aus dem Staub machte. Sie umrundete den Schreibtisch in entgegengesetzter Richtung und war draußen, bevor die Ertruser ihre Aufräumarbeiten abgeschlossen hatten. Der Weg aus dem Gebäude gestaltete sich erneut problemlos. Denn diesmal war es ihnen egal, ob jemand eine Tür scheinbar von selbst auf- und wieder zugehen sah.

Zurück in ihrem Hotelzimmer versuchten sie, die gestohlenen Dateien zu entschlüsseln. Decaree musste ihre Meinung revidieren, Raj Namesan halte nichts von Sicherheit. »An die meisten komme ich nicht heran. Die ungeschützten Daten enthalten nur unwichtigen Kram, aber an den anderen beiße ich mir die Zähne aus.«

»Wir sollten sie Sjonsson zeigen«, meinte Tek. »Vielleicht hat er mehr Erfolg.«

»Glaubst du vielleicht, er kann das besser als ich?«, fauchte Decaree. Kaum hatten die Worte ihren Mund verlassen, hätte sie sie am liebsten zurückgeholt. *Du verhältst dich nicht gerade professionell,* höhnte die boshafte Stimme in ihrem Inneren. *Warum willst du allen so krampfhaft beweisen, was in dir steckt?*

»Immerhin galt er früher als Genie auf diesem Gebiet«, ergänzte Tekener.

»Du sagst es: früher! Inzwischen interessiert er sich nur noch für die Kultur der Kopani. Wozu benötigen wir diese Dateien überhaupt? Die Pläne der EISENSEITE sprechen eine Sprache, wie sie deutlicher nicht sein kann.« Als Tek schwieg, fügte sie hinzu: »Oder zweifelst du an, dass wir den Urheber der Attentate gefunden haben?«

»Ich bin mir nicht sicher.«

»Nein? Die EISENSEITE wird sein nächstes Angriffsziel sein, glaube mir. Was hätte er sonst mit all den Unterlagen gewollt?«

Tekener knetete sich das Kinn. »Warum sollte er sich selbst an Bord begeben, wenn er plant, das Floß zu versenken? Das wäre viel zu riskant.«

»Wir wissen bis heute nicht, wie er die Lavaschiffe zum Untergang gebracht hat. Gut, die Modulkopplungen haben sich gelöst, aber wer hat es getan? Vielleicht war er bei jedem Floß an Bord und hat den Hebel höchstpersönlich bedient. Wir haben ihn, da bin ich mir sicher!«

»Wenn er auf der KRIEGSZAHN gewesen wäre, hätten Jon und Lara das gewusst. Außerdem hast du gehört, was die Ertruser sagten. Der Lavirgine der EISENSEITE-Besatzung hat ihm die Pläne im Auftrag der Reederei gebracht. Sie wissen also Bescheid, dass er das Floß besucht! Hätte er das bei den anderen Schiffen auch getan, hätte Strömblad uns das mitgeteilt.«

Decaree sank auf dem Stuhl vor dem Monitor in sich zusammen. Teks Einwand klang gerechtfertigt. Dennoch konnte, nein: wollte sie nicht glauben, dass sie sich irrte. Namesan war ihr Mann! Sie mussten nur noch die Puzzleteile richtig zusammensetzen, dann würden sich die Ungereimtheiten klären. Eine Idee schoss ihr durch den Kopf. »Vielleicht weiß Strömblad selbst nichts davon! Womöglich hat sein Kompagnon Sernsborg die Unterlagen geschickt.« Sie richtete sich auf und ihre Augen begannen zu leuchten. »Das ist es! Namesan steckt mit Sernsborg unter einer Decke!«

»Und gemeinsam versenken sie Flöße, die auch Sernsborg gehören? Das ergibt überhaupt keinen Sinn.«

»Denk doch mal nach! Der Carsualsche Bund will Skagsram politisch und wirtschaftlich destabilisieren, um letztlich einen Vorwand zu schaffen, den Planeten unter seinen Schutzmantel zu holen. Die momentane Regierung hätte ausgedient und mit ihr die bisherigen Gesetze. Zum Beispiel jenes, das den Reedereien den Export verbietet. Wir haben uns gefragt, warum nur Flöße von Strömblad & Sernsborg sinken. Das liegt daran, dass sie auf diese am leichtesten Zugriff bekommen, weil sie Sernsborg gehören. Vielleicht hat er einen Handel mit dem Carsualschen Bund geschlossen, der ihm wirtschaftliche Vorteile bringt und aus seiner Sicht die Sabotage an den eigenen Flößen rechtfertigt.«

Tek dachte einige Sekunden über Decarees Theorie nach. »Das überzeugt mich nicht. Außerdem vergisst du etwas. Falls ein Zusammenhang zu dem besteht, was wir in der Empfangshalle aufgeschnappt haben, dann hat die Skagsramer Regierung ihn auf die EISENSEITE eingeladen. Einen feierlichen Akt haben sie es genannt. Vermutlich zur Eröffnung der neuen Saison.«

»Richtig. Aber wenn du schon zitierst, dann bitte vollständig. Er hat dort etwas vor, was der Regierung nicht gefallen dürfte. Wenn dich jemand in sein Haus einlädt, besorgst du dir dann vorher die Baupläne? Wohl eher nicht. Wenn es ihm darum geht, Skagsram zu destabilisieren, gäbe es keine günstigere Gelegenheit als bei einem feierlichen Akt, den Kamerasonden womöglich noch in jeden Haushalt übertragen.«

»Hältst du das nicht für reichlich konstruiert? Du beschreibst das Szenario eines Selbstmordattentats, ist dir das klar? Ich glaube, du verrennst dich da in eine Idee, die ...«

»Verrennen?« Sie sprang auf und stapfte im Zimmer umher. »Vergiss einfach, was ich gesagt habe. Wenn die EISENSEITE morgen aber untergeht, erklärst *du* Atlan, warum wir die Beweise ignoriert haben.«

»Ich halte die Pläne nicht für beweiskräftig, sondern ...« Er unterbrach sich. »Wir können die USO noch nicht offiziell eingreifen lassen. Die Angelegenheit ist zu heikel. Wie ich schon einmal sagte, wenn die USO auf den Plan tritt und du ... wir den Falschen verdächtigen, ermöglichen wir dem Richtigen die Flucht. Außerdem könnte das auch die Rettung der Kopani gefährden. Ich sehe, dass du dich auf Namesan eingeschossen hast. Obwohl ich nicht deiner Meinung bin, tun wir Folgendes: Du reist ihm hinterher, beobachtest ihn, sammelst weitere Beweise. Wenn er der Schuldige ist, werden wir ihn zur Verantwortung ziehen.«

»Ihm nachreisen? Auf die EISENSEITE? Wie soll ich das machen?«

Tek zuckte mit den Schultern und lächelte. »Denk dir was aus. Immerhin war es deine Idee. Aber bitte: nur beobachten! Keine Alleingänge. Solltest du recht haben, schnappen wir uns den Kerl gemeinsam.«

»Und wenn er das Floß versenken will?«

»Das halte ich für ausgeschlossen, solange er selbst an Bord ist.«

»Was tust du in der Zwischenzeit?«

»Ich sehe, ob ich mehr über diese Dateien herausfinden kann. Vor allem diese eine klingt für mich wegen ihres Namens interessant.«

»Welche?«

Tekener zeigte auf den Monitor und las den Dateinamen vor. »Sternensplitter.«

»Das glaube ich einfach nicht!«

*Na toll,* dachte Decaree. *Der Nächste, der mich für übergeschnappt hält.* Sie bemühte sich, dennoch ruhig zu bleiben. »Das kann ich verstehen. Schließlich sind Sie seit Jahren Partner. Trotzdem dürfen wir die Möglichkeit nicht außer Acht lassen, dass Sernsborg in der Sache mit drinsteckt.«

Daniel Strömblad griff zu dem Glas auf seinem Tisch und leerte es in einem Zug. Seine verquollenen, blutunterlaufenen Augen erweckten den Anschein, dass er seit ihrem letzten Besuch nicht eine Minute geschlafen hatte. Sie fragte sich, ob er *noch* betrunken war oder *schon wieder*. Zumindest schien er noch die gleiche Kleidung zu tragen. Das mochte bei der recht einförmigen Mode auf Skagsram allerdings auch täuschen.

Durch das Bürofenster konnte sie die Sonne aufgehen sehen. Nach ihrem Disput mit Tekener hatte sie darauf bestanden, sich wenigstens noch ein paar Stunden hinzulegen. Da sie im Gegensatz zu ihm keinen Zellaktivator besaß, hielt sie es nicht annähernd so lange ohne Schlaf aus wie er, und weil Namesan die EISENSEITE erst am nächsten Tag besuchen wollte, glaubte sie, sich diese Zeit der Ruhe nehmen zu können.

*Ruhe!*, spottete ihr Nörgelsektor. *Als hätte dich das Herumwälzen im Bett entspannt. Sogar bis in den Traum hat dich der Gedanke verfolgt, dass du dich irren und in Atlans Achtung sinken könntest.*

Vor einer Stunde war sie schließlich wie gerädert aus dem Bett gekrochen und hatte sich von Tek zur Reederei Strömblad & Sernsborg bringen lassen. Er war anschließend zu Sjonsson aufgebrochen, dem ach so genialen Positroniker, der die Dateien sicherlich in null Komma nichts zu knacken vermochte.

Ihre Hoffnung, Strömblad so früh schon in seinem Büro anzutreffen, hatte sich erfüllt. Lange überlegte sie hin und her, wie sie ihm erklären sollte, warum der Schwarze Stein ein so gesteigertes Interesse an der Aufklärung der Floßunglücke aufbrachte. Da ihr nichts Glaubhaftes einfiel, entschied sie sich, ihm reinen Wein einzuschenken. Sie offenbarte sich als USO-Agentin, versicherte ihm jedoch, dass sie Strömblads Auftrag zur Erstellung eines Stammbaums an die Informationshändler weiterleiten würden. Im ersten Augenblick zeigte er sich von dem Geständnis so entsetzt, dass Decarees Theorie über seinen Kompagnon nicht bis in sein Bewusstsein vordrang. Als er es endlich begriff, lautete die Antwort nur: »Das glaube ich einfach nicht!«

Noch einmal legte sie ihm dar, worauf sich ihre Vermutung gründete. »Ich hoffe inständig, dass ich mich täusche.« *Lügnerin!* »Aber wir können nicht riskieren, dass die EISENSEITE in ihr Unglück fährt.«

Sekundenlang schloss er die Augen, und Decaree fürchtete, er sei eingeschlafen. »Sie haben recht«, sagte er plötzlich, ohne die Lider zu heben. »Wir dürfen niemanden gefährden. Ich werde den Zusammenbau der Module stoppen.«

»Auf keinen Fall!« Ihre Worte kamen so scharf, dass Strömblad erschrocken die Augen aufriss. »Damit würden wir sie nur warnen.«

»Was sollen wir dann tun?«

»Erklären Sie mir den Ablauf der Saisoneröffnung«, sagte Decaree, anstatt die Frage zu beantworten.

Der Reeder sah auf den Chronometer auf seinem Schreibtisch. »In etwa drei Stunden dürfte der Zusammenbau beendet sein. Wir beginnen die Saison auf dem Kontinent Karmin. Die Flugzeit beträgt knappe zwei Stunden. Das heißt, der Gleiter mit der Besatzung wird in sechzig Minuten aufbrechen. Traditionell darf bei jedem Erntebeginn einer der Großkunden einen Vertreter auf das erste Floß schicken, der mit der Mannschaft die neue Saison begrüßt. In diesem Jahr ist das der Carsualsche Bund. STK überträgt das Zeremoniell, welches für die Skagsramer ein Zeichen ist, dass nun der Ernst des Lebens wieder beginnt.«

*Ich habe es geahnt! Öffentlichkeitswirksamer kann Namesan ein Floß nicht versenken.* »Ich muss an Bord der EISENSEITE«, sagte sie. »Besteht eine Möglichkeit, mich in den Besatzungsgleiter zu schmuggeln?«

»Wie soll das gehen? Jeder würde Sie sehen.«

»Nicht, wenn ich mich hinter einem Deflektorschirm verberge. Oder Sie nehmen mich mit.«

»Ich? Ich fliege nicht zur EISENSEITE. Das ist ein feierlicher Regierungsakt, von dem sich die Reeder fernhalten.«

Einen Augenblick lang spielte Decaree mit dem Gedanken, ihren Kampfanzug mit Gravo-Paks auszustatten und auf eigene Faust zu dem Floß zu fliegen. Doch dann besann sie sich eines Besseren. Tekener hatte ihr unmissverständlich klar gemacht, wie gefährlich ein freier Flug über den heißen Lavaflächen sein konnte.

»Aber es ist Ihnen nicht verboten, dabei zu sein?«, nahm sie den Faden des Gesprächs wieder auf.

Strömblad schüttelte den Kopf.

»Na, dann machen Sie in diesem Jahr doch einfach eine Ausnahme.«

Als Tekener mit dem Gleiter zu Sjonsson flog, wunderte er sich, wie sich eine Stadt innerhalb weniger Stunden verändern konnte. Hatte sie vor Kurzem noch die Feierlaune des Mise ausgestrahlt, erschien sie nun verkatert und trist. Die Straßen waren nahezu menschenleer, und die wenigen Skagsramer, die er sah, schlichen nur so dahin. Vermutlich befanden sie sich auf dem Weg nach Hause, um den Alkohol aus ihren Leibern zu schlafen.

Der Smiler klopfte an Sjonssons Tür und wartete. Da sie sich nach einer Minute noch nicht öffnete, klopfte er erneut, diesmal nachdrücklicher. Wieder vergingen einige Sekunden, dann endlich erhörte ihn der Hausherr.

»Sie müssen mir helfen«, sagte Tekener zur Begrüßung.

Sjonsson sah seinen Besucher kurz an, dann glitt sein Blick flackernd die Straße entlang. Ohne etwas zu erwidern, drehte er sich um und verschwand im Haus. Die Tür ließ er für

Tek offen. Als dieser seine Verwunderung ob des unterkühlten Empfangs überwunden hatte, folgte er dem alten Mann.

Im Wohnzimmer herrschte noch das gleiche Chaos wie beim letzten Besuch, doch etwas hatte sich verändert. Sämtliche Artefakte standen um das Sofa gedrängt, auf dem noch immer der Kopani lag. Wie schon während seiner Gefangenschaft wirkte er apathisch.

»Er stirbt.« Zwei Worte, kurz und prägnant. Und doch drückten sie all die Traurigkeit aus, die Sjonsson empfinden musste.

»Was ist geschehen?«

Der skurrile Alte ging neben dem Glutsteiger in die Knie und ergriff den Arm des Wesens. »Nichts ist geschehen. Gar nichts. Die Nähe der Artefakte ließ ihn für einige Stunden aufblühen. Ich durfte die Wunder der Kopani in meinem Geist schauen, auch wenn ich nur einen Bruchteil davon verstand. Einen winzigen Bruchteil.« Er wandte den Blick für einen Moment Tekener zu, dann sah er wieder zu dem schwarzen Noppenwesen. »Sie wissen, dass die Skagsramer dieses wunderbare Volk vernichten, wenn sie die Thermophilen abernten?«

Tek nickte.

»Und Sie wissen auch, dass danach keine Thermophilen mehr gedeihen werden?«

Wieder nickte er. Was hätte er auch sagen sollen?

»Es gibt eine Möglichkeit, ihn zu retten«, flüsterte Sjonsson.

»Welche?«

»Ich muss ihn zu seinem Volk bringen. Dort kann er überleben. Dort kann er genesen, glaube ich.« Er zögerte einen Augenblick. »*Hoffe* ich.«

»Dazu müssten Sie wissen, wo sie sich verbergen.«

»Er wird mir den Weg weisen.« Sjonsson drückte den Arm des Glutsteigers fester. »Nicht wahr? Das wirst du.«

Tekener erinnerte sich an etwas, das er während seines Kontaktes mit dem kranken Wesen gesehen oder gespürt hatte. »Wenn Sie ihre Stadt einmal betreten haben, dürfen die Kopani Sie nie wieder gehen lassen.«

»Ich weiß.«

»Das würden Sie auf sich nehmen?«

Sjonsson stand auf. »Sehen Sie sich hier ruhig einmal um. Die letzten Jahrzehnte meines Lebens bestanden darin, den Spuren dieses Volkes nachzuspüren. Glauben Sie, ich könnte mir die Gelegenheit entgehen lassen, nicht nur in der Vergangenheit zu graben, sondern sie in der Gegenwart zu erleben?«

Ronald Tekener deutete auf die Tür zu dem Zimmer mit den Heiltanks. »Und die Lavataucher?«

»Oh. Ja, richtig. Die Taucher.« Sjonsson strich über die Hand des Glutsteigers. »Die werde ich mitnehmen. Ja, mitnehmen. Sie werden dort viel schneller vollständig heilen als hier.«

»Und nie wieder zurückkehren! Mit Ihrem Leben können Sie anfangen, was Sie wollen. Aber zwingen Sie nicht andere, den gleichen Weg zu gehen!«

Der Alte sank in sich zusammen. »Sie haben recht. Dann werden wir sie in die Ara-Klinik schaffen. Dort kann man ihnen helfen.«

Tekener seufzte. »Aber erst, wenn wir die Floßunglücke aufgeklärt haben. Denn genau aus diesem Grund haben Sie sie schließlich nicht schon früher dorthin gebracht.«

»Was für ein Dilemma!«, jammerte Sjonsson.

»Vielleicht auch nicht.« Tek zog den Speicher hervor. »Hier sind Dateien aus Raj Namesans Rechner. Wenn Sie mir helfen, sie zu entschlüsseln, kommen wir dem Ziel womöglich einen großen Schritt näher.«

Sjonsson blickte zu dem Smiler auf. Er sah unglücklich aus, angsterfüllt. »Aber dem Glutsteiger läuft die Zeit davon!«

»Umso mehr sollten Sie sich beeilen. Sie haben sich damals auf Kosten der USO bereichert, ohne dass jemand Sie zur Rechenschaft gezogen hat. Meinen Sie nicht, es wäre an der Zeit, etwas davon zurückzuzahlen?«

Der ehemalige Positronikfachmann sprang auf und lief hin und her. Ständig murmelte er Worte, ohne dass Tek ihn verstehen konnte. »Na schön, ich hole die Tube.«

»Die *was?*«

»Die Tube. Einen Rechner, den ich entwickelt habe.« Er ging zu einem Kleiderschrank, riss ihn auf und beugte sich hinein. Im nächsten Augenblick flogen Kleidungsstücke durch den Raum, begleitet von Sjonssons Gemurmel. »Irgendwo hier drinnen muss das gute Stück sein. Irgendwo. Ich hatte es schon länger nicht mehr in Gebrauch. Warten Sie, hier habe ich es.« Er holte ein röhrenförmiges, etwa einen Meter langes Gerät hervor, das eher an eine Kanone als an eine Positronik erinnerte.

»Das ist die Tube?« Tek begann sich zu fragen, ob Decaree mit ihrer Einschätzung des Alten recht haben könnte. »Warum trägt der Rechner so einen absurden Namen?«

»Absurd? Ich muss doch bitten. Lehrt man die jungen Leute wie Sie heutzutage keine altterranischen Sprachen mehr? *Tubus* ist der lateinische Begriff für Röhre. Und ist das hier etwa keine Röhre?«

Tekener beschloss, Sjonsson nicht darauf hinzuweisen, dass er etliche Jahrhunderte älter war als der Positronikexperte. »Natürlich ist es eine.«

»Sehen Sie! Geben Sie mir den Datenspeicher.« Er nahm das Kästchen entgegen und streichelte darüber wie gerade noch über den Arm des Kopani. »Hallo, Raj! All deine Geheimnisse verbergen sich also hier drin. Alles, was du bist. Dann wollen wir doch schauen, ob wir sie dir nicht entlocken können.« Er schloss den Speicher an. »Ab mit dir in die Tube. Und los geht's.«

Die EISENSEITE bot einen imposanten Anblick. Zum ersten Mal sah Decaree ein Lavafloß in voller Pracht und wunderte sich über die verniedlichende, wild romantische Bezeichnung. Denn das, was unter ihnen in einem breiten Strom aus flüssigem Gestein trieb, konnte man beim besten Willen nicht Floß nennen. Sie verfolgte den Flussverlauf mit den Blicken bis zu seinem Ursprung, einem majestätischen Vulkan, über dem eine dicke, tiefschwarze und fast lebendig wirkende Aschewolke hing.

»Wir gehen jetzt runter!« Nach zwanzig Minuten im Badezimmer und einem zweistündigen Flug sah Strömblad inzwischen fast aus wie ein Mensch. Nur seine roten Augen hätten besser zu einer außerirdischen Rasse gepasst, die in einer Chloratmosphäre lebte.

»Das ist ja ein riesiges Ding«, entfuhr es Decaree.

»299 Meter lang, 54 Meter breit, bietet Raum für fünfzig Mann Besatzung.«

An Bord herrschte ein aufgeregtes Gewimmel, das aus ihrer Höhe Ähnlichkeit mit einer Ameisenstraße aufwies. Männer trugen ihr Gepäck über die Planken, verschwanden in die Abgänge unter Deck, während andere ihnen entgegenkamen. Die Modulfähren hatten offenbar die Heimreise längst wieder angetreten, nur noch ein großer Besatzungsgleiter und ein kleineres Ein-Mann-Gefährt standen auf der Landezone der EISENSEITE. Hielt sich Raj Namesan bereits an Bord auf? Einen Gleiter, der darauf hingedeutet hätte, konnte sie nicht erkennen.

Erste Zweifel stiegen in Decaree auf. Lag sie mit ihrer Vermutung richtig? Oder hatte sie sich tatsächlich – wie Tek es so rücksichtsvoll formuliert hatte – in eine Idee verrannt? Ach was, ihr Gefühl hatte sie bisher nie getrogen, warum sollte es in dieser Situation damit anfangen?

Sie strich über den Armbandkom ihres leichten Kampfanzugs. Vor etwa einer Stunde hatte sie ihn ausgeschaltet, weil

Tek versucht hatte, sie zu erreichen. Sie redete sich ein, sie hätte es aus Gründen der Sicherheit getan. So konnte er nicht die Deckung ihres Deflektors auffliegen lassen, weil er sie im ungeeignetsten Moment anfunkte.

*Was für eine matte Ausrede! Du weißt genau, dass der Kom ein Akustikfeld ins Ohr und ein Mikrofeld vor den Mund projiziert, sodass kein Mensch mithören kann, selbst wenn er direkt neben dir steht.*

Sollte sie den Kom wieder aktivieren? Ihr Verlangen, Tek zu beweisen, dass sie sich nicht irrte, erschien ihr plötzlich kindisch. Anstatt den Kom auszuschalten, hätte sie genauso gut die Luft anhalten können, bis Tekener zugab, dass sie richtig lag. Dieses Verhalten hätte von ähnlicher Reife gezeugt.

»Ist das der von David?«

Strömblads Stimme riss sie aus den Gedanken. »Was? Wer?«

»Der Ein-Mann-Gleiter. Tatsächlich! Es ist der von David Sernsborg. Was macht der denn hier?«

Decaree sah aus dem Fenster. Strömblads Partner hielt sich entgegen jeder Gepflogenheit auf der EISENSEITE auf. Also doch! Sie hatte recht behalten! Ihre Hand zuckte vom Kom weg und zum Gürtel hin. Sie aktivierte den Deflektor und verschwand für die Augen ihrer Umwelt.

Der Reeder landete in der dafür vorgesehenen Zone des Floßes und verließ den Gleiter. Die Gesichter der Besatzungsmitglieder sahen ihn so überrascht an, dass Decaree sich hinter ihm auch ohne Deflektor aus dem Gefährt hätte stehlen können. Obwohl ihr Kampfanzug über dezente Klimatisierung verfügte, traf sie die Hitze wie ein Schlag. Vielleicht hätte sie doch besser einen hermetisch abgeschlossenen Raumanzug verwenden sollen, doch in diesem wäre ihre Bewegungsfreiheit sehr eingeschränkt gewesen. So hatte sie sich für die erheblich leichtere und vermeintlich behaglichere helmlose Variante entschieden.

Der Oberste Floßvater verließ seine Kabine in einem der Deckaufbauten und kam die Treppe zur Freiebene A herunter. Ein hagerer glatzköpfiger Mann Mitte vierzig begleitete ihn, dessen Gesichtsausdruck die Lava sofort zum Gefrieren hätte bringen müssen. Sie stapften auf Strömblad zu.

»Was tust du hier?«, fragte der Kahle.

»Das könnte ich dich genauso gut fragen«, erwiderte der Reeder. »Üblicherweise halten wir uns nicht auf den Flößen auf. Und schon gar nicht zum feierlichen Akt der Saisoneröffnung.«

»Ich will mich vergewissern, dass alles glatt läuft«, antwortete David Sernsborg, denn um niemand anderen konnte es sich handeln. »Du weißt selbst, mit welchen ... Problemen wir in den letzten Jahren zu kämpfen hatten.«

»Hervorragend! Ich bin aus dem gleichen Grund hier.«

»Ohne mir etwas davon zu sagen?«

»*Wirf niemandem einen Stein zu, den er zu dir zurückschleudern könnte.* Nicke Dahlqvists siebenunddreißigster Hauptsatz der Regeln des gesellschaftlichen Miteinanders.«

*Das stammt wohl eher aus dem Fundus von Matti Holmgrens Regeln der gesellschaftlichen Unterdrückung,* dachte Decaree.

»Wenigstens sehe ich nicht so aus, als hätte ich Skagsrams gesamte Mise-Vorräte an Frasnolienwein alleine getrunken«, gab Sernsborg zurück. Die Spannung zwischen den Männern war beinahe mit Händen zu greifen.

Sämtliche Zweifel, die Decaree geplagt hatten, waren wie weggewischt. Der Glatzkopf plante etwas, bei dem er Strömblad nicht dabei haben wollte, das spürte sie so deutlich wie die Hitze der Lava.

»Doch wenn du schon einmal hier bist, wünsche ich dir viel Spaß bei der Saisoneröffnung. Aber bitte komm keinem der prominenten Gäste zu nahe. Ich kann deine Fahne bis hierher riechen. Denk an den Ruf unserer Firma.«

»Ich denke an nichts anderes, das kannst du mir glauben«, erwiderte Strömberg.

»Herzlich willkommen an Bord!« Offenbar fühlte sich auch der Oberste Floßvater genötigt, etwas zum Gespräch beizutragen.

»Wie ist der weitere Ablauf?«

Sernsborg verdrehte die Augen und verlieh seiner Verzweiflung darüber erkennbaren Ausdruck, dass einer der Bosse des Unternehmens nicht wusste, wie die Saisoneröffnung vonstattenging.

»Wir werden in wenigen Minuten den ersten Tauchgang durchführen«, antwortete der Kapitän. »In etwa einer Stunde sollten dann die Gäste eintreffen und wir werden dem Vertreter des Carsualschen Bundes symbolisch den Teil der Ernte aushändigen, der mit der Regierung vereinbart ist.«

»Danke. So lange sehe ich mich auf *unserem* Floß um.«

Sernsborg drehte sich wortlos um und kehrte zurück in die Kapitänskabine. Der Oberste Floßvater zögerte noch einen Moment, dann folgte er dem glatzköpfigen Reeder. Auch Decaree hatte vorerst genug gehört. Im Schutz des Deflektors schlich sie davon und suchte sich einen Platz nahe einer Bühne, auf der vermutlich die Feierlichkeit stattfinden sollte. Strömblad hatte ihr empfohlen, sich nicht zu nahe an der Reling aufzuhalten, falls der Lavafluss Gestein auf das Floß spie.

Während der nächsten Stunde beobachtete sie das Treiben auf der EISENSEITE. Männer mit Schutzanzügen und wuchtigen Schaufeln standen für ihren Einsatz bereit, genauso wie zwei Taucher in einer abenteuerlichen Wicklung aus Lavedenhaut. Ein dürrer, langhaariger Jüngling von gut zwanzig Jahren war in der Zwischenzeit weiter damit beschäftigt, Kisten und Behälter aus dem Besatzungsgleiter unter Deck zu schaffen. Vermutlich handelte es sich bei ihm um den Lavirginen dieser Saison. Strömblad schlich ziellos auf dem Floß herum, wohingegen Sernsborg und der Oberste Floßvater in der Kapitänskabine verharrten.

Decaree trat von einem Fuß auf den anderen. Schweiß rann ihr übers Gesicht.

Nach zwanzig Minuten langweiliger Floßroutine erklang ein Knattern wie von einem Geigerzähler, gefolgt von einer Stimme. »Ortung!« Von einem Augenblick auf den anderen kehrte Hektik auf der EISENSEITE ein, die aber nicht minder routiniert schien. Die Deckräumer versammelten sich um ein Schott in der Reling, das nach unten glitt. Die Taucher sprangen in die Lava, und sofort schloss sich die Luke hinter ihnen. Decarees Blick hangelte sich an den Terkonitseilen entlang zu einer Winde, an der ein bulliger Skagsramer stand und nach Bedarf den Seilen mehr Spielraum gab oder sie einholte. Der Tauführer, wenn sie sich richtig an Strömblads Ausführungen während des Flugs erinnerte.

Weitere dreißig Minuten vergingen.

Noch bevor die Taucher der Glut entstiegen, schwebten zwei Gleiter heran und landeten auf der EISENSEITE. Aus einem stieg ein Ertruser, ein bulliger Kerl mit einem kurzen Sichelkamm in knalligem Orange. Raj Namesan. Er war allein. Nicht einmal eine Leibwache begleitete ihn.

Decarees Körper spannte sich. Es ging los!

Als sich die Tür des zweiten Gleiters öffnete, hielt sie unwillkürlich die Luft an, denn es stiegen zwei Personen aus, mit denen sie nicht gerechnet hatte. Ombudsmann Ata Mathiesen und Hetman Oddo Karismäki. Wie dumm von ihr! Da die Regierung Namesan eingeladen hatte, war es nur logisch, dass auch Regierungsvertreter anwesend sein würden. Aber gleich so hochrangige?

Im Gegensatz zum Botschafter des Carsualschen Bundes wurden sie von einer Leibgarde eskortiert. Fünf grimmig dreinschauende Männer hielten sich hinter ihnen. Flammengardisten! Decaree erkannte sie an den Uniformen, die sie vor nicht allzu langer Zeit in der Lagerhalle gesehen hatte.

Die Stimme des Kapitäns hallte über das Deck. »Alle Mannschaftsmitglieder, die derzeit nicht mit der Ernte befasst sind, auf Freiebene A antreten.«

Decaree bemerkte ein Grinsen auf Namesans Gesicht, als sich die Besatzung vor den Besuchern aufbaute. Schadenfreude? Selbstzufriedenheit? Häme? Was auch immer er empfinden mochte, es konnte nichts Gutes bedeuten.

Ein weiterer Gleiter flog heran, landete jedoch nicht. An der Außenseite trug er ein buntes Logo aus den Buchstaben STK. Eine Luke öffnete sich und drei faustgroße Kamerasonden schwebten hervor. Sie verteilten sich über dem Lavafloß, sodass ihnen kein Augenblick des Zeremoniells entgehen konnte.

Erst nach und nach sickerte die Bedeutung der Veranstaltung in Decarees Bewusstsein. Namesan hatte nicht nur vor, die EISENSEITE zu versenken, er wollte auch noch die Skagsramer Regierungsspitze mit in den Tod reißen! Und das alles vor den Augen der Bevölkerung. Gab es eine bessere Möglichkeit, um dem Planeten den letzten Stoß zu versetzen, der ihn ins Chaos stürzen würde? Das diplomatische Korps des Carsualschen Bundes stand vermutlich längst bereit, um Skagsram in dessen sichere Gemeinschaft zu geleiten. Würde ein Mann wie Raj Namesan dafür den Tod in Kauf nehmen? Wenn er fanatisch genug war, bestimmt. Decaree schauderte bei dem Gedanken. Sie durfte es nicht so weit kommen lassen.

Wieder raunte eine innere Stimme ihr etwas zu. Diesmal war es nicht ihre eigene, sondern die von Ronald Tekener. *Ich glaube, du verrennst dich da in eine Idee.* Unwirsch brachte Decaree den Störenfried zum Schweigen.

Als die Kamerasonden ihre Positionen eingenommen hatten, schritten die hochrangigen Besucher die Reihen der Besatzungsmitglieder ab und reichten jedem die Hand. Sie wünschten ihnen eine erfolgreiche Ernte und einen guten Sommer. Die meisten Matrosen ließen das regungslos über sich ergehen, wirkten zum Teil sogar gelangweilt. Einige wenige jedoch bedankten sich überschwänglich. Der Lavirgine fiel Namesan gar um den Hals. Nun ja, in Anbetracht der Größenverhältnisse eher um die Taille. Oder noch treffender: Er fiel ihm um die vordere Hälfte der Taille. Der Ertruser war über seinen Enthusiasmus sichtlich wenig erfreut und schob den Jungspund von sich weg. Nachdem der hochrangige Besuch jeden begrüßt hatte, machte er sich auf den Weg zur Bühne.

Decaree ließ Namesan nicht für eine Sekunde aus den Augen.

Ata Mathiesen trat auf der Behelfsbühne an ein Mikrofon, das ihre Worte bis in den hintersten Winkel des Floßes erschallen ließ. »Meine lieben tapferen Lavaflößer. Heute starten wir in eine neue Saison. Sie alle wissen, welche Bedeutung den Supra-Thermophilen für die Skagsramer Wirtschaft zukommt. Jeder Einzelne von Ihnen erbringt einen Beitrag dazu, dass unsere Heimat in Wohlstand erblüht und ...«

Die Mannschaft lauschte der Rede der Regierungschefin mit geteiltem Interesse. Strömblad trat aus dem Schatten eines Deckaufbaus und gesellte sich zur Besatzung. Sein Blick galt allerdings nicht dem Ombudsmann, sondern huschte über das Deck. Decaree vermutete, dass er nach ihr Ausschau hielt.

Während die Aufmerksamkeit an Bord auf Ata Mathiesen gerichtet war, kam David Sernsborg aus der Floßvaterkabine und trat zu Namesan auf die Bühne. Der Ertruser beugte sich zu dem Reeder hinab, der ihm etwas ins Ohr flüsterte. Namesan nickte, und ein neuerliches Grinsen stahl sich auf sein Gesicht.

Decarees Finger glitten zum Strahler an ihrem Gürtel und strichen darüber. Ihre Handflächen waren feucht, was nicht alleine an der unerträglichen Hitze lag. Wann sollte sie eingreifen? Sie spürte, dass jeden Augenblick etwas Schreckliches geschehen würde. Dennoch hatte sie keinerlei Idee, *was* das sein könnte. Tek hatte sie eindringlich ermahnt, nur zu beobachten und Beweise zu sammeln. Doch durfte sie warten, bis Namesan seinen Plan ausführte? Durfte sie Menschenleben riskieren? Musste sie nicht vielmehr dem Ertruser das Handwerk legen, bevor es zur Katastrophe kam?

*Jetzt stehst du hier und weißt nicht, was du tun sollst. Zerrissen zwischen dem, was Tek dir aufgetragen hat, und dem, was du glaubst, unternehmen zu müssen. Wer wird gewinnen? Tek oder dein Instinkt? Meinst du, Atlan würde so lange zögern?*

Ihre Finger schlossen sich um den Griff des Strahlers.

Was hätte Atlan an ihrer Stelle getan? Decaree biss sich auf die Lippen und verdrängte den Gedanken. *Das ist mein Fall, mein Einsatz!*

Da ertönte wieder die Stimme des Obersten Floßvaters. »Die Taucher kehren zurück!« Das Schott glitt herab und gab den Blick frei auf die mörderischen Massen aus flüssigem Gestein.

Plötzlich geschah es! Namesan zuckte kurz zusammen, fasste in die Tasche seiner weißen Anzugsjacke und zog ein unscheinbares Kästchen hervor. Im gleichen Augenblick erschütterte eine Explosion den massigen Leib der EISENSEITE.

Bunte Lichtchen zuckten um die Tube. Tek war sich keineswegs sicher, dass ihre Funktion über die reine Existenz hinausging. Vermutlich hatte Sjonsson sie nur angebracht, weil er sie schön fand. Tekener fragte nicht nach, sondern ließ den Alten seine Arbeit erledigen.

Decaree hatte mir ihrer Einschätzung recht behalten, dass auch der ehemalige Positronikexperte die Dateien nicht so ohne Weiteres entschlüsseln konnte. Dennoch gab es nach einer Stunde erste Erfolge zu verzeichnen. Wenn man das Hacken völlig nichtssagender Dateien als Erfolg bezeichnen mochte. Abrechnungen der letzten fünf Jahre, Statistiken über den Lebensmittelbedarf der ertrusischen Botschaft, Bestellungen von Toilettenpapier. Nichts, was auch nur im Geringsten darauf hinwies, dass der Carsualsche Bund einen Zwischenfall provozieren wollte.

Lediglich die Datei mit dem Namen *Sternensplitter* entzog sich hartnäckig Sjonssons Zugriff. Bis zu diesem Augenblick!

»Ich hab's geschafft«, stöhnte der Alte auf. »Ich hab's tatsächlich geschafft!«

Tek studierte das Holobild, das über der Tube schwebte. Er überflog den Text einer Anweisung, die direkt von Nos Vigeland stammte, einem der Triumvirn, die den Carsualschen Bund führten. Das, was er lesen musste, ließ ihn innerlich erstarren. »Das darf nicht wahr sein!«

Sjonsson sprang auf und kehrte zurück zum Sofa, wo er sich neben den Kopani kauerte. »Ich weiß zwar nicht, was Sie meinen, aber ich habe getan, was Sie verlangt haben. Kann ich jetzt gehen? Dem Glutsteiger bleibt keine Zeit mehr. Er muss zu seinen Artgenossen. Nur dort erhält er die Behandlung, die er braucht.«

Der Smiler versteifte. »Was haben Sie gerade gesagt?«

»Dem Glutsteiger bleibt keine Zeit mehr ...«

Tekener winkte ab. »Nicht das. Vergessen Sie es. Eine Sache noch, bei der Sie mir helfen müssen. Dann können Sie gehen.«

Sjonsson seufzte und schlurfte zu Tek an den Tisch. »Was?«

Ronald Tekener holte die kleine Positronik hervor, auf deren Display die Besatzungslisten der gesunkenen Flöße angezeigt wurden, die Strömblad ihnen überlassen hatte. »Können Sie von hier aus in den Rechner von Strömblad & Sernsborg eindringen? Und in die anderer Reedereien?«

»Das wäre illegal. Dafür geht man in die Feuergrube, wenn ...«

»Können Sie es?«

Der Alte nickte mit unglücklichem Gesichtsausdruck. »Da sie einen Teil des Skagsramer Netzwerks darstellen, ist das kein Problem.«

»Ich brauche die Besatzungslisten der Flöße, die nicht gesunken sind.« Zehn Minuten später bekam er, was er verlangt hatte. Er verglich die Aufstellungen miteinander und nickte. »Wir hätten Hakilaunen besser zuhören sollen.«

»Ich verstehe nicht.«

Tek winkte ab. »Nicht so wichtig.« Er drückte eine Taste des Armbandkoms, den er sich angelegt hatte, um mit Decaree in Kontakt bleiben zu können. »Deca! Melde dich. Ich habe Informationen für dich.« Er wartete einen Augenblick. Als er keine Antwort erhielt, versuchte er es erneut. Wieder ohne Ergebnis. »Verdammt! Sjonsson, wissen Sie, wo der Akt der Saisoneröffnung stattfindet?«

»Natürlich. Dort, wo er immer stattfindet, weil man dort zu Beginn einer Erntezeit stets Thermophile findet.«

»Sagen Sie mir auch, wo das ist?«

»Was? Oh, ja, selbstverständlich.« Sjonsson teilte ihm die Position mit.

Der Smiler sprang auf und rannte zur Tür. »Ich muss dort hin. Von mir aus können Sie den Kopani jetzt zu seinen Leuten bringen.«

»Und die Taucher?«

»Können auch ein paar Stunden alleine bleiben. Wenn ich zurückkomme, schaffe ich sie in die Klinik. Aber erst dann!« Er riss die Tür auf und murmelte: »Atlan, wie konntest du dich nur so hinters Licht führen lassen?« Dann war er draußen.

Eine Bombe! Also doch! Der Scheißkerl hatte eine Bombe gezündet. Und sie hatte es in ihrer Zögerlichkeit nicht verhindert. Aber noch war es nicht zu spät!

Sie riss den Strahler von der Gürtelhalterung, richtete ihn auf Namesan und drückte ab. In diesem Augenblick durchlief ein Zittern das Floß. Decaree geriet ins Straucheln und ihr Schuss ging fehl. Er hieb in das Geländer, das den Aufgang zur Bühne säumte, und zerfetzte es. Namesans Kopf zuckte herum. Obwohl er sie nicht sehen konnte, blickte er genau in ihre Richtung.

Ein Alarmton hallte über Bord. Die Crew stob auseinander, jeder an seinen im Krisenfall befohlenen Posten. »Holt die Taucher raus!«, erklang der Befehl des Obersten Floßvaters.

Decaree achtete nicht auf das Chaos, das plötzlich um sie tobte. Sie bemühte sich, einen festen Stand für den nächsten Schuss zu bekommen. Namesan ließ das Kästchen fallen und sprang von der Bühne auf einige der Deckräumer und den völlig verdatterten Strömblad zu. Sie konnte es nicht riskieren abzudrücken. Zu leicht hätte sie einen Unschuldigen treffen können. Also desaktivierte sie den Deflektor, denn nur, wer sie sah, würde ihr auch helfen können.

»Gehen Sie in Deckung!«, brüllte sie den Deckräumern zu. »Namesan ist ein Attentäter.«

Niemand hörte auf sie. Der Ertruser packte Strömblad und zog ihn als menschliches Schild vor sich.

»Ergreift sie!«, schrie Ata Mathiesen.

Sie? Decaree verfluchte sich selbst. Natürlich! Sie war kurz nach der Explosion wie aus dem Nichts aufgetaucht. Jeder musste sie für die Schuldige halten. Zwei Flammengardisten sprangen über das Geländer der Bühne, während die verbliebenen drei Männer die Regierungschefin und den Hetman zu Boden rissen. Sie wollten sie vor der vermeintlichen Attentäterin schützen! Das lief nicht so, wie Decaree es sich vorgestellt hatte. Wie aus dem Nichts tauchten Strahler in den Händen der Sicherheitsmänner auf und richteten sich auf sie.

Instinktiv aktivierte sie neuerlich den Deflektor und huschte zur Seite. Dort, wo sie eben noch gestanden hatte, brannten die Schüsse der Flammengardisten Löcher in die Planken. Sie hastete auf Namesan zu. Obwohl er sich wegen seines massigen Leibs nicht einmal ansatzweise hinter Strömblad verbergen konnte, wagte sie es nicht, erneut abzudrücken. Das Floß vibrierte und bockte unter ihren Füßen, zu heftig für einen sicheren Schuss. Sie musste versuchen, hinter den Ertruser zu kommen.

Eine Kamerasonde, die sich nichts entgehen lassen wollte, tauchte unvermittelt vor ihr auf und schwebte neben ihr her. Konnte sie durch den Deflektorschirm sehen? Womöglich hatten sie verschiedene Frequenzen durchprobiert und aus Zufall die richtige getroffen. So wirkte die Sonde nun wie eine Antiflex-Brille. Decaree blieb stehen und zielte mit dem Strahler auf die fliegende Kamera. Diese wich sofort aus. Das war der Beweis.

»Dort! Bei der Sonde!«, brüllte Namesan. Er hatte durchschaut, wie man trotz des Deflektors ihren Standort abschätzen konnte.

Ein Gleiter näherte sich der EISENSEITE. Verstärkung der Flammengarde? Ein weiteres Aufgebot an Kamerasonden? Was es auch war, ihr lief die Zeit davon. Sie musste den Ertruser außer Gefecht setzen. Jetzt!

Die nächste Explosion grollte über Deck und plötzlich neigte sich das Floß um einige Grad zur Seite. In die Richtung des offenen Schotts.

»Schließen!«, erklang die Stimme des Obersten Floßvaters.

»Aber die Taucher ...«

»Sofort das Schott schließen!«

Decaree kümmerte sich nicht darum. Für sie zählte nur Namesan.

*Er hat die zweite Explosion nicht ausgelöst!,* schoss es ihr durch den Kopf. *Das Kästchen liegt auf der Bühne.*

Egal! Dann waren die Bomben eben gekoppelt und gingen in vorbestimmten Abständen hoch.

*Das entspricht nicht der bisherigen Vorgehensweise.*

Decaree blieb keine Zeit, sich über solche Fragen den Kopf zu zerbrechen. Plötzlich entdeckte sie auch in der Pranke des Ertrusers einen Strahler. Offenbar war er nicht damit einverstanden, dass die Flammengardisten auf kein Ziel schossen, das sie nicht sehen konnten. Namesan besaß derlei Skrupel nicht. Er jagte eine Salve nach der anderen in die ungefähre Richtung der Kamerasonde, die inzwischen von ihren beiden Kolleginnen Verstärkung erhalten hatte. Dass er dabei einen Deckräumer am Arm und einen von Mathiesens Leibwächtern im Bein traf, kümmerte ihn anscheinend wenig.

Zu ihrem Glück kamen seine Schüsse ungezielt und verfehlten Decaree knapp. Sie rollte sich über die Planken ab, sprang auf und rannte in die entgegengesetzte Richtung. Weg von Namesan. Die Kamerasonden folgten ihr. Mit der linken Hand tastete sie über den Deflektorgenerator an ihrem Gürtel und änderte die Arbeitsfrequenz. Sie schlug einen Haken, diesmal auf den Ertruser zu. Die Kameras verharrten an Ort und Stelle. Sie hatten sie verloren. Zumindest für den Augenblick.

Namesan feuerte unverdrossen dorthin, wo er sie vermutete. Endlich gelang es ihr, den Schurken zu umrunden. Sein breiter Rücken lag ungeschützt vor ihr. Sie hob den Strahler und zielte. Da kam von der Seite ein Schatten angeflogen. Sie wandte sich um, wollte ihn abwehren. Zu spät. Jemand riss sie um und kugelte mit ihr über Deck. Tekener! Es war sein Gleiter gewesen, den sie gesehen hatte. Er trug seine Antiflex-Brille, die sich automatisch auf Decarees Deflektorfrequenz eingestellt hatte.

»Tek! Nicht! Wir müssen ...«

»Hör auf, Deca. Namesan hat nichts damit zu tun.«

»Aber ...«

Plötzlich tauchte eine weitere Gestalt neben ihr auf. Der Lavirgine, der den Ertruser umarmt hatte. Kaum jemand achtete auf ihn. Sein Blick war leer, im Gegensatz zu seiner Hand. Auch er war mit einem Strahler bewaffnet, den er auf Namesan richtete.

Wenigstens einer, der richtig reagierte!

Tek riss Decaree die Waffe aus der Hand und jagte dem Lavirginen einen Schuss ins Bein. Wie vom Blitz getroffen kippte der Mann um, bevor er selbst schießen konnte.

»Was tust du?«, schrie sie.

Mit einer raschen Bewegung desaktivierte Tek Decarees Deflektor, stand auf und hob die Arme. »Wir ergeben uns!«

Die vier unverletzten Flammengardisten kamen mit vorgehaltener Waffe auf sie zu.

»Wir sind USO-Agenten«, rief Tekener so laut, dass jeder es hören musste. »Keine Attentäter. Fälschlicherweise haben wir Raj Namesan für denjenigen gehalten, der seit Jahren Lavaflöße versenkt.«

Decaree sank in sich zusammen. Fälschlicherweise? Wenigstens hatte Tek *wir* gesagt.

»Aber nun wissen wir, wer der wirkliche Schuldige ist!«

»Kein Wort mehr!«, brüllte Hetman Karismäki. »Nehmt sie fest und schafft sie mir aus den Augen.«

Doch Tek ließ sich nicht zum Schweigen bringen. »Es waren auch nicht Kopani, die Sie verdächtigen, Herr Hetman!«

Bei der Erwähnung der Urskagsramer zuckte Karismäki zusammen. »Wer dann?«

Tekener zeigte auf den Lavirginen. »Darf ich?«

»Ich weiß nicht, was das soll«, brüllte der Hetman. »Ich will nichts von Ihren Lügen ...«

»Schluss!«, mischte sich Ata Mathiesen ein. Sie nickte Tek zu. »Was wollen Sie uns zeigen?«

Er ging die wenigen Schritte zu dem verletzten Matrosenlehrling und wühlte ihm durch die Haare. Zunächst untersuchte er dessen Schläfen, als er nichts fand, drehte er ihn auf den Bauch und legte seinen Nacken frei. Und dort, bisher von der Haarpracht verdeckt, schimmerte goldschwarz ein fingernagelgroßer Chip.

»Der Ara Mobat ist der wahre Täter!«

# Kapitel 20

## Wie viel Legende verträgt die Wahrheit?

*Das Schicksal findet stets einen Weg,*
*Lügen aufzudecken.*
*(Neunter Hauptsatz der Regeln des*
*gesellschaftlichen Miteinanders)*

»Der Ara Mobat ist der wahre Täter!«

Der »Versicherungsfachmann« starrte ungläubig auf den Holowürfel, der ihm dank STK Bild und Ton von der EISENSEITE ins Haus lieferte. Wutentbrannt wischte er das Gerät vom Tisch in seinem Büro im obersten Stockwerk der Ara-Klinik. Wie hatte sein Plan nur so gründlich schiefgehen können?

Natürlich war er sofort alarmiert gewesen, als Atlan auf Skagsram aufgetaucht war. Und als kurz danach noch zwei angebliche Mitarbeiter des Schwarzen Steins gelandet waren, war ihm klar gewesen, dass etwas von den gesunkenen Flößen nach außen gedrungen sein musste. Inzwischen wusste er, dass das nur über Sjonsson geschehen sein konnte, der zwei Heiltanks in der Ara-Klinik gekauft hatte. Durch eine Anfrage beim Geheimdienst Aracom hatte er erfahren, dass der Sonderling einst selbst in Diensten der USO gestanden hatte.

Schon vor dieser Erkenntnis hatte Mobat versucht, falsche Spuren auszulegen, und Atlan bei ihrem Zusammentreffen auf dem Empfang auf eine Reihe von Verdächtigen aufmerksam gemacht. Der Arkonide hatte ihm jedes Wort abgekauft.

Er hatte keine Ahnung gehabt, aus welchem Grund Hakilaunen die Agenten verfolgen ließ, aber er hatte damit gerechnet, dass der Ernteminister sie aus dem Weg räumen würde. Das war jedoch nicht geschehen. Seine nächste Hoffnung hatte auf Karismäki geruht. Als dieser ihn bei ihrem Gespräch bei den Tieflandrind-Weiden um Hilfe gebeten hatte, hatte Mobat ihn gründlich missverstanden.

»Ich will, dass jemand in Baba Yaga genau das tut, was ich möchte.«

Da er stets von zwei unliebsamen Personen gesprochen hatte, war der Ara davon ausgegangen, dass es sich bei ihnen um die USO-Agenten handelte und dass Karismäki einen Gefangenen benutzen wollte, der die beiden ausschaltete und anschließend scheinbar die Flucht ergriff. Dank der Chipmanipulation hätte dieser Gefangene bereits auf der Brücke über die Feuergrube die Orientierung verloren und wäre in die Lava gestürzt.

Mobat hatte nicht ahnen können, dass es Karismäki nur um zwei Kommunarden gegangen war!

Er dachte an die Chips an den Schläfen der Verbrecher. Natürlich handelte es sich bei ihnen um Entwicklungen aus der Ara-Klinik. Vorläufer der verbesserten und streng geheimen Modelle, die er mit Hilfe eines Arztes in die Nacken der Lavirginen einsetzte, wenn diese zum Gesundheitscheck vor ihrem ersten Einsatz eine Woche lang jeden Tag in die Klinik kommen mussten. Dank einer Behandlung mit Supra-Thermophilen konnten sie die Chips viel besser auf die Körper ihrer Träger einstellen und sie so optimieren, dass sie auf einen Steuerimpuls hin ein vorher festgelegtes Programm abriefen. Ab diesem Augenblick übernahm der Chip die Kontrolle über die Handlungen der Lavirginen, und so wussten diese genau, was sie unternehmen mussten, um die Floßmodule zu entkoppeln und jegliche Fluchtmöglichkeiten zu zerstören. Das Perfide daran war, dass diese Marionetten mitbekamen, was sie taten, sich aber nicht dagegen wehren konnten. Mobat bedauerte, dass diese perfekte Kontrolle ohne Supra-Thermophilen nicht mehr möglich sein würde.

Die Lavirginen waren es auch gewesen, die die USO-Agenten beobachtet hatten. Eine kleine Änderung in der Programmierung und schon erfüllten sie Spitzeldienste. Da der Ara dabei immer auf andere hatte zurückgreifen können, hatten die Agenten keinen Verdacht geschöpft. Angesichts der Tatsache, dass die Schnüffler einfach nicht aufgaben, hatte Mobat beschlossen, ihnen einen Täter zu präsentieren. Seine Wahl war auf Raj Namesan gefallen. Zum einen hatte er Namesan Atlan gegenüber als höchst verdächtig dargestellt, zum anderen wusste er, dass der Ertruser sich zur Saisoneröffnung auf der EISENSEITE aufhalten würde. Er hatte den Lavirginen des Floßes mit Plänen des Glutschiffs in Namesans Büro gesteuert, wo der junge Skagsramer sie auffällig platzieren sollte. Eine zweite Marionette hatte er zu Sjonsson geschickt, weil er mit Gewissheit davon ausgegangen war, dass die USO-Agenten in der Reederei auftauchen würden. Der eigentliche Auftrag des Ferngesteuerten hatte gelautet, sie zu einer Bürodurchsuchung bei Namesan zu bewegen. Dazu hätte er zum Schein ein Attentat auf die Schnüffler unternehmen, dabei scheitern und vor seinem Tod einen deutlichen Hinweis auf den Ertruser hinterlassen sollen. Der Lavirgine war bereits in das Haus eingedrungen und hatte gerade losschlagen wollen, als er gehört hatte, dass die Agenten ohnehin Namesans Büro zu durchsuchen beabsichtigten. Da er dadurch seinen Hauptauftrag für erledigt gehalten hatte, war er gerade noch rechtzeitig nach draußen gehuscht und hatte wieder die Rolle eines Betrunkenen gespielt.

Auf der EISENSEITE war zunächst alles nach Plan verlaufen. Der Lavirgine hatte ein völlig harmloses Kästchen in Rajs Jackentasche geschmuggelt, das im rechten Augenblick zu vibrieren begonnen hatte. Der Ertruser hatte es gespürt und das

Kästchen hervorgeholt. In genau dieser Sekunde hatte der Lavirgine eine der Bomben gezündet, die er vorher mit den Gepäckstücken unter Bord geschmuggelt hatte. Diese hatte nicht unbedingt die Aufgabe gehabt, großen Schaden anzurichten, auch wenn das Mobat nichts ausgemacht hätte. Sie hatte nur die USO-Agenten auf den Plan zu rufen, deren Anwesenheit an Bord der Ara sich sicher gewesen war. Zumindest von der Frau hatten ihm seine Spione berichtet, sie habe mit Strömblad einen Gleiter bestiegen, um zur EISENSEITE zu fliegen.

Der Plan hatte vorgesehen, dass die heldenhaften Schnüffler den schurkischen Ertruser in Ausübung ihrer Pflicht erschossen. Als Toter hätte sich Raj Namesan nicht mehr rechtfertigen können, und die USO hätte den Fall wohl zu den Akten gelegt. Als letzter Trumpf in der Hinterhand hätte der Lavirgine die Tat vollenden sollen, falls die Agenten gescheitert wären.

Leider war alles anders gekommen.

Mobat riss die Tür eines Schrankes auf und wollte ein paar Unterlagen zusammenraffen. Doch dann entschied er sich dagegen. Er musste zusehen, dass er den Planeten verließ, bevor jemand ihn daran hindern konnte. Und es gab vor seiner Abreise Wichtigeres zu tun!

Das Erste war schnell erledigt. Er zerrte aus dem Schreibtisch einen Controller, der über einen einzigen Knopf verfügte.

»Schade drum«, flüsterte er, drückte den Knopf und sandte an alle Chips im Nacken von Lavirginen einen Selbstzerstörungsimpuls, der zugleich dem Hirn ihrer Träger einen tödlichen Schlag versetzte. Der Ara eilte zur Bürotür, warf einen letzten bedauernden Blick in den Raum, der ihm über Jahre hinweg ein gutes Hauptquartier gewesen war, löschte das Licht und huschte hinaus.

Ata Mathiesen zog die Kommunikationskapsel aus ihrem Ohr. Bereits ihr Gesichtsausdruck verriet, dass sie keine guten Nachrichten erhalten hatte. »Wir wissen nicht, wie er es geschafft hat, aber er ist entkommen. Das Einzige, was er hinterlassen hat, sind einige Unterlagen in seinem Büro und eine Schar von Leichen. Unter anderem einer der Ärzte in der Klinik.«

Decaree Farou und Ronald Tekener sahen die Regierungschefin wortlos an. Sie saßen in einem Konferenzraum des Regierungsgebäudes und ließen eine ausführliche Befragung über sich ergehen. Auf der anderen Seite des großen Tisches saßen neben dem Ombudsmann noch Oddo Karismäki und Haknur Hakilaunen. Letzterer warf dem Hetman immer wieder unsichere Blicke zu. Noch hatten sie den verbrecherischen Kriegsminister nicht mit seinen Taten konfrontiert, und sie würden dies auch sicher nicht in diesem Rahmen tun. Natürlich wusste er inzwischen längst, dass ihm sein wertvoller Gefangener abhandengekommen war und wer für dessen Befreiung gesorgt hatte. Doch er konnte nichts gegen Decaree und Tekener unternehmen, solange das Interesse der Öffentlichkeit auf ihnen ruhte. Und dank der Übertragung der Ereignisse auf der EISENSEITE tat es das in besonderem Maße.

»Wie haben Sie Mobat eigentlich entlarvt?«, fragte Hakilaunen.

»Zunächst hatten wir Namesan in Verdacht. Doch konnten wir neben den fast schon zu auffällig herumliegenden Plänen der Lavaflöße keine Beweise finden, nicht einmal in den verschlüsselten Dateien seines Rechners.«

*Was noch untertrieben ist,* dachte Tek. Denn die Anweisung vom Carsualschen Bund lautete eindeutig, keine Ressourcen auf die Destabilisierung des Planeten zu verschwenden, da diese derzeit für das PROJEKT STERNENSPLITTER benötigt würden. Vielmehr sollte Namesan seine Aktivitäten möglichst niedrig halten und dafür sorgen, große Mengen an

Supra-Thermophilen zu beschaffen. Aber das musste Tek ihnen ja nicht unbedingt auf die Nase binden.

»Als Sjonsson in Sorge um ... einen Freund erwähnte, er müsse ihn an einen Ort schaffen, wo man ihn behandeln könne, erinnerte mich das an etwas, was wir zuvor erfahren hatten. Nämlich dass sämtliche Lavirginen auf ihre Eignung für die Flößerei untersucht werden. Wir fragten uns von Anfang an, warum ausschließlich Flöße der Reederei Strömblad & Sernsborg von den Unglücksfällen betroffen waren. In den Besatzungslisten stieß ich auf die Antwort: Weil sie so einen guten Ruf genießt, dass alle Neulinge bei ihr anheuern. Auf jedem gesunkenen Lavaschiff gehörte ein Lehrling zur Crew. Sie alle – und nur sie! – hatte derselbe Arzt auf ihre Tauglichkeit getestet. Wie ich schnell herausfand, war er zu Mobats Zeiten als Klinikchef dessen Assistent! Ich vermute, er ist auch derjenige, dessen Leiche gefunden wurde. Wie auch immer, das war der Zusammenhang, den wir so verzweifelt gesucht hatten. Entgegen unserer ursprünglichen Annahme ist der Attentäter niemals entkommen, sondern stets mit seinem Floß untergegangen. Ich fragte mich, ob es möglich wäre, jemanden gegen seinen Willen zu derartigen Taten zu zwingen. Plötzlich fielen mir die ... unfreiwilligen Kommunarden in Baba Yaga ein. Und die Chips an ihren Schläfen.«

Karismäki rutschte unbehaglich auf seinem Stuhl hin und her. »Das tut doch jetzt alles nichts mehr zur Sache. Sie haben sich auf unverantwortliche Weise in die Gesellschaft Skagsrams eingemischt, die ich nicht dulden kann! Deshalb werde ich ...«

Plötzlich verschwand das Bild des Fenstermonitors an der Wand und machte Platz für ein anderes Szenario. Tek glaubte, seinen Augen nicht zu trauen, als er sah, was der Monitor nun darstellte. Nein, nicht *was. Wen!*

»Mein Name ist Sjonsson«, sagte der alte Mann, der wie von Geisterhand auf dem Bildschirm erschienen war. »Einfach nur Sjonsson. Bürger von Skagsram, bitte entschuldigen Sie, dass ich unangemeldet von jedem Monitor des Planeten zu ihnen spreche.«

Tekener sah zu Decaree. Die zuckte mit den Schultern.

»Gewisse ... nun, Fertigkeiten erlauben es mir, mich des Skagsramer Netzwerks für einige Augenblicke zu bedienen. Ich versichere Ihnen aber, dass Sie den Zugriff bald zurückerhalten werden. Ich habe zwei wichtige Mitteilungen zu machen. Mit der überbordenden Ernte von Supra-Thermophilen vernichten Sie ein Volk, das die meisten für ausgestorben halten. Die Kopani. Das muss ein Schock für Sie sein. Das muss es! Noch größer wird Ihr Schrecken jedoch ausfallen, wenn ich Ihnen sage, dass Ihre Gesellschaft auf einer einzigen, gigantischen Lüge basiert. Aus Angst vor Menschen und ihrer Zerstörungswut verbergen sich die Kopani und erlauben niemandem zurückzukehren, wenn der erst einmal ihre Heimat gefunden hat.«

Neben Sjonsson tauchte ein Noppenwesen im Bild auf. Tek konnte nicht sagen, ob es sich um Karismäkis ehemaligen Gefangenen oder einen anderen Kopani handelte. Der Hetman zog hörbar die Luft ein.

»Ich konnte diese friedliebenden Geschöpfe überzeugen, ein einziges Mal eine Ausnahme zu machen. Ich versprach ihnen, alles dafür zu tun, ihre Ausrottung zu beenden. Also ließen sie mich gehen. O ja, das ließen sie.« Sjonsson machte eine kurze Pause. »Das muss schwer für Sie zu verstehen sein, und ich fürchte, ich bin nicht der richtige Mann, um Ihnen alles zu erklären. Vielleicht würden Sie mir auch nicht glauben. Deshalb habe ich jemanden bei mir, der weitaus besser geeignet ist.«

*Der Kopani?*, dachte Tek. *Wie soll der etwas erklären können?*

Nur Augenblicke später bemerkte er, wie gründlich er sich geirrt hatte. Sjonsson meinte nicht den Glutsteiger. Er meinte den Mann, der von der anderen Seite ins Bild trat. Sein Körper war von schwarzen Thermophilen-Flecken überzogen, überall dort, wo sein Leib der Heilung bedurft hatte. Dennoch erkannte ihn jeder der Anwesenden auf Anhieb. Und jeder einzelne Bürger von Skagsram.

»Meine lieben Leute«, sagte der Mann. »Mein Name ist Nicke Dahlqvist, und ich habe Ihnen eine traurige Geschichte zu erzählen ...«

# Epilog

## Nachwehen

*Du bist reichlich über das Ziel hinausgeschossen.*
*(Atlan bei der Lagebesprechung)*

»... deshalb überdenken Sie, ob Sie Ihr Leben weiter nach Sätzen ausrichten wollen, die Ihnen ein Mörder als meine Lehren untergeschoben hat.«

Ich schaltete den Projektor mit der Aufzeichnung aus und das Lausbubengesicht des strubbeligen Blondschopfs erlosch. Der gute, alte Nicke Dahlqvist. Er hatte sich in den letzten tausend Jahren also doch kaum verändert. Ich war schon auf Perrys Reaktion gespannt, wenn ich ihm davon erzählen würde.

»Es wird sicher noch Jahrzehnte dauern, bis die Skagsramer Gesellschaft den Weg verlassen kann, den sie einmal eingeschlagen hat. Aber ein Anfang ist gemacht.«

Die Temperatur in dem kleinen Konferenzraum in Quinto-Center betrug angenehme zwanzig Grad. Eine Wohltat für Decaree und Tek, die mir gegenübersaßen. Dennoch sah insbesondere Deca alles andere als glücklich aus.

»Wollen wir die aktuelle Lage zusammenfassen. Mobat ist entkommen. Ich fürchte, mit seiner Enttarnung haben wir ihn uns nicht zum Freund gemacht.«

»Auf solche Freunde kann ich auch verzichten«, brummte Tek.

Ich ignorierte den Einwand. »Auch wenn die Aras versichern, dass sie die von ihm angewandten Mittel scharf verurteilen, steht das Verhältnis der Terraner zu ihnen nun auf dem

Prüfstand. Denn aus den Unterlagen, die er bei seiner überhasteten Flucht zurückgelassen hat, ergibt sich eindeutig, dass ihnen das Ergebnis seiner Attentate durchaus gelegen kam.«

»Ich verstehe noch immer nicht sein Motiv. Schließlich waren die Aras die Hauptabnehmer für die Thermophilen.« Entschuldigend fügte Decaree hinzu: »Wir haben die Unterlagen vor unserer Abreise nicht mehr zu Gesicht bekommen.«

»In der Tat kauften die Aras die größten Mengen der Bakterien auf. Aber nicht, weil sie ein so großes Interesse daran besaßen, sondern weil sie darin eine Gefahr für ihre eigenen Forschungen in Richtung Hybrid-Geschöpfen sahen. Offenbar haben sie bereits enorme Fortschritte erzielt und zwar ganz ohne Thermophile. Als durch Matti Holmgrens Aufzeichnung bekannt wurde, dass die Bakterien die DNS ihrer Umgebung aufzunehmen und damit zu heilen vermögen, fürchteten sie zurecht, dass Konkurrenten ihnen den Rang ablaufen könnten. Deshalb nahmen sie so viel wie möglich aus dem Markt, indem sie selbst kauften. Auf Dauer wäre das aber nicht finanzierbar gewesen, sodass Mobat auf anderem Weg versucht hat, die Ernte zum Erliegen zu bringen. Das Ironische daran ist, dass die Skagsramer inzwischen erkennen mussten, dass die übermäßige Ausbeutung der Vorräte zum Aussterben der Kopani führt und dies wiederum eine Ausrottung der Thermophilen nach sich zieht. Deshalb hat Hakilaunen beschlossen, die Ernte ab der diesjährigen Saison drastisch zu drosseln. Letztlich haben die Aras also doch bekommen, was sie wollten.«

»Hakilaunen hat das beschlossen?«

Ich nickte. Offenbar hatten Decaree und Ronald in den beiden Tagen seit ihrer Rückkehr am 14. Mai 3119 die aktuelle Entwicklung nicht verfolgt. »Nachdem Sjonsson und Dahlqvist in ihrer Rede an das Volk auch Karismäkis Verbrechen angeklagt hatten, enthob Ombudsmann Mathiesen den

Hetman sofort seines Amtes und ließ ihn einsperren. Auch wenn sie erst spät von den Vorgängen erfahren hatte, übernahm sie die politische Verantwortung und trat von ihrem Amt zurück. In einer Eilwahl bestimmte die Bevölkerung Hakilaunen zu ihrem neuen Regierungschef. Obwohl er sich das Amt des Ernteministers durch Betrug erschlichen hatte, ermutigte Dahlqvist die Skagsramer, ihn nicht dafür zu verurteilen, sondern das Gute in ihm zu sehen. Seine erste Amtshandlung bestand darin, Karismäki zu begnadigen und dessen Todesurteil in lebenslanges Skulpturenhämmern umzuwandeln.«

»Ob er ihm damit einen Gefallen getan hat?«

»Vermutlich nicht.« Ich machte eine lange Pause, denn das, was ich als Nächstes zu sagen hatte, fiel mir nicht leicht. »Außerdem hat sich unser Verhältnis zum Carsualschen Bund nicht gerade verbessert. Immerhin hat eine USO-Agentin einen Diplomaten mit dem Tode bedroht. Kriege sind schon aus weitaus geringeren Anlässen ausgebrochen.«

Decaree sank in ihrem Stuhl zusammen und wich meinem Blick aus.

»Ach was!«, sagte Tek. »Wir hatten gute Gründe, ihn zu verdächtigen. Außerdem ist ihm doch nichts geschehen.«

Ich fand es bemerkenswert, dass Tek versuchte, die Auswirkungen von Decarees Fehlverhalten herunterzuspielen. Dennoch fragte ich mich, was sie wohl zu einem solch blinden Anrennen veranlasst hatte.

*Du wirst sie in der nächsten Zeit besser im Auge behalten müssen,* mahnte der Logiksektor. *Und zwar auf eine andere Weise als bisher.*

»Wir hatten eindeutige Hinweise darauf gefunden«, rechtfertigte sich Decaree, »dass Namesan etwas plante, was der Regierung nicht gefallen würde. Was hätten wir sonst vermuten sollen als ein Attentat auf das Floß?«

Ich zuckte mit den Schultern. »Zum Beispiel das, was wirklich dahintersteckte. Nämlich dass er mit Sernsborg einen Handel abgeschlossen hatte, sich an dem für Reedereien bestehenden Exportverbot vorbei ein paar Kilo Thermophile mehr unter den Nagel zu reißen, als ihm im Rahmen der Feierlichkeiten zugestanden hätten. Vermutlich hätte nicht einmal jemand etwas davon bemerkt.«

»Aber die Explosion auf dem Schiff ...«

»... hätte der Lavirgine wahrscheinlich niemals ausgelöst, wenn Mobat dich nicht auf dem Floß gewusst hätte. Du bist reichlich über das Ziel hinausgeschossen, Decaree. Das müssen wir uns eingestehen.«

Die Reaktion bestand in betretenem Schweigen.

»Aber heben wir uns die Beurteilung deiner Rolle für später auf«, sagte ich schließlich. »Was mich im Augenblick viel mehr interessiert: Was hat es mit diesem PROJEKT STERNENSPLITTER auf sich?«

»Das wissen wir nicht«, erwiderte Tek, sichtlich erleichtert über den Themenwechsel. »Aus der Datei ging nur hervor, dass es dem Carsualschen Bund offenbar sehr wichtig ist.«

»Nun, dann sollten wir es herausfinden, meint ihr nicht? Also los, machen wir uns an die Arbeit!«

ENDE

Und es geht weiter:
ATLAN
Das Flexion
Bernhard Kempen
Zweiter Teil des Sternensplitter-Zyklus
Das Flexion
ISBN 978-3-89064-078-5
Fantasy Productions GmbH
Postfach 4013, 40687 Erkrath
www.fanpro.de
FANPRO

PERRY RHODAN präsentiert:
ATLAN
X
Sternenfall der Goldenen
Christian Montillon
Sternenfall der Goldenen
Tamaran-Zyklus 2
ISBN 978-3-89064-821-7
Fantasy Productions GmbH
Postfach 4013, 40687 Erkrath, www.fanpro.de
FANPRO

Perry Rhodan
jetzt auch als Taschenheft
Perry Rhodan
Planetenromane
Kurt Mahr
Geisterschiff
CREST IV
PABEL
Perry Rhodan
Planetenromane
Peter Terrid
Die andere
Seite des Todes
NEU!
Geisterschiff Crest IV
von Kurt Mahr
Abgeschlossene Romane • 160 Seiten Umfang
Weitere Informationen unter:
www.Perry-Rhodan.net

Bei Fanpro erschienen unter anderem folgende Titel:

| ATLAN | | ISBN 978-3-89064- | |
|---|---|---|---|
| **Totentaucher** | Wim Vandemaan | Lepso 1 | 486-8 |
| **Die acht Namenlosen** | Christian Montillon | Lepso 2 | 487-5 |
| **Befreiung in Camouflage** | Michael M. Thurner | Lepso 3 | 488-2 |
| **Die Psi-Kämpferin** | Achim Mehnert | Rudyn 1 | 171-3 |
| **Das Sphärenrad** | Rüdiger Schäfer | Rudyn 2 | 172-0 |
| **Acht Tage Ewigkeit** | Michael H. Buchholz | Rudyn 2 | 173-7 |
| **Das Relikt der Macht** | Hans Kneifel | Illochim 1 | 174-4 |
| **Im Bann der Gatusain** | Achim Mehnert | Illochim 2 | 175-1 |
| **Der Traum des Navigators** | Rüdiger Schäfer | Illochim 3 | 176-8 |
| **Rico** | Arndt Ellmer | Roman | 177-5 |
| **Planet der Silberherren** | Uwe Anton | Monolith 1 | 178-2 |
| **Todeszone Zartiryt** | Rüdiger Schäfer | Monolith 2 | 179-9 |
| **Echo der Verlorenen** | Hans Kneifel | Monolith 3 | 184-3 |
| **Der Silbermann** | Marc A. Herren | Monolith 4 | 185-0 |
| **Ceres am Abgrund** | Manfred H. Rückert | Monolith 5 | 186-7 |
| **Sprung ins Jenseits** | Achim Mehnert | Monolith 6 | 187-4 |
| **Rhaens Ruf** | Rüdiger Schäfer | Höllenwelt 1 | 197-3 |
| **Das Erwachen** | Achim Mehnert | Höllenwelt 2 | 198-0 |
| **Dämmerung über Höllenwelt** | Hans Kneifel | Höllenwelt 3 | 199-7 |
| **Im Schutz des Paladin** | Rüdiger Schäfer | Marasin 1 | 065-5 |
| **Tschirque, der Kreuzwächter** | Achim Mehnert | Marasin 2 | 066-2 |
| **Die zerschnittene Welt** | Rüdiger Schäfer | Marasin 3 | 067-9 |
| **Taucher im Lavastrom** | Oliver Fröhlich | Sternensplitter 1 | 077-8 |

| ATLAN X | | ISBN 978-3-89064- | |
|---|---|---|---|
| **Lotse im Sandmeer** | Hans Kneifel | Kreta 1 | 188-1 |
| **Insel der Winde** | Hans Kneifel | Kreta 2 | 195-9 |
| **Das schwarze Schiff** | Hans Kneifel | Kreta 3 | 196-6 |
| **Die Prophezeiung von Saïs** | Hans Kneifel | Tamaran 1 | 820-0 |
| **Sternenfall der Goldenen** | Christian Montillon | Tamaran 2 | 821-7 |

| SCHATTENLAND | | ISBN 978-3-89064- | |
|---|---|---|---|
| **Am Morgen einer neuen Zeit** | Kneifel/Walker | Roman | 189-9 |
| **Die Himmelsfestung** | Terrid/Haensel | Roman | 190-4 |
| **Wald der Masken** | Horst Hoffmann | Roman | 191-1 |
| **Spiel der Götter** | Kneifel/Walker | Roman | 192-8 |
| **Klüfte der Unterwelt** | Terrid/Haensel | Roman | 193-5 |

| DAS SCHWARZE AUGE | | ISBN 978-3-89064- | |
|---|---|---|---|
| **Magische Zeiten** | Hrsg. Momo Evers | Reader | 516-2 |
| **Dämmerung** | Ulrich Kiesow | 55. Roman | 459-2 |
| **Das Greifenopfer** | Thomas Finn | 62. Roman | 544-5 |
| **Das Dämonenschiff** | Harald Evers | 74. Roman | 568-1 |
| **Kompanie der Verdammten** | Manuel Krainer | 75. Roman | 562-9 |
| **Der Tag des Zorns** | Daniela Knor | 76. Roman | 573-5 |
| **Der Schandfleck** | Andre Helfers | 77. Roman | 582-7 |
| **Den Göttern versprochen** | Charlotte Engmann | 78. Roman | 579-7 |
| **Unsterblicher Traum** | Patricia Renau | 79. Roman | 588-9 |
| **Blaues Licht** | Daniela Knor | 80. Roman | 589-6 |
| **Spielsteine der Götter** | Heike Wolf | 81. Roman | 591-9 |
| **Rabengeflüster** | Wichert/Jäcke/Wolf | 82. Roman | 515-5 |
| **Thronräuber** | Alexander Lohmann | 83. Roman | 512-4 |
| **Todeswanderer** | Yvonne Gees | 84. Roman | 518-6 |
| **Roter Fluss** | Daniela Knor | 85. Roman | 514-8 |
| **Todgeweiht** | Markus Tillmanns | 86. Roman | 523-0 |
| **Dunkle Tiefen** | Daniela Knor | 87. Roman | 538-4 |
| **Maraskengift** | Markus Tillmanns | 88. Roman | 457-8 |
| **Unter Aves' Schwingen** | Hrsg. Momo Evers | 89. Band | 460-8 |
| **Goldener Wolf** | Linda Budinger | 90. Roman | 542-1 |
| **Sieben Winde** | Matthias A.W. Ott | 91. Roman | 461-5 |
| **Der Zugvogel** | André Fomferek | 92. Roman | 468-4 |
| **Hjaldinger-Saga I: Glut** | Daniela Knor | 93. Roman | 472-1 |
| **Galotta 1: Der Hofmagier** | Ludwig / Wachholz | 94. Roman | 476-9 |
| **Galotta 2: Der Feuertänzer** | Ludwig / Wachholz | 95. Roman | 489-9 |
| **Hohenhag** | Dietmar Preuß | 96. Roman | 494-3 |
| **Satinavs Auge** | Tobias Radloff | 97. Roman | 495-0 |
| **In den Nebeln Havenas** | Daniel Jödemann | 98. Roman | 496-7 |
| **Answin 1: Macht** | Michelle Schwefel | 99. Roman | 499-8 |
| **Über den Dächern Gareths** | Stefan Schweikert | 100. Roman | 226-0 |
| **Gewittertage** | Jana M. Eilers | 101. Roman | 225-3 |
| **Die rote Bache** | Dietmar Preuß | 102. Roman | 455-4 |
| **Das Zepter des Horas** | Mützlitz/Kopp | 103. Roman | 236-9 |
| **Khunchomer Pfeffer** | Demirtel/Findeisen | 104. Roman | 237-6 |
| **Die letzte Kaiserin** | Daniel Jödemann | 105. Roman | 244-4 |
| **Todesstille** | Bernard Craw | 106. Roman | 246-8 |
| **Löwin und Mantikor** | J. Hahn und K. Kaeb | 107. Roman | 249-9 |
| **Toras von Havena** | Christian Labesius | 108. Roman | 168-3 |
| **Hjaldinger-Saga II: Sturm** | Daniela Knor | 109. Roman | 245-1 |

| | | | |
|---|---|---|---|
| **Der erste Kaiser** | Daniel Jödemann | 110. Roman | 247-5 |
| **Eiswolf** | Linda Budinger | 111. Roman | 248-2 |
| **Der Kreis der Sechs** | Michael Masberg | 112. Roman | 169-0 |
| **Die Paktiererin** | Dietmar Preuß | 113. Roman | 158-4 |
| **Im Schatten der Dornrose** | Bernard Craw | 114. Roman | 136-2 |
| **Galotta 3: Der Aschengeist** | Ludwig/Wachholz | 115. Roman | 229-1 |
| **Answin 2: Verrat** | Michelle Schwefel | 116. Roman | 455-4 |
| **Kamaluqs Schlund** | Stefan Schweikert | 117. Roman | 137-9 |
| **Nachtrichter** | Dorothea Bergermann | 118. Roman | 138-6 |
| **Isenborn 1: Stein** | Bernard Craw | 119. Roman | 141-6 |
| **Das Ferdoker Pergament** | Florian Don-Schauen | 120. Roman | 139-3 |
| **Isenborn 2: Erz** | Bernard Craw | 121. Roman | 142-3 |
| **Isenborn 3: Eisen** | Bernard Craw | 122. Roman | 143-0 |
| **Isenborn 4: Stahl** | Bernard Craw | 123. Roman | 144-7 |
| **Tie'Shiannna** | Florian Don-Schauen | 124. Roman | 140-9 |
| **Caldaia** | Christian Lange | 125. Roman | 145-4 |
| **Der Schrecken von Arlingen** | Thomas Walach-Brinek | 126. Roman | 146-1 |
| *Der Kristall von Al'Zul:* | | | |
| **Land ohne Gesetz** | Anton Weste | Al'Zul 1 | 231-4 |
| **Stadt der Geister** | Martina Nöth | Al'Zul 2 | 232-1 |
| **Wald der Verlorenen** | Linda Budinger | Al'Zul 3 | 233-8 |
| **Am Finsterquell** | Gernot Vallendar | Al'Zul 4 | 234-5 |
| **Aufs Schafott** | Florian Don-Schauen | Al'Zul 5 | 235-4 |
| *Hundstage:* | | | |
| **Hundesöhne** | Carolina Möbis | Hundstage 1 | 131-7 |
| **Hundswache** | Henning Mützlitz | Hundstage 2 | 132-4 |
| **Hundeleben** | Christian Humberg | Hundstage 3 | 133-1 |
| **Hundeelend** | Dorothea Bergermann | Hundstage 4 | 134-8 |
| **Hundsfott** | Carolina Möbis | Hundstage 5 | 135-5 |

| SHADOWRUN | | ISBN 978-3-89064- | |
|---|---|---|---|
| **Chromscherben** | M. A. Stackpole | Anthologie | 550-6 |
| **Shadowrun – Die 6. Welt** | Hrsg. T. Hamelmann | Reader | 540-7 |
| **Wiener Blei** | Leo Lukas | 41. Roman | 555-1 |
| **Nachtstreife** | Björn Lippold | 46. Roman | 558-2 |
| **Auf dem Sprung** | Harri Aßmann | 49. Roman | 567-4 |
| **Töne der Unendlichkeit** | Harri Aßmann | 50. Roman | 569-8 |
| **Elementares Wissen** | Harri Aßmann | 52. Roman | 570-4 |
| **Die Anfänger** | Ivan Nedic | 54. Roman | 572-8 |
| **ASH** | Lara Möller | 57. Roman | 574-2 |

| | | | |
|---|---|---|---|
| **Pesadillas** | Maike Hallmann | 58. Roman | 575-9 |
| **Vertigo** | Maike Hallmann | 59. Roman | 581-0 |
| **Hand am Hort** | Sebastian Schaefer | 60. Roman | 583-4 |
| **Flynns Weg** | Lara Möller | 61. Roman | 585-8 |
| **Shelley** | André Wiesler | 62. Roman | 580-3 |
| **Matrixfeuer** | Hrsg. Beck / Hallmann | 63. Anth. | 587-2 |
| **Born to Run** | Stephen Kenson | 64. Roman | 564-3 |
| **Im Namen des Herrn** | André Wiesler | 65. Roman | 594-0 |
| **Quickshot** | Lara Möller | 66. Roman | 595-7 |
| **Giftmischer** | Stephen Kenson | 67. Roman | 565-0 |
| **Wiedergänger** | Maike Hallmann | 68. Roman | 593-3 |
| **Feuerzauber** | André Wiesler | 69. Roman | 519-3 |
| **Im Fadenkreuz** | Petra Prinz | 70. Roman | 543-8 |
| **Kettenhund** | Alexander Wichert | 71. Roman | 548-3 |
| **Fallen Angels** | Stephen Kenson | 72. Roman | 549-0 |
| **GmbH** | Christian Riesslegger | 73. Roman | 463-9 |
| **Machtgelüste** | Jason M. Hardy | 74. Roman | 484-4 |
| **Cash Flow** | Christian Riesslegger | 75. Roman | 483-7 |
| **Böses Erwachen** | André Wiesler | 76. Roman | 473-8 |
| **Der Schattenlehrling** | Boris Koch | 77. Roman | 482-0 |
| **Aftershocks** | J. Raabe / J. Helfers | 78. Roman | 485-1 |
| **Fatimas Tränen** | Alex Wichert | 79. Roman | 513-1 |
| **Für eine Handvoll Daten** | Stephen Dedman | 80. Roman | 571-1 |
| **Flammenmeer** | Jan-Tobias Kitzel | 81. Roman | 497-4 |
| **Digitaler Albtraum** | Thorsten Hunsicker | 82. Roman | 123-2 |

| CLASSIC BATTLETECH | | ISBN 978-3-89064- | |
|---|---|---|---|
| **Schrapnell** | Hrsg. M. Immig | Anthologie | 551-3 |
| **Wahnsinn & Methode** | Michael Diel | 1. Roman | 592-6 |
| **Clangründer: Abkehr** | Randall N. Bills | 2. Roman | 596-4 |
| **Das Schwert und der Dolch** | Ardath Mayhar | 3. Roman | 425-7 |
| **Über dem Gesetz** | Michael Diel | 4. Roman | 517-9 |
| **Clangründer: Traum** | Randall N. Bills | 5. Roman | 597-1 |
| **Die Albatros-Akte** | Reinhold H. Mai | 6. Roman | 526-1 |
| **Warrior: En Garde** | Michael A. Stackpole | 7. Roman | 545-2 |
| **Warrior: Riposte** | Michael A. Stackpole | 8. Roman | 546-9 |
| **Warrior: Coupé** | Michael A. Stackpole | 9. Roman | 547-6 |
| **Früchte voll Bitterkeit** | Ritter & Schreiber | 10. Roman | 458-5 |
| **Katze unter Bären** | Arous Brocken | 11. Roman | 490-5 |

| | | | |
|---|---|---|---|
| **Clanwächter** | Arous Brocken | 12. Roman | 491-2 |
| **In Ungnade** | Chris Hartford | 13. Roman | 475-2 |
| **Mission Kiamba** | Arous Brocken | 14. Roman | 493-6 |
| **En Passant** | Michael Diel | 15. Roman | 479-0 |
| **Duo Infernale** | Carolina Möbis | 16. Roman | 498-1 |
| **Karma** | Bernard Craw | 17. Roman | 454-7 |
| **Royal Flush** | Carolina Möbis | 18. Roman | 620-6 |

| HARDCOVER | | ISBN 978-3-89064- | |
|---|---|---|---|
| **Sturm über Windhaven** | Martin & Tuttle | Roman | 531-5 |
| **Die Flamme erlischt** | George R. R. Martin | Roman | 530-8 |
| **Dead Man River** | George R. R. Martin | Roman | 529-2 |
| *Die »Eis und Feuer«-Saga:* | | | |
| **Eisenthron** | George R. R. Martin | 1. Roman | 532-2 |
| **Königsfehde** | George R. R. Martin | 2. Roman | 533-9 |
| **Schwertgewitter** | George R. R. Martin | 3. Roman | 534-6 |
| **Krähenfest** | George R. R. Martin | 4. Roman | 535-3 |

| WEITERE TITEL | | ISBN 978-3-89064- | |
|---|---|---|---|
| **Tor der tausend Sonnen** | Hanns Kneifel | Roman | 602-2 |
| **Cugel in der Unterwelt** | Michael Shea | Roman | 470-7 |
| **Cugels Irrfahrten** | Jack Vance | Roman | 462-2 |
| **Das Voynich-Rätsel** | Florian F. Marzin | Roman | 541-4 |
| **Vor Adam** | Jack London | Roman | 524-7 |
| **Am Anfang war das Feuer** | J. H. Rosny | Roman | 525-4 |
| **Der große Heliumkrieg** | M.A. Stackpole u. A. | Anthologie | 563-6 |
| **Lexikon der Fantasy-Literatur** | Hrsg. Alpers u. A. | | 566-7 |
| **Galaktische Odyssee** | Hanns Kneifel | Roman | 603-9 |
| **Hanky u. der Tausendschläfer** | Marvin Roth | Roman | 999-3 |
| **Hanky und der Mächtige** | Marvin Roth | Roman | 998-6 |

Dies ist eine Bibliographie und kein Verzeichnis lieferbarer Titel.
Es ist leider nicht möglich, alle Titel vorrätig zu halten.
Sollten Sie Fragen haben, kontaktieren Sie uns bitte unter

**Fantasy Productions GmbH**
Postfach 4013, 40687 Erkrath
www.fanpro.de

FANPRO